KB173375

1930

1930년대 중국여성소설 명작선

2

샤오훙 · 딩링 · 뤄수 · 펑컹 · 차오밍 지음

김은희 · 최은정 옮김

어문학사

일러두기

• 본문에서는 한글표기를 기본으로 하였습니다.

• 중국어 발음 표기는 국립국어원의 '외래어 표기법'을 따랐습니다.

• 중국어 지명·인명 또는 혼동될 수 있는 한자어는 처음 나올 때 한글로 표기하고 옆에 한자를 넣었습니다.

• 주의를 환기시키거나 어떤 의미를 포함하고자 할 경우에는 기본적으로 ' ' 안에 넣었습니다.

• 작품 시작 전에 작가 소개와 사진을 넣어 이해를 돕고자 하였습니다.

• 이 책에 수록된 작품을 읽는 사람이 작가의 감성을 잘 받아들일 수 있도록 말을 고르고 쉽게 풀기
위해 최선을 다해 번역하였으나 표현이 적절하지 않은 부분이 있다면 너그럽게 생각해 주시고, 지적
해주시면 감사하겠습니다.

차례

• **샤오훙** 蕭紅
왕씨 아주머니의 죽음 • 007   우마차에서 • 021   다리 • 037
손 • 055

• **딩링** 丁玲
1930년 봄 상하이의 이야기 1 • 081
1930년 봄 상하이의 이야기 2 • 130   산골 농가 • 193

• **뤄수** 羅淑
남편 있는 아낙 • 251

• **펑컹** 馮鏗
여자의 몸 • 266   아이를 파는 아낙 • 285

• **차오밍** 草明
이 없는 노파 • 297   전락 • 313

샤오홍의 본명은 장나이잉張乃瑩으로 1911년 헤이룽장성黑龍江城 후란현呼蘭縣에서 출생하였다. 냉랭한 성격의 부친과 계모 슬하에서 자란 그녀는 오로지 조부의 사랑과 관심 속에서 외롭고 쓸쓸한 동년 시절을 보냈다. 1927년 조부의 지지 하에 하얼빈哈爾濱의 중학 교에 입학하였다. 이 시기 그녀는 루쉰魯迅을 비롯한 중국 신문학 작가 작품뿐 아니라 광범 위한 서구 문예를 흡수하였다. 1930년 집안에서 정한 약혼자가 결혼을 이유로 그녀의 학 업을 중단한 것을 요구하였고, 그녀는 이를 거부하고 하얼빈으로 도망쳐 나왔다. 샤오홍 의 부친은 호적에서 그녀를 제하고 가족들의 왕래를 엄하게 금지함으로써, 그녀는 어떤 정 신적 물질적 원조도 얻지 못한 채, 힘겹고 외로운 유랑생활에 접어들게 되었다. 1932년 그 약혼자에게 속아 만삭의 몸으로 하얼빈의 한 여관에 발이 묶이게 되었다. 그녀를 사창가에 팔아 넘겨 여관비를 충당하려 한다는 사실을 알게 된 그녀는 한 줄기 희망을 품고 〈국제협 보國際協報〉에 도움을 요청하는 편지를 보냈다. 마침 신문사의 편집인이었던 샤오쥔蕭軍이 우연히 그녀의 시를 읽게 되고, 샤오홍에게 끌린 그는 수췬舒群과 함께 그녀를 구해낸다. 샤오쥔은 그 시를 읽은 순간 "세계가 변했다."고 느꼈으며, 그녀를 보게 된 순간 자기가 "알 았던 여인 중 가장 아름다운 여인이었다."고 고백하고 있다. 이들은 동거를 시작했고, 이때 부터 샤오홍은 본격적으로 작가의 세계에 발을 디디게 되었다. 1933년 10월 그녀는 샤오 쥔과 함께 첫 번째 작품집『발섭跋涉』을 출간하였다.

동북 지역에 대한 일본 통치가 가혹해지면서 더 이상 하얼빈에 머무를 수 없게 된 그 녀는 칭다오를 거쳐 1934년 11월 상하이로 내려갔다. 상하이에서 루쉰의 추천 하에 1935 년 장편소설『삶과 죽음의 자리生死場』를 출간하였다. 이 작품으로 문단의 주목을 한몸에 받았다. 이외에도 단편「왕씨 아주머니의 죽음王阿嫂的死」,「손手」,「다리橋」,「우마차 위에 서牛車上」등 농촌 하층여성의 곤고한 삶을 형상화한 작품을 잇달아 발표하면서 그녀만의 독특한 창작 세계를 구축해나가기 시작한다.

1938년 샤오쥔과 결별하고, 동북 출신 작가인 돤무훙량端木蕻郎과 우한에서 결혼하였 다. 1940년 홍콩으로 온 그녀는 질병과 가난 속에서도 창작 활동을 계속하다가 1942년 짧 은 생을 마감하게 된다. 홍콩에서 고향 후란현을 배경으로 하여 동년 시절의 추억을 담은 작품을 많이 발표하였는데,『후란허전呼蘭河傳』은 그 대표작이다.

샤오훙

(蕭紅, 1911~1942)

왕씨 아주머니의 죽음 王阿嫂的死

1

풀잎과 찻잎이 모두 희뿌연 이슬에 넢녀 있고, 산에는 잎이 누런 나무가 해를 기다리고 있었다. 해는 나왔지만 바로 아침놀 안으로 들어가 버렸고, 들에 가득한 꽃이며 풀은 가을날 쇠잔하고 처량한 향기를 날려 오고 있었다.

안개가 연기처럼 들꽃과 시냇물과 초가집을 감춰버렸고, 모든 소리와 멀고 가까운 언덕을 가려버렸다.

왕씨 아주머니는 샤오환小环을 이끌고 매일 해가 떠오를 때 앞마을 넓은 공터에 가서 지주들을 위해 온종일 땀을 흘렸다. 샤오환은 겨우 일곱 살이지만 이미 지주들이 어린아이의 땀을 흘리게 한다는 것을 배웠다. 지금은 봄도 가고 여름도 갔다. ……왕씨 아주머니는 무슨 일이든 다 했다. 모종도 뽑고 모내기도 했다. 가을이 오자마자 왕씨 아주머니와 다른 아낙네들은 모두 초가집 처마 밑에 모여 앉아 삼줄로 가지를 길게 엮었다. 모기가 얼굴과 손을 물어뜯어 벌겋게 부어오르건 말건, 아이들이 집안에서 엄마를 찾다 목이 쉬건 말건 상관하지 않았다. 그저 엮고 엮기만 했다. 두 손이 마치 방적기인양 꼬아가면서 엮었다.

둘째 날 아침, 가지가 자색 꿰미의 방울처럼 왕씨 아주머니 집 처마 앞에 쫙 걸렸다. 버드나무 가지를 짜서 만든 낮은 담벼락에도 자색 방울이 가득 걸렸다. 다른 아낙네의 집도 왕씨 아주머니네와 마찬가지로 처마 앞은 온통 가지 천지였다.

며칠 지나지 않아 가지들은 햇볕에 쬐어 말린 채소가 되었다. 집집 마다 모두 처마에서 가지를 걷어내려 지주네 창고로 옮겨갔다. 왕씨 아주머니는 겨울까지 지주가 돼지 먹이로 쓰는 썩은 감자만을 먹으면서 지냈다. 말린 채소는 왕씨 아주머니 입에 들어가 본 적이 없었다.

태양이 동쪽에서 일하는 사람들의 눈을 방출하고 있었다. 온 산에 가득한 안개가 물러가고, 남자와 여자는 모두 밭에서 눈코 뜰 새가 없었다. 양떼와 소떼가 방목지와 산등성이에서 가을날 반쯤 퇴색되어 버린 들꽃들을 짓밟을 뿐더러 먹을 것을 찾기도 했다.

밭에서 왕씨 아주머니의 그림자만 보이지 않았다. 왜 그런지 알 수 없었다. 주싼예竹三爺가 장張 지주 대신 날마다 밭에서 일꾼들을 감독했다. 그는 열심히 감자를 주워 담고 있는 한 처녀를 왕씨 아주머니네 집에 보내려고 했다.

일꾼들의 우두머리인 렁싼愣三이 다급히 말했다.

"내가 가는 게 훨씬 나아요. 남자니 걸음이 더 빨라요."

주싼예의 허락을 받고, 몇 분도 지나지 않아 렁싼은 왕씨 아주머니네 창문 아래 도착했다.

아주머니! 왜 일하러 안 나왔어요?

아저씨 마침 잘 오셨네요, 앞 마을에 가서 왕메이쯔王妹子 좀 불러다 줘요. 머리가 아파서 오늘 일하러 나가질 못했어요.

샤오환이 왕씨 아주머니 곁에 앉아 있었다. 그녀는 울면서, 코를 훌쩍이며 말했다.

아니에요. 우리 엄마 거짓말하는 거예요. 엄마 배가 너무 커요! 일을 할 수가 없어요. 어젯밤에도 밤새도록 울었어요. 배가 아파서 그런지 아빠 생각이 나서 그런지 모르겠어요.

샤오환이 왕씨 아주머니의 아픈 곳을 쳤다. 세차게 쳤다. 눈물이 눈가에서 목까지 내려갔다. 그녀는 그저 손으로 샤오환을 톡톡 쳤다. 그녀는 성미가 급한 사람이었는데, 더 말하지 말라는 뜻이었다.

렁싼은 왕씨 아주머니 남편의 사촌동생이다. 샤오환의 말을 듣더니, 혈육간의 감정이 동했는지 한달음에 앞마을로 달려갔다.

샤오환은 창가로 올라가서, 빗질할 줄 모르는 자그마한 손으로 더부룩하게 헝클어진 변발을 빗었다. 옆집의 고양이가 창가로 뛰어 올라오더니, 샤오환의 무릎 위에 웅크리고 앉았다. 고양이는 온정을 바라는 듯 눈을 느릿느릿 떴다가 감았다.

멀리 있는 산이 갖가지 아침놀 색깔을 되비치고 있었다. 산등성이에 있는 양떼와 소떼가 조그마한 까만 점 같았는데, 꽃구름 속에서 올라가고 있었다.

샤오환은 이 모든 것들을 상관하지 않고, 오직 헝클어진 변발을 빗고 있을 뿐이었다.

촌에서 왕메이쯔니 렁싼이니 주싼예니 하는 호칭은 모두 공적인 명칭이다. 모든 노동자 계급은 다 이런 간단하고 변하지 않는 이름을 갖고 있다. 이것이 바로 노동자 계급의 자연스러운 표식이다.

왕메이쯔가 왕씨 아주머니 옆에 앉아 있었고, 구들에는 샤오환이 웅크리고 있었다. 셋 다 말이 없었다. 뒷산에서는 무슨 벌레인지, 점심 때가 되도록 참기 어려운 은밀한 오열과 처량하고 원망스러운 정서를 시끄럽게 토해내고 있었다.

샤오환은 비록 일곱 살이지만 소녀처럼 우울할 줄 알았고, 걱정할 줄 알았다. 그녀는 가을 벌레가 지지거리는 소리를 들으면서, 그 조그 마한 입으로 어른들의 탄식을 배우고 있었다. 어쩌면 어머니를 너무 일찍 여읜 탓일까?

샤오환의 아버지는 머슴이었다. 그녀가 아직 태어나기 전에 그녀 아버지는 죽었다! 그녀가 다섯 살이었을 때 그녀의 어머니도 죽었다. 그녀의 어머니는 장 지주의 큰아들인 후치胡琦에게 강간당한 후 분에 사무쳐 죽은 것이었다.

다섯 살인 샤오환의 떠돌이 생활이 시작되었다! 가난한 고모 집에 서부터 더 가난한 이모 집으로 옮겨갔다. 결과, 가난 때문에 그녀를 양 육할 수 없게 되었고, 마지막에 그녀는 장 지주네 집에서 일 년간 혹독 한 생활을 보냈다. 주싼예는 샤오환이 학대당하는 고통이 눈에 거슬 렸다. 어느 날 왕씨 아주머니가 지주네 집에 쌀을 얻으러 왔을 때, 샤 오환은 마침 지주네 아이들에게 코를 얻어맞아서 얼굴이 온통 피투성이였다. 왕씨 아주머니는 쌀봉지를 마당에 떨어뜨리고 말았다. 그녀는 샤오환에게 다가가서 눈물과 피를 닦아주었다. 샤오환도 울고 왕씨 아주머니도 울었다.

주싼예의 주선으로 샤오환은 그날부터 왕씨 아주머니를 엄마라고 불렀다! 그날 샤오환은 왕씨 아주머니의 옷을 꼭 붙잡고 왕씨 아주머니 집으로 왔다.

뒷산의 벌레가 쉼 없이 지지거렸다. 왕씨 아주머니는 코를 풀었다. 양쪽 뺨도 실룩거렸다. 불룩 튀어나온 배만 아니라면, 그녀는 정말 용같이 비쩍 말랐다. 그녀의 손도 짐승 발바닥 같았는데, 모를 뽑고 풀을 베느라 뼈마디가 튀어나왔다. 그녀의 슬픔은 깊이 가라앉은 녹말처럼 무겁고 분해할 수 없었다. 그녀는 그녀 자신에 대해 말하기 시작했다.

왕메이쯔, 내가 더 살 수 있을 것 같아? 어제 밭에서 장 지주가 나를 발로 찼어. 그 짐승이, 그야말로 정신이 혼미해질 정도로 날 차더라고. 왜 날 찼을 것 같아? 아침에 해 뜨자마자 일하는 데야 몸이 방해되지는 않는데, 다만 더 이상 내 배를 안고 움직일 수가 없는 거야. 마침 정오에 밭둑에 앉아 숨 좀 돌리고 있는데 그놈이 와서 날 찼어.

코를 좀 풀고 다시 말을 이었다.

애 아빠가 죽는 걸 그저 지켜만 본 지 석 달이 되었어! 막 단오가 지났을 때였지. 그때 4개월이었는데, 지금 이 아이가 곧 나오려고 그래! 아! 무슨 놈의 어린애, 원수야, 이 애 아버지가 그 장 지주 손에 죽었는데, 나도 그놈들 손에 죽겠어. 누구도 지주들 손아귀에서 벗어나지 못할 거라고 생각해.

왕메이쯔가 그녀를 부축해서 위치를 바꿔 주었다.

아이고! 힘들겠어요! 배가 이래서 어떻게 밭에 기어가요?

왕씨 아주머니 어깨의 경련이 더 심해졌다. 왕메이쯔는 심장이 뛰었다. 뼈저리게 후회하며 뛰고 있었다. 그녀는 후회하기 시작했다.

정말 말주변이 없고만, 사람이 가장 슬픈 때에 어쩜 제일 다정한 말로 사람의 슬픈 감정을 불러일으키는지?

왕메이쯔가 다시 화제를 돌렸다.

사람의 한평생이란 게 이런 거지요, 모두 각자 바쁘다만, 결과는 죽는 거 아닌 사람 있어요? 일찍 죽든 늦게 죽든 마찬가지 아닌가요?

말하면서 그녀는 수건으로 왕씨 아주머니의 눈물을 닦아주었다. 그녀 평생 흘려도 다 흐르지 못할 눈물을 닦아 주었다.

마음 편하게 생각해요. 몸이 이 모양인데, 강해져야지. 게다가 샤오환을 봐서라도 마음을 편히 가져야지요. 그 어린 것이 좋고 나쁜 것을 다 안다니까요! 아주머니가 슬퍼하고 울고 하면 아이도 따라서 슬퍼하고 울어요. 내가 밥을 좀 해서 줄게요. 바깥 해 그림자를 보니 곧 정오겠어요!

왕메이쯔는 속으로 이렇게 믿고 있었다. 배가 채여서 애가 움직이는 거야! 위험해…… 죽을 지도…….

그녀는 쌀통을 열었다. 쌀통은 텅 비어 있었다.

그녀는 장 지주네 집에 가서 쌀을 얻을 생각하고, 통에서 작은 그릇을 꺼냈다. 왕씨 아주머니가 탄식하며 말했다.

가지 마! 나 그 인간네 그런 얼굴 보기 싫어요. 샤오환더러 산 뒤편 주싼예 집에 가서 좀 얻어 오라고 하게!

샤오환은 그릇을 들고 산등성을 올랐다. 땋은 머리를 출렁거리며 산 뒤편으로 걸어갔다. 산에 있는 곤충이 시든 들풀 사이에서 초췌하게 울고 있었다.

3

왕씨는 석 달 전, 장 지주네 분뇨차를 끌었었다. 그런데 말 다리가 돌덩이에 부러지는 바람에, 장 지주는 왕씨의 품삯 일 년치를 제해버렸다. 왕씨는 화를 못 이겨서 하루 종일 술에 취해 지냈다. 집에도 돌아오지 않고 남의 집 풀더미에 쓰러져 잤다. 나중에 그는 그야말로 미쳐 버리고 말았다. 어린 애를 보아도 때리고 개도 했나. 심시어 밭에서 제멋대로 뛰어다녔다. 장 지주는 그가 풀더미에서 잠자고 있는 틈을 타서 몰래 사람을 시켜 풀더미에 불을 놓았다! 왕씨는 불꽃 속에서 몸부림쳤다. 장 지주의 불꽃 속에서 몸부림쳤다. 그의 혓바닥은 입 밖으로 길게 늘어졌다. 그가 부르짖는 소리는 인간의 소리가 아니었다.

그를 구하러 올 사람이 누가 있으랴? 가난뱅이는 마누라도 자기 마누라가 아니다. 왕씨 아주머니는 앞마을 밭에서 감자를 주울 뿐이었고, 그녀의 남편은 뒷마을에서 다른 사람에 의해 불에 타 죽었다.

왕씨 아주머니가 불더미 옆으로 달려왔을 때 왕씨의 뼈까지 다 타서 부러졌다! 사지는 다 떨어져 나가고, 머리는 쪼개진 조롱박 같았다. 불은 이미 꺼졌지만, 왕씨의 냄새는 온 마을에 맴돌았다.

에워싸고 구경하던 사람들 중에서 어떤 사람은 눈물을 닦으며 말했다.

너무 불쌍하게 죽었어!

어떤 사람은 또 그랬다.

죽은 게 차라리 낫지. 그렇지 않았으면 우리 애들이 이 미친놈에게 다 맞아 죽었을 거야!

왕씨 아주머니는 왕씨의 뼈를 수습해서 옷에 쌌다. 그녀는 꼭 안고서 목 놓아 울었다. 그녀의 피를 토하는 듯한 울음소리는 풀밭을 덮고, 숲속 늙은 나무를 지나 멀리 산 속까지 퍼져나갔다가 되돌아왔다.

구경하던 모든 여인네들은 이 피맺힌 소리에 모두 같이 울었다! 울고 있는 모든 아낙들은 마치 자신의 남정네가 불에 타죽은 듯한 착각에 빠진 것 같았다.

다른 여인이 왕씨 아주머니가 품에 꼭 싸안은 뼛조각을 강제로 빼냈다.

그러지 마우! 뼛조각을 안고 있다고 무슨 소용이 있어요! 뒷날을 생각해야지.

왕씨 아주머니는 다른 사람 말이 안 들리고, 다른 사람이 보이지 않았다. 그녀에겐 오직 그녀 자신만 있을 뿐이었다. 뼈를 다시 채 와서는 미친 듯이 옷으로 쌌다. 그녀는 이 뼈에 영혼도 없고 살도 없다는 것을 알지 못했다. 그녀는 아무 것도 분별할 수 없었다. 그녀는 불탄 왕씨의 시체 내음 속에서 몸부림쳤다. 어떻게 해도 벗어날 수 없는 비통함 속에서 그녀의 모아 놓은 온 힘을 다 썼다!

눈물범벅이 된 샤오환이 왕씨 아주머니에게 얼굴을 돌리고 말했다.

엄마, 울다 미치면 안 돼요! 아빠가 미쳐서 다른 사람이 불태워 죽인 거 아닌가요?

왕씨 아주머니는 샤오환의 말이 들리지 않았다. 그녀는 배를 치면서 허파가 팽창한 듯 울부짖었다. 그녀의 손은 옷을 찢었고, 그녀의 이빨은 입술을 깨물어 뜯었다. 그녀는 울부짖는 사자 같았다.

나중에 장 지주가 손에 파리채를 들고 거들먹거리는 걸음걸이로 다가왔다. 음험한 늙은 독수리처럼 어깻죽지를 흔들고 있었는데 눈은 툭 튀어나오고 코는 안으로 구부러졌다. 그는 잔뜩 짓누르는 어투로 왕씨 아주머니를 달랬다.

곧 날이 질 텐데! 이렇게 울어서 어쩌겠다는 건가? 미치광이 한 놈 죽은 건 죽은 거지! 그놈 뼈가 무슨 가치가 있다고. 집에 돌아가서 뒷일이나 생각해! 내가 지금 사람 시켜서 서쪽 등성에 묻어주겠다.

그는 사방에 둘러선 남자들에게 명령했다.

이런 냄새…… 빠르면 빠를수록 좋다!

아낙네들이 소곤소곤 말했다.

아무튼 장 어르신이야. 얼마나 자애로운지, 무슨 일이든 장 어르신은 다 도와주신다니까.

왕씨는 장 어르신이 태워 죽인 것이다. 이 사실을 아낙네들은 알지 못했다. 조금도 알지 못했다. 논밭의 보릿짚이 낮질에 흐르는 물처럼 파문을 일으켰다. 굴뚝에서 토해내는 연기는 지붕위에서 휘돌았다.

파리가 사람 피를 빨아먹으려는 자세를 취했다. 장 지주는 앞마을로 돌아갔다.

가난뱅이 남자들, 왕씨나 매한가지인 가난뱅이 남자들이 널찍한 어깨를 흔들거리며 왕씨의 뼈를 서쪽 등성이로 옮겨갔다!

4

사흘이 지났다! 닷새가 지났다! 밭에서 왕씨 아주머니의 그림자도 볼 수 없었다. 감자를 줍고 풀을 베는 아낙네들은 이런 얘기들을 주고 받았다.

너무 힘들어! 배가 그렇게 불러가지고는 정말 일을 못 하지!

그날 장 지주가 배를 걷어찬 뒤로 닷새나 밭에 못나오고 있잖아. 아마도 애를 낳았나 봐. 내가 저녁에 한번 가봐야겠어.

왕씨가 불에 타 죽은 뒤로는 살 마음이 없는 것 같더라고! 하루에 도 몇 번씩 울었는데, 요즘엔 더했지! 그날 울면서 감자 줍고 있지 않 았었나?

한 아낙네가 눈썹을 찡그리며 말했다.

맞아, 주운 감자보다 흘린 눈물이 더 많았을 거구먼.

다른 사람이 또 말을 이었다.

누가 아니래? 왕씨네가 주운 감자는 정말 눈물하고 바꾼 거야.

열의가 솟구쳐, 아이를 안고 감자를 줍고 있던 부인이 말했다.

오늘 저녁 우리 모두 왕씨네 집에 한번 가봐야 하겠어, 그녀도 우 리랑 한 부류잖아.

밭에 있는 십여 명의 아낙들이 모두 우렁찬 목소리로 찬성했다.

장 지주가 걸어왔다! 그녀들은 모두 고개를 숙이고 일했다. 지주 가 가버리자 그들은 다시 고개를 들었다. 바람에 쓰러진 보리가 바람 이 지나고 나면 다시 서는 것처럼, 그녀들은 하고 있던 이야기를 계속 했다.

어떻게 속상하지 않을 수 있겠어? 왕씨가 죽을 때 그녀에게 남겨준 것도 없고, 곧 있으면 또 겨울이 닥쳐오는데. 우리는 남편이 있어도 솜옷이 모자랄까 걱정인데. 그녀는 어떻겠나? 애가 나오면 어떻게 키워? 돈 있는 사람 자식만 자식이고, 가난뱅이 자식은 업보가 틀림없어.

누가 아니래? 들자하니 왕씨네는 벌써 애가 셋이나 죽었다고 하데!

그 중에 남편이 죽은 여자가 둘 있었다. 한 명은 젊고 한 명은 나이가 들었다. 그녀들은 자기 일을 떠올렸다. 나이 든 과부는 남편이 차에 깔려 죽은 것을 생각했고, 젊은 과부는 남편이 피를 토하며 죽은 일을 생각했다. 이 두 아낙네만이 아무 말도 하지 않았다.

장 지주가 왔다! 그녀들의 머리는 해바라기처럼 밭에서 구부정하게 숙여졌다.

샤오환의 비명소리가 밭에, 아낙들의 머리 위에 울렸다.

빨리…… 빨리 와주세요! 우리 엄마가 못……못 해요, 말을 못해요.

샤오환은 마치 큰 바람을 맞은 나비처럼 갈팡질팡했다. 그녀의 질겁한 어깨가 경련을 일으키면서 떨고 있었다. 속이 타서 그녀의 눈물이 눈가에서 수은과 같이 무정형으로 빙빙 돌았다. 손으로는 땋은 머리를 붙잡고 발을 구르면서 갈라진 목소리로 울부짖었다.

우리 엄마…… 엄마 어떡해? ……엄마가 말을 안 해요…… 못 해요!

5

촌부들이 왕씨 아주머니 집에 헤집고 들어왔을 때, 왕씨 아주머니는 구들에서 마지막 힘겨운 숨을 토해내고 있었다. 그녀의 몸은 자기 피에 잠겨 있었다. 조그마한 새로운 생명체도 핏속에서 뒹굴고 있었다.

왕씨 아주머니의 눈이 커다란 밝은 진주 같았다. 비록 빛났지만 움직이지는 못했다. 그녀의 입은 너무 벌어져서 무서웠다. 고릴라같이 이빨들이 죽을 힘을 다해 밖으로 튀어 나왔다.

어떤 아낙들은 울고, 어떤 아낙들은 창밖으로 물러섰다. 집안은 뒤죽박죽이었다. 빗자루며 물통이며 해진 신발이 어수선하게 널려 있었다. 이웃집 고양이는 창가에 웅크리고 있었다. 샤오환은 고개를 축 늘어뜨리고 담벼락 구석에 서 있었다. 그녀는 울었다. 그녀는 소리 없이 울고 있었다.

왕씨 아주머니는 이렇게 죽었다! 갓 태어난 아기도 오 분도 되지 않아 죽었다!

6

달빛이 숲을 꿰뚫고 있을 때, 울음소리와 함께 관이 서쪽 산등성을 향해 갔다. 아낙들은 모두 나와서 배웅했다. 늘어지고 떨어지고 갖가지 기름자국이 묻은 옷을 입고 있었다. 이는 그녀들도 왕씨 아주머니와 같은 계급이라는 것을 보여주었다.

주쌴예는 샤오환을 잡고 앞에서 갔다. 마을 개들이 멀리서 놀란 듯 짖어댔다. 샤오환은 울지 않았다. 그녀는 다른 사람에 기대어, 자신의 슬픔을 사람들에게 나누어 준 것 같았다. 그녀는 오로지 주쌴예를 따라 땅에 붙은 나무 그림자를 밟으며 걷기만 했다.

왕씨 아주머니의 관이 서쪽 산등성이 숲 속으로 옮겨졌다. 남자들이 무덤을 팠다.

샤오환, 이 어린 유령은 나무뿌리에 앉아 잠이 들었다. 숲 사이의 달빛이 샤오환의 얼굴에 가느다랗게 흔들리며 내려왔다. 그녀의 양손은 무릎 사이로 깍지 끼워져 있었고 고개는 손 위에 놓여 있었다. 짧은 댕기머리가 목에서 바람에 나풀거렸다. 그녀는 태생적으로 유랑자이다.

관이 달빛과 합쳐져서 땅에 묻혔나! 일 아나글 바지고 긴 깃처럼, 사람들이 웅성거렸다.

주쌴예가 나무뿌리 아래로 걸어와 샤오환의 머리칼을 만졌다.

일어나야지! 애야, 집으로 가자.

샤오환이 눈을 감고 말했다.

엄마, 추워!

집으로 가자! 니 엄마가 어디 있다고. 가엾은 것, 잠꼬대하지 말거라!

샤오환이 깨어났다. 그녀는 엄마가 오늘 더 이상 자기를 얼러서 재워줄 수 없다는 걸 깨달았다! 그녀는 숲에서, 달빛 아래서, 엄마의 무덤 앞에서, 뒹굴며 울었다!…

엄마!……엄마 나 버리고……갔어! 나……누구랑 같이 같이 같이 자라고……자라고?

나……장……장……지주네 집으로 돌아가서 또…… 맞아야 하는 거야? 그녀는 입술을 깨물고 울었다.

엄마! 나랑……나랑 같이……집으로…… 집으로 가아!……

이 조그만 꼬마의 울음소리가 멀고 가까운 곳에서 진동했다. 나뭇잎이 샤오환의 울음소리같이 연접하여 울렸다. 주싼예는 다른 사람과 같이 눈물을 훔쳤다.

숲 속에는 왕씨와 왕씨 아주머니의 무덤이 잠들어 있었다.

동네 개들이 짖는 소리가 멀고 가까운 인가에서 끊어졌다 이어졌다 했다…….

1933년

우마차에서 牛車上

3월 말인데도 클로버 잎이 계곡가를 뒤덮고 있다. 우리 마차는 햇빛 아래 덜컹거리며 산 아래 연녹색의 풀밭 사이를 지나 외조부가 사는 마을을 벗어났다.

마부는 먼 친척뻘 되는 아저씨이다. 그는 채찍을 휘두르고 있었으나, 그 채찍은 소의 등허리를 치지 않고, 그저 허공을 휙휙 가르고 있을 뿐이었다.

"졸려요? 마차가 이제 막 마을을 벗어났는데! 매실탕 좀 마셔요! 앞의 계곡을 지나면 그때 자요." 외조부 집의 여자 하인은 성안으로 아들을 보러 가는 중이었다.

"무슨 개천, 금방 지나지 않았나요?" 외조부 집에서 데리고 나온 누런 고양이도 내 무릎에서 한숨 자고 싶은 모양이었다.

"허우탕개천後塘溪" 그녀가 대꾸했다.

"무슨 허우탕개천?" 나는 그녀에게 신경 쓰지 않았다. 외조부 집을 뒤로 하면서 아무 것도 보이지 않게 되었기 때문이다. 그저 마을 사당 앞에 있는 국기 게양대만이 두 개의 금색 봉우리를 드러내고 있을 뿐이었다.

"매실탕 한 그릇만 마셔 봐요, 정신이 좀 들 테니." 그녀는 벌써 한 손으로는 짙은 황색의 매실탕이 담긴 컵을 받쳐 들고 있었고, 다른 한 손으로는 병뚜껑을 닫고 있었다.

"난 정신 차리지 않아, 무슨 정신을 차리라고. 아줌마나 정신 차려 요!"

그들이 모두 웃었다. 마부가 즉시 채찍을 휙 소리 나게 휘둘렀다.

"이 아가씨가……개구쟁이, 혀가 매섭기는……나……나……" 그가 끝채로부터 몸을 돌리더니 손을 뻗어서 내 머리칼을 붙잡으려고 했다.

나는 어깨를 움츠리고 마차 끄트머리로 갔다. 마을에서 그를 무서워하지 않는 아이는 하나도 없었다. 그가 군대를 갔다 왔다고 했고, 그가 귀를 잡아당기면 무척 아프다고 했다.

우원丘云 아주머니가 마차에서 내려 나에게 이런저런 꽃들을 꺾어다 주었다. 광야에서 맞는 바람은 무척이나 드셌다. 그래서 그녀의 머릿수건이 펄럭이고 있는 것 같았다. 시골이 나에게 남겨 준 잊을 수 없는 기억 하나, 나는 시시로 그녀의 머릿수건을 까마귀나 까치로 보았다. 그녀는 거의 뛰다시피 했다. 거의 아이나 다름없었다. 마차로 돌아와서 그녀는 각종 꽃 이름을 줄줄 읊기 시작했다. 나는 그녀가 방자하게 좋아하는 모습을 여태 본 적이 없었다.

마부도 앞에서 낮고 거친 목소리로 흥얼거리고 있었다. 하지만 무슨 가락인지 구분이 되지 않았다. 바람이 그 짧고 조그만 담뱃대로부터 연기를 실어왔다. 우리의 여정은 이제 막 시작된 것이어서, 희망과 기대를 갖기엔 아직 일렀다.

　나는 결국 잠이 들었다. 허우탕개천을 지나갔는지, 어디쯤 가고 있는지 알 수 없었다. 눈을 한 번 떴는데, 흐릿하게 거위를 돌보는 아이가 나에게 아는 체를 하는 것도 보이고, 소 등에 탔던 샤오건小根이 나에게 작별을 고하는 장면도 보였다. …… 외조부가 내 손을 잡고 이렇게 말하는 것 같기도 했다. "돌아가서 할아버지께 말씀드려라. 가을에 날씨가 좀 선선해지면 시골에 와서 좀 지내다 가시라고 …… 네 외할머니가 저며 놓은 메추라기와 좋은 고량주를 준비해 놓고 네 할아버지가 와서 같이 먹고 마시길 기다리고 있다고 …… 내가 거동을 못하니, 만약 그렇지 않으면, 이 이 년간, 내가 결국은 가……."

　나를 깨운 것은 어떤 누가 아니라 덜컹거리는 우마차 소리였다. 내가 깨어나서 맨 처음 본 것은 그 황소가 혼자 큰 길을 걸어가고 있는 모습이었다. 차부는 끌채에 없었다. 나는 그가 마차 끄트머리에 가 앉아 있는 것을 발견했다. 손에는 채찍 대신 담뱃대를 들고 있었는데, 왼손으로는 쉴 새 없이 턱을 만지작거리고 있었다. 그의 눈은 지평선을 따라 저 멀리를 향하고 있었다.

　나는 고양이가 어디 있는지를 찾았다. 고양이는 우원 아주머니의 무릎에 가 앉아 있었다. 게다가 아주머니가 그것의 꼬리를 어루만지는 것이었다. 나는 그녀의 남색 머릿수건이 이미 눈가까지 덮여 있는 것을 보았다. 콧등의 주름은 먼지 때문에 더 선명하게 드러나 보였다.

　그들은 내가 깨어난 것을 조금도 알아채지 못하고 있었다.

　"삼 년째 되는 해부터 편지가 안 오더라고! 당신네 군인들은 암튼……."

나는 그녀에게 바로 물었다. "아줌마 남편도 군인이에요?"

마차를 모는 외삼촌이 내 변발을 잡아 나를 뒤쪽으로 끌어당겼다.

"그럼 그 다음에도……결국 편지가 안 왔단 말이오?" 그가 그녀에게 물었다.

"내 얘기 좀 들어봐요! 중추절이 막 지나서……근데 어느 해였는지는 기억이 나지 않아요. 아침을 먹고, 문 앞에서 돼지에게 여물을 주고 있었지요. 구유를 두들겨 가며 돼지를 부르니……어디 무슨 소리가 들렸겠어요? 남촌 왕씨네 둘째가 '우원 아주머니, 우원 아주머니……'하고 부르면서 달려오는 거예요. 그 애가 그럽디다. '우리 엄마가 아마도 우원 오빠가 보낸 편지 같다고 하셨어요.' 정말, 내 눈앞에 진짜로 편지가, 내가 가져가길 기다리고 있는 거예요! 보고 있는데 ……왜 그렇게 마음이 아려 오던지…… 그가 아직 살아 있구나! 그 사람이…… 눈물이 그 빨간 종이 위로 떨어지대요. 손으로 얼른 눈물 떨어진 곳을 닦아 냈지요. 돼지 여물을 마당에 버려두고……방으로 들어가 깨끗한 옷으로 갈아입었어요. 서둘러 남촌에 있는 학당에 가서 선생님을 찾았지요. 웃으면서 또 한 손으로는 눈물을 닦으면서……내가 그랬어요. '바깥양반이 보낸 편지예요. 선생님, 좀 읽어주세요. ……일 년 만에 온 거예요.' 학당 선생님이 내가 손에 쥐고 있던 편지를 받아 보더니, 내 것이 아니라고 그러시더군요. 그 편지를 학당에 그대로 버려두고 돌아왔어요. ……돼지 여물도 안 주고, 닭도 내버려 두고, 그냥 그대로 누워버렸어요. ……며칠 동안을요. 혼이 나간 듯했지요."

"그 이후로도 편지를 못 받았소?"

"없었지요." 그녀는 매실탕이 들어있는 병마개를 열고는, 한 그릇을 따라 마시고 또 한 그릇을 따라 마셨다.

"당신네 군대 간 사람들은, 그저 이삼 년이면 된다더니……그러나 돌아오는 것은……돌아오긴 뭘 돌아와! 돌아와서 넋이라도 좀 보여주지……."

"뭐라고?" 차부가 말했다. "혹시 밖에서 죽은 거 아닌가……."

"그래요, 그런 셈이지! 소식이 안 온 지 일 년이 넘었으니."

"전사한 거요?" 차부는 마차에서 뛰어내려 채찍을 잡고, 공중에 대고 두어 번 휘둘렀다. 뭔가 터지는 소리가 났다.

"뭘 더 물어……군대 간 사람들은 길한 건 적고 흉한 건 많아요." 그녀의 주름진 입술이 마치 찢어진 천조각처럼 가볍고 얇아 보였다.

마차가 황촌을 지나자마자, 해가 지기 시작했다. 푸른 보리밭 위로 까치가 날고 있었다.

"우윈 아저씨가 죽었을 때 울었어요?" 나는 누런 고양이의 꼬리를 만지작거리며 그녀를 쳐다보고 있었다. 그러나 그녀는 날 보지 않고, 머릿수건을 정돈했다.

차부가 거꾸로 뛰어서 마차 끝에 올라와 앉더니 난간을 잡았다. 한번에 폴짝 뛰어 끌채로 가 앉았다. 그가 담배를 피우기 전에 그의 두꺼운 입술은 마치 꼭 닫힌 병마개처럼 그렇게 앙다물어져 있었다.

우윈 아주머니의 말은 마치 보슬비가 내리는 것 같아서 나는 또다시 마차 난간에 기대어 잠속으로 빠져들었다.

내가 다시 일어났을 때, 마차는 한 조그만 마을 어귀의 우물가에 멈춰 있었고, 소는 물을 마시는 중이었다. 우윈 아주머니는 울었는지 움푹 들어간 눈이 부어 있었다. 게다가 눈가의 주름도 커져 있었다. 차부는 우물에서 물 한 통을 길어다 마차 옆에 두었다.

"좀 안 마시겠소? 아주 시원해요……."

"안 마셔요." 그녀가 대꾸했다.

"좀 마시지 그래요. 마시지 않을 거면 찬물로 세수 좀 하는 것도 좋고." 그는 허리춤에서 수건을 꺼내 수건에 물을 적셨다. "좀 닦아요! 먼지에 눈이 안 보이겠구먼……."

군대 갔다 온 사람이 어떻게 다른 사람에게 물수건을 만들어 주지? 나는 놀랐다. 내가 아는 군인들은 싸움할 줄 알고, 여자를 때릴 줄 알고, 아이들의 귀때기를 잡아당길 줄 알았다.

"그해 겨울, 나는 세밑장에 대어 가려고…… 성에 돼지털을 팔러 갔지요. 세밑장에서 큰 소리로 물건 사라고 외쳤어요. '아주 질긴 돼지털이 왔어요. ……아주 긴 돼지털이 왔어요…….' 다음 해, 나는 마치 애기 아빠를 완전히 잊은 것 같았지요……마음속으로 걸려 하지도 않았고요. …… 그래봤자 좋을 게 없다는 생각이 들고, 어쨌든 산 사람은 살아야 하잖아요! 가을이 되었을 때, 나도 밭에 나가 고량미를 베었지요. 내 이 손도, 고생 많이 했어요. ……봄엔 아이 데리고 머슴살이 하고, 두세 달이면 집을 헐었다가, 겨울이 되면 다시 집을 만들었지요. 무슨 소털이며……돼지털이며…… 여기저기서 주워온 새 털도 있었지요. 겨울에 집에서 깨끗하게 정돈해서, 깨끗하게 정돈이 되면 …… 따뜻한 날 하루 잡아서 성에 내다 팔았지요. 만약 성에 들어가는 마차를 만나면, 투쯔도 함께 데리고 가고……한번은 투쯔를 놓고 왔어요. 날씨도 안 좋아서 매일 눈발이 날리고, 세밑장도 한산했어요. 얼마 되지도 않는 돼지털이 아무리 해도 다 팔리질 않더라고요. 아침 일찍부터 쪼그리고 앉아서 해가 서쪽으로 질 때까지 있었지요. 네거리에 있는 한 커다란 상점 벽에 벽보 한 장이 크게 붙어 있더군요. 사람들이 왔다갔다 거기에서 보더라고요, 아침 일찍 붙였던 모양이에요! 어쩜 한낮에 붙였을 수도 있고…… 어떤 사람들은 눈으로 보면서 몇 구절 소리 내어 읽더라고요. 나는 그런 말들을 이해하지 못했어요. ……사람들이 무슨 '공고, 공고'라고 하는데, 뭘 공고하고 있는 건지 이해가 안 되었어요. …… '공고'는 관가 일이고, 우리 같은 백성과 무슨 좋고 나쁜 게 있어! 그런데 왜 그렇게 보는 사람이 많은지……듣자하니, 무슨 도망병에 대한 '공고'라는군요. …… 듣자하니……듣자하니……며칠 뒤에 성에 데리고 와서 총살을 시킨다고…….."

"어느 해의 일인가요? 민국 10년에 도망병 열 명을 쏘아죽인 그 일인가?" 마부는 말아 올린 소매끝을 무의식중에 떨구고, 손으로 다시 턱을 쓰다듬었다.

"언제인지 모르겠어요. ……아무튼 총살을 하든 말든 나하고 무슨 상관이 있나, 어쨌든 내 돼지털을 다 팔지 못하면 재수 없는 것이고……." 그녀는 손바닥을 서로 한 번 비볐다. 갑자기 모기를 잡는 것처럼 손바닥을 딱하고 마주쳤다.

"누가 도망병의 이름을 읽는데…… 나는 검정 두루마리를 입은 사람을 보고 …… '한 번만 더 읽어 주세요!'라고 말했어요. 처음엔 내 양손에 돼지털을 아직 들고 있었는데 ……나는 장우원姜五云 장우원하는 소리를 듣고, 그 이름이 몇 번이고 귀에서 울리는 것 같았어요. …… 한참이 지나고 나서야 토할 것 같았어요. …… 목에서 뭔가 비릿한 것이 막 올라오는 것 같아서, 삼키려고 했지만 삼킬 수가 없더라고요.
……눈에 불꽃이 일고……'공고'를 보던 사람들이 다 앞쪽으로 밀려
서, 나는 옆으로 밀려 났지요. 나는 다시 앞으로 가서 보려고 했는데,
다리가 말을 듣지 않는 거예요! '공고'를 보는 사람들은 갈수록 많아지
고 난 바로 밀려나고 말았어요! 밀려날수록 더 멀어졌어요……."

그녀의 앞이마와 코끝에서 땀이 흘렀다.

"마차를 타고 시골로 돌아오니 자정이 다 되어 갑디다. 마차에서
내리자마자 돼지털이 생각났어요. ……돼지털을 어떻게 기억해내겠
어요. ……양쪽 귀가 두 장의 나무판 같았는데……머릿수건도 길에
서 떨어뜨렸는지, 아님 성안에서 떨어뜨렸는지……."

그녀는 머릿수건을 젖혔다. 두 귀 아래 끝이 완전히 없었다.

"봐요, 이게 군인의 마누라요……."

이번에 그녀는 머릿수건을 더 세게 동여맸다. 그래서 그녀가 말하
는 것을 따라 그 머릿수건의 모서리 부분도 조금씩 파동을 쳤다.

"우원이 아직 살아 있다면, 그를 만나보러 가야겠다, 부부끼리 한
번 만나는 건데…….

……2월에 나는 투쯔를 업고서, 오늘도 성에 가고, 내일도 성에 갔
어요. ……'공고'는 몇 차례 더 붙었었다고 하더군요. 나는 그 공고를
가서 보지 않고, 관가에 가서 물었지요. 그들 말이 자기네들 소관이 아
니라고, 병영으로 가라고 그러는 거예요. ……나는 어려서부터 관리
가 두려웠어요. ……시골 아이들은 본 적이 없잖아요. 그들 총칼 찬
사람들, 보기만 하면 몸이 달달 떨렸지요. ……가 보자! 어쨌든 그 사
람들도 사람을 보자마자 죽이진 않을 테고……나중엔 자주 가서 물어

보니까 무서움도 없어지더라고요. 어쨌든 한 가족 세 식구 중에 한 명은 벌써 그들 손아귀에 잡혀 있으니⋯⋯그들은 나에게 도망병이 아직 도착 안 했다고 말해 주었어요. 언제 오냐고 물었어요. '한 달은 걸릴 겁니다!'고 하더군요. ⋯⋯시골에 돌아가자마자, 도망병이 무슨 현에 있다는 말을 들었지요. 그게 무슨 현이었더라? 지금까지도 무슨 현이었는지 모르겠어요. ⋯⋯ 어쨌든 호송해왔다는 말을 들었으니⋯⋯ 다들 얼른 가서 보지 않으면, 못 볼 거라고 하더군요. 나는 투쯔를 들쳐 업고, 다시 성으로 갔어요. ⋯⋯가서 물었지요. 병영 사람이 그러데요. '조급해 하기는, 수백 번을 와서 묻겠네. 모르겠소, 어쩜 아직 안 왔을지도 모르고요.' ⋯⋯어느 날, 난 한 높은 양반이 마차를 타고 딩딩딩 종을 울리면서 병영에서 나오는 것을 봤어요. ⋯⋯나는 바로 투쯔를 땅에 내려놓고 달려갔지요. 마침 마차가 내 쪽으로 오고 있었답니다. 난 바로 무릎을 꿇었지요. 말발굽이 내 머리를 밟고 지나가는 것도 겁나지 않았어요.

'어르신, 제 남편⋯⋯장우⋯⋯' 나는 말을 다 끝내기도 전에 어깨가 묵직하다고 느꼈어요. 그 마차를 모는 사람이 날 뒤쪽으로 쓰러뜨린 거예요. 나는 미끄러져 넘어진 것처럼 길가로 기어갔지요. 그 마차를 모는 사람도 군인 모자를 쓰고 있다는 것밖엔 보지 못했어요.

나는 일어나서 투쯔를 다시 업었지요. ⋯⋯병영 앞으로 개울이 흐르고 있었는데, 한참 동안 거기서 물 흐르는 것만 쳐다보고 있었어요. 고기 잡는 사람도 있고, 빨래하는 사람도 있더군요. 좀 멀리, 그 개울이 구부러지는 곳으로 가면 물이 좀 깊어지거든요. 그 물살이 일렁거리며 눈앞으로 흘러갔어요. 얼마나 많은 물살이 지나갔는지 모르겠어요. 나는 투쯔를 물가에 내려놓고 물속에 뛰어들어야겠다, 그 어린 목숨은 남겨두자, 애가 울면 누군가 와서 데리고 가겠지라고 생각했어요.

나는 그 조그만 강보를 살살 쳤어요. 마치 '투쯔야, 자거라.' 하고 말하는 것처럼요. 나는 그 동그란 귀를 어루만져 주었지요. 그 아이의 귀는 정말, 얼마나 탐스럽게 생겼는지, 그 애 아빠하고 똑같이 생겼다니까요. 아이의 귀를 보기만 하면 애 아빠를 보는 것 같았어요."

그녀는 칭찬하면서 웃었다.

"나는 그 조그만 강보를 다시 살살 쳤어요. '투쯔야, 자야지.' 내가 돈 몇 푼을 갖고 있다는 생각이 떠올라서, 아이 강보에 두려고 했지요. 막 손을 뻗어서, 손을 뻗어서……놓으려고 하는 순간…… 아이가 눈을 반짝 떴어요. ……게다가 배 한 척이 강이 굽어진 곳을 돌아 다가오는 거예요. 배에서 아이가 엄마를 부르는 소리를 듣자마자, 나는 모래 위에서……투쯔를……안았어요 ……품에 안았어요."

그녀는 머릿수건으로 그녀의 목을 누르고 있는 것 같았다. 그녀의 손을 따라 눈물이 흘러내리고 있었다.

"그래도……그래도 아이를 업고 집으로 가자! 설령 빌어먹더라도, 친엄마가 있는 게……친엄마가 있는 게 나아……."

그 남색 머릿수건 모서리가 그녀의 턱이 떨림에 따라 함께 떨리기 시작했다.

우리 마차 앞으로 마침 양떼가 지나가고 있었다. 양떼를 모는 아이가 버드나무 가지로 피리를 만들어 불고 있었다. 들판을 비스듬히 가르고 지나간 태양 아래 어느 것이 꽃이고 어느 것이 풀인지 구분되지 않았다! 그저 다들 한데 섞여 누럴 뿐이었다.

마부는 마차를 따라 옆에서 걸었다. 채찍을 땅바닥에 대고 치면서 먼지를 풀썩풀썩 일으키고 있었다.

"……오월이 되어서야 병영 사람이 그러데요. '곧 올 겁니다. 곧 올 거예요.'

"……오월 말에, 커다란 배 한척이 병영 앞 물가에 정박했어요. 얼마나 사람이 많던지! 7월 15일 등 구경하러 나온 사람들보다 훨씬 많더라고요……."

그녀의 두 소매가 흔들거렸다.

"도망병의 가족들이 오른편에 서 있었어요. …… 나도 가서 섰지요. 군인 모자를 쓴 사람이 지나가면서 사람마다 더 패를 하나씩 걸어줬어요. ……누가 그걸 알겠어요. 나도 그 글자를 몰랐어요…….

"널판을 지나가려고 하는데, 군인들 한 무리가 오더군요. 우리 그 패를 건 사람들……둥글게 모이기 시작했어요. …… '물가에서 멀리 떨어지시오, 멀리 떨어지시오…….' 그들은 총으로 우리를 위협하면서 우리를 그 배에서 십여 미터나 멀리 떨어진 곳으로 몰아갔어요. ……내 옆에 하얀 수염을 기른 할아버지가 보따리 하나를 들고 서 있었는데, 난 그분에게 물어봤지요. '할아버지, 왜 보따리를 들고 오셨어요?……' '흥! 아니야! 나는 아들 하나하고 조카 하나가 있는데, 한 사람에 하나씩…… 저승에 갈 때 깨끗한 옷을 입지 않으면 위로 올라갈 수가 없어. ……'

"널판지가 내려졌어요. ……그걸 보자마자 우는 사람도 있었어요. ……난 울지 않았어요. 난 발을 땅바닥에 꼭 대고서 배만을 쳐다보고 있었어요. ……그러나 아무리 지나도 나오지 않는 거예요. ……시간이 좀 흐르자, 칼을 찬 군인이 난간에 손을 기대고 말하더군요. '가족들은 뒤로 더 물러서시오. ……배에서 내릴 겁니다……' 여기저기 시끄러워지고, 그 병사들이 또다시 총부리를 들이대면서 우리를 뒤쪽으로 몰아갔어요. 길가 콩밭까지요. 우리는 콩대 있는 데에 서 있었어요. 널판을 또 하나 걸쳐 놓더군요. ……내려왔어요, 한 군관 대장이……그 발에 찬 족쇄……쇠스랑 끌리는 소리……난 아직도 기억해요, 첫 번째로 조그마한 사람……오류 명이 걸어 내려왔어요. ……투쯔 아빠처럼 건장한 사람은 하나도 없었어요, 정말로요, 보기 흉했어요. ……두 팔은 곧게 뻗고 있는데……난 나중에야 그 사람들 손에 수갑이 채워져 있는 것을 발견했어요. 옆에 있는 사람들이 울면 울수록 나는 유난히 더 평정을 찾아갔어요. 두 눈을 똑바로 뜨고 널판만 응시했지요 ……애 아빠에게 물어볼 생각이었거든요, '군대 가서 왜 군인 노릇 잘 못하고, 도망병이 된 거예요? ……당신 아들에게 미안하지도 않나요?'

한 스무 명 남짓 되는데, 난 누가 애 아빠인지 알아볼 수가 없었어요. 멀리서 보니 다 비슷비슷해 보였거든요. 한 젊은 아낙네가……초록색 옷을 입고 온 여인네였는데, 미친 사람처럼, 군인들 틈을 뚫고 돌진해 가는 거예요. ……군인들이 어디 그녀가 가게 두겠어요……바로 붙잡혔지요, 땅바닥에서 데굴데굴 구르면서 고함을 지르는데, '군대 간 지 아직 석 달도 안 됐어요……아직……' 군인 두 명이 그녀를 들고 왔는데, 머리가 온통 산발이 되어서는, 한참이 지난 뒤에야 우리 그 목에 팻말을 걸고 있는 사람들을 데리고 갔어요. ……갈수록 가까워졌지요, 가까워질수록 누가 애 아빠인지 더 못 알아보겠더라고요.

······눈이 뿌옇게 되면서······게다가 사람들이 다 꺼이꺼이 울고, 나도 좀 당황스러워질 정도로 울더라고요······.

담배를 계속 피워대는 사람이 있는가 하면, 욕을 하는 사람도 있었지요. ······웃는 사람도 있었어요. 군대 가는 그런 사람들은······나무랄 일도 아니지요, 군인이란 목숨을 아까워하지 않으니까······.

살펴봤는데 투쯔 아빠가 없었어요. 허! 어떻게 이런 일이······나는 바로 몸을 돌리고 군관 한 명의 혁대를 잡아채면서 말했어요. '장우원은요?' '그 사람하고 무슨 관계요?' '내 남편이에요.' 나는 투쯔를 땅바닥에 내려놨어요. ······바닥에 내려놓자마자 울기 시작하더군요. 나는 딱 소리 나게 투쯔의 뺨을 때렸어요. ······그리고 그 군관을 때렸지요. '당신네들 내 남편 어떻게 했어?'

'좋아······멋있어······친구할 만해······.' 그 도망병들이 연거푸 소리를 지르기 시작했어요. 군관이 이 광경을 보고는 졸병한테 나를 끌어내라고 했어요. ······장우원뿐 아니라 두 명이 덜 왔다고, 다음 배로 내일모레 사이 도착할 것이라고······도망병 중에서 그들 세 명이 주동자라고 하데요.

나는 아이를 업고 물가를 떠났어요. 팻말을 건 채로 걸어 내려갔지요. 걸으면서 양다리가 어찌나 후들후들 떨리는지. 온 거리가 구경 나온 사람들로 인산인해였어요. ······내가 병영 뒤쪽으로 걸어가는데, 거기 담벼락 아래 보따리 두 개를 들고 왔던 노인네가 앉아 있더군요. 보따리가 하나밖에 없는 거예요. 내가 물었지요. '어르신, 어르신 아들도 아직 오지 않았나요?' 내가 이렇게 묻자, 노인네는 바로 허리를 구부리더니, 수염을 입에 넣고, 그 수염을 깨물면서 통곡을 하시는 거예요!

노인네가 그러시더군요. '주동자라 그곳에서 처형된다네!' 당시 나는 그 의미를 잘 이해하지 못했어요……."

그녀는 다시 말을 이어 내려갔다. 그것은 완전히 다른 이야기였다.

"그러고 삼 년이 지났어요. 투쯔가 여덟 살이 되던 그해, 그 애를 두부공장에 보냈는데……지금 이렇게, 일 년에 두 번 내가 그 애를 보러 가요. 이 년에 한 번 집에 돌아오고. ……집에 와도 열흘이나 보름……."

차부는 마차에서 떨어져서 두 손을 뒷짐 진 채 오솔길에서 걷고 있었다. 태양이 사선으로 그를 비추고 있었기에 그의 그림자가 무척 길어 보였다. 그가 한 걸음씩 뗄 때마다 그 그림자도 포크 모양으로 갈라졌다.

"나도 집에……" 그의 말이 입술에서 흘러나오는 것 같았다. 마치 그는 광야에다 대고 말하는 듯했다.

"아이고!" 우원 아주머니가 머릿수건을 좀 느슨하게 풀었다.

"뭐야!" 그녀의 콧등 주름이 조밀하게 한 번 잡혔다.

"그러나 정말……군인 하지 않아도 집에 돌아오지 않아……."

"흥! 집에 돌아간다고! 두 다리 들쳐 메고 집으로 돌아가?" 차부는 두터운 손으로 자기 코를 비틀면서 웃었다.

"이 몇 년간, 돈 얼마나 좀 벌었소?"

"다들 돈 좀 벌고 싶어하잖아! 그러니 도망병이 되는 거지!" 그는 허리띠를 꽉 조여 맸다.

나는 면옷을 하나 더 껴입었다. 우원 아주머니는 담요로 몸을 감

샀다.

"음! 아직 한 1킬로쯤 남았네……만약 말을 맸다면……어! 단숨에 도착할 텐데! 소는 안 돼. 소라는 놈은 급하지도 느긋하지도 않아서 전쟁에 끌고 나갈 수가 없어……" 차부는 마대에서 솜저고리를 하나 꺼냈다. 그 솜저고리가 바람을 타고 마대 끝으로 날아가서, 그는 바로 옷을 입었다.

황혼에 부는 바람이 2월에 부는 바람 같았다. 차부는 마차 끄트머리에서 외조부가 할아버지에게 보내는 술단지를 꺼내들었다.

"마시자! 반은 왔으니 술단지 열고, 가난뱅이는 도박을 즐겨…… 두 잔은 마셔야지……." 술 몇 잔을 마시고 나자, 그는 완전히 가슴을 헤 벌렸다. 육포를 씹고 있는 그의 입에서 거품이 일고 있었다. 바람이 그의 입가를 스쳐 지나갈 때면 그의 입술의 거품도 더 커졌다.

우리가 달려가고 있는 그 성, 희뿌연 분위기 속에서, 단지 그게 광야도 아니고, 언덕배기도 아니고, 해변가도 아니고 숲도 아니라는 것만 분별할 수 있었다…….

마차가 앞으로 전진해갈수록, 그 성이 더 멀리 후퇴해가는 것 같았다. 얼굴과 손등이 끈적끈적한 느낌……다시 앞을 내다보니, 길도 그 끝을 알아볼 수 없었다…….

차부가 술단지를 치우고 채찍을 집어 들었다. ……이때는 소뿔도 모호해졌다.

"집 나와서 한 번도 돌아간 적이 없어요? 집에서 편지도 안 오고?" 우윈 아주머니의 질문을 차부는 하나도 못 들은 게 틀림없었다. 그는 휘파람을 불면서 소를 몰고 있었다. 나중에 그는 마차에서 내려 소 앞에서 걸어갔다.

맞은편에서 빈 마차가 하나 다가왔다. 끌채 위에 붉은색 등이 걸려 있었다.

"안개가 심하고만!"

"정말 심한 안개네!" 차부들은 서로 인사를 주고받았다.

"3월의 짙은 안개라……병란이 아니면 흉년인데……."

두 대의 차가 엇갈려갔다.

1936년

다리橋

여름과 가을, 다리 아래 고인 물은 도랑물과 높이가 같다.

"황량쯔黃良子, 황량쯔……아이가 울어!"

어쩌면 한밤중일 수도 있고, 어쩌면 아침일 수도 있다. 다리 어귀에서 이렇게 소리를 지르고 있었다. 한참 되었다! 다리 어귀 쪽에 사는 사람들은 모두 이 소리를 듣는 게 습관이 되었고 익숙해져 있었다.

"황량쯔, 아이 젖 먹여야 해! 황량쯔……황량……쯔."

특히 비 오는 밤이나 바람 부는 아침이면, 조용한 가운데 이 소리는 다리 아래 흐르는 물의 공감을 얻거나 바람 소리의 도움을 받아 먼 곳에 사는 사람에게도 보내졌다.

"황……량쯔, 황……량……쯔." 듣고 있노라니 노래 소리 같았다.

달은 완전히 가라앉아 버렸고, 하늘 서편에 마지막 별 하나만이 아직 걸려 있을 뿐이었다. 다리 동쪽 빈터로부터 황량쯔가 걸어 나왔다.

황량은 그녀 남편의 이름이다. 그녀가 유모로 일한 그날부터, 누가 '황량'의 끝에 '쯔'자를 붙였는지 모르겠지만, 아무튼 그녀의 이름이 되었다.

"아? 이렇게 일찍 배가 고프다고? 어제 저녁 그렇게 늦게 먹었는데!"

일을 시작한 처음 며칠간, 그녀는 다리 근처까지 달려가서, 다리 서쪽에 있는 그녀를 부르러 온 사람을 향해 그 오래된 다리 난간을 흔들어주었다. 그녀의 목소리도 다리 아래 흐르는 물 위에서 뱅뱅 도는 것 같았다.

"이렇게 일찍! ……아?"

지금 그녀는 전혀 그렇게 하지 않았다. '황량쯔'라는 이 말은 마치 부호 같았다. 그녀에게 닿기만 하면, 그녀는 곧 그 글자를 따라갔다.

잠이 덜 깨어 몽롱한 중에 그녀의 호흡이 아직 고르지 않았다. 그녀는 걷고 있었다. 거의 뛰다시피 했다. 도랑을 따라 북쪽으로 달려갔다. 다리 서쪽에 있는 첫 번째 대문 아래 멈춰 서서 손으로 흐트러진 머리카락을 말아 올렸다.

—어떻게? 문이 아직도 닫혀 있지? ……어떻게!

"문 열어 주세요! 문 열어 주세요!" 그녀는 허리를 굽혔는데, 얼굴이 거의 땅바닥에 닿을 듯했다. 문지방 아래 틈으로 들여다보니, 커다란 흰둥이가 아직도 거기에서 자고 있었다.

머리를 지나치게 숙인 탓에, 정원 안의 집이 한 바퀴 빙 도는 것 같았다. 문과 창문도 모두 빙빙 돌고 있는 것 같았고, 하늘 쪽으로 세워져 있는 듯했다. "문 열어 주세요! 문 열어 주세요! —"

—어떻게! 귀신이 나를 부른 건가? 아니야, ……누군가가 불렀어, 난 확실히 들었어…… 틀림없이, 틀림없이…….

그러나 그녀는 돌아올 수밖에 없었다. 다리의 서쪽과 동쪽에서 한 사람도 만나지 않았다. 그녀가 소리를 지른 통에 흠뻑 젖어 있던 등이 차가워졌다.

— 이것은 백 팔십 걸음 아닌가 ……이백 걸음을 더 말했네 …… 하지만 1리 이상은 더 돌아서 가야 해!

처음에 그녀는 다리 난간에 기대어 올라가보려고 시도해 봤다. 하지만, 그 다리는 바닥이 아예 없었다. 좀도둑이 아직 뽑아가지 않은 두 개의 난간만이 남아 있을 뿐이었다. 만약 난간조차 보이지 않았다면, 그녀는 더 안심했을 것이다. 그 도랑이 자연적인 도랑이라고 믿었을 것이며, 사람이 도랑을 없앨 방법이 없다는 것을 믿었을 것이다.

……그렇지 않나? 나무 두 개만 놓으면 사람이 걸어 나닐 수 있을 텐데……나무 두 개가 없어서 ……이 다리, 이 다리, 바로 다리 하나를 사이에 두고…….

그녀는 다리 근처에 잠깐 서서 잠시 생각을 했다.

— 남쪽으로 갈까, 북쪽으로 갈까? 모두 똑같아, 북쪽으로 가자!

그녀의 초가집은 바로 이 다리의 맞은편에 있었다. 그녀는 문 위의 종이 조각이 바람에 흔들리고 있는 것을 보았다. 그녀의 이상 속에서는 손을 내밀기만 하면 곧 저 작은 흙언덕을 만질 수 있을 것만 같았다.

그녀가 도랑을 따라 북쪽으로 걸어갈 때, 그녀는 저 작은 흙언덕에서 미끄러진 적이 있었다. 멀었다, 반 리쯤 되는 길까지 왔다 — 도랑의 막바지— 다시 꺾어서 돌아왔다.

— 누가 아직도 나를 부르고 있지? 어느 쪽에서 나를 부르고 있는 거지?

그녀의 머리칼이 또 흐트러져서, 그녀는 걸어가면서 둥글게 묶었다.

"황량쯔, 황량쯔……." 그녀는 여전히 어떤 사람이 그녀를 부르는 소리가 들리는 듯했다.

"오……이, 가……지…… 오……이, 가……지……" 채소 파는 사람이 황량쯔 쪽으로 걸어오고 있었다.

"오이 가지, 오……이 가지……"

황량쯔는 웃었다! 그 채소 파는 사람을 향해 그녀는 웃었다.

주인집 담장 위로 강아지풀이 무성하게 자라났다. 다리 동쪽에서 황량쯔의 아이가 우는 소리도 커지기 시작했다! 그 아이의 울음소리가 다리 서쪽까지 울려 퍼졌다.

가자 – 가자 – 우리 착한 아기를 밀고 다리 어귀로 올라가자,

다리 어귀에서 큰 나비를 잡자,

엄마는 앉아서 쉬고,

가자 – 가자 – 우리 착한 아기를 밀고 다리 어귀로 올라가자.

비록 햇살은 여전히 따스하고, 이 가을 하늘도 여름보다 훨씬 더 고왔지만, 황량쯔는 더 이상 여름처럼 그렇게 느릅나무 아래에서 유모차에 기대어 졸지 않았다.

작은 주인은 유모차 안에서 자고 있었다. 덜그럭덜그럭 바퀴가 울렸다. 그 뽀얗고 부드러운 둥근 얼굴의 눈썹 위로 서리처럼 새하얀 흰모자가 가지런했다. 아이는 깨끗하고 귀여운 옷을 입고 있었다.

황량쯔는 불안했다. 그녀의 심장이 방울처럼 요동치기 시작했다.

"우는 게 좋아? 울지 마! ……아빠가 안고서 폴짝폴짝 뛰기도 하고, 달리기도 하고……."

아빠가 아이를 안고 다리 너머에 서 있었다. 자기의 그 아이는 얼굴은 누렇게 뜨고 말랐으며, 눈가는 푸르스름하며, 목은 약간 길었다. 보기에 시든 나뭇가지 같았다. 하지만 황량쯔는 유모차에 있는 아이보다 더 귀엽다고 생각했다. 어디가 귀여운가? 그 애는 웃는 것도 우는 것이나 비슷했다. 그 애는 울 때도 빛나고 커다란 눈물방울이 굴러 떨어지지 않았다. 게다가 그 애는 다리 너머에 있는 엄마에게 조금도 친근하게 굴지 않았다. 그녀를 보면서 손바닥 한 번 쳐주지 않았다. 아빠가 손으로 받치고 있는 발도 폴짝거린 적이 한 번도 없었다.

그러나 그녀는 언제나 유모차 안의 아이보다 훨씬 더 귀엽다고 생각했다. 어디가 귀여운가? 그녀 자신도 잘 몰랐다.

가자 – 가자 – 우리 착한 아기 밀고 다리 어귀로 올라가자
가자 – 가자 – 우리 착한 아기 밀고 다리 어귀로 올라가자.

그녀가 작은 주인에게 불러주는 노래에 벌써 한 소절이 빠졌다.

다리 어귀에서 큰 나비를 잡자, 엄마는 앉아서 쉬고.

이 소절 안에서 어떤 영혼의 교감도 느낄 수 없으니 할 필요가 없었던 것이다.

가자 – 가자 – 다리 어귀로 올라가자, 다리 어귀로 올라가자······

그녀의 노랫소리가 점점 시들해졌다. 그녀는 이런 몇 마디를 아이가 듣기 좋아할지 듣기 싫어할지 신경 쓰지 않았다. 유모차 바퀴를 달그락거리며 다리 어귀를 떠날 때에도 그녀는 마찬가지로 노래를 했다. "다리 어귀로 올라가자, 다리 어귀로 올라가자······"

나중에는 작은 주인이 침대에 누워 잠을 잘 때조차도 흥얼거렸다. "다리 어귀로 올라가자, 다리 어귀로 올라가자······"

"어? 그 애를 좀 닦아 줘요. ······그 콧물이 입까지 흘러내리잖아. ······어떻게! 보지 못했어? 에이······"

황량쯔, 그녀는 자신이 다리의 이쪽에 있다는 것을 완전히 잊어버리고는 약간 성을 냈다. 그녀가 다리를 사이에 두고 손을 뻗을 때는 하마터면 거의 눈물을 흘릴 뻔했다! 그녀의 얼굴은 초조함으로 빨갛게 상기되었다.

"아빠, 아빠는 못 쓰겠다니까 ······도대체 쓸모가 없네! 그러나, 이 다리, 이 다리······만약 이 다리만 없었어도······" 다리 아래로 흐르는 물에 부딪혀 황량쯔의 목소리가 공허하게 울렸다. 게다가 다리 아래의 그림자가 좌우로 흔들렸다. "당신이 애를 안고 건너와요! 애가 우는 것을 이렇게 보고만 있을 거예요? 조금만 돌아오면 될 것을, 남자 다리가 뭐예요! 나는······나는 유모차를 끌고 있잖아요!"

다리 아래 물 위로 세 사람의 그림자와 조그만 유모차 한 대가 떠 있었다. 하지만 다리 동쪽에 서 있는 것과 다리 서쪽에 서 있는 것이

구분되지 않았다.

　이날부터, '다리'는 황량쯔의 생명을 단축시키는 것 같았다. 하지만 그녀는 또 해가 하늘에 걸린 채 하루 종일 지지 않는 것처럼 느껴졌다. ……도대체 날이 긴 건가, 짧은 것인가? 그녀도 알지 못했다. 날씨는 추운 건가, 따뜻한 건가? 그녀도 식별할 수 없었다. 비록 그녀도 겹옷으로 바꿔 입긴 했지만, 옷을 껴입은 게 마치 다른 사람이 껴입기 시작해서 그녀도 껴입기 시작한 것 같았다.

　길을 따라 낙엽을 쓸어 담을 때, 그녀는 여전히 그 달그락거리는 유모차를 밀고 있었다.

　주인집 담 위의 강아지풀은 물기가 말라버려 다 시들어버렸다. 단지 몇 개만 남아서 바람에 흔들리고 있었다. 다리 동쪽의 아이 울음소리는 조금도 약해지지 않았다. 바람을 타고 다리 어귀 집까지 전해졌다. 특히 황량쯔의 귀에 들어갈 때면, 그 소리는 현미경 아래 놓여 있는 파리 날개처럼 커지기 시작했다.

　그녀는 찐빵이며 과자, 때로는 안에 뭐가 들어있는, 기름 냄새를 풍기는 이름도 모르는 간식거리 같은 것을 다리 서쪽에서 다리 동쪽으로 던졌다.

　―단지 다리 하나를 사이에 두고 있을 뿐인데, 만약 그렇지 않았다면……이것은 아무 때나 먹을 수 있는 것 아닌가? 이 가난한 아이야, 네 명命에 틀림없이 다리 하나가 있을 거다!

　그녀가 던진 음식이 만약 물속으로 떨어지면 그녀는 다리 동쪽의 아이에게 말했다.

　"불쌍한 것, 네 명 중에 다리가 있는 게 분명해!"

다리 동쪽을 향해 이 물건들을 던지는 것을 주인은 한 번도 본적이 없었다. 그러나 수면 위로 한 줄기 선이 번쩍거릴 때면 그녀는 항상 두려워했다. 마치 거울에 이미 그녀의 마음을 비추고 있는 것 같았다.

—이것은 분명 …… 이것은 훔친 거야. ……하느님도 다 알아.

물 위에 쪽빛 하늘과 하얀 구름이 떠 있을 뿐만 아니라 이 쪽빛 하늘이 그녀와 매우 가까웠기 때문이었다. 그녀가 물건을 던지는 손 아래였다.

어느 날, 그녀는 월병과 배에 아침에 먹고 남은 만두까지 엄청나게 많은 먹을거리를 얻었다. 이것은 다 공개적으로 얻은 것이 아니었다. 주인이 보지 못한 틈을 타서 그녀가 싼 것들이었다.

그녀는 유모차를 밀면서 다리 어귀에 서 있었다. 먹을 것들은 유모차 안 아이의 장난감을 두는 곳에 챙겨 두었다.

"애 아버지……애 아버지……황량, 황량!"

그러나 아무도 없었다. 흙언덕 뒤에서 들개 두 마리가 사납게 엉켜 있었다. 문이 닫혀 있었는데, 잠을 자고 있는 것 같았다.

그녀는 다리 동쪽으로 가기로 했다. 유모차를 밀면서 좀 빨리 달려가고 있을 때, 아이의 머리가 이리저리 흔들리기 시작했다. 그녀는 차바퀴 소리를 가장 무서워했다.

—어디 가는 거야? 유모차를 밀면서 뛰다니……왜 유모차를 밀면서 뛰는 거야……왜 뛰어?…… 왜 뛰어? 어디로 뛰어가는 거야?

여주인이 그녀의 뒤에서 소리 지르는 것 같았다.

—서라, 서— 그녀는 자기 혼자 놀라서 땀을 흘렸다. 심장이 곧 목구멍으로 튀어나올 것 같았다. 이리저리 흔들리는 바람에 아이가

울려고 했다. 그녀가 바로 말했다.

"호랑이다! 호랑이!"

그녀는 구들에서 자고 있는 아이를 직접 깨웠고, 아이가 음식을 먹는 것을 직접 보았다.

그 아이가 배를 집어 들었을 때, 그 아이가 포도를 한 알 한 알 터뜨릴 때, 그녀는 말로 형언하기 어려운 기쁨이 마음속에서 우러났다.

"아! 이것은 먹는 거야, 집안을 통째로 다 들어먹을 녀석 같으니! 아낄 줄 몰라……아직도 먹는 것을 몰라? 엄마, 엄마가 입에 넣어 줄 테니, 입을 크게 벌려 봐라, 입을 크게 벌려. 헤이……시큼하지! 이것 좀 보게, 시어서 눈이 실처럼 가늘어졌어 …… 월병 먹어라! 곧 한 살이 될 아이는 뭐든 모두 먹을 수 있어……먹어……이게 나 처음 보는 것들인데……"

그녀는 웃고 있었다. 그녀는 울기 잘하는, 웃는 것조차 제대로 웃지 못하는 이 아이가 유모차에 있는 아이보다 훨씬 더 귀엽다고 줄곧 생각했다.

그녀가 다리 서쪽으로 되돌아갈 때, 마음은 몹시 침착했다. 도랑을 따라 북쪽으로 갔다. 도랑 옆에 피어있는 자줏빛 소국이 눈에 들어왔다. 그녀는 흥이 나서, 꽃을 꺾어다 머리에 꽂고 싶었다.

"귀여운 아가! 아이고, 좋아 안 좋아?" 꽃술이 그녀의 손 안에서 흔들렸다. 그녀는 큰 소리로 '귀여운 아가' 하고 불렀는데, 그것은 완전히 마음에서 우러난 것이었다. 오로지 이렇게 큰 소리로 불러야만 그녀의 잠깐의 행복이 빛을 발할 수 있었다. 마음속 약간의 경계도 다 벗어버렸다. 처음으로, 그녀는 작은 주인과 자신의 아이가 똑같이 사랑스럽게 느껴졌다! 그녀는 그의 얼굴을 살짝 만졌다. 유모차 바퀴가 이 평탄하지 않은 길 위에서 달그락달그락 울렸다…….

그녀는 우연히 아이가 타고 있는 유모차가 도랑 위에서 어지럽게 흔들리는 것을 보았다. 그래서 그녀는 비로소 그녀가 다리 동쪽에 와 있다는 것에 생각이 미쳤다. 불안해졌다. 도랑에 비친 유모차의 그림자가 아주 빠르게 달렸다. 휙휙 지나쳤다.

—백 팔십 걸음……하지만 오백 미터가 넘는 길을 돌아가야만 해……눈앞에 다리가 있는데 건너갈 수가 없어…….

—황량쯔, 황량쯔! 아이를 어디로 밀고 가! — 여주인이 벌써 그녀에게 소리치는 것 같았다. — 너 무슨 물건을 훔쳐가는 거야? 황량쯔!

그녀 자신의 이름이 그녀의 마음속에서 폴짝폴짝 뛰고 있었다.

그녀의 손이 제어하지 못할 정도로 유모차가 도랑가에서 사납게 달리기 시작했다. 도랑에 너무 가까이 다가갔을 때는 도랑 속으로 처박힐 것 같았다. 차바퀴가 두 개는 높고, 두 개는 낮았다. 아이가 흔들려서 튀어 나올 것 같았다.

아직 도랑의 끝까지 달려가지도 않았는데, 바퀴 하나가 떨어져버렸다. 떨어져나간 바퀴는 힘껏 던진 것처럼 도랑 속으로 들어가 버렸다.

황량쯔가 멈춰 서서 한 번 보니, 다리 어귀 난간이 흐릿하게 보였다.

—이 다리! 모두 이 다리 때문이 아닌가?

그녀는 그녀가 마땅히 울어야 한다고 생각했다! 하지만 그 허파가 그녀의 마음속에서 두어 차례 떠는가 싶더니 그녀는 또 멈추었다.

—아직 다리 동쪽에 서 있는 셈이야! 서둘러 다리 서쪽으로 가야

만 해.

그녀는 바퀴가 세 개인 차를 밀기 시작했다. 도랑의 동쪽으로부터 빙 돌아서 도랑의 서쪽으로 갔다.

—이걸 어떻게 말해야 하나? 물가를 걸어 다녔는데 바퀴가 떨어졌다고 말하나, 나비를 잡았다고 하나? 이맘때 나비는 없어. 왕잠자리를 잡았다고 하자. ……거짓말을 해야지! 어쨌든 유모차는 다리 서쪽에 있었지, 다리 동쪽으로 가지는 않은 거야…….

"황량……황량……" 모두 잊어버렸다. 마치 그녀가 아무 두려움도 느끼지 않는 것 같았다.

"황량, 황량……" 그녀는 바퀴가 세 개인 유모차를 밀면서 도랑을 따라 다리 근처로 가서 불렀다.

그녀가 그 유모차 바퀴를 손에 넣었을 때, 황량은 이미 허리 부분까지 진흙투성이였다.

바퀴 세 개인 유모차를 밀며 주인집 대문으로 들어갔을 때, 그녀의 머리카락은 그녀의 창백한 얼굴에 흔적을 남기며 걸려 있었다.

—이게 다 바퀴 때문이 아닌가? 떨어진……떨어졌던 거야. ……도랑으로 굴러 떨어졌던…….

그녀는 대문짝에 기대어 울었다!

다리에 바닥이 없는 다리 난간이 동쪽에서 그녀가 울고 있는 것을 보고 있는 것 같았다!

이듬해 여름, 다리 어귀에서는 여전히 '황량쯔, 황량쯔'하고 부르는 소리가 울렸다. 특히, 날이 아직 밝지 않았을 무렵에는 정말 닭이 우는 소리 같았다.

삼 년째 되는 해, 다리 어귀에서 '황량쯔'를 부르는 고함소리가 없어졌다. 그 흔들리는 다리 난간과 함께 사라진 듯했다. 황량쯔는 이미 주인집에서 살고 있었다.

3월에 새로운 다리가 세워지기 시작했다. 여름에는 그 다리 위로 벌써 차와 행인들이 다녔다.

황량쯔는 그 붉게 칠해진 다리를 보자마자, 그녀가 보았던 여름에 피는 모든 붉은 꽃보다 훨씬 더 신선하다고 생각했다.

"뛰어 봐! 내 새끼!" 그녀는 그녀의 아이가 다리 동쪽에서 뛰어올 때마다 얼마나 멀리 떨어져 있든, 들리든 안 들리든, 그녀의 목소리가 얼마나 작든 상관하지 않고, 항시 이렇게 얘기했다.

"뛰어 봐! 다리가 이렇게 넓고 큰데!"

아버지는 그를 안고, 아니 그를 끌고서 날마다 몇 번씩 다리를 건넜다. 다리는 평탄하고 시끄러운 소리가 났다. 만약 위에서 발을 한 번 구르면 다리는 쿵쿵 소리를 냈다.

주인집 담장 위의 강아지풀이 다시 무성해졌고, 담장 밑에서도 같은 강아지풀이 자라났다. 담장 밑에는 다른 풀도 자라고 있었다. 야생 양귀비와 서양 참새풀, 그리고 이름 모를 풀들.

황량쯔는 서양 참새풀을 뽑아서 호루라기를 만들더니, 마른 아이에게 하나를 주고, 뚱뚱한 아이에게도 하나를 주었다. 그 둘은 모두 담장 아랫부분의 풀을 뽑았다. 너무 많이 뽑아서 그녀의 무릎 위가 온통 풀로 뒤덮였다. 그들은 야생 양귀비도 뽑았다.

"즈즈, 즈즈" 정원의 느릅나무 아래에서 떠들기도 하고 웃기도 하고 호루라기도 불었다.

　다리 어귀 쪽 아이 울음소리는 다시 들리지 않았다. 엄마의 무릎 앞에서, 즐거운 웃음소리와 노랫소리로 변했다.

　황량쯔는 두 아이가 다 사랑스러웠다. 그녀의 무릎 앞 한쪽에 한 명이 서있었다. 때로는 그들 둘이 우는 척 하면서 한쪽 무릎에 한 명이 엎드려 버리기도 했다.

　황량쯔는 점점 '다리'를 잊어갔다. 비록 때때로 다리에 가지만, 그녀는 다리라는 것을 떠올리지 않았다. 큰길을 걷는 것이나 마찬가지로 일상적이었고, 조금도 다를 바가 없었다.

　어느 날, 황량쯔는 그녀 아이의 손에 누 술의 씻사국이 나 있는 깃을 발견했다.

　"가거라! 아버지랑 집에 가서 한숨 자고 다시 오거라……." 때때로 그녀는 손수 아이를 끌고 다리를 건너갔다.

　이후, 그 아이는 그녀의 무릎 앞에서 별로 활발하지 않았다. 게다가 자주 울었고, 얼굴에도 상처 자국이 나타났다.

　"이렇게 때리면 안 돼! 뭘 한 거야……뭘 한 거야!" 담 밖 혹은 길 어귀, 요컨대 사람이 없는 곳에서만이 황량쯔는 작은 주인의 나무창을 빼앗았다.

　작은 주인은 즉시 땅위에 엎어져서 울고 욕했다. 때로는 바로 장난감으로 혹은 진흙덩어리로 황량쯔를 때렸다.

　"엄마! 나도 저거……"

　작은 주인이 고기만두를 먹고 있는 모양이었다. 한 손에 하나를 쥐고 있었는데, 기름이 흘러나와 작은 손이 반지르르 윤이 났다. 게다가 그 고기만두 냄새가 아무리 멀리 떨어져 있어도 샤오량쯔小良子의 코를 간질거리는 것 같았다.

"엄마……나도……나도……"

"뭘 달라구? 샤오량쯔! 달라고 하면 안 돼……부끄럽지 않니? 걸신쟁이 같으니! 염치도 없어?"

작은 주인은 과일을 먹을 때, 머리를 갸우뚱한 채로 둥글고 검은 눈동자를 천천히 돌렸다.

샤오량쯔는 다른 사람이 먹는 것을 보면, 나뭇잎 하나를 주워서 핥기도 했고, 나뭇가지를 혀 위에 올려놓고 혀로 말고 혀끝으로 빨기도 했다.

작은 주인은 살구를 먹을 때, 재빨리 살구씨를 땅에 뱉어 버리고 또 다른 두 번째 것을 먹었다. 그의 앞치마 호주머니 안쪽은 황색 살구로 가득 채워져 있었다.

"착한 아가! 샤오량쯔에게 하나 주렴……얼마나 좋아……." 황량쯔가 손을 뻗어 그의 호주머니를 만지니, 그 아이가 몸을 빼고 나가 매우 먼 곳까지 뛰어가서 두 개의 살구를 땅에 내던져 버렸다.

"삼켜 보거라! 샤오량쯔, 요놈아……" 황량쯔가 아이를 보았다.

샤오량쯔가 살구를 먹는데, 살구씨를 이빨과 소리가 나도록 부딪히게 만들었다. 게다가 아주 오랫동안 이 살구씨를 빨았다. 나중에는 땅바닥에서 저 뚱뚱한 아이가 뱉은 살구씨를 주웠다.

어느 날, 황량쯔는 그녀의 아이가 손을 진흙웅덩이 속에 집어넣어 헤집고 있는 것을 보았다.

엄마는 처음으로 그를 때렸다. 그 아이는 거꾸러져서 양손을 모두 진창구덩이에 넣고 소리를 질렀다.

"엄마! 살구씨……손에 닿았던 살구씨를 잃어버렸어……."

황량쯔는 종종 그녀의 아들을 다리 건너로 보냈다.

"황량! 황량……아이더러 돌아오라고 해요. ……황량! 다시는 이 애가 다리를 건너오게 하지 마……."

황혼 무렵일 수도 있고, 점심 때일 수도 있었다. 다리 어귀에서 황량의 이름이 사람들 귀에 들리기 시작했다. 2년 전 사람들의 귀에 익숙한 '황량쯔' 이 노래가 다시 부활한 것 같았다.

"황량, 황량, 이 망할 자식을 좀 묶어 놔요! 애가 또 다리를 건너왔어……."

샤오량쯔가 작은 주인의 입술을 때려서 상처를 낸 그날 새벽, 다리 어귀는 황량네 가족으로 시끄러웠다.

황량쯔는 소리치고 있고, 샤오량쯔는 달리면서 부르고 있었다.

"아빠……아빠……아……아……."

저녁이 되었을 때, 마침내 샤오량쯔의 입에서도 피가 났다. 예전부터 있었던, 작은 주인이 그를 때려서 난 상처 위에 다시 피가 났다. 이번은 엄마가 때린 것이었다.

작은 주인에게 맞아서 다친 상처는 엄마가 닦아 주었었다. 엄마에게 맞아 다친 상처는 아빠도 닦아 주지 않았다.

황량쯔는 물건을 가지고 다리 서쪽에서 돌아왔다.

그녀의 집은 마치 병이 난 것처럼 조용해졌다. 소리가 나지 않았다. 문짝은 거의 온종일 열리지 않았고, 지붕 위에도 연기가 나지 않는 것 같았다.

이 적막함은 다리까지 파급되었다. 다리 어귀 부근의 집들은 6월에 그들의 음악을 잃어버렸다.

"황량, 황량, 샤오량쯔……." 이 소리는 다시는 들을 수 없었다.

다리 밑의 물은 조용히 흐르고 있었다.

다리 위와 다리 아래에서 다시는 황량쯔의 그림자와 목소리를 찾아볼 수 없었다.

주인이 다시 황량쯔에게 일하러 오라고 했을 때, 그때는 가을의 끄트머리였다. 어쩌면 초겨울이었는지도 모르겠다. 아무튼, 길 위의 빗물은 이미 얼어서 반짝거리는 성에가 되었다. 하지만 도랑엔 아직 얼음이 얼지 않았고, 다리 난간은 여전히 그대로 붉은색이었다. 그녀는 다리 어귀에 멈추었다. 눈앞을 가로지르는 도랑은 남쪽으로 흘러가는 것도 늘어나지 않았고, 북쪽으로 뻗어간 것도 줄어든 것 같지 않았다. 다리 서쪽, 인가의 지붕도 예전대로 잿빛이었다. 대문에 있는 다락방, 담장, 담장 머리의 누렇게 마른 강아지풀도 작년 가을과 마찬가지로 바람 속에서 흔들거렸다.

오직 다리만이, 갑자기 그녀는 높게 느껴졌다! 그녀를 오르지 못하게 하는 것 같았다. 일종의 나약함과 두려움이 그녀를 꿰뚫었다.

─이 다리가 없는 게 나아! 이 다리가 없으면 샤오량쯔가 다리 서쪽으로 달려오지 못할 게 아닌가? 그의 발을 막을 게 없는 거야! 이 다리, 모두 이 다리 때문이 아닌가?

그녀는 옛날 다리를 떠올렸다. 동시에 그녀는 옛날 다리를 원망했던 그 감정으로 옛날 다리를 다시 만들기 시작했다.

샤오량쯔는 한 번도 다리 서쪽에 오지 않았다. 다리 어귀에서 아버지가 두 팔을 벌리고 서 있었던 것이다. 웃으면서, 울면서, 샤오량쯔는 다리 옆에서 줄곧 가로막혔다. 그가 콧물을 많이 흘릴 때면 아버지가 그를 안아들고 손바닥으로 그의 차갑게 언 귓바퀴를 따뜻하게 해주었다. 그래서 다리 동쪽의 빈터에는 매우 긴 사람의 그림자가 왔다갔다 했다.

어쩌면 황혼이 되었는지도 모르겠고, 어쩌면 아이가 마침내 그의 어깨 위에서 잠이 들었는지도 모르겠다. 이때면 이 구부정하고 긴 그림자는 보이지 않았다. 다리 동쪽 빈터는 완전히 휑해졌다.

하지만 빈터 흙 언덕에 등불이 비치면 흙 언덕 안쪽에서는 때때로 연료의 폭발이 일어났다.

샤오량쯔가 저녁밥을 먹는 밥공기를 입가로 가져갈 때면, 동시에 다리 어귀로 어둠이 깔렸다! 짙은 색의 하늘, 마치 광대한 커튼이 다리 어귀에서부터 샤오량쯔의 문 앞까지 걸려 있는 것 같았다.

이튿날 샤오량쯔는 또 예전대로 다리 어귀를 향해 곧장 달려갔다.

"엄마한테 갈 거야. ……만두를…… 먹으러…… 엄마는 만두가 있어……엄만 있어…… 엄마는 사탕이 있어…….” 그는 달리면서 외쳤다. ……정수리에 남은 머리카락이 맞바람에 곧추 섰다. 그는 아버지의 큰 손이 그의 뒤에 따라오고 있음을 보았다.

다리 어귀에서 엄마를 부르는 소리와 울음소리가 났다…….

이 울음소리가 바람을 타고 다리 아래 흐르는 물소리의 공감을 받아 멀리 있는 인가에까지 전해졌다.

다리 어귀가 다시 조용해진 것은 일 년 중에서 가장 마지막 비가 내린 그날이었다.

그때부터 샤오량쯔를 잃어버렸다.

겨울, 다리 서쪽과 다리 동쪽은 모두 눈이 흩날리고 있었다. 붉은색의 난간은 눈송이에 덮여 끊어져 버렸다.

다리 위 행인과 마차는 다리 동쪽으로도 가고, 다리 서쪽으로도 갔다.

그날, 황량쯔는 그녀의 아이가 도랑에 빠졌다는 소식을 듣고 서둘러 도랑으로 달려갔다. 도랑에서 끌어올려진 아이가 호흡마저도 없는 것을 보았을 때 그녀는 일어났다. 그녀는 에워싸고 구경하는 사람들 너머로 다리 쪽을 바라보았다.

그 흔들거리는 난간, 그 붉은색 난간, 흐릿한 중에 그녀는 마치 두 개의 다리 난간을 본 듯했다.

그래서 그녀 가슴 안쪽의 허파가 떨리고 커졌다. 이번에 그녀는 진짜로 울었다.

1936년

손 手

　우리 학교 애들 중에서 저렇게 생긴 손은 본 적이 없었다. 푸르스름하고, 까맣고, 자줏빛 같기도 하고, 손톱부터 손목 위까지가 다 그렇다.

　그 애가 처음 온 며칠간, 우리는 걔를 "괴물"이라고 불렀다. 수업이 끝나면 다들 바닥에서 뛰면서 언제나 그 애를 에워쌌다. 그러나 그 애의 손에 대해선 물어보는 애가 하나도 없었다.

　선생님이 출석을 부를 때, 우린 참으려고 하면 할수록 못 참고 결국 웃어버렸다.

　"리지에李潔!"

　"네!"

　"장추팡張楚芳!"

　"네!"

　"쉬구이전徐桂眞!"

　"네!"

　한 명 한 명 신속하고 질서 있게 일어나고 앉았다. 그러나 매번 왕야밍의 이름을 부르면 시간이 지체되었다.

"왕야밍, 왕야밍……너 부르잖니!" 때로는 다른 애가 그 앨 재촉해야만 그녀는 일어나서 그 푸르스름한 손을 똑바로 하고 어깨는 축 늘어뜨린 채 얼굴은 천장을 향하여, "네, 네, 네." 대답했다.

반 아이들이 그녀를 비웃건 말건, 그녀는 조금도 당황하지 않고 여전히 의자 소리를 내면서 엄숙하게 몇 분이 걸려서야 의자에 앉았다.

하루는 영어 수업시간에 영어 선생님이 안경까지 다 벗고 눈을 비빌 정도로 웃으셨다.

"너 다음부턴 헤이얼이라고 하지 말고, '왔습니다'라고 하면 된다!"

반 아이들은 교실 바닥이 다 들썩거리도록 웃었다.

다음 날 영어 수업시간에 선생님이 왕야밍의 이름을 불렀을 때, 우린 또 "헤이얼—헤이—얼"하는 소리를 들었다.

"너 전에 영어 배워 본 적 있니?" 영어 선생님은 안경을 고쳐 끼셨다.

"그 영국말 아닌가요? 배우긴 했는데요, 얼굴이 약간 곰보인 선생님이 가르쳐 주셨어요. ……연필은 '펀쓸', 볼펜은 '펀'. 근데 '헤이얼'은 안 배웠어요."

"Hear은 '여기'라는 뜻이야. 따라 읽어 봐, Hear! Hear!"

"시얼! 시얼!" 그녀는 "시얼"이라고 발음했다. 이런 이상한 읽기에 반 아이들은 전율할 정도로 웃었다. 그러나 왕야밍은 오히려 아무렇지도 않은 표정으로 태연하게 자리에 앉고는, 푸르스름한 손으로 책장을 넘기기 시작했다. 뿐만 아니라 낮은 목소리로 읽기 시작했다.

"화띠…… 제이쓰…… 아얼……."

수학 시간에는 문장을 읽듯 수식을 읽었다:

"$2X + Y = \cdots\cdots \; X = \cdots\cdots.$"

점심 식탁에서, 그녀의 푸르스름한 손은 이미 만두를 집어 들었지만, 머릿속으론 지리를 생각하고 있었다. "멕시코에선 은이 나고 ⋯⋯ 윈난雲南은⋯⋯ 어⋯⋯ 윈난은 대리석."

밤에 그녀는 화장실에 숨어서 책을 읽었고, 날이 밝아올 무렵엔 계단에서 책을 읽었다. 빛이 조금이라도 있는 곳이기만 하면 나는 항상 그녀와 부딪혔다. 큰 눈이 내리던 어느 날 아침, 창밖 나뭇가지에는 하얀 방울 같은 열매들이 매달려 있었다. 기숙사 복도 끝 창가에 누군가가 자고 있는 것 같았다.

"누구지? 이렇게 추운 데서!" 내 구두소리가 바닥에서 또각또각 공허하게 울렸다. 일요일 아침이었기에 학교 전체가 특유의 평온함 속에 잠겨 있었다. 어떤 애들은 예쁘게 치장하느라 바빴고, 어떤 애들은 아직도 단꿈에 빠져 있었다.

그 애 곁에 다가가기도 전에, 나는 그 애 무릎에 펼쳐진 채로 놓여 있는 책의 책장이 바람에 날리는 것을 보았다.

"누구지? 일요일에도 저렇게 열심히 공부하고 있다니!" 마침 부르려는 찰나, 난 그 푸르스름한 손을 보았다.

"왕야밍, 아⋯⋯ 일어나야지⋯⋯." 지금까지 한 번도 그 애 이름을 직접 불러본 적이 없었기에, 다소 낯설고 어색하게 느껴졌다.

"혜혜⋯⋯ 잠이 들었네!" 그녀는 말을 할 때마다 항상 부자연스럽게 웃었다.

"화쓰⋯⋯ 제이쓰⋯⋯ 이요우⋯⋯ 아이⋯⋯." 그녀는 책 안의 글자를 찾기도 전에 읽기 시작했다.

"화티…… 제이쓰, 이 영국말은 정말 어려워. 우리 중국말 같이 무슨 부수에 무슨 자 같지 않고……이거, 옆으로 꼬부라진 것이 꼭 무슨 긴 벌레가 머리 위로 기어오르는 것 같다니깐. 기어 올라오면 올수록 더 헷갈리고 기억할 수가 없어. 영어 선생님은 어렵지 않다고 하고, 너희도 별로 어려워하지 않아 보이고, 내 머리가 멍청해서, 시골 사람 머리는 너희처럼 그렇게 잘 돌아가지가 않아. 우리 아빠 나보다도 못해. 우리 아빠 말씀으론 아빠 젊었을 때 '王'자 외우는 데도 한참을 했는데 외우질 못했대. 이요우…… 아이…… 이요우…… 알……" 한 구절을 읽고 나서, 말미에 상관없는 단어를 그녀는 또 읽기 시작했다.

바람개비가 벽에 부딪치는 소리가 들렸다. 환기통으로 눈발이 시시로 날아들어 와서, 창가에 하얗게 물방울이 맺혔다.

그녀의 눈은 온통 빨갛게 핏발이 서 있었다. 욕심, 억제, 그 푸르스름한 손과 마찬가지로 그녀의 채울 수 없는 소망을 쟁취하고 있었다.

구석진 곳, 불빛이 조금이라도 있는 곳이면 나는 그녀를 보았는데, 마치 쥐새끼가 뭘 갉아먹고 있는 것 같았다.

그녀의 아버지가 처음으로 학교를 찾아왔을 때, 그는 딸이 살쪘다고 그랬다.

"어, 잘 먹어서 살쪘네. 여기 먹는 게 집보다 낫구나, 그렇지? 열심히 해라! 삼 년간 배우면 성인은 못되어도 사람 사는 도리는 알게 되겠지." 교실에서, 일주일 안에 우린 모두 왕야밍의 아버지가 그녀에게 했던 대로 말했다. 두 번째로, 그녀의 아버지가 또 그녀를 보러 왔다. 그녀는 아버지에게 장갑이 필요하다고 했다.

"이걸 주마! 책, 열심히 공부해야지, 장갑이 필요하다고? 좀 기다려 보거라, 서둘지 말고…… 장갑 끼려면 일단 이걸 먼저 써라, 봄이 시작되니! 나는 또 자주 나다니지도 않고. 밍즈, 내년 겨울에 사자, 괜찮지? 밍즈!" 접견실 입구가 소란스러웠다. 학생들이 이미 주위를 온통 둘러싸고 있었다. 그래서 그녀의 부친은 또 밍즈야 밍즈야 부르면서 이런저런 일들을 알려주었다.

"셋째는 둘째 이모 댁에 놀러 갔다. 간 지 이삼일 되었네! 새끼 돼지는 날마다 콩을 두 근씩 더 먹는단다. 네가 본 적이 없을 정도로 살이 많이 쪘다. 귀가 굴레에서 다 벗겨져 나오는 걸. ……네 언니는 또 집에 와서 파를 두 통 저며 났고……."

땀을 뻘뻘 흘리며 얘기를 하고 있을 때 교장 선생님이 아이들을 헤치고 앞으로 나왔다.

"접견실 안으로 들어가시지요ㅡ"

"괜찮습니다, 괜찮습니다. 시간이 없어요. 기차 시간에 맞춰 가야 합니다. …… 서둘러 돌아가야지요, 집에 아이가 많아서 마음이 놓이지 않아요……." 그는 모자를 손에 들고 교장 선생님께 고개를 숙였다. 머리에서 김이 솟아올랐다. 그는 문을 열고 나갔다. 교장 선생님이 그를 내쫓은 것 같았다. 그러나 그는 다시 몸을 돌리더니 장갑을 벗었다.

"아빠, 아빠가 끼어요. 사실 저 장갑 필요 없어요."

그녀의 부친 역시 푸르스름한 손을 갖고 있었다. 왕야밍의 손보다 더 크고 더 검었다.

잡지 열람실에서 왕야밍이 나에게 물었다.

"그렇지? 접견실에 가서 앉아서 얘기하면 돈 내야 하는 거지?"

"어디 돈을 달라고 해! 무슨 돈!"

"작은 소리로 말해. 애들이 들으면 또 비웃을 거야." 그녀는 손바닥으로 내가 읽고 있는 신문을 가리켰다. "우리 아빠가 그랬어. 접견실에 찻주전자와 찻잔이 놓여 있으니, 만약 들어가면, 사환이 와서 차를 따라줄 지도 모른다고, 차를 따라주면 돈을 내야 한다는 거야. 그렇지 않다고 했는데, 아빠가 믿지 않으셨어. 아빠 말로는 조그만 상점에 들어가서 물 한 잔 마시는데도 고맙다고 돈을 좀 줘야 하는데, 학교는 오죽하겠냐고. 학교는 이렇게 크잖아!"

교장은 이미 여러 차례 그녀에게 주의를 주었다.

"네 손, 깨끗하게 씻은 거니? 비누를 좀 많이 쓰도록 해! 깨끗하게 잘 좀 씻어, 따뜻한 물로 좀 불려. 아침체조 할 때, 운동장에 똑바로 들어 올린 몇 백 개의 팔이 다 하얀 손인데, 바로 너, 유별나잖니! 정말 유별나다니까." 여교장은 그녀의 핏기 없는 화석 같이 투명한 손가락으로 왕야밍의 푸르스름한 손을 살짝 건드렸다. 그 모양새를 보니, 그녀는 마치 무서워하는 것 같고, 호흡도 좀 죽이고 있는 것 같았다. 마치 그녀에게 이미 죽은 까만 새를 만지라고 하는 것 같았다. "많이 옅어졌군. 손바닥은 피부를 좀 볼 수 있게 되었어. 왔을 때보다 훨씬 나아. 그땐 정말 무슨 철 같더니만……. 수업은 따라가고 있니? 열심히 해, 이후로 아침체조는 나올 필요 없다. 학교 담장은 낮고, 봄이라 산보하러 나오는 외국인들이 많아, 그 사람들이 자주 담장 밖에 서서 구경한단 말이다. 네 손이 완전히 깨끗해진 다음부터 아침체조를 하도록 해!" 교장은 그녀의 아침체조를 금한다고 말했다.

"저 벌써 아빠한테 장갑을 얻었어요. 장갑 끼면 안 보이지 않겠어요?" 사물함을 열어서 그녀 부친의 장갑을 꺼냈다.

교장은 웃느라고 기침까지 나왔다. 핏기 없던 얼굴에 바로 혈색이 돌았다. "그럴 필요 없다! 기왕에 통일성이 없는 거, 장갑 껴도 매한가지야."

인공산의 눈이 녹았다. 사환이 치는 종소리도 더 명쾌했다. 창밖 버드나무에 새순이 돋아 올랐다. 운동장은 햇빛에 달구어져 연기를 뿜어내는 것 같았다. 아침체조를 이끄는 선생님의 호루라기 소리도 더 멀리 멀리 울려 나가면서, 창밖 숲 속 인가와 메아리를 일으켰다.

우리는 달리고 뛰었다. 새떼처럼 시끌벅적했다. 달짝지근한 공기가 우리 주변에 가득했다. 나뭇가지 틈새로 새어나온 바람에는 여린 새순의 향내가 어우러져 있었다. 겨울 내내 얼었던 넋혼들이 연화처럼 확 퍼졌다.

아침체조가 끝나갈 무렵, 창가에서 누가 뭐라고 부르는 소리가 들렸다. 공기가 그 목소리를 짊어지고 하늘을 향해 가는 것 같았다.

"정말 햇살이 따뜻하네! 너희 덥지? 너희……" 새순이 돋은 버드나무 뒤 창가에 왕야밍이 서 있었다.

버드나무 이파리가 다 자라나고, 학교 안이 온통 나무그늘로 우거졌을 때, 왕야밍은 외려 점점 기운이 없어져갔다. 눈가는 푸르스름해지고 귓불도 연해진 것 같은데, 그녀의 어깨는 조금도 기운차 보이지가 않았다. 가끔 그녀가 나무그늘 아래 나타날 때, 그 축 쳐지기 시작한 가슴 때문에 나는 바로 그녀에게서 폐병환자를 떠올렸다.

"교장 선생님이 내가 수업을 따라가지 못한다고 하셨어. 학년말에 가서도 따라가지 못하면, 헤헤, 정말 유급이 되는 거야?" 그녀는 여전히 헤헤거리면서 말하긴 했지만 그녀의 손은 움츠러들고 있었다. 왼손은 등 뒤로 숨겼고, 옷섶 아래 오른손은 꼭 무슨 조그만 언덕처럼 툭튀어나왔다.

우린 그녀가 우는 것을 본 적이 없었다. 세찬 바람에 창밖 버드나무가 넘어져 뽑혀져 버린 날, 그녀는 교실을 뒤로 하고, 우리도 뒤로 하고, 창밖을 향해 마구 울었다. 학교에 참관하러 온 사람들이 다 돌아가고 난 다음의 일이었다. 그녀는 벌써 퇴색되기 시작한 푸르스름한 손으로 눈물을 닦았다.

"아직도 울어! 아직까지 왜 울어! 사람들이 참관하러 왔는데, 피하지도 않고. 네 스스로 봐라, 누가 너처럼 그렇게 유별나게 생겼는지! 그 푸르딩딩한 손은 내버려 두고라도, 네 옷 말이다, 회색이 다 되어가잖니! 다들 남색 저고리를 입고 있는데, 누가 너처럼 그렇게 유별나, 그렇게 낡은 옷은 깔끔해 보이지가 않는단 말이다. …… 너 하나 때문에 교복의 통일성을 깨뜨릴 수는 없어……." 그녀는 입술을 앙다물고 그 창백한 손가락으로 왕야밍의 옷깃을 헤쳤다. "아래에 내려가 있다가 참관하러 온 사람들이 가면 올라오라고 했지, 누가 널더러 복도에 서 있으라고 그랬니? 복도에 서 있으면 그 사람들이 못 볼 것 같아? 거기다 이렇게 큰 장갑을 끼고서……."

'장갑'이라는 말을 하면서 교장은 이미 바닥에 떨어진 장갑 한쪽을 까만 가죽 구두의 반짝이는 뾰족한 앞부리로 툭툭 쳤다.

"장갑 끼고 여기 서 있으면 아주 괜찮을 거라고 생각했니? 이게 무슨 짓거리야?" 그녀는 다시 장갑을 한 번 뭉갰다. 그녀는 마차꾼 손처럼 커다란 장갑을 보면서 웃음을 참지 못했다.

왕야밍이 울던 순간, 바람소리도 다 멎은 것 같았다. 그녀는 아직 그치지 않았다.

여름방학이 끝난 뒤 그녀는 다시 왔다. 늦여름은 가을처럼 그렇게 상쾌했다. 황혼녘의 태양이 거리를 물들일 때 보도블럭까지도 다 주홍빛으로 변했다. 우리는 교문 앞 산정山丁 나무 그늘에 모여서 산정을 먹고 있었다. 그때 왕야밍이 탄 마차가 라마타이喇嘛台 쪽에서 덜그럭 덜그럭 오고 있었다. 마차가 멈추자마자 다 조용해졌다. 그녀의 아버지는 짐을 옮겼고, 그녀는 세숫대야와 자질구레한 물건들을 안고 있었다. 계단으로 올라왔는데, 우리는 그들에게 바로 길을 내주질 않았다. 어떤 애들은 "왔구나! 너 왔어!" 라고 아는 체를 했고, 어떤 애들은 입만 삐죽거렸다.

그녀의 아버지가 허리에 매단 수건을 흔들거리면서 계단을 올라왔을 때, 어떤 애가 말했다. "어! 집에서 여름방학을 지내더니, 쟤 손이 또 까매졌어! 봐, 쇠하고 똑같지 않아?"

가을 이후, 기숙사 방을 옮기던 날, 나는 비로소 이 쇠손에 주목했다. 거의 잠든 상태이긴 했지만, 옆방에서 다투는 소리는 들을 수가 있었다.

"전 개 싫어요. 쟤 옆에서 자기 싫어요."

"나도 쟤 옆에서 자기 싫어요."

내가 좀 자세히 들어보려고 했을 때는 아무 것도 똑똑히 들리지 않았다. 그저 웃음소리와 옥신각신하는 소리가 한데 엉켜 들렸다. 밤에 나는 우연히 일어나 복도에 물을 마시러 나갔다. 기다란 의자에 누가 자고 있었는데, 난 금방 알아 볼 수 있었다. 왕야밍이었다. 까만 두 손으로 얼굴을 가리고 있었다. 이불의 절반은 바닥에, 절반은 그녀의 다리에 걸쳐져 있었다. 난 그녀가 틀림없이 복도 불빛에 비춰 책을 읽다가 잠이 든 것이라고 생각했다. 그런데 그녀 옆에는 무슨 책이라고는 보이지 않고, 바닥에 놓인 보따리와 자질구레한 물건들만이 그녀를 에워싸고 있었다.

둘째 날 밤, 교장이 왕야밍 앞으로 왔는데, 걸으면서 코를 킁킁거렸다. 침대 사이를 통과해 오면서, 그녀는 가늘고 긴 손으로 쭉 늘어서 있는 하얀 침대를 움직거려댔다.

"여기, 여기는 침대가 일곱 개 있는데, 겨우 여덟 사람이 자고 있군. 침대 여섯 개에 아홉 사람이 자고 있는데 말이야!" 그녀는 그 이불을 들어 올려서 옆으로 좀 밀쳐내고 왕야밍의 이불을 그 자리에 놓게 했다.

왕야밍의 이불이 펼쳐졌다. 너무 기뻐서 그녀는 자리를 깔면서 휘파람을 부는 것 같았다. 나는 지금까지 휘파람 소리를 들어본 적이 없었다. 여학교에서는 입으로 휘파람을 부는 사람이 아무도 없었다.

그녀는 벌써 자리를 다 만들었다. 침대 위에 앉아 입을 벌리고 턱을 약간 앞으로 내밀고 있었는데, 편안함과 홀가분함이 그녀를 평정하고 있는 듯했다. 교장은 이미 내려갔다. 어쩜 기숙사를 이미 떠나 집에 돌아갔을 지도 몰랐다. 그러나 사감인 노부인은 왔다 갔다 했다. 신발은 바닥을 문질러대고 있었고, 머리칼은 완전히 윤기를 잃었다.

"내가 이것도 안 된다고 했는데…… 위생적이지 않아, 몸에 벌레까지 있는 애인데, 누가 그 앨 피하지 않겠어?" 그녀는 또 구석으로 몇 발짝 걸어갔다. 그녀의 하얀 눈동자가 꼭 날 향하고 있는 것 같았다.

"이 이불 봐라! 너희 가서 냄새 좀 맡아봐! 이렇게 멀리 떨어져 있어도 냄새가 나네…… 그녀 옆에서 잔다니, 웃겨 안 웃겨! 누가 알아…… 벌레가 온몸에 기어 다니지 않을까? 가서 좀 봐라, 그 솜이 새까매서 어떤 꼴인지!"

사감은 자주 그녀 자신에 대해 이야기하곤 했다. 그녀의 남편이 일본에서 공부할 때 그녀도 일본에 있었다. 유학한 셈이다. 학생들이 그녀에게 물었다.

"뭐 배웠어요?"

"전문적으로 뭘 배울 필요가 있나! 일본에서 일본말 하고 일본 풍습 좀 보고, 그러는 것도 유학 아냐?" 그녀는 말끝마다 "비위생적이야, 웃겨 안 웃겨…… 더러워"가 붙어 있었다. 그녀는 서캐를 굳이 곤충뷰라고 불렀다.

"애도 더럽고 손도 더러워." 그녀의 어깨는 아주 넓었는데, 더럽다는 말을 하면서 일부러 어깨를 으쓱거리고는, 갑자기 찬바람이 그녀에게 불어온 것처럼, 그녀는 뛰어가 버렸다.

"이런 학생을, 교장도 참……정말 쓸데없이 받은 거라니까……." 소등을 알리는 종을 치고 난 후에도 사감은 복도에서 다른 학생들과 이야기를 나누고 있었다.

셋째 날 밤, 왕야밍은 또다시 보따리를 들고 짐을 둘둘 말아 들었다. 앞에는 또 하얀 얼굴의 교장이 걸어가고 있었다.

"우리 싫어요. 이미 다 찼어요!"

교장의 손끝이 그들 이불에 닿기도 전에 그들은 불평하기 시작했다. 게다가 다른 자리로 바꾸었는데도 불평하기 시작했다.

"우리도 다 찼어요! 오히려 많은 걸요! 침대는 여섯 개인데 아홉 사람이에요. 여기다 어떻게 더 자요?"

"하나, 둘, 셋, 넷……" 교장이 하나하나 세기 시작했다. "모자라, 한 명 더 자도 되겠어. 침대 네 개면 당연히 여섯 명이 자야지, 너희는 다섯밖에 안되잖니…… 이리 와! 왕야밍!"

"아녜요, 제 동생 자리로 남겨둔 거예요. 내일이면 와요……" 그 학생이 달려 나오더니 이불을 손으로 꼭 잡았다.

끝내 교장은 그녀를 데리고 다른 기숙사로 갔다.

"쟤는 이가 있단 말예요, 걔 옆에 자기 싫어요……."

"나도 옆에 자기 싫어요……."

"왕야밍의 이불은 이불잇이 없어요. 잘 때 솜이 몸에 다 붙어요. 못 믿겠으면 교장 선생님이 한번 보세요!"

나중에 그녀들은 농담까지 했다. 심지어 왕야밍의 까만 손이 무서워서 감히 가까이 못 가겠다고 했다.

그 뒤부터, 이 까만 손의 아이는 복도의 긴 의자에서 자기 시작했다. 난 일찍 일어났을 때, 그 애가 짐을 싸고 보따리를 들고 내려가는 모습을 만날 수 있었다. 간혹 지하에 있는 창고에서 그녀와 부딪히기도 했다. 당연히 한밤중이었기 때문에 그녀와 내가 이야기를 할 때 벽에 어리는 그림자를 볼 수 있었다. 머리를 긁적이고 있는 손, 그 그림자는 머리와 똑같은 색으로 벽에 새겨졌다.

"익숙해졌어. 의자에서도 마찬가지로 잘 수 있는데 뭐, 바닥도 마찬가지야, 잠 자는 데는 잠만 잘 수 있으면 되지 뭐, 좋건 나쁘건 상관없어. 공부가 중요하지. …… 영어 말인데, 시험 볼 때 마선생님이 얼마나 점수를 주실까? 60점이 안 되면 학년말에 유급이지?"

"걱정하지 마, 한 과목으로는 유급되지 못해."

"우리 아빠는 벌써 말씀하셨는걸! 삼 년에 졸업해야지, 반 년 더 하면 아빠도 나에게 학비를 대줄 수가 없대. ……이 영국말, 내 혀는 정말 꼬부라지지 않는다니까, 헤헤……"

비록 그녀가 복도에서 지내고 있었지만, 기숙사 모든 아이들이 다 그녀를 싫어했다. 밤에 연신 기침을 하기 때문이었다. ……동시에 기숙사 안에서 그녀는 양말과 윗도리를 염색하기 시작했다.

"옷이 낡았잖아, 염색하면 새 것하고 똑같아. 예를 들어, 여름 교복을 회색으로 물들이면 가을 교복으로 입을 수 있어. ……또, 흰 양말 사서 그것을 까맣게 염색하고, 이게 다……."

"왜 까만 양말을 안 사고?"

"까만 양말은 사람들이 기계로 염색한 거야. ……반면: 금속의 황산염이 너무 많아. ……튼튼하지가 않아서, 한 번 신으면 바로 구멍이 나버려. ……우리 집에서 염색한 게 좋지. ……양말 한 켤레에 몇 마오*씩 하는데…… 자꾸 구멍이 나는 걸 어떻게 배겨 내겠어?"

토요일 저녁 아이들은 조그만 솥에 닭을 삶았다. 매주 토요일이면 거의 항상 그랬다. 그녀들은 직접 뭔가를 만들어 먹었다. 조그만 솥에서 삶아 나온 닭을 나도 보았다. 새까맸다. 난 중독된 줄 알았다. 닭을 꺼내든 아이가 거의 안경이 떨어질 만큼 그렇게 고함을 질렀다.

"누가 그랬어! 누구야? 누구?"

왕야밍이 그녀들을 향해 주방으로 들어왔다. 그녀는 다른 아이들

---

* 1위안=10마오.

틈에 끼여서 헤헤거렸다.

"내가 그랬는데, 난 이 솥을 쓰는 사람이 또 있는 줄 몰랐어. 솥에 양말 두 켤레를 삶았거든 …… 헤헤…… 내가 가서…….'

"네가 가서 뭘 한다고? 네가 가서…….'

"내가 가서 씻을게!"

"더러운 양말을 염색한 솥에다 닭을 삶아 먹을 수 있겠어! 그걸 아직도 더 쓰겠어?" 솥은 아이들 앞에서 바닥에 내팽개쳐져 콰당탕 콰당탕 구르고 있었고, 아이는 고함을 지르고 있었다. 안경을 낀 아이는 돌멩이를 던지는 것처럼 까만 닭을 바닥에 힘껏 내던졌다.

사람들이 모두 흩어져버렸을 때, 왕야밍은 바닥에 흩어진 닭을 주우면서 혼자 중얼거렸다.

"참 내! 새 양말 두 켤레 염색했다고 솥을 안 쓰겠대! 새 양말이 어떻게 냄새가 나?"

겨울, 눈발이 흩날리는 밤, 학교에서 기숙사로 가는 조그만 길은 완전히 눈에 덮여 있었다. 우리는 앞으로 돌진해갔다. 만약 센 바람을 만나게 되면 눈보라 속에서 빙빙 돌기도 하고, 뒤로 걸어가기도 하고 옆으로 걸어가기도 했다. 이른 아침, 여느 때처럼 또 기숙사에서 학교로 출발해야 했다. 12월, 우리 발은 꽁꽁 얼어붙었다. 비록 뛰어가고 있었지만 역시나 얼어붙었다. 그래서 우리는 저주하고 원망했다. 심지어 어떤 친구들은 이미 '멍청이'라고 교장을 욕하고 있었다. 기숙사를 학교에서 이렇게 멀리 떨어뜨려 놓지 말았어야 해, 날이 밝기도 전에 학생들을 기숙사에서 나오게 만들지 말아야 해.

어느 날, 나 혼자 길에서 왕야밍과 부딪혔다. 멀리 하늘과 멀찍이 쌓인 눈이 다 반짝거리고 있었다. 그녀와 나는 달빛에 비친 그림자를 밟으면서 앞으로 갔다. 큰 길이고 작은 길이고 사람이라곤 보이지도 않았다. 바람이 길가 나뭇가지를 윙윙 할퀴어 대었고, 시시로 길가 창문이 눈에 긁혀 신음하는 소리도 들렸다. 나와 그녀가 얘기를 나누는 소리는 영하의 추위에 얼어 갔다. 우리 입술도 다리처럼 마비되었을 때, 우리는 결국 얘기를 멈추었다. 그저 눈이 발에 밟혀 사각거리는 소리만 들렸다.

손으로 벨을 눌렀다. 다리가 혼자 떨어져 나가려고 하는 듯, 시시로 무릎이 앞으로 꺾여질 것만 같았다.

어느 날 아침이었는지 기억은 못하겠다. 나는 아직 읽어보지 않은 책을 겨드랑이 사이에 끼고 기숙사를 나섰다. 나는 몸을 놀려 난간눈을 힘껏 당겼다. 그렇지만 마음속으론 좀 겁이 났다. 멀리 희미한 건물을 보면 볼수록, 뒤에서 휘몰아치는 눈보라 소리를 들으면 들을수록, 난 더 무서워졌다. 별빛은 거의 보이지 않았다. 달도 져버렸는지, 아니면 잿빛 구름에 가려져 버렸는지 알 수 없었다.

걸어가는 만큼 길이 늘어나는 것 같았다. 행인이 나타나기를 간절히 바라면서도 그 행인이 무서웠다. 달빛이 없는 깜깜한 밤에는 단지 사람 소리만 들리고 모습을 볼 수는 없어서, 사람 모습을 보기만 하면 땅에서 갑자기 불쑥 솟아오른 것 같았기 때문이었다.

나는 학교 앞 돌계단을 올랐다. 심장은 여전히 두근거렸다. 벨을 누르는 손에는 벌써 힘이 다 빠져버린 것 같았다. 갑자기 또 누군가 계단을 걸어 올라왔다.

"누구세요? 누구?"

"나야! 나."

"너 내 뒤에 온 거야?" 오는 내내 다른 발자국 소리를 전혀 듣지 못했기 때문에, 난 더 무서웠다.

"아니, 네 뒤에 온 거 아냐. 나 온 지 벌써 한참 되었는걸. 수위가 문을 열어주지 않았어. 얼마나 불렀는지 몰라."

"벨 누르지 않니?"

"벨 눌러도 소용이 없었어, 헤헤, 수위가 불을 켜고 문 입구로 나와서 창밖을 좀 보더니만…… 근데 결국 문은 안 열어 주더라."

안의 등이 켜졌다. 질책하는 듯한 소리와 함께 쿠당탕 문이 활짝 열렸다.

"한밤중에 문을 두드리고 말이야……어차피 꼴찌할 거 마찬가지로 꼴찌할 거 아냐?"

"뭐 하는 거예요? 지금 뭐라 했어요?" 내가 이 말을 하기도 전에 수위의 태도가 변했다. "샤오蕭선생님, 한참 기다리셨지요?"

나와 왕야밍은 함께 지하실로 들어갔다. 그녀는 기침을 하고 있었다. 주름이 패인 듯한 그녀의 얼굴은 한참 동안 추위에 떨어서 창백했다. 바람에 떨군 눈물 자국이 아직도 얼굴에 남아 있었다. 그녀는 바로 책을 펼쳤다.

"수위가 왜 문을 안 열어줬니?"

"누가 알겠어? 너무 일찍 왔다면서 돌아가라더니, 나중엔 또 교장 선생님 명령이라고 하더라."

"얼마나 기다렸어?"

"얼마 안 기다렸어, 조금, 조금 기다렸어, 밥 먹는 시간만큼. 헤헤……."

그녀가 책을 읽는 수준은 막 왔을 때와 완전히 달랐다. 목이 점점 좁아진 양 그녀는 그냥 웅얼거렸다. 게다가 양쪽에서 들썩거리는 어깨는 더 위축되고 작아 보였으며, 등도 이미 구부러지기 시작했고, 가슴은 거의 평평했다.

그 애에게 방해가 될까봐, 나는 작은 소리로 소설을 읽기 시작했다. 그러나 이것이 처음이었다. 왜 이것이 단지 처음이지?

그녀는 나에게 무슨 소설을 읽는지 물었다. 「삼국연의」 읽어봤어? 간혹 그녀는 책을 가져다 앞뒤를 보기도 하고 책장을 넘겨보기도 했다. "너희는 얼마나 똑똑한지 모르겠다! 학교 공부는 하지도 않는데, 시험 때에도 전혀 걱정하지 않으니. 난 안 돼, 숨 쉬면서 나는 책도 좀 보고 싶긴 하지만…… 그러나 그럴 수가 없어……."

기숙사가 텅텅 비어있던 어느 일요일, 나는 「도살장」*이라는 작품에서 여공 마리아가 눈밭에 쓰러지는 장면을 큰 소리로 읽고 있었다. 창밖으로 펼쳐진 설원을 보면서 책을 읽고 있었는데, 감동적이었다. 왕야밍이 내 뒤에 서 있었는데도 난 조금도 알지 못했다.

"너 다 본 책 있으면 나한테도 한 권 빌려 줘. 눈 내리는 날은 정말 너무 답답해. 여기에 친척도 없고, 거리에 나가도 뭐 살 것도 없고, 나가려면 또 차비가 들잖아……."

"너 아버지가 한참 동안 너 보러 안 오셨지?" 난 그녀가 집 생각을 하고 있다고 생각했다.

---

* 미국 작가 싱클레어의 소설. 시카고 도살장에서 일하는 노동자들의 고통스러운 삶을 묘사하였다.

"어떻게 오시겠어! 기차비, 한 번 왕복에 2위안이 넘어. …… 집에 사람도 없고……."

나는 「도살장」을 그녀 손에 놓았다. 벌써 다 읽었기 때문이었다.

그녀는 웃으면서 침대 난간을 두어 차례 흔들었다. 그녀는 그 책의 표지를 연구하기 시작했다. 그녀가 나갔을 때, 나는 그녀가 복도에서 나를 본받아 그 책 첫 페이지의 첫 문장을 낭랑하게 읽는 소리를 들었다.

이후, 언제인지 분명하게 기억하지는 못하겠다. 아마도 역시 무슨 휴일이었을 것이다. 어쨌든 기숙사는 텅텅 비어 있었다. 달빛이 창문으로 쏟아져 들어올 때까지 모든 기숙사는 여전히 적막과 정적만 남아 있었다. 나는 침대 머리에서 바스락거리는 소리를 들었다. 누군가 내 침대맡을 뒤적거리고 있는 것 같았다. 내가 고개를 돌렸을 때, 달빛 아래서 나는 왕야밍의 까만 손을 보았다. 그녀는 내가 빌려 준 책을 내 옆에 내려놓았다.

"재미있었어? 괜찮았어?"

처음에 그녀는 아무 대답도 하지 않았다. 나중엔 손으로 얼굴을 가렸다. 그녀의 머리카락도 바들바들 떨고 있는 것 같았다.

"응."

그녀의 목소리도 떨고 있는 것 같았다. 그래서 나는 일어나 앉았다. 그녀는 오히려 머리카락과 똑같은 색깔의 손으로 얼굴을 가린 채 도망가 버렸다.

복도는 휑했다. 나는 달빛 속에 잠긴 복도 바닥의 무늬를 보고 있었다.

"마리아, 정말 그녀하고 똑같아, 그녀는 설원에서 쓰러졌는데, 죽지는 않았겠지! 죽지 않았을 거야. …… 그 의사는 그녀가 가난하단 걸 알고 치료해 주지 않았어. …… 헤헤!" 높은 소리로 그녀는 웃었다. 웃음소리의 떨림으로 비로소 눈물이 뚝뚝 떨어져 내렸다. "우리 엄마가 병이 났을 때, 나도 의사를 데리러 갔었어. 그 의사가 왔을까? 그는 처음에 나한테 마차 삯을 요구하더라. 난 집에 돈이 있으니 일단 차에 타고 오시라 했지! 엄마가 죽어 간다고…… 그가 왔을 것 같아? 그는 마당 한가운데 서서, 아버지 무슨 일 하시지? 너희 집 염색점이냐? 하고 물어보는 거야. 왜 그런지 모르겠는데, 염색점한다고 말하자마자 그 사람은 문을 열고 집안으로 들어가 버렸어. …… 난 기다렸지만 그 의사는 나오지 않았어. 가서 문을 또 두드리니까 그 의사가 안에서, 갈 수 없으니 돌아가! 라고 하데. 난 돌아올 수밖에 없었어……." 그녀는 다시 눈물을 닦고 나서야 말을 이어 나갔다. "그때부터 내가 남동생 둘과 여동생 둘을 돌봐 왔어. 아버지는 검정과 남색을 물들이고, 언니는 빨간색을 물들였지. …… 언니가 약혼하던 그해, 한겨울이었는데, 언니 시어머니가 시골에서 올라 오셔서 우리 집에 묵으셨지. 언니 손을 보자마자, 세상에! 사람 죽인 손 같네! 하시는 거야. 그 다음부터 아빠는 누구는 빨간색만 물들이고 누구는 남색만을 물들이고 하는 걸 못하게 하셨어. 내 손은 까맣잖아, 자세히 보면 약간 자줏빛도 보여. 여동생 둘도 나하고 마찬가지야."

"네 동생들은 학교 안 다녀?"

"응. 내가 나중에 그 애들을 가르칠 거야. 그렇지만 내가 공부를 잘할지 어떨지 모르겠어. 공부를 못하면 동생들한테도 너무 미안한데…… 천 한 필을 물들이면 많아야 3마오 벌어. …… 한 달에 몇 필이나 물들일 수 있겠니? 옷은 크기에 상관없이 한 벌에 1마오씩인데, 물들여 달라고 하는 것은 대부분 다 큰 옷이야. …… 연료비 제하고, 재료비 제하고 …… 안 그러겠니? 내 학비 ……동생들이 밥 먹는 돈까지 다 내가 가져왔는데 ……내가 어떻게 열심히 공부하지 않을 수 있겠어, 어떻게?" 그녀는 다시 그 책을 어루만졌다.

나는 여전히 바닥의 꽃무늬를 보고 있었다. 그녀의 눈물이 내 동정심보다 훨씬 더 고귀하다고 생각했다.

아직 겨울방학을 하지 않았을 때, 왕야밍은 어느 날 아침 손가방과 잡동사니들을 정리하고 있었다. 그녀의 짐은 이미 다 꽁꽁 묶어서 벽 아래 세워 놓았다.

그녀에게 가서 이별을 하는 사람도 없었고, 잘 가라는 말 한 마디 하는 사람도 없었다. 우리는 기숙사에서 나와 한 명씩 밤에 왕야밍이 자던 복도를 지나갔다. 그녀는 우리 한 사람 한 사람에게 다 미소를 짓고 있었다. 그러면서 창 너머 먼 곳을 바라보는 것 같았다. 우리는 복도에 둔탁한 소리를 울리면서 계단을 내려갔다. 정원을 지나 담 입구에 다다랐을 때 왕야밍도 우리를 쫓아왔다. 숨을 헐떡거리고, 입을 헤 벌리고 있었다. "우리 아빠가 아직 안 오셨어, 한 시간만 더 공부할 수 있으면 더 하게……." 그녀는 마치 우리 전부에게 얘기하는 것 같았다.

이 마지막 수업 내내 그녀는 땀을 뻘뻘 흘렸다. 영어 시간에 그녀는 칠판에 적혀 있는 모든 단어들을 작은 노트에 적느라 정신이 없었다. 읽어가면서 동시에 선생님이 그냥 아무렇게나 칠판에 적는 이미 불필요한 익숙한 단어들까지도 그녀는 열심히 적었다. 둘째 시간 지리 수업에서도 그녀는 마찬가지로 선생님이 칠판에 그려놓은 지도를 작은 노트에 열심히 그렸다. …… 이 마지막 날의 모든 것들이 그녀의 생각으로는 아주 중요하게 되어 반드시 흔적을 남겨야 하는 것 같았다.

수업이 끝났을 때, 나는 그녀의 노트를 보았는데, 완전히 엉망이었다. 영어 단어는 어떤 것은 스펠링을 하나씩 빠뜨렸고 어떤 것은 하나씩 더 썼다. ……그녀의 정신은 이미 산란했다.

밤에도 그녀의 아버지는 아직 그녀를 데리러 오지 않았다. 그녀는 여전히 긴 의자에 잠자리를 폈다. 처음이었다. 그녀는 이렇게 일찍 잠자리에 들었고, 평소보다 매우 편안하게 잤다. 머리는 이불 가장자리에 파묻혀 있었고 어깨는 숨을 내쉴 때마나 꺼졌다. 오늘 그녀의 옆에는 아무 책도 없었다.

아침, 태양이 눈 쌓인 흔들리는 나뭇가지 위에 걸려 있고, 새들이 막 둥지에서 나왔을 때, 그녀의 아버지가 왔다. 계단 입구에 서서 그는 어깨에 메고 있던 커다란 장화를 내려놓고, 목에 둘둘 감고 있던 수건으로 수염에 매달린 고드름을 닦아냈다.

"불합격했냐? 너……" 계단에 흩어져 있던 고드름이 자그마한 물방울로 녹아내렸다.

"아녜요, 아직 시험 안 봤어요. 교장 선생님이 시험 볼 필요 없대요. 합격하지 못할 거라고……."

그녀의 아버지는 계단 입구에 선 채 얼굴을 담벽으로 돌렸다. 허리춤에 매단 수건이 조금도 흔들리지 않았다.

짐을 계단 입구로 옮겼다. 왕야밍은 여전히 손가방을 들고 세숫대야와 자질구레한 물건들을 안고 있었다. 그녀는 커다란 장갑을 그녀 아버지에게 돌려주었다.

"필요 없다, 네가 끼어라!" 그녀 아버지의 장화가 한 번 움직이자마자 바닥에 흙자국 몇 개가 생겼다.

아침이었기 때문에 나와서 구경하는 아이들은 별로 없었다. 왕야밍은 가벼운 웃음소리 가운데 장갑을 꼈다.

"장화 신어라! 공부도 다 못했는데, 발까지 꽁꽁 얼어붙으면 안 되지." 그녀의 아버지가 장화 두 짝의 묶어 놓은 가죽끈을 풀었다.

장화가 그녀의 무릎까지 덮었다. 마차꾼처럼 머리도 흰 두건으로 꽁꽁 싸맸다.

"다시 올 거야. 집에 가서 열심히 공부해 가지고 다시 올 거야. 헤…… 헤." 그녀가 누구를 향해 말하는지 알 수 없었다. 손가방을 들고는, 그녀는 아버지에게 물었다.

"불러 온 마차는 문밖에 있나요?"

"마차는 무슨 마차? 역까지 걸어가자. …… 내가 짐을 짊어질 테니……."

왕야밍의 장화가 계단을 턱턱 두드려댔다. 아버지는 색깔이 변한 손으로 짐 양 귀퉁이를 꼭 잡고 앞서 갔다.

햇빛에 길어진 그림자가 사람보다 앞서 난간을 넘어섰다. 창문으로 보니 사람도 그림자마냥 그렇게 가벼워 보였다. 단지 그들을 볼 수만 있을 뿐, 소리는 조금도 들을 수가 없었다.

울타리 문을 나서서 그들은 먼 곳을 향해, 아침 햇빛이 자욱한 방향을 향해 걸어갔다.

눈 쌓인 땅은 마치 유리조각 같았다. 멀면 멀수록 그 섬광이 더 강했다. 나는 눈이 시릴 때까지 그 멀리 눈 덮인 곳을 바라보았다.

1936년

딩링의 본명은 장웨이蔣緯로, 1904년 후난성湖南城의 몰락한 관료지주 가정에서 태어났다. 봉건 지식인이었던 그녀의 부친은 일본에 유학한 적도 있지만, 귀국한 후 하는 일 없이 재산만 탕진하다가 딩링이 4살 되던 해에 세상을 떠나고 말았다. 독립적이고 진보적인 딩링의 모친은 초등학교 교사 생활을 하면서 생활을 꾸려나갔다. 딩링은 이러한 어머니로부터 정신적 영향을 받으며 성장하였다.

1927년 〈소설월보小說月報〉에 처녀작 「멍커夢珂」를 발표하였고, 이듬해 발표한 「소피아 여사의 일기莎菲女士的日記」가 큰 반향을 일으키면서 작가로서 확실하게 자리를 잡았다. 같은 해에 후예핀胡也頻, 선충원沈從文과 함께 〈홍흑红黑〉를 편집하기도 했으며, 1930년 좌익작가연맹에 가입하면서 창작 경향에 변화를 보인다. 「웨이후韋護」, 「1930년 봄 상하이의 이야기一九三0年春上海之 一·二」, 「산골 농가田家衝」 등은 그녀의 변화된 의식을 잘 반영하는 작품들이다.

1931년 남편 후예핀이 국민당에 의해 살해되면서 완전히 좌익 작가로서의 길을 걷게 된다. 1932년 공산당에 입당하였으며, 같은 해 「모친母親」을 창작하기 시작하였으나 완성하지 못한 채, 1933년 국민당에 체포되어 난징에 연금되었다. 1936년 난징을 탈출하여 공산당 근거지에서 생활하며, 1941년 「내가 사촌에 있을 때我在霞村的時候」와 「병원에서在醫院中」를 발표했다. 이 작품에서 그녀는 혁명에 대한 환상의 파멸과 실망을 그렸다. 이후에도 끊임없이 작품 창작을 하면서 중국의 대표적인 작가로 자리매김해 나가던 그녀는 1955년 정치사건에 연루되어 비판을 받다가 1958년 당적을 비롯한 모든 신분적 보장을 박탈당한 채 하방下放: 공산당 간부나 지식인들이 사상 단련을 위해 공장, 농촌, 광산 등지로 노동을 가는 것을 의미한다. 중화인민공화국이 성립된 이후 많은 지식청년, 관료들이 하방의 형식에 따라 외지로 추방됐다 되었다. 중국 현대 여성작가로서는 드물게 문단에서 주류 작가로 크게 인정받으며 활약했지만, 시대의 풍상을 피하지는 못했던 것이다.

1970년 딩링은 또다시 감옥에 갇히는 불운을 맞는다. 1975년 석방되어 산시山西성의 한 농촌에 거주하던 그녀는 1979년에서야 베이징으로 되돌아와 모든 정치적 오명을 벗고 원래의 신분을 되찾았다. 딩링은 그 뒤에도 계속하여 작품 활동을 하다가 1986년 병으로 굴곡 많은 삶을 접었다.

딩링

(丁玲, 1904~1986)

1930년 봄 상하이의 이야기 1─九三0年春上海之 一

1

엘리베이터가 맨 아래층으로 내려가자, 긴 복도 위로 갑자기 어지러운 구둣발 소리가 울렸다. 일고여덟 명의 청년들이 흥분한 걸음으로 성큼성큼 그 커다란 유리문을 향해 걸어 나갔다. 눈빛이 일렁이면서 서로 알았다는 눈짓을 주고받고, 때때로 언사가 높아지기도 했다. 다 얘기하지 못한 많은 새로운 의견을 쏟아낼 수 있는 기회를 얻으려고 하는 것 같았다. 그러나 모두들 별말 없이 곧장 거리로 나갔다. 마땅히 헤어져야 하는 곳이었다.

그들은 문학단체에 속한 청년모임에 막 참여한 길이었다.

그 중 마르고 까무잡잡한 뤼취안若泉이라고 불리는 한 청년이 북쪽을 향해 발길 가는 대로 걸어갔다. 그의 머릿속에는 방금 전 모든 일들이 두서없이 떠돌았다. 그 연설들이며 격렬한 토론과 발그레한 얼굴들, 그 다정하고도 진실한 웃음들, 얼토당토않은 몇몇 의견과 고집스러운 편견들도 있었다. ……그는 자신도 모르게 미소 지었다. 그는 정말 그 모임이 만족스럽다고 생각했다. 그래서 그는 발걸음이 더욱 가벼웠고, 순식간에 사람들로 북적거리는 큰길에 이르렀다.

"어이, 거기 가?"

뒤에서 누군가 달려오면서 그의 팔을 잡았다.

"어, 너였구나, 샤오윈蕭云."

그는 다소 놀란 모습이었다.

"무슨 일 있어?"

"아니."

두 사람은 곧 발길을 돌려 사람들 속에서 정처 없이 걷기 시작했다. 낮은 소리로 끊임없이 방금 있었던 모임에 대해 이야기했다. 나중에 샤오윈이 그에게 차를 마시러 가자고 했지만, 그는 집으로 가고 싶다면서 거절했다. 그러나 돌연 한 친구를 보러 가고 싶다고 하면서, 샤오윈에게 갈지 안 갈지 물었다. 샤오윈은 그 친구가 쯔빈子彬이라는 것을 알더니 고개를 저었다.

"안 가, 안 갈래. 난 요즘 그를 만나는 게 좀 두려워. 그는 사람을 비웃는 걸 너무 즐겨. 너도 가지 마. 그 집 별로 재미없어."

그래도 뤄취안은 샤오윈과 헤어져 징안쓰靜安寺로 가는 전차에 올라탔다. 차가 심하게 흔들려서 그는 한 손으로 손잡이를 꽉 잡았다. 요동치는 대로 몸을 내버려 두고 그는 창밖의 가지런하게 서 있는 건물들을 응시했다. 모임의 모든 장면과 쯔빈의 표연한 태도가 뒤섞여 어지럽게 얽히다가 또 어지럽게 사라졌다.

2

쯔빈은 막 시내에서 돌아왔다. 센스先施 회사에서 아내에게 겹저고리를 만들어 주려고 담녹색으로 된 치파오旗袍용 천을 샀다. 자신을 위해서는 원고지 몇 권과 펜을 샀는데, 이번 봄에 놀랄 만한 성과물을 내고자 하는 준비이다. 그는 영원히 줄기차게 원대한 야심을 품고 있었다. 항시 광고로 속임을 당하는 그 가엾은 독자들에게, 또 목전의 재능도 없으면서 끼어들어 작가에게 치욕이 되는 삼류 작가들에게 증명할 만한 뭔가를 보여줘야 했다. 그것은 대체 무엇인지, 설령 글이라도 다시 대학에 들어가서 좀 더 공부해야 한다. 단지 유행 때문에 오로지 이익을 꾀하는 상인, 뜻밖에 이런 사람들도 엄연하게 작가 노릇을 한다. 이는 쯔빈을 자주 분개하게 만들었다. 게다가 그가 화나는 일들은 도무지 줄어들 낌새가 보이질 않았다. 확실히 그는 걸핏하면 화를 내는 사람이다.

그는 일부 젊은 독자들이 아끼는 꽤 이름 있는 작가이다. 글에서 영민함이 드러나고, 사람 됨됨이도 대체로 호감을 얻었다. 하지만 일부 다른 입장에 서 있는 비평가들은 어쩔 수 없이 가혹하게 요구하기도 하는데, 그의 글이 공허하고 사회적 관념이 결핍되어 있다고 자주 비판했다. 이 때문에 그는 시시로 이유를 말할 수 없는 고민이 생겼는데, 지금껏 누구에게도 말하려 하지 않았다. 설령 그의 아내라 하더라도 그의 마음속 비밀을 알지 못했다.

아내는 젊고 활발한 여인이다. 그의 작품을 매우 사랑했고 그의 살아온 여정에 대해서도 깊이 동정하고 있었기 때문에, 그들은 1년 전에 동거를 시작했다. 두 사람의 성격은 정말 달랐지만 의견 대립 없이 살아왔다. 쯔빈이 나이가 좀 많았는데, 유난히 아내의 천진난만함을 사랑하였다. 비록 움직이기 좋아하고 천진난만했지만, 그녀의 나이와 취미는 한 우울한 작가의 아내의 조건으로는 좀 부족했다. 그러나 그는 그녀를 사랑하고 그녀에게 자상하다. 그녀 또한 그를 사랑하고 숭배한다. 그래서 서로 어울리지 않는다고 사람들은 자주 왈가왈부했지만, 그들은 이렇게 긴 시간을 아주 사이좋게 잘 지내왔다.

사회와 시대의 관용 하에, 그는 비교적 나쁘지 않은 지위를 얻었고, 또한 소수의 지식여성들 가운데 용모나 몸가짐이나 예술적인 소양 등에 있어 그런대로 꽤 괜찮은 젊은 여성을 고를 수 있었다. 물론 경제적인 면에서도 상당히 운이 따라 주었다. 그들은 징안쓰 거리의 깨끗하고 조용한 한 골목에 자리 잡은 이층 건물 독채에 산다. 침실 하나, 거실 하나, 그리고 작은 서재가 있다. 그들은 하녀를 고용하여 직접 밥을 해 먹기 때문에 비교적 잘 먹는다. 독자들은 그의 글에 속아서 그가 가난한 줄 알고 그를 동정하지만, 사실 그는 잘살 뿐 아니라 자주 영화도 보고 시원한 과일도 먹고 아주 비싼 사탕도 사며, 때로는 몹시 헛되이 돈을 쓰기도 한다.

거실에서 두 사람이 옷감을 살펴보고 있을 때 뤄취안이 뒷문을 통해 들어왔다.

그가 오랫동안 찾아오지 않기 때문에 두 사람은 다소 의아해했다. 아마 2주일은 여기에 놀러 오지 않았을 것이다. 이는 과거엔 정말 드문 일이었다.

메이린美琳은 그 큰 눈을 동그랗게 뜨고 그를 바라보았다.

"왜 그렇게 오랫동안 놀러 오지 않았어요?"

"일이 있어서요……."

그는 계속해서 말하려다 좀 마른 쯔빈을 보면서 바로 멈춰버렸다. 그는 쯔빈에게 말을 건넸다.

"어떻게 이렇게 말랐어?"

쯔빈은 친구에 대한 그의 느낌도 마찬가지라고 대꾸했다.

메이린은 옷감을 들고서, 좋은지 안 좋은지 말해달라고 했다.

그는 여기에서 저녁을 먹었다. 그는 그의 절친한 친구에게 하고 싶은 얘기가 많았지만 어떻게 말을 꺼내야 할지 감이 잡히질 않았다. 그는 친구의 성격을 알고 있었다. 그는 담배를 많이 피웠다. 자기가 여기에 너무 오래 앉아서 시간을 무의미하게 낭비했다고 생각했다. 그는 가고 싶었는데, 쯔빈이 그에게 물었다.

"글 좀 써 놓은 게 있나?"

"없어. 펜을 안 든 지 꽤 됐지. 이 일을 잊은 듯이 말이야."

"그럼 되나! 지금 베이징에서 잡지 부록을 내려는 사람이 있는데 우리에게 원고를 달라고 하네. 원고료는 천 자당 대략 4위안쯤 돼. 어쩜 더 받을 수도 있어. 너도 좀 써 와도 돼, 내가 부칠게. 난 북방 지역 독자들이 더 친근하게 느껴져."

뤄취안은 그를 바라보다가 다시 메이린을 바라보고는 울컥한 듯 대꾸했다.

"글 쓰는 건 말이야, 난 때때로 아예 그만두어도 하나도 아깝지 않다는 생각이 들어. 우리가 쓰면 일부 사람들이 보고, 시간이 지나면 아무런 영향도 미치지 못해. 원고료 좀 받는 것 말고 또 무슨 의미를 찾을 수 있겠나? 설령 어떤 독자들이 우리가 쓴 어떤 이야기나 글에 감동받은 적이 있다지만, 그러나 그 독자들은 또 어떤 사람들인가? 그들은 막 청춘기를 지나온, 가장 감상에 젖기 쉬운 소자산계급의 중산층 학생들이란 말일세. 그들은 이 글이 마침 자신들의 구미에 적합하다고 여기고, 그들이 느낄 수는 있지만 체득할 수는 없는 고민을 털어놓을 수도 있어. 혹자는 이 내용이 바로 그들의 이상이라고, 여기서 묘사하는 인물이 너무 귀엽다고, 어떤 면은 그들 자신 같다고 생각해. 그들은 또 이게 작가의 분신이라고 믿지. 그래서 그들은 작가를 흠모하고 천진난만하게 숭배하는 편지를 써. 이 편지를 받는 우리 같은 사람들은 마치 우리 예술이 효과가 생긴 것처럼, 자신도 모르게 감동해. 우리는 이 청년들에게 정성껏 답장을 보내. ……하지만 결과는, 나는 이제 분명히 알았네. 우리는 사람을 해치는 일을 했을 뿐이야. 이 청년들을 우리가 걸어온 옛 길로 밀어낸 거지. 감상주의, 개인주의, 출구라곤 없는 불평과 비애! ……그들의 출로가 어디 있나, 그저 하루하루 자신의 분노와 번뇌 속으로 더 깊숙이 떨어질 뿐, 사회 현실과 갖가지 고통의 관계를 명백히 깨닫지 못해. 설령 그들이 글쓰기 훈련을 잘해서 문장과 시 같은 것을 발표하여 중견작가들의 몇 마디 찬사를 듣는다고 이게 그들에게 무슨 도움이 되겠나? 사회에는 무슨 도움이 되고? 그래서 글이라는 거, 나 개인적으로는 포기하고 싶어. 우리 동항들에 대해선 말이야, 다들 좀 신경을 써서 글의 방향을 전환하길 바라네. 설사 지금은 성공적인 작품을 만들 희망이 적어도, 장래 문학사에서는 다소나마 의미를 지니게 될 거야."

그는 쯔빈이 대꾸하길 바랐다. 설령 반대라도 좋았다. 그는 이야기가 계속되어서 그들이 논박을 하고 결국 결론을 얻기를 바랐다. 쯔빈을 화나게 하여 그와 얼굴을 붉히는 것도 걱정되지 않았다. 과거에도 자주 작은 일로 쯔빈은 쉽게 성을 냈었다.

그러나 쯔빈은 조용히 웃으면서 대꾸할 뿐이었다.

"어, 너 또 그 판에 박힌 유행 담론이군! 그들은 지금 어디선가 깃발을 높이 들고 무슨 프로문학이니 하는 것을 큰소리로 외치고 있지, ……프로문학가들은 한 무리씩 한 무리씩 양산되고 있어. 그러나 문학적 성과는? 오로지 몇몇 친구 비평가들만 지치지도 않고 계속해서 엄청나게 칭찬을 해대지, 영향력은 또 어디에 있나? 그 독자들이 중국의 프롤레타리아 대중인지, 아니면 그들 자신인지 한번 물어보게. 좋아, 우리 지금은 이런 얘기 하지 말자고. 이 시대가 어느 것에 속하든 그저 열심히 해 나간다면, 결국엔 잘못된 게 없을 테니."

"그것은……."

뤄취안의 말은 중간에 끊겼다. 쯔빈이 메이린에게 손짓하며 말했다.

"옷 갈아입어. 우리 영화 보러 가자. 너 오랜만에 왔는데, 네 생각이 얼마나 진보를 했던지 간에 우리 그래도 나가서 좀 놀자. 지금 돈도 좀 있으니 장소는 네가 결정해라. 칼튼이든 대광명이든…… 다 괜찮다."

그는 신문을 집어 들어 뤄취안의 앞에 놓았다.

뤄취안은 그저 가지 않겠다고만 했다.

쯔빈의 얼굴색이 약간 변한 모양으로, 화가 나서 그를 바라보았다. 그러나 바로 웃으면서 일어나더니 비웃듯이 말했다.

"맞아, 너 영화도 안 보지!"

메이린은 방문 앞에 서서 멍하니 그들을 바라보았다. 어쩔 줄 몰라 그녀는 재촉하듯 물었다.

"도대체 가는 거야, 마는 거야?"

"왜 안 가?"

쯔빈은 성이 난 것처럼 보였다.

"뤄취안! 당신도 가요!"

메이린은 부드럽고 간절한 눈빛으로 그를 바라보았다.

그는 친구를 이렇게 화나게 한 것이 좀 미안하여 고개를 끄덕이고 싶었다. 그러나 쯔빈이 냉랭하게 말했다.

"가자고 하지 마, 그는 안 갈 거야."

뤄취안은 정말 화가 나는 것을 참을 수 없었으나 애써 참았다. 그리고 마치 아무 일도 없는 것처럼 신문을 보았다.

메이린이 꽃처럼 곱게 단장을 하고 아래층으로 내려왔다. 세 사람은 함께 골목 어귀에 이르렀다. 메이린은 뤄취안에게 가까이 다가가 낮은 목소리로 함께 갈 것을 권했다. 뤄취안은 그의 친구의 고민에 찬 얼굴을 힐끗 보고 모든 게 하릴없이 느껴졌다. 그래서 그는 "다시 보자"고 큰 소리로 외치고 동쪽을 향해 나는 듯이 달려갔다.

3

영화 보는 게 그다지 즐겁지 않았다. 두 사람은 거의 말을 하지 않고 각자 자신들의 걱정거리를 생각했다. 메이린은 쯔빈이 왜 그렇게 성을 냈는지 이해할 수가 없었다. 그녀는 뤄취안의 말이 타당하다고 생각했다. 그녀는 쯔빈을 사랑한다. 쯔빈의 모든 작품을 좋아하며, 모든 작품에서 다 아름다운 구절과 고아한 분위기를 찾아낼 수 있다. 그녀는 그의 재능에 대해 탄복하고 있다. 그러나 어찌되었든 그녀는 뤄취안의 말이 잘못 되었고 사람을 성나게 만든 이유가 있다고는 인정할 수 없었다. 그녀는 그를 바라보았다. 비록 그의 눈은 스크린을 주시하고 있었으나, 그녀는 커다란 번민이 그를 공격하고 심란하게 만들고 있다는 것을 느꼈다. '아이, 이것은 정말 불필요한 짓이야! 굳이 영화를 꼭 봐야한다고 했는지?' 그녀는 팔꿈치로 그를 건드렸다. 그는 그녀의 손을 잡고 작은 소리로 말했다.

"그렇지 않아? 오늘 영화 정말 괜찮지? 메이, 난 정말 당신을 사랑해!"

그는 다시 영화에 빠져드는 것 같았다.

그렇다. 그는 화가 났다. 누가 그의 기분을 상하게 했는지는 말로 표현할 수 없었다. 오로지 뤄취안의 말이 끊임없이 그의 귓전을 맴돌았다. 한 마디 한 마디가 다 그를 두고 한 말 같아서 그는 정말 견디기 힘들었다. 그의 창작 활동의 결과가 정말 뤄취안이 말한 것과 같단 말인가? 그는 그렇게 믿을 수가 없었다. 그 비평가들이 그의 오묘한 말에 대해 질투하는 것뿐이었다. 뤄취안은 무슨 암시를 받았는지 돌연 진지해지기 시작했다. 그는 뤄취안의 그 까무잡잡하고 깡마른 얼굴이 떠오르자, 점점 그건 아니라는 생각이 들었다. 또 옛날에 뤄취안을 막 알게 되었을 때의 정경이 떠올라 감개무량하여 탄식이 나왔다.

"아, 멀어, 친구여!"

멀었다! 뤄취안은 그가 이해할 수 없는 단계까지 달려가 버렸다. 그가 그의 친구를 어떤 식으로 상상하고 관찰하여 상황이 아주 나쁘다고, 심지어는 죄악 속으로 빠져 버렸다고 느낄지라도, 친구는 아주 공고한 위치에서 충실하게 확신을 가지고 성큼성큼 시대를 향해 걸어갈 것이다. 그는 방황하지 않을 것이며 무엇인가를 기다릴 수 없을 것이다.

그는 메이린을 바라보았다. 메이린의 희고 고운 얼굴에서 고요하고 평안한 빛이 드러나 있는 것을 보았다. 걱정에 시달려 본 적이 없는 평온을 보여주는 것이었다. 그는 그녀가 정말 귀엽다고 생각했다. 그러나 이 귀여움에 대해 갑자기 미미한 불만이 생겨났다. 그는 그녀를 한참이나 응시했다. 그녀의 아무 근심 없는 태도가 조금 질투나기 시작했다. 그는 고개를 돌리고 한숨을 내쉬었다.

그렇다. "멀었다!" 이 여자는 여태껏 그를 이해한 적이 없었다. 비록 다정하게 일 년 넘도록 살아왔지만, 그들은 줄곧 아주 멀리 떨어져 있었다. 그러나 그는 지금까지 그 거리를 가늠해 본 적이 없었다. 사실상 이는 똑똑하다는 그의 잘못을 증명할 뿐이었다.

지금, 이 여자는 비록 외형상 그녀의 순박한 아름다움을 아직 간직한 채 아무 일 없다는 듯 영화를 보고 있지만, 그녀의 마음속엔 뤄취안의 말이 맴돌고 있었다.

이 말들은 그녀가 지금까지 변함없이 숭배해 온 사람과 완전히 모순이었다.

그들은 아주 늦게 집으로 돌아갔다. 서로 거의 이야기를 나누지 않았다. 둘 다 상대방이 영화에 대한 이야기를 꺼냈을 때 대꾸하지 못할까봐 겁이 났던 것이다. 영화 내용은 사실 아주 흐릿했다. 아주 흐릿했다.

시간이 흘러갔다. 하루, 하루, 2주일이 지났다. 뤄취안은 바빴다. 몇 개나 되는 새로운 단체에 참여하여 일을 맡았다. 동시에 그는 자신의 지식이 빈곤함을 느끼고 열심히 많은 책을 읽었다. 몸은 마르고 얼굴엔 강건함을 나타내는 주름이 깊게 패였다. 그러나 마음은 이상하리만치 즐거워서 생기가 넘쳤다. 마치 봄날이 온 것 같았다. 이날 그는 거의 집이나 다름없는 사무실에 있었다. 그곳은 아주 낡은 구식 집으로 안은 크고 휑했다. 아래층엔 동료 한 명과 학교교육은 받지 못했지만 분명한 사상을 갖고 있는 이 동료의 부인이 두 명의 아이와 함께 살고 있는데, 위층에 임시로 모 기관이 들어온 것이었다. 뤄취안은 마침 몇 부의 신문을 뒤적이면서, 여러 개의 가명을 쓰지만 실은 한 사람이 쓴, 문단의 불량분자를 매일처럼 비난하는 글을 찾고 있었다. 소위 문단의 불량분자를 뤄취안은 최근에 알게 되었다. 이들은 비슷한 목표를 향해 애쓰는 사람들로, 당연히 뤄취안은 그들을 존경하고 가깝게 지내고 있었다. 그러나 비난하는 사람들은 일부 유명한 작가들에 대해서는 세태에 영합하는 기회주의자로 몰아붙이고, 일부 무명작가들에 대해서는 모종의 기치 아래 졸병이 되어 전심전력으로 상사를 떠받들고 상사들이 싫어하는 것을 공격한다고 비난했다. 그래서 기회가 오자 여러 잡지에 자주 이들의 이름이 등장하였고, 마침내 그들도 어느 한 축의 작가로 성장한 것이다. 또 다른 한 무리의 사람들은 그야말로 룸펜이며 기회주의자들로, 끊임없이 자신들의 졸개를 양성하고 그들의 보호자에게 아부한다. 문예계에서 오랫동안 굴러먹으면서 속임

수로 돈도 벌었다. 그렇지만 자신의 보호자들과 왕왕 내분을 벌이고 반대편 사람들과 손을 잡는다. ……뤄취안은 이 글쓴이를 정말 혐오했다. 비록 이 자가 문단의 사정을 잘 이해하고 있다고는 하지만 이 자의 관점은 근본적으로 잘못된 것이며 행동도 극히 비열한 것이다. 뤄취안은 꼼꼼하고 분명하게 글 한 편을 써서 이 기만적인 논지, 특히 잘못되고 황당한 문예이론을 철저하게 뒤집어 버리고 싶었다. 하지만 그는 시간이 없었다. 펜을 들 시간은 없고 이 일도 잊히지 않아서 그는 매일 바삐 신문을 뒤적이면서 새로운 글이 또 발표되었는지 보는 것이었다.

이때 계단에서 어지러운 소리가 울리더니, 연이어 세 사람이 들어왔다. 첫 번째 사람은 매일처럼 나오는 샤오윈이다. 두 번째 사람은 노동자연합회에서 일을 맡고 있는 차오성超生인데, 그는 아래층에 살고 있는 부인의 사촌 오빠이다. 마지막으로 들어온 사람은 슈잉秀英이라는 여자였다.

차오성은 아주 반갑게 그와 악수를 나누었다. 그들은 한참 동안 만나지 못했다. 그들의 다른 일과 바쁜 일상이 그들을 떼어놓았다. 그들은 서로 알게 된 후, 아주 가깝고도 진실한 우정을 쌓아왔다. 자연스럽게 몇 마디 일상적인 안부를 묻고 난 뒤, 그들은 바로 최근 모 방직공장에서 발생한 파업문제로 넘어갔다. 뤄취안은 이 방면에 큰 관심을 갖고 있었다. 그는 지식계층의 운동을 노동자 운동의 영역으로 넓혀가길 원했고, 차오성은 진작 그에게 기회를 찾아주겠노라 대답했었다. 그래서 그들은 만나기만 하면 늘 대부분 노동자 문제에 관한 이야기를 나누었다. 나중에 차오성이 물었다.

"아직도 글 쓰고 있나?"

"아니."

뤄취안은 약간은 부끄러운 듯, 그러나 자랑스럽게 대답했다. 그의 이유가 '시간이 없어서'였기 때문이었다.

차오성은 그들의 신문에 오락란이 있는데 문예에 관련된 글이 매우 필요하니 뤄취안이 써 주면 좋겠다고 했다. 아니면 뤄취안이 나서서 몇몇 동지들에게 부탁해달라고 했다. 하지만 그는 또 뤄취안과 그 동료들의 문장은 노동자들이 이해하지 못하니 안 되겠다고 걱정했다. 그는 뤄취안에게 좀 가볍고 짤막한 글을 쓰는 게 좋겠다고 했다. 그는 노동자의 입장에서 문예대중화에 관한 이론을 발표하기도 했었다.

얼마 지나지 않아 그는 갔다. 너무 바빴던 것이다. 그는 며칠 뒤에 다시 한 번 와서 방금 이야기한 것들에 대해 상의하겠다고 했다. 샤오윈에게도 한번 생각해 줄 것을 부탁했다. 그는 좀 괜찮고 구체적인 어떤 방법을 바랐다.

방 안에 뤄취안과 샤오윈 두 사람만 남았을 때, 샤오윈이 품속에서 신문지를 꺼내 그에게 건네주면서 말했다.

"도대체 쯔빈이 왜 그러는 거지?"

뤄취안은 깜짝 놀랐다. 최근 그는 이 친구를 거의 잊은 듯했다. 그러나 그 과거 7~8년간 쌓아온 우정은 왕왕 쯔빈에게 관심을 갖지 않을 수 없게 만들었다. 최근 그는 자주 쯔빈에 대해 암암리에 진언眞言을 듣는 기회가 어렵지 않게 생겼다. 비록 그가 감정을 내세워 옹호할 수는 없었지만, 항시 자기 친구가 너무 고집부리지 않기를 바랐다. 그는 마땅히 약간의 전환, 일종의 사상적으로 건전한 전환이 있어야만 했다. 그는 샤오원의 기색을 보고 불안해서 물었다.

"무슨 일이야? 쯔빈에 관한 거야?"

그는 신문을 받았다.

"한번 보라고, 자연 알게 될 테니."

신문은 부간副刊이었는데, 〈우리 문단의 또 다른 운동가!〉라고 큰 글자로 제목을 달았다. 서명은 "辛"이라는 단 한 자였다.

"이 문장을 쯔빈이 썼단 말인가?"

"그가 아니면 또 누구겠어! 그가 월간지《유성流星》에 발표한 소설의 서명이 다 '辛人'이 아니었어? 그 문장은 누구든 보기만 하면 쯔빈 외엔 써낼 사람이 없다는 걸 바로 알 걸. 이 부간 말이야, 이건 그 ××의 앞잡이인 리전李槇이 편집한 거야. 이런 데까지 원고를 주고, 이렇게 아무 근거도 없이 사람을 조소하다니, 정말 친구들을 난감하게 만든다니까. 어쩌면 그는 지금《유성》쪽 신사들만 좋은 사람들이고 친구지, 우리 같은 사람들은 우습다고 생각할지도 몰라. 어쨌건 나는 쯔빈 때문에 마음이 아파."

뤄취안은 그를 슬쩍 바라보고는 문장을 읽기 시작했다.

문장은 아주 기교가 있는, 상당히 잘 쓴 글이었다. 작가의 다른 문장과 마찬가지로 흐르는 물처럼 자연스러워서 바로 따라 읽어내려 갈 수 있었다. 문구는 잘 정련되어 있어서, 직설적이지 않으면서도 간결했다. 다만 여전히 고질적인 결함을 지니고 있었다. 논문 같지도 않고 비평 같지도 않으며, 글 전체가 그저 가볍고 아름다운 공허한 말에 불과했다. 조소라고 하자면, 그러했다. 글이 온통 조소였다. 그렇지만 이 조소에는 대상을 찾을 수가 없었다. 사람 이름 같은 경우, 소위 '문단의 또 다른 운동가'들이 연달아 거론되고, 그 밖의 다른 사람들도 언급되긴 했다. 그렇지만 나열에 불과할 따름이지, 반대편의 입장에서 정면으로 공격하거나 또는 객관적인 비평가의 입장에서 판단을 내리고 있지도 않았다. 문장을 통해 작가가 부분적으로는 카타르시스에 도달하였으며 어느 정도 개인적인 불평과 불만을 발산했다는 것을 읽어낼 수 있었다. 한두 명 아주 극소수의 독자들에게 불쾌함을 유발할 수도 있었을 것이다. 그러나 어쨌든 문장은 무력하고 주목할 만한 가치도 없었다. 작가가 분명한 입장도 없고 목표도 없으면 아무 작용도 없기 때문이다. 하늘을 향해 총을 한 번 쏘고 분노를 풀어버리는 것이나 마찬가지이다.

뤄취안은 잠시 침묵했다. 그는 그의 친구를 생각하면서 천천히 샤오윈에게 말했다.

"내 생각엔 별거 아닌데."

샤오윈은 불쾌한 모습으로 탄식했다.

"어쨌든 이런 태도가 잘못이야. 많은 사람들이 뭐라고 하는데, 그를 위해 한 마디 변명도 못하겠어."

"다른 사람들이 뭐라고 하게 내버려 둬. 쯔빈이 신경 쓰지 않는데 네가 걱정할 필요가 뭐 있다고."

"그렇지 않아. 넌 몰라. 그가 진짜 무엇이 아쉬워서 이러는지, 쯔빈도 지금 말로 표현할 수 없이 후회하고 있을 거라고 확신해. 그는 용감한 투사가 못돼. 난 그를 알아. 그래서 그를 증오하면서도 마음이 아픈 거야. 그렇지 않다면 나도 그를 공격하는 사람들 편에 갔겠지."

뤄취안도 고개를 끄덕였다.

"나라고 어찌 그를 모르겠나. 그는 너무 총명해. 하지만 그는 다른 시대 사람이야. 우리가 그를 끌어오려고 해도 그는 오지 않아. 나도 왕왕 그를 생각하면 마음이 아파. 최근 분명히 고민이 많을 거야. 오늘 밤에 한번 찾아가 보면 어떻겠나?"

"가도 소용없어. 먹고사는 일상적인 얘기 아니면 소일하는 이야기나 할 걸. 진지한 얘기다 싶으면 그는 얼굴을 굳히고 말을 안 하던지, 정면으로 대꾸하는 것을 피하고 빙 돌려서 조소나 할 뿐이야. 난 그를 보고 싶지 않아."

"그러면 또 어째서? 그냥 하릴없이 이런저런 얘기나 좀 하지 뭐. 난 그가 좀 즐겁다면 그걸로 좋아. 즐거움은 사람에게 삶의 용기를 주잖아. 어쨌든 오늘 밤에 우리 함께 그를 보러 가자. 너 시간 있어?"

샤오윈은 마지못해 고개를 끄덕였다.

5

그들이 쯔빈의 집에 도착했을 때는 벌써 저녁 8시였다. 그러나 쯔빈의 거실은 여전히 북적이고 있었다. 그들 부부 외에 양복을 입은 세 명의 청년들이 더 있었다. 쯔빈은 그들을 보더니 좀 놀라고 의아해했다. 그러나 바로 아주 기쁜 듯이 그들을 세 명의 청년들에게 소개했다. 두 명은 상하이上海 예술대학 학생이고, 좀 덜 깔끔한 한 명은 막 베이핑北平에서 온 학생이라고 했다. 그들은 모두 문학에 헌신하길 원하는 젊은 무명시인들이었다. 그래서 뭐취안과 샤오윈의 이름을 듣더니 아주 기뻐하는 모습으로 공손히 악수를 청하면서 찬탄의 언사를 보냈다.

쯔빈에게서 즐겁지 않은 흔적은 조금도 찾아볼 수 없었다. 비록 야위긴 했지만 예전처럼 창백하지는 않았으며, 흥분하여 상기되어 있었다. 그의 정신은 어느 때보다도 맑았고, 얘기가 끊어지지 않도록 무진 애를 썼다. 그는 베이핑의 생활에 대해서도 얘기하고 미국의 건축에 대해서도 얘기했다. 그는 친구가 미국에서 보내온 이십여 장의 그림 카드를 꺼내왔다. 나중에는 일본 전통 그림에 대한 이야기까지 하면서, 자기 친구 하나가 일본에서 그림을 팔아 많은 돈을 벌었다고 했다.

일하는 아주머니가 사탕과 과일을 잔뜩 내왔다. 쯔빈은 유난히 많이 먹었다. 그는 한 유명한 코코넛 사탕을 집어 들더니, 열심히 칭찬하면서 손님들에게 많이 먹으라고 권했다.

"메이린이 이걸 참 좋아해. 그렇지, 메이린?"

그는 메이린을 바라보았다.

샤오윈은 마음속으로 생각했다.

"맞다. 그녀는 먹는 걸 좋아해. 그녀의 그런 습관을 네가 키운 거야, 왜냐면 그것은 일종의 고급스러운 취향이니까! 만약 그녀가 다빙 大饼: 중국식 부침개이나 유타오油条: 밀가루반죽을 길쭉하게 만들어 튀긴 음식를 좋아한다면 넌 아마 못마땅할 것이고, 사람들 앞에서 자랑스럽게 말하지 않겠지."

메이린은 뜻밖에도 그의 말에 반박했다.

"좋아하지 않아요. 지금은 좋아하지 않아요. 너무 먹어서 질렸어요. 오직 당신만 습관을 바꾸려 하지 않는 거지."

쯔빈이 미간을 살짝 찌푸리고는, 곧 손님들과 화제를 바꾸었다.

뤄춰안은 메이린이 평소보다 훨씬 말이 없이 그저 묵묵하게 앉아서 사람들을 관찰하고만 있다고 느꼈다. 그는 그녀에게 다가가 말을 건넸다.

"요즘 무슨 영화 본 거 있어요?"

"봤지요. 많이 봤어요. 다만 즐겁지가 않으니 불만스러울 뿐이에요."

그녀는 마치 화가 치미는 듯했다.

쯔빈이 그녀를 한 번 바라보았지만, 여전히 아무 일 없다는 듯한 모습이었다.

"왜? 왜 즐겁지 않다는 거죠?"

뤄춰안이 그녀를 다그쳤다.

"왜 그러는지 모르겠어요. 사는 게 별로 재미가 없어……."

그녀는 남편을 한 번 바라다보았다.

"뭔가 일거리를 찾아봐요. 할 일이 있으면 좀 나을 거예요."

샤오윈도 이상하다는 듯이 메이린을 쳐다보았다. 그녀가 즐겁지 않다고 말하는 것을 들어본 적이 없었다.

"무슨 일을 하면 좋을까요? 어떨 땐 학교를 들어갈까 싶기도 해요."

"허, 메이, 당신 또 무슨 학교에 들어가고 싶다고 하는군. 예전에 학교생활을 지겨워하지 않았어? 집에서 매일 영어 공부하라고 해도 하지 않고, 글 좀 쓰라고 해도 게으름만 피우면서 무슨 일을 하겠다고 하는 거야?"

쯔빈이 끼어들어 그녀의 말을 잘랐다. 그러고는 일부러 말을 돌렸다.

메이린은 원망스러운 눈길로 그를 한 번 바라보더니 혼잣말하듯 중얼거렸다.

"당신은 좋아하고, 난 좋아하지 않고……."

아홉 시가 되자 학생 하나가 숙소로 돌아가야겠다고 인사를 했다. 그가 사는 곳은 수문 북쪽 근처 톈통안天通庵이라 늦으면 가기가 불편했다. 나머지 두 명도 같이 일어서는 수밖에 없었다. 어떤 학생 하나가 뤄취안에게 몇 번이나 사는 곳을 물었다. 다음에 꼭 찾아뵙고 가르침을 받고 싶다고 했다. 쯔빈은 정중하게 그들을 배웅했다.

그러나 이 두 명의 손님은 아직 가려고 하지 않았다.

쯔빈은 몸을 돌리고 피곤한 모습으로 그들을 잠깐 바라보았다. 그러고는 무너지듯 의자에 앉아 양 뺨을 만지작거렸다. 열이 나는 것 같았다. 그는 힘없이 귤을 하나 가져다 먹었다.

"너 손님이 정말 많구나!"

샤오윈은 진작부터 하고 싶었던 말을 이때서야 자연스럽게 꺼냈다.

"응, 어쩔 수가 없어! 그들을 거절할 수 없으니. 그들은 자주 내 일과 생각을 방해해. 어떤 사람들은 여기 앉아서 갈 생각도 안 하는 것 같아. 정말 내가 다 대접할 수가 없다니까."

"그건 '주인이 어질면 손님이 빈번'하기 때문이야."

샤오윈은 하마터면 이 속담을 말할 뻔했다. 하지만 그는 삼켰다. 그가 일부러 자신을 조롱하는 거라고 쯔빈이 공연한 걱정을 할까봐서였다. 요즘 들어 그는 이 친구 앞에서는 어느 곳보다도 더 조심해야 한다고 느끼고 있었다.

"왜 거절을 못하는 거야, 넌 할 수 있어. 난 아무 의미도 없는 모임에 불과한 것들이 대부분이라고 확신해."

뤄취안이 성심껏 간절하게 얘기했다.

쯔빈은 인정하고 싶지 않았기에 대꾸하지 않았다.

메이린은 모든 게 불필요하다고 생각했지만 입 밖으로 말하진 않았다. 다만 한마디 이렇게 말했다.

"만약 아무도 오지 않는다면 그것도 견디기 힘들 거예요."

모두들 그녀를 바라보았다. 오직 뤄취안만이 그녀에게 대꾸했다.

"물론, 그거야 아주 외롭지요. 하지만 다른 방법도 있어요. 우린 자주 사람들과 어울리면서 구체적인 문제들을 토론할 수도 있고 책을 몇 권 읽을 수도 있지요. 혼자 책을 읽으면 재미도 없고 남는 것이나 이점도 적을 뿐더러 주마간산走馬看山식으로 대충 보고 넘어가거든요. 모임 자체를 하지 말라는 게 아니라, 그런 의미 없는 모임들을 줄여야 한다는 거죠. 그리고 사람들하고 좀 더 가까이 지내고."

"……"

메이린의 커다란 눈망울이 반짝거렸다. 뭔가 깊이 생각하는 듯했다. 그녀가 막 말을 하려는 찰나였다.

"그녀는 네가 말하는 그런 것들과 어울리지 않아!"

쯔빈이 서둘러 이렇게 말했다. 그는 이것이 이야기의 주제가 되는 것을 원하지 않았기 때문에 바로 이어서 다른 얘깃거리로 넘어갔다.

열시가 되자 얘기는 갈수록 시들해졌다. 주제가 모아질 수 없었기 때문이다. 그들은 정신적으로 벽이 하나 놓여 있음을 감지했다. 다들 자신의 의견을 최대한 내세우려 하지 않았고 다른 사람에게 내세울 기회를 주려고 하지도 않았다. 일단 내세우면 그들 사이가 갈라지리라는 것은 불 보듯 뻔했다. 이어서 하품이 나왔다. 모두들 피곤했다. 하지만 아무도 이 대화가 멈춰지는 것을 바라지 않았다. 결국 대화는 이어졌고, 다들 이 위태로운 우정을 보장할 게 정말 없다는 것을 더 깊이 느꼈다. 서로 간의 거리가 너무 멀었고, 어떻게 줄일 방도가 없었다.

결국 뤄취안이 일어났다. 그는 결연한 태도로 샤오윈을 한 번 바라보았다. 샤오윈도 동의했다. 그들은 조금의 아쉬움도 드러내지 않고 바로 작별을 고하고 나왔다. 쯔빈도 정성껏 그들을 배웅했지만, 조금도 만류하는 기색은 없었다.

뒷문까지 배웅을 나오자, 뤄취안이 고개를 돌리더니 어린아이에게 하듯 큰 소리로 말했다.

"됐네, 그만 들어가 봐!"

메이린이 갑자기 날카로운 목소리로 외쳤다.

"며칠 뒤에 다시 오세요!"

이 목소리가 떨리고 있음을 모두들 느낄 수 있었다.

"그럼요, 다시 올 겁니다!"

뤄취안이 대꾸했고, 샤오윈도 따라서 대답했다.

6

그러나 쯔빈은 화가 나서 그녀를 욕했다.

"당신 미쳤어! 이렇게 큰 소리를 지르고!"

그는 지금껏 이렇게 정색을 하고 날카롭게 그녀를 질책한 적이 없었다. 이것은 처음으로 그가 그의 포악한 성격을 드러낸 것이었다. 그가 메이린에 대한 혐오감을 왜 이렇게 참을 수 없었는지 알 수 없었다. 메이린의 어떤 점을 증오하는지도 몰랐다. 그저 모든 게 뜻에 맞지 않고, 말로 형언할 수 없이 불쾌할 따름이었다. 그런데 하필 메이린이 일부러 그의 화를 돋우기라도 하듯 방해하려 드는 것이었다. 그녀는 아내로서 그에게 정신적인 위안과 삶의 용기를 주지도 못할 뿐더러…… 그녀는 이 생활의 고뇌를 이해하지 못할 것이다. ……오히려 그의 번뇌를 더해주었다. 때문에 그가 설령 그녀를 욕한다 할지라도 조금도 지나친 게 아니었다. 그러나 그는 여태껏 그녀를 너무도 애지중지해왔기 때문에 금방 후회했다. 비록 마음은 더욱 쓰라렸지만, 그는 부드럽게 그녀에게 말했다.

"늦었어. 올라가자."

메이린은 아무 말도 하지 않고, 순순히 위층으로 올라갔다.

쯔빈은 이런저런 말로 그녀를 달래고, 커다란 사과 두개를 주었다. 그녀는 마음속으로 '당신은 항상 날 어린애 취급해.'라고 생각했다.

오래지 않아, 그녀는 아주 순하게 누웠다. 그는 그녀에게 키스했다. 그는 그녀를 너무도 사랑했다. 그는 많이 흥분해 있었기에 잠이 오지 않았다. 그는 해야 할 일이 아직 남았다면서 자신의 조그마한 서재로 갔다.

그녀는 결코 잠을 이룰 수 없었다. 그녀는 자신의 모든 것에 대해 생각하고 있었다. 그녀는 행복한 사람이다. 그녀는 부인하지 않았다. 그가 그녀를 사랑하기 때문이다. 그러나 왜 갑자기 불만을 느끼게 되었는지 정말 의아했다. 과거 그 긴 시간 동안 그녀는 그럭저럭 잘 지내왔다. 예전에 그녀는 그의 소설을 읽고 그를 숭배했다. 나중에 그가 그녀를 사랑하게 되었고, 그녀도 그를 사랑하게 되었다. 그는 그녀에게 함께 살 것을 제안했고 그녀는 이를 따랐다. 하지만 자신이 그의 집에 살게 되면서 사회적 지위를 상실했다는 것을 그녀는 깨달아야 했다. 지금 하나하나 생각해보면서, 그녀는 비로소 그 외엔 아무 것도 없다는 사실을 깨달았다. 예전엔 어떠했는가. 그녀는 고전주의며 낭만주의 소설을 많이 읽었다. 그녀는 사랑만 있으면 다른 것은 다 버릴 수 있다고 생각했다. 그를 사랑한 이후로, 그녀는 정말 모든 것을 다 떠나 그의 품안으로 들어왔다. 그리고 흐리멍덩하게 스스로 행복하다고 즐겁다고 생각하면서 그렇게 오랫동안을 지내왔다. 그러나 지금은 그렇지 않다. 그녀는 다른 것을 원한다! 그녀는 사회에서 어떤 지위를 갖고 싶고, 다른 사람들과, 다른 많은 사람들과 관계를 맺고 싶다. 비록 그들이 서로 사랑하지만, 오로지 한 사람의 휴식을 위해 방 안에 갇혀 있을 수는 없다! 그렇다. 그녀는 여전히 그를 사랑하고, 그를 배반할 날이 있으리라고는 생각하지 않는다. 그러나 그녀는 그가 보이지 않게 자신을 억압하고 있다는 느낌이 들었다. 그는 그녀에게 조금의 자유도 허락하지 않는다. 봉건가정보다도 더 심하다. 그는 그녀를 달래고 비위를 맞춰주고 물질적인 안락함을 제공해 준다. 하지만 정신적으로 그는 오로지 그녀가 자신을 사랑하고 자신이 사랑하는 모든 것을 사랑하기를 원한다. 그녀는 골똘히 생각에 잠겼다. 왜 그러지? 그는 그렇게 다정하면서도 그렇게 독재적이다.

그녀는 잠을 이룰 수가 없었다. 그녀는 그 서재에 갇힌 사람을 생각하지 않을 수 없었다. 그는 즐겁지 않다. 그녀는 이제야 비로소 알았다. 예전에 그가 정말 즐거웠는지 어땠는지 그녀는 그다지 느끼지 못한 채 무심히 지나쳐버렸다. 웃고, 찬송가를 부르고, 끊임없이 그녀에게 만족한다고 하고, 무한하게 베풀어주는 것을 감사한다고 하니, 틀림없이 즐겁구나라고 생각했을 뿐이었다. 때로 작은 일로 그가 화가 나서 불평하는 문장을 막 쓰면 그녀는 불안했고 어쩔 줄을 몰랐다. 하지만 그는 곧 괜찮아졌다. 그는 그런 것을 다 잊었다고, 그가 성질이 나빠서 그녀를 속상하게 만들었다고 했다. 그래서 이 조그만 불쾌함은 바람에 구름이 날려가듯 그렇게 흔적도 없이 사라졌다. 그러나 지금은, 그녀는 그가 자주 그렇게 화를 낸다는 것을 알았다. 비록 이전과 마찬가지인 양 굴긴 하지만 그는 자주 자신을 그 서재에 가두고 그녀와 마주하는 것을 피했다. 혼자 안에서 뭘 하나? 언제나 아주 늦어서야 침대로 왔다. 글을 썼다고 했다. 그녀가 헤아려보니, 그의 최근 성과는 부끄러웠다. 게다가 그는 밥도 아주 조금밖에 먹지 않았다. 그러나 그는 인정하려 들지 않고, 언제나 너무 많이 먹었다고 했다. 이 모든 게 도대체 무엇 때문이지? 그녀를 믿지 못한단 말인가? 그는 그녀에게 한 번도 이런 이야기를 한 적이 없었다. 뿐만 아니라 그는 여태껏 어떤 친구에게도 자신의 고민을 털어놓은 적이 없었다. 비록 문장엔 여전히 불평과 불만이 유난히 많고, 먼 곳에 있는 알거나 모르는 친구들에게 보내는 편지 또한 유달리 진지하고 길며, 언제나 자신의 울분으로 메우고 있긴 하지만 말이다. 그러나 그것들은 얼마나 진부한 불평불만들인지! 그는 요 몇 년간 그렇게 쓰는 것을 즐거했다. 결코 그 불쾌함 때문만은 아니었다. 그렇다면, 이유는 무언가?

그녀는 생각하다 뤄취안이 떠올랐다. 그녀와 뤄취안은 그녀가 쯔빈과 알기 전부터 알았다. 예전에 그들은 무척이나 서먹서먹했다. 후에 친해진 것은 오로지 쯔빈과 그의 우정 때문으로, 그는 그녀를 가족이나 다름없이 친근하게 대하기 시작했다. 그녀는 그냥 편하게 대해왔다. 그에게 호감도 없고 반감도 없다. 그런데 근래 그와 쯔빈이 몇 번충돌한 이후, 그녀는 자신의 짧은 이지로 모든 게 쯔빈의 고집 때문이라는 판단을 내렸다. 뤄취안은 진실하고 사심이 없다. 그의 말이 결코이치에 어긋나는 것은 아니다. 그런데 쯔빈은 정말 괴팍스럽다. 그는 그를 비웃고 냉정하게 대하고 피했다. 이게 다 무엇 때문이지? 예전에그들은 정말 친했다. 그녀는 쯔빈이 이 친구를 버리고 싶어 한다는 것을 알아챌 수 있었다. 쯔빈은 그녀에게 한 번도 그에 대해 말한 적이없는데, 예전엔 이런 적이 없었다. 그는 그녀에게 한 번도 뤄취안을 보러 가자고 한 적도 없는데, 이 또한 예전에는 결코 없던 일이다. 게다가 뤄취안에 대해서만 그런 것이 아니었다. 그는 예전의 많은 친구들을 일부러 소홀히 대하기 시작했다. 왜 그는 이렇게 하는 것인가?

그녀는 생각하면 생각할수록 이해가 되지 않았다. 명백한 답을 듣고 싶어서, 그녀는 몇 번이나 서재에 갈까 생각했다. 그러나 그녀는 그가 그녀에게 뭐라 한마디도 하지 않을 것이라는 데에, 그녀를 위로하고 좋은 말로 어르고 달래고 가볍게 툭툭 치면서 자라고 하는 것 외에, 정말 그를 괴롭게 하는 것에 대해서는 일언반구도 토로하지 않을 것이라는 데에 생각이 미쳤다. 그는 그녀가 느끼는 것처럼 영원히 그녀를 어린아이로 대한다.

시계가 두시를 알렸다. 그는 아직도 오지 않았다. 그녀는 더더욱 깊은 생각 속으로 빠져들었다. 그를 기다리느라 조금은 애가 탔다.

그는 무엇을 하고 있는 거지?

그는 머리가 아프고 열이 나고 기침도 간간이 나왔다. 그는 언제나 책상에 앉을 때면 조그만 둥근 거울에 자신을 비춰 보았다. 또 야윈 것을 보면 마음이 아렸다. 예전엔 벽에 거울을 던져 산산조각을 냈다. 하지만 집안에 여자가 하나 많아지면서 그저 증오스럽다는 듯 서랍에 대고 거울을 부수었다. 여자가 보고 물어보았을 때 뭐라 대답하기 궁할 것 같아서였다. 이날도 마찬가지였다. 그는 거울을 부수고 난 후 맹세했다.

"이후론 절대 거울을 보지 않을 거다."

앉아서 습관처럼 먼저 '메이리美麗' 담배를 한 대 피워 물었다. 파란 연기가 고물고물 위로 피어오르다가 금세 사라졌다. 그의 마음도 갈피 없는 담배 연기처럼 그렇게 허허롭고 가벼웠다. 그러나 또 무겁게 마음이 짓눌렸다. 마음이 답답해서 숨이 막힐 지경이었다. 하지만 쯔빈은 여전히 버티고 있었다. 잠을 자고 싶지 않았다. 그는 오기 부리듯 그렇게 견디려고 했다. 이 밤에 아주 멋진 작품을 써내고 싶었다. 그는 곰곰이 따져보았다. 만약 《창작월보創作月報》에 보름을 더 미룬다면 거의 두 달을 독자와 못 만나는 셈이었다. 《유성월간》에도 무슨 원고가 남아 있는 것 같지는 않았다. 독자들은 금방 잊어버린다. 비평가들도 아주 혹독하다. 그는 이게 너무 가슴 아팠다. 왜 이 사람들은 재능이 있는 사람에게 일종의 적당한 관용을 베풀 수 없는 걸까? 다른 사람들로부터 그의 창작력이 빈약하다는 오해를 받지 않으려면 그는 그저 스스로 힘들게 노력할 수밖에 없었다. 그는 능력이 있다. 적지 않을 뿐더러 어느 누구보다도 잘 썼다. 최소한 그 자신은 언젠가 그의 위대한 작품이 이때의 문단을 깜짝 놀라게 할 것이라고 믿었다. 하지만 지금은 삶이 그를 너무 괴롭게 만들었다. 생각할 시간이 모자라서 짧은 문장 하나조차도 완성하기가 버거웠다.

그는 미완성된 옛날 원고 몇 편을 넘겨보았다. 대강 한 번씩 읽어 보니 그냥 버리기엔 너무 아깝다는 생각이 들었다. 하지만 지금은 어떻게 해도 계속할 수가 없었다. 그 일관된 감정이 부족했다. 그는 나중에 마음이 좀 여유로울 때 천천히 보충하려고 그 원고들을 한쪽에 쌓아두었다. 그러고는 다시 빈 원고지를 들었다. 그런데 왜 그런지 써지지 않았다. 그는 나중엔 초조해졌다. 저렇게 했으면 좋겠는데 실상은 이렇게 될 뿐이었다. 그는 또한 방해가 되는 게 자신의 능력임을 절대 믿지 않았다. 시간이 천천히 흘러가는 것을 보면서 그의 몸은 갈수록 지탱할 수 없었지만 정신은 갈수록 흥분되었다. 그는 원고를 내팽개쳐두고, 혼자 의자에 앉아 씩씩거렸다. 그의 친구들이 찾아온 게 원망스러웠다!

그의 마음은 원래 평온했다. 창작은 바로 이런 평온한 마음이 필요하다. 천부적으로 유난히 총명하여 그는 깊고 넓게 생각할 줄 알았다. 그러나 자극을 견디지 못했다. 뤄취안이 와서 그에게 불쾌함을 가져다주었고, 말로 표현하기 힘든 불안감을 갖게 했다. 그는 몇 가지 소식을 들고 왔다. 자신이 이해하기 힘든 다른 사회를 들고 와서 그에게 보여줬다. 그는 당혹스러웠고, 외려 증오하고 있었다. 이것이 그의 자긍심을 깎아 내렸다. 뤄취안의 안정된 모습, 삶에 대한 확신을 보면서 그는 마음이 불편했고, 알 수 없는 질투가 일었다. 그는 뤄취안을 멸시하고(그는 그의 작품을 귀히 여긴 적이 없다), 그가 천박하고, 맹종한다고 비난했다. 그는 일부러 스스로 친구에 대한 오만불손한 감정을 불러일으키고자 했지만, 뤄취안을 잊을 수 없었다. 그는 이유 없이 그를 증오했다. 뤄취안이 성실하면 성실할수록, 일을 열심히 하면 할수록, 그는 그런 노력에 대해 더욱 혐오감이 일고 더 잊을 수가 없었다. 뤄취안과 같은 부류의 사람들 중에서 뤄취안보다 더 근면성실하고 더 흔들리지 않는 사람이 있을 것이다. 그는 이들에 대해서도 마찬가지로 불쾌하게 느끼지만 아주 멀리 떨어진 것처럼 담담할 뿐이었다. 그는 이런 사람들의 이름을 하나하나 끄집어 낼 수 있으나, 이들은 뤄취안처럼 그렇게 자주 자신의 마음에 박혀서 그를 힘들게 만들지는 않았다. 그가 알지 못하는, 정말로 열심히 일하는 많은 사람들에 대해서는 그는 영원토록 존경할 것이다. 그러나 그가 알고 있는 저 무리들에게 그는 오히려 믿음을 줄 수 없었다. 그들은 그저 아둔하고 천박한 기회주의자일 뿐이다!

두 시가 되었다. 그는 메이린이 기침하는 소리를 들었다. 그도 더 심하게 기침이 나왔다. 정말로 그는 자러 가야 할 것이다. 그러나 최근 메이린의 그 말없는 완강함과 오늘 저녁 뤄취안에게 보인 그 친절함이 떠올랐다. 그는 메이린도 그와 멀리 떨어져 있으며, 자기 혼자 외롭게 고민하고 싸워야 할 지경에 처했다고 느꼈다. 그는 울컥하여 잠을 자지 않고, 두 통의 긴 편지를 썼다. 두 명의 모르는, 먼 곳에 있는 독자에게 보내는 회신이었다. 이 순간 그는 그들에게 비교적 친근함을 느꼈다. 두 통의 편지 내용은 거의 비슷했다. 이 편지를 쓰면서 마음이 조금씩 가벼워짐을 느꼈다. 그래서 4시가 되었을 때는 극도로 피곤하여 책상에 엎어져 깊이 잠이 들었다.

7

메이린이 "왜 그런지 도대체 삶의 의욕이 안 생겨."라고 말한 것은 정말이다. 그들이 조금도 즐겁지 않고 아무런 희망도 없는 가운데 봄은 무르익어 갔다. 상하이에서 이 무렵은 가장 활기 넘치고 가장 바쁜 때이다. 배가 불룩 나온 상인들과 주판알 놓느라 힘들어서 삐쩍 말라 버린 자본가들은 다들 불안정한 금융시장의 상황 속에서 더욱 정신을 바짝 차려 투기를 하고 시장을 조종하며 노동자들을 끝없이 착취했다. 그래서 이미 셀 수도 없는 그들의 금고를 꽉꽉 채웠다. 수십 종의 신문들은 온 거리가 시끌벅적하게 신문을 사라고 외쳤다. 각 지역의 전쟁 상황이 큰 글자로 실려 있지만, 전부 다 믿기 어려운 모순된 소식들이었다. 미모를 자랑하는 한 무리의 아가씨들은 화려한 봄옷으로 갈아입고 홍조 띤 얼굴에 유난히 눈을 반짝이면서 길거리를 활보했다. 유흥장이 너무 많은 사람으로 북적거리면 교외로 나갔다. 그저 즐기기만 하는 몸과 아무 근심걱정 없는 마음을 더욱 즐겁게 하기 위해서였다. 그렇다면 공장 노동자들은 어떤가. 비록 혹독한 겨울을 뛰어넘었다고는 하지만 생활고는 오히려 기나긴 봄과 함께 찾아왔다. 쌀값도 오르고 방세도 뛰었다. 일하는 시간도 더 길어졌다. 그들은 더 힘들고 더 노력하지만 더 야위었다. 나이 든 사람들은 임금이 삭감되거나 해고당했다. 아이들, 배불리 먹어보기가 힘들었던 아이들이 그 빈

자리를 채웠다. 그들의 나이와 체격은 법에서 규정한 것에 못미쳤다. 그들은 너무 힘들다. 그들은 저항이 필요했다. 그래서 투쟁이 시작되었다. 파업 소식이며 맞아 죽은 노동자의 이야기며 매일 새로운 소식들이 끊임없이 전파되어갔다. 그래서 많은 청년혁명가들과 학생들과 ××당은 유례없이 바빠졌다. 그들은 노동자들을 동정하고 그들을 도왔다. 무언가의 지휘 아래 이리저리 뛰어다니고, 땀을 흘리고, 흥분하고…… 봄은 깊어갔다. 부드러운 바람, 사람을 취하게 하는 날씨! 하지만 모든 죄악, 고통, 안간힘으로 발버둥치는 몸짓과 투쟁이 모두 이 따사로운 하늘 아래에서 이루어지고 있었다.

메이린은 날마다 초록색이나 빨간색 같은 새 옷으로 갈아입고, 쯔빈과 자주 놀러 다녔다. 그러나 마음속은 언제나 즐겁지 않고 불만스러웠다. 거리를 가득 메우고 있는 사람들을 보면서 그녀는 어느 누구도 다 그녀보다 삶의 의미가 풍부하다고 느꼈다. 그녀는 결코 죽고 싶지 않았다. 그저 잘, 즐겁게 살고 싶었다. 지금 그녀는 바른 길을 찾지 못하고 있어, 인도해 줄 사람이 필요했다. 그녀는 쯔빈이 자신의 이러한 점을 이해해주고 쯔빈도 그녀와 마찬가지이기를 간절히 바랐다. 그렇다면 그들은 서로 의존하면서 함께 삶의 대로로 걸어갈 수 있을 것이다. 그러나 쯔빈을 관찰할 때마다 그녀는 마음이 아팠다. 그녀가 숭배하던 이 사람이 지금은 그녀가 보기에 이해할 수 없는 사람으로 변해버렸다. 그는 그녀와 완전히 다른 것 같았다. 그는 삶을 학대하고 있지만 진심에서 우러나온 것 같지는 않았다. 그는 아주 생각이 많은데도 일언반구 말이 없었다. 그는 사람을 혐오하면서도 잘 응대했다(예전에는 지금처럼 사람들 앞에서 고통을 느끼지 않았다). 불평을 늘어놓으면서 또 자신을 증오했다. 그는 때때로 그녀를 더 사랑하면서 또 때로는 지극히 냉정했다. 행동 하나하나가 다 모순이고 자신을 힘들게 만들었다. 메이린은 때로 그와 한두 마디 삶의 이모저모를 얘기하기도 했으나, 이것은 그저 그녀의 실망을 증명해 줄 따름이었다. 그가 아무 말도 안 하고 그저 소리 없이 웃기만 하기 때문이었다. 그의 웃음은 메이린을 아프게 했다. 그녀는 그 웃음의 고통을 느낄 수 있었고, 그가 또 고민하고 있다는 것을 알았다. 어느 날 밤 여덟시쯤이었다. 집안엔 손님이 없었다. 낮에 밖에서 한참 동안 돌아다니다 온 그는 지쳐서 침대에 누워 시집을 보고 있었고, 메이린은 침대 머리맡의 의자에 앉아 새로 나온 잡지를 읽고 있었다. 침대 옆 탁자 위에는 붉은 갓을 씌운 스탠드가 켜져 있었고, 차도 한 주전자 놓여 있었다. 예전 같았으면 아주 달콤한 밤이었을 것이다. 이때 쯔빈은 무료했다. 한 페이지 한 페이지 책을 넘기면서 때때로 메이린을 힐끗힐끗 보았다. 메이린도 무시로 그를 보았다. 그러면서도 두 사람은 눈길이 마주치는 것을 일부러 피했다. 사실 두 사람은 다 본인이 가여운 것처럼 마음속으로는 상대방이 위안을 좀 건네주길 바라고 있었다. 하지만 그가 조금 더 감상적이었고, 메이린은 거기에다 약간 초조했다. 결국 메이린이 참지 못하고, 힘껏 잡지를 내던져버리고는 말했다.

"우리 너무 조용하다고 생각하지 않아? 빈, 우리 얘기 좀 해요."

"그래……"

쯔빈이 힘없이 대꾸하고는 책을 침대에 던져 놓았다.

하지만 침묵은 여전히 계속되었다. 둘 다 무슨 말을 해야 좋을지 몰랐다.

5분쯤 지난 후 메이린이 따지듯이 말문을 열었다.

"당신 요즘에 너무 힘든 거 같아. 왜 그러는 거야? 내가 마음이 아파!"

그녀의 눈빛은 그를 꽉 붙들고 있었다.

"그럴 리 없어⋯⋯."

여느 때와 다름없이 쯔빈이 가식적인 웃음을 지었다. 그러나 반쯤 웃다 말고 그는 고개를 돌리더니 길게 한숨을 토해냈다.

메이린은 감동해서 그의 손을 꽉 붙잡았다. 애원하듯, 초조하면서도 부드러운 어조로 그에게 외쳤다.

"내게 말해 줘요. 당신이 생각하고 있는 거 전부 다! 당신이 고민하고 있는 거 전부 다! 내게 말해 달라고요!"

쯔빈은 한참 동안 아무 말도 하지 않았다. 그는 아주 복잡하고 불유쾌한 잡념들에 의해 얽매였다. 그는 어렸을 적 엄마 품에서처럼 그렇게 메이린의 품에서 한바탕 울고 싶었다. 그럼 모든 무거운 번뇌들은 구름처럼 흩어져버리고, 그는 그녀를 위해 다시금 활기차게 살아갈 것이며, 생활도 점점 나아질 것이다. 그러나 그는 알고 있었다. 그가 이를 악물고 생각해도 분명, 그것은 쓸모가 없었다. 이 여자는 그보다도 더 나약하다. 그녀는 이런 충격을 감당하지 못할 것이다. 그는 분명 그녀를 놀라게 할 것이다. 게다가 그가 설령 통곡을 해서 눈물을 다 쏟아낸다 한들 무슨 소용이 있을까. 모든 현실적인 갈등과 고민은 여전히 존재하고 있고 여전히 그에게 바짝 다가와 있다. 죽는 것 외에, 이 익숙한 사람들을 떠나는 것 외에 그는 이 모든 것을 벗어날 수가 없다. 그래서 그는 아무 말도 하지 않고 더 큰 고통을 견디면서 그녀의 손을 꼭 쥐었다. 그의 얼굴은 고통으로 일그러져 추하기 그지없었다.

그런 모습은 정말 무서웠다. 마치 극형을 견디고 있는 사나운 맹수 같았다. 메이린은 조금도 이해하지 못하고 그를 주시하다가 마침내 날카롭게 소리 질렀다.

"왜 그러는 거야? 이런 모습을 보이다니, 내가 당신을 때리기라도 했어? 말 좀 해 봐요. 아, 아! 정말 못 참겠어! 계속 이렇게 아무 말도 하지 않는다면, 난……."

그녀는 그의 머리를 흔들면서 그를 바라보았다. 그는 고개를 돌렸다. 눈물이 뺨으로 흘러내렸다. 그는 그녀의 목을 잡고 얼굴을 끌어당기더니 더듬더듬 말했다.

"메이, 두려워 마, 내 사랑, 내 말을 좀 들어봐! 아! 내 사랑! 아! 내 사랑! 당신이 나를 버리지만 않는다면 모든 게 괜찮아."

그는 그녀를 꼭 안고서 말을 이었다.

"아! 아무 것도 아냐…… 정말이야, 요즘 내가 너무 괴로워, 말로 형언할 수가 없어…… 나도 알아, 어쨌든 내 몸이 너무 안 좋아, 모든 게 다 내 몸 때문이야, 난 정말 휴식이 필요해……."

나중에 그는 또 말했다.

"난 모든 사람, 세상의 모든 갈등이 싫어, 난 사랑만 있으면 돼, 당신. 난 우리가 여기를 떠나서, 모든 익숙한 것에서 떠나서 무인도나 아무도 없는 시골에 갔으면 좋겠어. 무슨 글이니 명예니 하는 거 다 개소리일 뿐이야! 당신, 우리가 서로 사랑하는 삶, 이것만이 존재하는 것이야!"

그는 말하고 또 말했다. 수없이 많은 말을 했다.

그래서 메이린도 흔들렸다. 삶에 대해 적극적이고 진취적인 것을 갈구하던 마음을 던져버렸다. 그의 사랑 때문에, 그의 그 말들 때문에, 그녀는 그가 가여웠고, 그를 온전하게 완성시키고 싶었다. 그는 천재다. 그녀는 그를 사랑한다. 마침내 그녀도 눈물을 터트렸다. 그녀가 얼마나 그를 위로했는지 모른다. 그녀는 그에게 그녀가 영원히 그의 것임을 믿으라고 했다. 뿐만 아니라, 그의 육체적 정신적 휴식을 위해, 그녀는 그들이 잠깐 상하이를 떠나기를 바랐다. 산 좋고 물 맑은 곳에 여행가서 봄을 지내자고 했다. 그들이 좀 절약하고, 유성서점에서 대책을 세워 책도 한 권 팔면 돈은 충분하다. 물질적으로 좀 모자란다고 해서 뭐 대수롭겠어? 아직까지 책으로 엮지 않은 단편들을 모아 추려보니 대충 7~8만 자 정도가 되었다. 이만하면 그런대로 괜찮다. 이 여행은 결코 어려운 것은 아니다. 메이린은 아름다운 자연 풍경을 상상하고, 그녀가 하루 종일 쯔빈과 그 안에서 노닐 것을 생각하니 기뻤다. 쯔빈은 이 도시를 한 번 떠나는 것도 괜찮겠다고 생각했다. 이곳의 모든 새로운 충격들을 그는 참을 수 없었다. 그의 몸도 정말 한 차례 여행이나 혹은 시골에서 좀 머무는 게 필요했다. 그래서 이날 밤 그들은 시후西湖에 가기로 결정했다. 시후가 가깝기도 하고 메이린이 아직 가보지 못했기 때문이다.

이날 밤 두 사람은 꽤 즐거웠다. 최근 경험해보지 못한 행복한 밤이었다. 미래에 대해 희미하게나마 희망이 보였기 때문이다.

8

이튿날 원고료의 일부를 받아서 여러 가지 물건들을 샀다. 나머지 돈만 받으면 바로 떠나려고 했다. 그러나 사흘째 날 비가 오기 시작했다. 줄기차게 내리다가 가닥가닥 내리기도 했다. 날씨는 음침하기 그지없었고, 사람 마음도 우울해졌다. 온통 잿빛 구름으로 뒤덮여 있었다. 메이린은 종일토록 자다가 시시로 불평을 했다. 쯔빈도 기분이 좋지 않았다. 서점에 갔지만 허탕만 쳤다. 돈은 며칠이 더 지나야 줄 수 있다고 했다. 비가 연이어 며칠 동안 추적추적 내리고 있었다. 날이 갤 희망은 없었다. 두 사람 다 집에서 아무 일도 손에 잡히지 않았다. 하루하루가 너무 길고 무료했다. 처음에는 쯔빈이 메이린을 위해 시후의 경치를 반복해서 설명해 주곤 했는데, 나중엔 질려버렸다. 원고료를 기다리느라 두 사람의 마음은 애가 탔다. 여섯째 날에 나머지 원고료를 전부 다 받은 후, 쯔빈은 조금도 기쁜 기색이 없이 그저 담담하게 메이린에게 말했다.

"어때, 아직도 비가 오는데, 우리 한 이틀 더 있다가 출발하자."

이것은 절대 이유가 될 수 없었다. 비는 조금밖에 내리지 않았고, 시후도 무척 가깝다. 만약 정말 가고자 한다면 바로 떠날 수 있을 것이었다.

메이린은 화를 내지도 놀라지도 않았다. 시후에 가는 게 뭐 그렇게 필연적이고 급박한 일이 아닌 바에야, 출발하지 않고 다시 미루는 게 오히려 당연한 듯했다. 이 며칠간 날짜의 지연은 두 사람의 마음을 태만하게 했고, 또 다시 각자 과거의 고통스러워했던 생각 속으로 빠져

들었다. 쯔빈은 때때로 그의 마음을 아프게 하는 소식들을 전해 들었다. 많은 친구들이며 친숙한 사람들이 다들 서점 이외의 일로 너무 바빠서 그의 안부를 묻지 않았다. 모두들 그를 잊어버렸다. 이런 소식들이 그를 가장 속상하게 만들었다. 그는 그들을 멸시하고 증오했다. 그러나 그는 피하지 말아야겠다고 생각했다. 그는 상하이에 남아서 그들을 지켜보고 그들을 기다려야 한다. 뿐만 아니라 그는 노력하여 그들에게 자신의 면모를 보여줘야 한다. 만약 그가 시후에 간다면, 무엇을 얻을 수 있을 것인가. 잠시 동안의 평안함, 잠시 동안 세상과의 단절, 그러나 그가 능히 모든 것을 잊고 휴식할 수 있을지는 미지수다. 반면 세상이 그와 단절하기는 쉽다. 친구들이 이 소식을 듣는다면 분명 그를 비웃을 것이다. 그들과 새로운 시대가 두려워서 피했다고 할 것이다. 나중에 그들은 정말로 그를 잊을 것이고, 그의 이름조차도 낯설어질 것이다. 또한 그를 숭배하는 사람들, 그 젊은 학생들, 그를 칭송하는 사람들, 그 박학다식하고 유명한 사람들, 이들과 소식이 두절되면 점점 그가 그들에게 남긴 모든 좋은 기억들도 희미해질 것이고 모호해질 것이다. ……이것은 정말 두려운 일이었다. 그는 과거의 은자들처럼 그렇게 모든 것을 버릴 수가 없었다. 그는 많은 것을 원했다. 지금 갖고 있는 이 모든 것들을 잃을 수 없었다. 그는 시후에 가는 게 정말 멍청한 짓이라고 생각했다. 그는 단지 메이린의 고집과 선입견이 걱정스러웠다. 설령 메이린이 가겠다고 해도 이번엔 그녀의 뜻을 거스르거나, 아니면 같이 가서 이삼 일만 놀다가 바로 돌아와야겠다고 생각했다. 거기서 머문다는 것은 불가능했다. 그는 메이린이 전처럼 안달하지 않는 것을 보면서 다소 마음이 놓였다. 후에 정식으로 상의해야 해서, 그는 그녀에게 그의 의견을 얘기했다. 급히 써야할 글이 있어서 지금은 시간이 없으니 여행 날짜를 다시 한 달간 미루는 것도 괜찮다고 생각한다는 것이었다. 그는 메이린이 동의하지 않거나 최소한 입을 삐죽거리며 성을 낼 거라 생각하고 완곡하게 설명했다. 그는 귀엽고 응석받이인 여자에게 꼭 해야 할 수많은 다정한 말들을 준비했다. 그는 말을 끝냈을 때 머리를 그녀의 의자 뒤로 갖다 댔다. 입술이 그녀의 하얀 목과 가까웠다. 숨소리가 미미하게 그녀에게 다가왔다. 그는 부드러운 목소리로 물었다.

"당신 생각은 어때? 난 어쨌든 당신 뜻대로 할 거야."

메이린은 그냥 마지못해 알았다고 대꾸했다. 일은 이렇게 마무리되었다. 아무 문제도 없었다. 이후로는 마음 놓고 그가 바라는 대로 열심히 해나가야 했다. 그는 어쨌든 글을 쓰는 사람이고 자기 자신을 잘 이해하고 있었다. 천성적으로 다른 무슨 전투적인 일을 하기에는 맞지 않았다. 그는 자기의 야심을 이루기 위해 상하이에 머무는 것이다. 만약 지금처럼 자신을 혼자 조그만 방에 가두고 성질부리고 불평불만이 가득한 편지나 쓰면서 시간을 흘러가게 내버려둔다면, 다른 사람들은 갈수록 시대를 따라 저만큼 앞서 나가 있는 반면, 그는 정말 영원토록 불평불만과 동거하면서 평생 무의미한 고통 속에 보내게 될 것이다. 아무 성과도 이루지 못할 것이고, 불세출의 총명함도 무용지물이 될 것이 뻔하다. 메이린으로 말할 것 같으면, 그녀는 더 이상 한가롭게 살고 싶지 않았다. 그녀는 본능적으로 활동을 필요로 했다. 그녀는 군중 속으로 들어가 사회를 이해하고 사회를 위해 일하고 싶었다. 천성적으로 그녀는 은거할 수 있는 그런 여자가 아니었다. 그녀는 이미 너무 오랫동안 자기보다 여덟 살이나 위인 우울한 남자의 아내로 살았다. 그녀는 과거에 비해 자기가 많이 조용해졌다고 느꼈다. 벌써 우울과 고민과 근심을 이해할 수 있게 되었으나 남편은 이해할 수 없었다. 이 생활은 그녀와 맞지 않았다. 봄부터 그녀의 남편에게 새로운 고통이 시작되면서 그녀는 불안해졌다. 아내로서 배우자로서의 이런 생활이 불안했다. 그녀는 자주 움직이고 싶었다. 그러나 그녀에겐 기회가 부족했고, 이끌어주는 사람이 부족했다. 그녀는 어떻게 해야 좋을지 알 수 없었다. 그래서 그녀는 고통스러웠다. 그녀는 이 고통이 쯔빈의 동정을 얻을 수 없다는 것을 알기 때문에 더 우울했다. 며칠 전 시후에 가려고 했을 때만 해도 그런대로 괜찮았다. 점점 미뤄지면서, 많은 사람들이 바쁘게 일하고 있는데 자기는 다른 사람의 돈을 가져다 남편과 함께 놀러 가서 시간을 허비한다는 게 옳지 않은, 마땅히 부끄러워해야 할 일처럼 느껴졌다. 이제 쯔빈이 가고 싶지 않다고 하니 정말 잘된 일이었다. 그렇지만 쯔빈이 갈 수 없는 이유는 시간이 없기 때문에, 글을 써야 하기 때문이었다. 그런데 자신은 가든 말든 실상 아무 상관이 없었다. 자신은 아무 할 일도 없는 사람 같았기 때문에 그녀는 더더욱 부끄러웠다. 그녀는 스스로 일을 찾아서 해야 한다. 어쨌든 얻을 수 있을 거라고 확신했다. 그러나 그녀는 쯔빈과 의논해서는 안 될 뿐 아니라 당분간 그를 속여야 한다고 생각했다.

뜻밖에도 뤄취안은 한 통의 짤막한 편지를 받았다. 몇 명의 친구들 손을 거쳐 온 것이다. 편지지 위에는 메이린의 이름이 크게 쓰여 있었다. 뤄취안은 의아해하면서 편지를 열었다. 뱃속 가득한 의아함은 쯔빈에게로 모아졌고, 그의 친구가 또 병으로 쓰러졌을 거라고 단정했다. 그는 마음이 좀 아팠다. 그는 친구였을 때도 늘 이러했음을 떠올렸다. 그러나 편지엔 단지 간단하게 몇 줄 적혀 있을 따름이었다.

토요일 아침에 시간 있겠지요? 부디 자오펑兆豊 공원으로 와 주세요. 중요한 일이 있어요. 기다리고 있겠습니다. 메이린.

이는 쯔빈이 아프다는 것을 알리는 어투는 아니었다. 그렇다면 무슨 일인지, 두 사람이 다투었나? 그러나 여태껏 두 사람이 다투는 것을 본 적이 없었다. 뤄취안은 의아했다. 이것은 최소한 쯔빈과 관련이 있다. 메이린은 절대 무슨 일로 그를 찾지는 않을 거라고 생각했기 때문이었다. 그녀와 2년간 알고 지냈지만 한 번도 친구 같은 왕래는 없었다. 그는 그녀의 내력에 대해 잘 알지 못하는 바, 그녀를 주의 깊게 살펴본 적이 없었다. 그냥 그녀가 아직도 천진하고 응석을 잘 부리는, 그리 밉지 않은 한 젊은 여자라고 느꼈을 뿐이었다. 그는 친구를 떠올리면서, 다음날 아침에 그 멀리까지, 상하이 서쪽 끝까지 가보기로 결정했다.

일곱 시에 그는 동전 한 움큼과 은화 두 전을 챙기고, 낡은 양복의 먼지를 툭툭 털어 낸 다음 총총히 집을 나섰다. 그는 자오평 공원에 도착하면 대략 7시 40분일 거라고 예상했다. 메이린은 동작이 느린 사람이니 도착했을 리 없겠지만, 먼저 가서 그녀를 기다려도 상관없다고 생각했다. 그는 반년 넘게 여기에 오지 않았다. 이참에 한번 산책하면서 신선한 공기를 마시는 것도 괜찮을 것이다. 그는 최근 폐가 자주 아프다고 느꼈다.

전차를 세 번 갈아타고서야 공원에 도착할 수 있었다. 그는 표를 사서 성큼성큼 안으로 들어갔다. 달콤하고 부드러운 바람이 불어왔다. 뤄취안은 가슴을 쫙 펴고 상의를 열어젖힌 후 깊이 심호흡을 했다. 바로 기분이 상쾌해졌다. 평소의 긴장과 피로가 다 흩어졌다. 소란하고 복잡한 세상사를 떠나 이 푸른 숲에 와서 봄바람에 몸을 씻고 아침 햇살에 입맞춤하니 일순간에 긴장이 다 풀렸다. 모든 것을 다 잊고, 모든 것을 다 제거하고, 자연에 몸을 그대로 맡겼다. 온전히 자아를 잊을 때까지 그는 사지의 긴장을 풀고 주위의 고요함을 맘껏 즐겼다.

공원에 사람은 드물었다. 몇몇 서양인들과 유모차만 드문드문 사방에 흩어져 있었다. 사방이 온통 푸르른 가운데 신록과 낙엽이 마구 뒤섞여 있었다. 파아란 하늘이 조용히 머리 위를 덮어주었다. 솜털 같은 구름이 따가운 햇살이 비치는 속에서 가벼이 하늘거리면서 변화하고 있었다. 뤄취안은 제멋대로 자라난 풀밭을 따라 한참을 걸었다. 그가 왜 여기에 왔는지도 거의 잊어버린 것 같았다. 그저 너무나도 편안하다는 느낌뿐이었다. 이때 그는 가까이 등 뒤 풀밭을 사뿐사뿐 가로지르는 소리를 들었다. 고개를 돌리자 메이린이 그의 뒤에 서 있는 게 보였다. 하얀 바탕에 회색 줄무늬가 있는 짧은 치파오를 입고, 붉은색의 실크 모자를 쓰고 있었다. 그는 자신도 모르게 말을 건넸다.

"어, 온 지 몰랐어요. 아, 정말 일찍 왔군요."

메이린의 얼굴은 평온했다. 약간은 기쁘고 상기되어 그녀는 응석 부리듯 대꾸했다.

"한참 동안 기다렸어요!"

그러나 바로 정중하게 말했다.

"무료하지 않아요? 난 당신과 얘기하고 싶어서 일부러 나와 달라고 부탁한 거예요. 우리 어디 좀 앉지요."

그래서 그는 그녀를 따라 동쪽으로 걸어갔다. 노랗게 칠한 그녀의 힐이 한 걸음씩 한 걸음씩 나아가는 것을 보았다. 살색 스타킹을 신은 발은 무척이나 가늘고 작아서 불쌍할 정도로 말라 보였다. 그는 그녀의 발이 유난히 작아서인지, 아니면 발이 공들여 만든 구두 속에 들어가기만 하면 그렇게 여성스럽고 그렇게 가련해 보이는 건지 알 수 없었다. 그는 머뭇머뭇 물었다.

"쯔빈은 요즘 어떻게 지내요? 몸은 건강한가요?"

그녀는 담담하게 대꾸했다.

"잘 지내요. 그는 글을 쓰기 시작했어요."

"당신은요, 당신도 글을 쓰겠군요."

"아뇨."

그는 그녀의 얼굴이 일그러지면서 불만스러운 표정을 짓는 것을 보았다.

숲가에 놓인 빨간 벤치에 앉았다. 왼쪽으로 한 무더기의 초본草本 수국이 마침 활짝 피었다. 하나하나 탐스러운 꽃망울들이 맑은 향을 토해내면서 분홍빛을 발하고 있었다. 그는 어떻게 입을 열어야 할지 막막했다. 도대체 그녀가 무슨 이야기를 하려고 하는지 알 수 없었다. 뿐만 아니라, 쯔빈이 최근 어떤지, 그들의 관계는 어떤지도 알 수 없었다.

그녀는 그의 막막해 하는 얼굴 표정을 보면서 미소를 짓고는 말했다.

"편지 받았을 때부터 지금까지도 이상하지요?"

"아뇨, 이상하다고 생각하지 않습니다."

"그렇다면 제가 당신을 여기로 오라고 한 이유를 알겠네요."

그는 주저하면서 대꾸했다.

"분명히는 모르겠습니다."

그래서 그녀는 또 웃으면서 말했다.

"당신이 알 수 없을 거라고 생각해요. 그렇지만 난 꼭 당신에게 말해야겠어요. 문제는 제가 오랫동안 유난히 고민스럽다는 거예요……."

그녀는 잠깐 멈추고 또 그를 바라보았다. 그는 아무 말없이 고개를 숙이고 풀밭만 보고 있었다. 그래서 그녀는 다시 말을 계속했다. 그녀는 많은 말을 했는데, 자주 말이 끊겼다. 약간은 부끄러워하는 듯 단도직입적으로 시원스럽게 말하지 못했다. 그는 그녀가 천천히 말을 다끝낼 수 있도록 시종 아무 말도 하지 않았고, 그녀를 바라보지도 않았다. 그녀는 최근 가지고 있는 생각과 소망을 띄엄띄엄 대충 설명했다. 그녀는 그만해도 되겠다고 생각하고, 그의 의견을 듣고자 했다. 그녀는 이렇게 말하며 말을 끝냈다.

"당신은 어떻게 생각하세요? 제가 우습다고 여기지는 않지요? 전제가 유치하다고 생각해요."

뤄취안은 잠깐 동안 아무 말도 하지 않고 그녀의 고운 얼굴을 바라보았다. 미미하나마 존엄함과 겸허함을 담고 있는 얼굴이었다. 그는 이 여자가 그에게 현실에 대한 불만을 이처럼 솔직하게 털어놓으리라고는 조금도 예기치 못했다. 또한 사회에 들어가고자 하는 결심을 이처럼 대담하게 원하고 있는지도 예기치 못했다. 그는 너무 기뻤다. 이 의외의 태도가 그를 고무시켰다. 한참이 지나서야 그는 손을 내밀어 그녀와 힘껏 악수하면서 말했다.

"메이린! 당신 정말 대단합니다! 이제야 당신을 이해하겠군요!"

그녀는 기뻐서 얼굴이 발갛게 변했다.

그래서 그들은 더더욱 숨김없이 최근에 얻어들은 지식과 느낌을 이야기했다. 그들은 더욱 기뻤다. 메이린은 특히 더했다. 그녀는 여기에서 자유롭게 자신을 발휘했다. 게다가 그는 그녀 말을 들어주고 그녀를 이해하며, 도와주었다. 그녀는 빛이 바로 그녀의 앞에 있음을 보았다. 그녀는 그녀가 바로 어떻게 시작해야 하는지 시급히 알고자 했다. 그는 잠깐 주저하더니 이틀 뒤에 다시 만나러 오겠다며, 어쩌면 그녀가 일을 하도록 도와줄 몇몇 사람을 소개해줄 수 있겠다고 했다.

10

메이린은 집으로 돌아와서 시시로 즐거움의 웃음을 지었다. 그녀는 그 기쁨을 감추지 못하고 몇 번이나 하마터면 이야기를 꺼낼 뻔했다. 그녀는 마땅히 쯔빈에게 말해야 한다고 생각했지만 참았다. 그가 그녀를 제지하고 그녀의 꿈을 깨뜨릴까봐 두려웠다. 쯔빈은 눈치채지 못하고 있었다. 그는 소설 한 편을 구상하고 있는 중이었다. 아주 장난 스럽고 풍자적인 어구로 이 작품의 주인공인 중국식 돈키호테를 묘사하려고 생각하고 있었다. 그는 그의 글이 사람들을 감동시키길, 글에 담긴 풍자가 사람들을 감동시키길 원했다. 그는 만약 이 글이 어떤 의외의 타격만 입지 않는다면, 다시 말해 그가 더 이상 무슨 충격을 받지 않고 조용히 2주일 동안만 책상에 앉아 글을 쓴다면 십만 자짜리 장편 소설이 이 1930년 여름에 사람들의 경이 속에 탄생할 것이다. 어느 누구든 놀라움으로 그의 이름, 이 작가의 이름을 부를 것이다. 그는 잠시 자신을 고통스럽게 하는 모든 것을 잊었다. 그는 천부적으로 총명한 그의 머릿속을 깨끗이 비워야만 한다. 그는 사람들로부터 벗어나 며칠 동안 집에만 있었다.

그러나 메이린은 그렇지 않았다. 그녀는 셋째 날 오후에 한 ××문예연구회에 참가했다. 회의에 참여한 오십여 명 중 반절은 공장 노동자들이고 나머지 반은 극소수의 청년 작가들과 생기발랄한 학생들이었다. 메이린은 이런 생활을 경험해 본 적이 없어서 무척 흥분했다. 그녀는 다정한 눈빛으로 모든 사람들을 바라보았다. 그저 모든 사람들과 열렬하게 악수를 하고 진지하게 이야기를 나누고 싶은 생각뿐이었다. 뤄취안 외에는 다 모르는 사람들이었으나, 조금도 거북하지 않았다. 그녀는 잘 어울리고, 잘 이해하며, 그들과 가깝다고 느꼈다. 그녀는 몸에 잘 맞는, 비록 화려하고 값비싼 것은 아니지만 아름다운 옷을 입고 있다는 것에 대해 다소 부끄러움을 느낀 것 외에는 성의를 다해 열성적이고 진지했다. 이번은 큰 모임이라 참가한 사람들도 많았다.

소수의 노동자들만 시간상의 제약으로 참여하지 못했을 뿐, 거의 대부분이 왔다. 모임이 시작되자, 의장이 임시로 추천한 홍콩에서 왔다는 한 젊은이가 정치 보고를 했는데, 모두들 엄숙하게 경청했다. 메이린도 꼼짝하지 않고 그를 주시했다. 그녀는 온 정신을 집중하여 결코 들어본 적이 없는 이 이야기들을 빨아들였다. 간단한 이야기였지만 세계의 정치와 경제 상황을 일목요연하게 도출해 냈을 뿐만 아니라, 비판도 아주 정확했다. 이 사람은 아주 젊었다. 스물다섯은 넘지 않은 사람이었다. 나중에 뤄취안이 그녀에게 얘기해주었는데, 이 젊은이는 인쇄소 노동자로 2년 동안 대학에서 공부를 한 적이 있다고 했다. 메이린은 말로 표현하기 힘든 부끄러움을 느꼈다. 모두들 정치에 대한 인식과 이해가 그녀보다 낫고, 그녀보다 능력이 있다고 생각했다. 나머지 사람들이 자신들의 업무에 대해 보고하고 난 뒤에 그들은 갖가지 사무적인 일에 관해 토론했다. 그녀는 분위기에 아직 익숙지 못했기에 어떻게 그 토론의 장에 끼어들어야 할지 몰랐다. 그런데 의장이 때때로 그녀를 바라보면서 그녀의 의견을 구하곤 했다. 이것은 그녀를 난감하게 만들었다. 그녀는 조금만 있으면 훈련을 잘 받아서 이렇게 완전히 못 알아듣지는 않을 거라고 굳게 믿었다. 마지막으로 그들은 ××에 어떻게 행동할 것인지에 대해 논의했다. 여기에서 또 다른 ××××단체를 이끄는 대표가 일어나 보고를 했다. 그래서 5월 1일 노동절에 모든 회원들을 거리에 나가도록 해서 그곳을 점령하기로 결정했다. ×××, ××, 모두들 긴장하고 격앙된 모습이었다. 회의가 끝나고 헤어질 때가 되자, 다들 서로서로 신신당부를 했다.

"기억하십시오. 모레 아홉 시, 거리로 나갑니다!"

메이린은 방금 그 의장이었던 노동자 연합회에서 일하는 차오성과 뤼취안을 비롯한 다른 두세 사람과 함께 그곳에 잠깐 남았다. 그들은 아주 따뜻하고 정중하게 그녀를 대해 주었다. 특히 방직 공장에서 일하는 한 여공은 유달리 호감을 나타내면서 그녀에게 말을 건넸다.

"우리는 혁명을 하고자 합니다. 동시에 우리가 이해할 수 있는 문예에 대해서도 배우고 싶어요. 당신들 문학가도 역시 혁명이 필요합니다. 그래서 우리가 협력하기 시작한 거예요. 다만 우리가 시간이 없어서 잘 못할까봐 걱정입니다. 며칠 후 제가 쓴 글을 가져올 테니 좀 봐주세요. 차오성이 그러는데, 당신은 작가라면서요. 저는 막 글 쓰는 법을 배웠는데, 차오성이 제게 용기를 주었지요. 마음속으로 생각하는 건 많은데 글로 표현을 못하겠어요. 다음 주 월요일에 시간이 되면 공장 통신을 한 편 쓰고 싶어요. 뤼취안이 필요하다고 했거든요."

메이린은 자신도 글을 쓸 줄 모른다면서 공장에 들어가고 싶다고 했다.

그래서 그 여공은 공장에서의 갖가지 어려움을 설명하면서 일련의 비참한 사건들을 일일이 예로 들었다. 그녀는 또 메이린이 정말 원한다면 방법을 생각해보겠다고 했다. 그렇지만 그녀는 메이린이 공장에 들어가면 그곳의 노동과 불결한 공기 때문에 금방 병에 걸릴 것이라고 걱정했다. 차오성도 들어가기는 쉽다고 말했다. 그는 이 사회의 일부 지식인들이 공장에 들어가서 무산계급을 이해하고 자신들의 사고방식을 바꾸기를 원했다. 그래야만 장차 진정한 프롤레타리아 문학이 만들어질 수 있다는 것이다. 하지만 그도 메이린의 몸이 견디지 못할 것이라고 걱정했다. 메이린은 익숙해질 거라고 극구 변명했다.

메이린이 비교적 시간이 많기 때문에 그녀가 매일 기관에 가서 두어 시간씩 일을 해주기로 결정했다. 그들은 그녀에게 주소 하나를 적어주었다. 그리고 이후로 어쩌면 일하는 시간이 더 늘어날지도 모르겠다고 덧붙였다. 오월이 되면 일에 더 박차를 가해야 하고 모임 내부도 곧 확대해야 하며, 들어오려고 자원하는 노동자들도 많아서 훈련도 필요하기 때문이었다. 그녀는 막 들어와서 막중한 임무를 맡은 것이다. 그녀는 열심히 일해야 한다고 다짐했다.

11

5월 1일, 그날이었다.

쯔빈은 여덟 시부터 메이린이 보이지 않자 심히 불안했다. 그는 일하는 아주머니에게 물어보았지만 아주머니도 몰랐다. 그는 그녀가 어디 갔는지 생각해 낼 수가 없었다. 그는 요즘 그녀가 자주 집에 없었다는 것과 한 번도 그에게 어디 간다는 말을 하지 않았으며 그와 얘기하는 것도 많이 줄었다는 사실을 깨달았다. 그는 한참을 기다렸지만 그녀는 돌아올 기미가 보이지 않았다. 그는 화가 머리끝까지 치솟아 서재로 들어가 버렸다. 그리고 이 여자에 관한 모든 것은 신경 쓰지 않고, 계속해서 자신의 글만 써야겠다고 결심했다. 그것은 이미 한 부분이 어느 정도 완성된 글이었다. 그는 책상 앞에 앉았으나 마음이 안정되지 않았다. 서랍을 뒤지다가 메이린이 그에게 남긴 편지 한 통을 발견했다. 그는 그것을 일순간 삼켜 버리기라도 하려는 듯 서둘러 읽어

내려갔다. 편지는 이렇게 분명하고 명확하게 쓰여 있었다.

쯔빈, 난 더 이상 당신을 속일 수가 없어요. 당신이 이 편지를 볼 때면 나는 아마 거리에 있을 거예요. 모임의 결정에 따라 ××운동에 참여하러 거리에 나갑니다. 당신이 이 소식을 알았을 때, 그리 유쾌하지는 않을 거라고 생각합니다. 그러나 난 당신에게 이야기를 해야 하고 설명을 해야 한다고 생각해요. 왜냐면 본디 나는 당신을 많이 사랑했고, 지금 이 순간에도 당신이 나에 대해 오해하지 않기를 바라니까요. 그래서 당신에게 이렇게 먼저 알리는 거예요. 부디 당신이 잘 생각해 보시고, 내가 돌아왔을 때 이성적으로 이야기할 수 있기를 바라요. 우리는 진지하고 깊이 있게 서로를 비판해야 합니다. 난 정말 당신에게 할 말이 많아요. 반은 나 자신에 대해, 반은 당신에 대해. 이제 그만 쓰렵니다.

이른 아침에, 메이린

쯔빈은 한참 동안 멍했다. 한숨도 나오지 않았다. 이것은 그가 바라던 바가 아니었다. 이것은 전혀 뜻밖이었다. 그는 많은 불쾌한 소식들과 알고 있는 많은 사람들이 떠올랐다. 그는 메이린을 생각했다. ……아, 이 여자, 얼마나 부드러운 여자인가. 그런데 지금은 그를 버리고 대중을 따라 달려가 버렸다. 그는 어떤가. 쓸데없이 자부하는 마음이 있고, 쓸데없이 자부하는 재능이 있다. 그러나 그는 달려갈 수 없다. 그는 혼자가 되었다. 그는 괴로웠다. 울고 싶었지만 눈물이 나오지 않았다. 그는 이 순간의 거리 모습을 상상했다. 그는 수많은 공포와 위험, 말로 형언할 수 없는 방황과 불안이 도사리고 있는 것을 보았다. 하지만 그는 오히려 메이린이 돌아오지 않기를 바랐다. 그는 그녀를 보고 싶지 않았다. 그녀는 그에게 많은 고통을 주었고, 끝없이 배가시키고 있었다. 그는 한 지붕 아래서 이러한 사람과 같이 호흡할 자신이 없었다. 그는 화가 나서 편지지를 갈가리 찢었다. 마지막으로 그는 겨우 몇 장 쓴 원고 뭉치가 크게 입을 벌리고 있는 것을 보았다. 그는 말없이 고통스럽게, 그러면서도 애석해마지 않으며 힘껏 그것을 꾸겨쥐더니 서랍 안에다 집어넣어 버렸다. 이어서 긴 탄식 소리가 터져 나왔다.

1930년

1930년 봄 상하이의 이야기 2 一九三0年春上海之 二

1

이른 봄 어느 신 새벽, 습기를 머금은 촉촉한 바람이 깨진 창문 사이로 살랑살랑 파고들더니 살며시 모든 걸 스쳐 이내 살며시 달아난다. 희미한 빛은 방 안 구석구석을 밝히며 몽롱한 분위기를 자아낸다. 아침을 알리는 사이렌 소리는 아직 울리지 않았고, 모두들 곤히 잠들어 있다. 지난 밤 늦게야 잠자리에 들었던 왕웨이望微만 잠에서 깼다. 피곤한 눈을 게슴츠레 뜬 채 잠시 멍하니 하늘을 쳐다보다가 생각할 필요도 없다는 듯 다시 눈을 감고는 몸을 한 차례 뒤척이더니 비몽사몽간에 꿈나라로 빠져든다. 그는 가무잡잡한 피부에 귀엽게 생긴 젊은이다. 막 눈을 감는 순간 그의 마음속에 문득 아름다운 그림자 하나가 휙 하고 지나갔다. 놀라서인지 재차 몸을 뒤척이던 왕웨이는 이내 일어나 앉았다. 그는 베개 밑에서 간단하게 씌여진 전보 한 통을 꺼내 읽고 또 읽었다.

'오늘 밤 다롄완大連丸을 타고 상하이로 갑니다.

모레 아침에 도착할 예정이니 마중 나오길 바랍니다.'

거무스름한 그의 얼굴이 기쁨으로 환해졌다. 그는 턱수염을 어루만지다 신바람에 휘파람을 불면서 검정 나사 바지를 챙겨 입었다. 그러면서 중얼중얼 연신 혼잣말을 했다.

"정말 이해할 수 없는 사람이야. 눈 빠지게 편지를 기다릴 땐 안 오더니, 지금은 또 바빠 죽을 지경인데 온다고 하네. 아, 마리馬麗, 넌 정말 괴짜야."

그 사랑스러운 이름을 되새기는 순간, 그는 주체할 수 없는 기쁜 표정을 더는 감추지 못했다.

서둘러 찬물로 세수를 하고, 옅은 안개로 뒤덮인 거리로 나선 뒤 바로 와이탄外灘쪽을 향해 총총히 발걸음을 뗐다.

거리는 쥐죽은 듯 조용했다. 드문드문 쓰레기 더미를 실어 가는 커다란 마차 몇 대와 잠으로 정신이 덜 들어 보이는 청소부들이 눈에 띄고, 간혹 자그마한 두어 개 점포의 점원들이 잠이 덜 깬 눈으로 가게 문을 올리고 있었다. 바닥은 온통 안개 기운으로 축축하게 젖어 있었고, 사방은 희뿌연 했다. 공기가 차갑긴 했지만 상쾌함을 안겨주는 그런 차가움이었다. 전철역에서 한참을 기다리고서야 왕웨이는 와이탄으로 가는 전차에 올랐다. 전차 달리는 소리가 조용하고 쾡한 공간을 타고 더 시끄럽게 울려 퍼졌다. 게다가 차도 왠지 더 심하게 흔들리는 것 같았다. 그는 이 모든 것을 괘념치 않았다. 뭐든 무시하고 오로지 안개가 짙게 깔린 쪽만 뚫어져라 응시하고 있었다. 그 하얀 안개 가운데 꽃처럼 부드럽고 고운 얼굴이 어려 있다. 그는 작년 여름방학에 있었던 그저 그런 만찬회에서 그녀를 알게 되었다. 그때 당시 그녀는 그를 주의 깊게 보지 않았다. 그녀는 언변이 좋았고 아주 활발했다. 그녀는 많은 사람의 시선을 끌면서 술을 제법 마셨고, 그를 유심히 쳐다보는 일 따윈 하지 않았다. 하지만 왠지 그녀의 그런 거만함이 담긴 시원스러운 태도와 사람을 얕보는 듯한 오만함에 그는 이끌렸다. 그는 간혹 그녀가 무의식중에 미간을 찌푸리는 것을 보면서 틀림없이 그녀는 고독한 사람일 것이라고, 보통사람들은 이해할 수 없는 그런 고독을 지닌 여자일 것이라고 느꼈다. 때문에 그는 그녀가 가깝게 느껴졌다. 그녀의 웃음소리를 들을 때마다 자신도 모르게 마음이 울렁거렸다. 다음 날 그는 용기를 내어 그녀를 찾아갔다. 그녀는 그를 환영해주었다. 며칠 뒤, 그녀는 공부하기 위해 베이핑으로 떠났다. 그는 그녀와의 사이에 견고한 우정을 만들 수 있을 지 감히 단언할 수 없었다. 본래 좀 비관적이었던 그는 이때부터 더 의기소침해졌다. 하지만 나중에 몇 차례 주고받은 편지는 그에게 특별한 추측과 함께 불안감을 안겨주었고, 더 사치스러운 욕망마저 불러일으켰다. 그는 고통스러움에 견딜 수 없어 베이핑으로 달려갔다. 결국 그들은 진심으로 서로를 대하며 한동안 함께 지내다가 상하이로 내려왔다. 이것이 바로 지난 겨울방학 때의 일이다. 그러던 그녀가 갑자기 그와 헤어져 고향집으로 가겠다고 고집을 부렸다. 새해를 지내고 상하이로 오겠다는 것이었다. 하지만 그녀는 약속을 어겼고, 한참 후 그는 그녀가 베이핑에서 보내온 짧은 편지를 받게 되었다. 아무런 이유도 쓰지 않고, 그저 이해해달라고만 했다. 그 당시 그는 정말로 초조했다. 거대한 불안 속으로 그는 다시 가라앉을 것만 같았다. 한편 또 다른 새 희망이 그를 격려했다. 그는 눈앞의 정치와 경제에 깊은 흥미를 갖고 있었다. 그런지라 그는 열심히 많은 책을 탐독했다. 그러다 점점 실질적인 투쟁에도 관여하기 시작했다. 그가 비록 그녀에게 자주 편지를 쓰고 그녀를 그리워하며 그녀를 잃었을 때의 공허를 상상하기도 했지만, 너무 바빴기 때문에 점차 편지도 짧아지고 애달픈 그리움도 줄어들어 때로는 며칠씩 그녀를 잊기도 했다. 이것은 어쩔 수 없는 현실이었다. 사실, 그 아름다운 모습은 그의 마음속에 깊이 새겨져있었고, 이로 인해 그는 힘든 생활에 대한 위안을 얻고 있었다. 그가 얼마나 그녀를 사랑하는지는 오직 그만이 알 뿐이다. 이 전보를 받은 순간부터 그는 새롭게 수많은 희망을 보았고 환상을 품었다. 또 그는 지난날의 달콤했던 시간들을 수없이 되새겼다. 그는 그녀를 바로 만나지 못하는 게 한이 될 만큼 그녀가 그리웠다. 그는 그녀에게 많은 이야기를 해줄 것이다. 특히 최근 그가 하고 있는 일에 대해.

전차는 얼마 안 되어 바로 와이탄에 도착했다.

황푸黃浦강에 정박해 있던 많은 배들이 다들 출발 준비를 하고 있었다. 쇠사슬 끌리는 소리와 경적소리가 쉼 없이 울려 퍼졌다. 작은 삼판선舢板들은 모두 강 중앙까지 나가 있고, 배는 강을 건너는 공인들로 북적댔다. 해는 이미 높게 떠올랐다. 맞은 편 강 쪽에서 담황색의 부드러운 햇살이 되비쳐와, 마르고 기다란 사람 그림자를 아스팔트길에 아로새겨놓고 있다. 왕웨이는 신선한 아침 공기를 깊이 들이마셨다. 홍분으로 들뜬 얼굴에 시원한 바람이 부비고 지나가니 아주 상쾌한 기분이다. 그는 온몸 가득 뭔가가 가득 차올라 금방 터질 것만 같았다. 그는 여유 있게, 하지만 빠른 눈으로 르칭日清 회사의 항구를 찾았다.

드디어 항구를 찾아냈다. 그런데 의외로 조용하다. 그저 거침없이 흘러가는 강물만 보일 뿐 배가 보이지 않는다. 그는 멍하니 강을 바라보았다. 늦게 온 건지 일찍 온 건지 알 수 없었다. 그는 혹 마리가 자기를 놀리려고 그 전보를 보낸 것이 아닌가 하는 두려움에 휩싸였다. 그녀의 성격상 이렇게 잔혹할 정도로 사람을 놀리는 것도 있을 법한 일이기 때문이다. 그녀는 이제껏 자기가 하고픈 대로만 했다. 그는 넋이 나간 듯 멍해 있다가 결국 선박회사에 가서 알아볼 생각을 해냈다.

선박 회사에서 말하길, 오후 두시 반에나 배가 도착한다고 했다. 그는 다시 한줄기 희망을 건져들고 맥없이 집으로 돌아왔다.

밥을 먹고 난 뒤 그는 어떤 사무실로 가서 두 시간여 동안 신문 몇 부를 번역했다. 영자신문은 중국어로, 중국어 신문은 영어로 번역하는 작업이다. 때로는 문건들을 다른 기관에 보내기도 하고, 사회적인 일들이나 이론상의 문제점들, 그리고 최근 정치노선의 적합성 여부에 대해서도 세세하게 의견을 나눠야했다. 그래서 그는 밤 12시가 되어서야 집에 돌아오는 때가 많다. 뿐만 아니라 아침에도 무슨 기획안이니 조직망이니 선언, 통신문 같은 것들의 초안을 만드느라 거의 쉴 틈이 없다. 그는 며칠간을 연이어 밤샘 작업을 하느라 수면을 충분히 취하지 못하였기에, 이날 일하는 곳에 나왔을 때도 몹시 피곤한 기색이었다.

그 집은 사무실처럼 생겼는데, 잠시 ×사의 기관으로 사용하고 있다. ×사는 ×× ×의 지도하에 성립된 것으로, 지식인들이 노동자 문예운동을 주관하는 단체다. 현 정부 밑에선 공개적으로 활동을 할 수 없기 때문에 무슨 비단 회사라는 이름을 걸고 있었다. 몇몇 사람이 항상 고정적으로 사무실에 나와 일을 한다. 특히 왕웨이는 매일 같이 늦지 않게 빠짐없이 나와 일을 했기에 가장 많은 신임을 얻고 있었다. 이날 그가 나왔을 때 사무실에는 청소하는 사람과 자그마한 몸집에 서기를 맡고 있는 펑페이馮飛뿐이었다. 펑페이는 좀 먼 곳에 살기 때문에 왕왕 늦게 온다. 그런데 이날은 뜻밖에도 펑페이만 먼저 나와 한가롭게 담배를 피우고 있었다. 왕웨이는 그를 본 순간 다소 놀라면서 의아했다.

"어, 좋은 아침이야, 펑동지!"

"응 ……"

그 여윈 얼굴에 반짝반짝 빛이 어렸다. 이것은 정말 드문 일이다. 그런지라 왕웨이가 다시 물었다.

"무슨 일이야? 이렇게 즐거워하게?"

"별일 없어……."

하지만 왕웨이는 그의 기이한 인연을 떠올리지 않을 수 없었다. 한 달 전 그는 버스에서 한 매표원 여성을 알게 되었다. 하지만 말할 기회를 갖지는 못했다. 그는 매일 일정한 시간에 그녀를 한 차례씩 보았고, 그때마다 그의 그녀에 대한 존경심은 커져만 갔다. 그녀는 소박하고 화장기도 전혀 없지만 일을 잘하는 그런 여성이었다. 얼굴빛은 항상 발그레하게 윤이 났는데, 그건 노동과 삶에 대한 흥분으로 자연스럽게 만들어진 건강한 얼굴빛이었다. 그는 그녀의 모습과 말 속에서(그녀가 어떤 일로 승객들과 논쟁을 벌일 때마다 자신의 의견을 끝까지 분명하게 피력했다), 그녀가 분명 교육받은 여성일 것이며, 확실한 계급의식과 정치에 대해 단순하지만 정확한 이해를 하고 있다고 느꼈다. 그는 진심으로 그녀와 이야기를 나눠보고 싶었다. 그녀에게서 일종의 친밀감을 발견했기 때문이다. 하지만 습관적인 나약함과 두려움으로 기회는 언제고 다가오지 않았다. 그런데 이날 그는 다른 일 때문에 좀 일찍 나왔다. 그가 마침 정류장에서 신문을 보고 있는데 돌연 누군가의 목소리가 들려왔다. 고개를 돌려보니 그 매표원이 뒤에 서서 그를 바라보며 시원스러운 웃음을 짓고 있는 게 아닌가? 그는 좀 당황스러웠다. 하지만 그녀는 계속해서 그에게 말을 걸었다.

"안녕하세요, 오늘 좀 일찍 나오셨네요."

"어…… 예, 그렇습니다……."

"오늘은 정말 바쁘네요. 제 동료 일까지 대신 맡았거든요. 하루 종일 쉴 틈이 없어요. 동료가 아픈데 병가를 내지 못했어요. 밤엔 또 가서 그 친구한테 가서 약을 좀 다려주려고 해요. 선생님은 어디서 일하세요?"

"회사 다닙니다."

그녀는 그를 한번 쭉 훑어보더니 고개를 흔들면서 웃었다.

"아닌 것 같은데요. 그냥 학생 같은데. 제가 사람을 보는 눈이 정확하답니다."

그들은 또 몇 마디 말을 나누었다. 그 사이에 차가 왔다. 그녀는 가볍게 차에 올라타더니 또 다른 매표원과 인사를 나눈 후 버스표와 동전이 담긴 마대를 넘겨 받았다. 버스에서 내리면서 그는 그녀에게 "또 봅시다."라며 인사를 건넸다. 아주 잘 알고 있는 사람처럼 말이다.

왕웨이가 들어왔을 때 그는 마침 이 일을 생각하고 있었던 것이다.

그는 여자와 사귀어본 경험이 거의 없는 사람이다. 그는 일반적인 여학생들을 그다지 좋아하지 않았고, 이 매표원이 여자에게 관심을 갖게 된 첫 번째 경우였다. 그는 그녀를 놓고 수많은 상상의 나래를 펼치고 그녀를 위해 빛나는 미래를 세웠다. 그런지라 왕웨이가 막 수염을 깎고 나온 것도 못 알아봤다. 왕웨이는 엄청나게 피로했지만 그의 얼굴에선 뭔가 아주 특별한 좋은 일이 있다는 걸 누구나 눈치챌 수 있었다.

이날 그는 좀 일찍 사무실에서 나왔다. 회의에도 빠졌다. 결국 그는 배에서 내린 아주 화려하게 생긴 여자를 맞이하고, 짐 몇 가지를 챙겨 집으로 함께 돌아왔다.

2

세단 승용차가 황푸역에서 넓고도 평탄하게 뚫린 아이둬야愛多亞로 들어섰다. 왕웨이는 부드러운 작은 손을 꼭 쥐고 있었다. 그들은 미소를 지으며 서로를 바라보고 있었다. 둘 다 무슨 말을 먼저 해야 할지 몰랐고, 그저 행복하다고 느낄 뿐이었다. 한참이 지나고 나서 그녀가 먼저 입을 열었다.

"요즘 어떻게 지내세요? 많이 여윈 것 같아요."

그는 새로 면도한 턱을 만지작거리더니 웃으며 대꾸했다.

"오늘은 그래도 좀 나아 보인다고 생각했는데." 그는 최근 들어 수염이 너무 빨리 자라는 걸 떠올렸다. 그리고선 또 웃었다. 할 말이 목구멍까지 가득 차올랐지만 그는 아무 말도 하지 않고, 그저 그녀가 천천히 그의 얼굴을 통해 발견하기를 기다렸다. 그는 그녀의 손을 꼭 잡은 채 말했다.

"마리, 당신은 갈수록 더 아름다워지는군!"

그는 그녀의 부드러운 손을 입에 갖다 댔다.

그녀도 그에게 한층 바싹 다가왔다.

그는 행복에 겨워 길게 한숨을 토해내고, 애틋하게 그녀를 바라보았다.

"아, 마리! 이젠 다시 날 떠나지 마요!"

그녀는 유혹하듯 그에게 얼굴을 기울였다. 하나되는 순간만을 갈망하던 두개의 입술이 한데 포개졌다. 취한 듯 혼미한 듯 둘은 서로를 꼭 부둥켜안았다. 둘은 모든 것을 망각했다.

차가 급하게 모퉁이를 돌면서, 심하게 흔들리자 그들은 순간 정신이 든 듯 포옹을 풀었다. 그는 또 황망하게 심하게 흔들리는 작은 상자를 붙들었다. 작은 거울을 통해 운전기사의 웃음을 참지 못하는 얼굴을 보았다. 화도 나고 난감하기도 했지만, 별수 없이 거울 속의 그 교활한 얼굴을 향해 그는 미소를 지었다.

집에 도착하자 둘은 기쁜 마음에 차에서 뛰어내렸다. 작은 뒷문에서 3층까지 그는 네 번을 신바람나게 오르락내리락 했다. 이불이며 상자며 가방이 계단에 수북이 쌓였다. 열쇠를 찾아내 문을 열면서 그가 마리에게 말했다.

"두 사람이 지내기에 이 집은 좀 좁을지도 모르겠어. 후에 천천히 이사하도록 하자."

방은 크지 않았다. 침대 하나, 탁자 하나, 의자 두개, 책꽂이 하나와 옷장 하나가 전부였다. 물건이 많지 않았기에 방이 작아보이진 않았다. 다만 천정이 좀 낮아서 답답했다. 그가 집에 있는 시간은 아주 적었고 주로 잠만 자기 때문에 별 불편을 느끼지 못했다. 다만 탁 트인 바다에서 방금 이틀을 지낸 마리를 생각하니 방이 좀 답답하다는 게 몸으로 느껴졌다. 하지만 마리는 불평 대신 외려 방이 깨끗하다고, 또 방주인이 깔끔하다고 칭찬을 했다. 그도 또 변명을 했다.

"이거 다 방주인의 부인이 와서 해 준거야. 그 부인이 내 대신 집안 청소를 해 주거든. 가구도 다 그 부인 것이고. 끓인 물이 필요할 때도 그 부인에게 말하면 돼. 난 그저 살기 편한 곳만 찾다가 여기로 결정한 거거든. 그래, 그분한테 뜨거운 물 좀 갖다 달라고 해야겠군."

그러나 마리는 그를 말렸다. 곧 5시가 되는 것을 보고 마리가 그에게 이렇게 물었다.

"매일 밥은 어떻게 먹어?"

"대중없어, 언제고 어디서든 그냥 먹어. 배고파?"

"배가 고파서 죽을 지경이야. 아침에 죽 조금 먹고 말았거든. 점심 때 마음이 조마조마해서 밥이 안 넘어가더라. 우리 먼저 배부터 어떻게 채우고 나서 다시 이야기하자."

"좋아" 그는 모자를 집어 들고 나갈 준비를 했다.

"어디로 가? 자주 가는 곳 있어?"

좁고 지저분하고 사람들로 북적거리는 음식점들이 그의 눈앞에 하나하나 스쳐갔다. 그는 비싼 가죽으로 테를 두른, 그녀의 외국산 비단 융 코트와 깨끗한 장갑, 그리고 윤이 번쩍번쩍 나는 비단 구두를 바라보았다. 그는 웃음을 터뜨렸다.

"그런 식당들은 말야, 당신이 가기엔 적당치 않아. 마리, 난 요즘 아주 서민적이 되었다고. 오늘 당신 덕분에 나도 좀 좋은 곳에 한번 가 보지 뭐. 그리고 앞으로 어떡할 것인지는 내일 생각하자! 어디 가면 좋을까?"

마리는 그를 보면서 웃었다.

"당신이 밥 사주는 거야? 돈은 얼마나 있는데?"

그는 주머니 안에 남은 돈을 세어봤다. 대략 4위안 정도 있는 것 같다. 좀 아낀다면 충분할 것이다. 마리는 광둥廣東 음식을 좋아한다. 그래서 그들은 차를 타고 좀 먼 곳으로 갔다.

그들은 아주 좋은 음식을 주문했다. 그리고 천천히 식사를 했다. 마리의 기분이 무척이나 좋았기 때문이다. 그녀는 자신의 아름다움을 최대한 발휘한다. 왕왕 조금은 요염한 자태로 사람을 더 혹하게 만든다. 이날 저녁, 그녀는 120위안이나 되는 코트는 벗어버리고, 몸에 딱 달라붙는 연한 녹색의 치파오만 입고 있었기에 그녀의 몸매가 은은하게 죄다 드러나 보였다. 그녀는 그를 그리워했던 수많은 우스꽝스러운 상황들을 다 쏟아놓으면서 다시는 그를 떠나지 않겠다고 했다. 그녀는 과거 자신이 약속을 어겼던 일에 대해서도 변명했다. 그가 그녀를 설령 이해한다 할지라도 그녀 자신은 더 많은 고통을 당했다고. 아, 최근 베이핑에서의 생활은 얼마나 고달팠는가. 그녀는 남들이 이 고통을 모르길 바랐고, 전에는 사실 그녀조차도 이해하지 못했던 고통들이다. 그녀는 오직 그 만이 이 고통을 알거라고, 그가 그녀에게 더 많은 사랑을 퍼부어주는 것으로 그 아픔을 보상받을 수 있는 것이라고 했다. 그녀의 말은 사람을 감동시켰다. 의시대거나 뻐기는 모습은 어디서도 찾아볼 수 없었다. 그가 외려 그녀 때문에 마음이 아플 정도였다. 그녀를 확 쓰러뜨리고 그녀의 그 아름다운 육체를 마음껏 탐하고픈 충동만 그를 사로잡았다. 말로 사랑을 표현할 필요가 없었다. 그는 몇 번이나 말했다.

"어서 식사 합시다."

하지만 그녀의 생각은 그와는 달랐다. 이 음식점의 분위기가 그녀를 자극하고 있었던 것이다. 붉은색 등 아래로 그는 더 멋있어 보였다. 그는 침착하고 강한 사람이다. 그녀는 열이 좀 나는 것 같았고, 그녀의 이런 모습이 사람을 더 매료시킨다고 믿었다. 홀짝홀짝 들이킨 달콤한 술과 진한 차가 그녀를 더욱 흥분시켰다. 그녀와 그녀의 애인이 함께 부드러운 소파에 앉아, 상대방의 마음을 녹일만한 그런 달콤한 이야기를 나누고 있다. 여기에 다른 것은 아무 것도 없다. 그저 천천히 서로를 자극하고만, 그 뜨거운 마음을 자극하고만 있다. 이런 제어하기 힘든 떨림을 그녀는 계속 느끼고 싶었고, 여길 떠나고 싶지 않았다. 그녀는 돌아가는 게 두려웠다. 돌아가면 이런 느낌이 깨져 버릴까봐 겁이 났던 것이다. 그곳은 차갑다. 게다가 자질구레한 일들이 널려있다. 그녀의 짐들도 아직 그 방 한가운데 어지럽게 쌓여 있지 않은가? 그녀는 천천히 술을 마셨다.

왕웨이는 외려 점점 말수가 줄어들었다. 그는 충족시키지 못하는 사랑의 욕망 때문에 괴로웠다. 그는 가까스로 감정을 억누르고 있었다. 온몸에 열이 나는 것 같았다. 그의 눈에서는 금방이라도 불이 뿜어져 나올 듯 그렇게 붉게 충혈되었다. 그는 침묵하는 수밖에 없었다. 일부러 그녀의 말을 흘려들으려고, 그녀의 유혹을 외면하려고도 해봤다. 정말이지 고통이 달콤함을 넘어섰기 때문이다. 심지어 그는 상관 없는 다른 일들을 떠올리며 이 견디기 힘든 감정을 누그러뜨려 보려고도 했다. 그는 침묵했다. 마치 그녀의 말을 듣고 있는 것 같지만, 사실 그의 생각은 천천히 쪼개져 수도 없이 많은 자잘한 일들을 떠올리고 있었다.

그의 이런 행동은 마땅히 이해해줘야 한다. 마리는 젊은 남자들이 왕왕 애인 앞에서 참아야 하는 고통을 아직 알지 못한다.

음식점의 커다란 괘종이 땡땡 일곱 번을 울렸다. 왕웨이는 깜짝 놀랐다. 그는 오늘 밤 그가 가지 않으면 안 되는 중요한 회의가 일곱 시 반에 있다는 사실을 떠올렸다. 스무 명 남짓한 사람들이 의장인 그를 기다릴 것이다. 그는 주저주저하면서 이 아름다운 여자를 바라보았다. 어떻게 하면 좋을 것인가. 그는 가지 않으면 안 된다. 바로 떠나야 한다. 그래도 늦을지 모른다. 그렇지만, 어떻게 마리 혼자 이 음식점에 남겨둘 수 있단 말인가. 그는 정말 조급해서 조금은 화난 어투로 에이터를 재촉했다.

"빨리 식사 좀 갖다 줘요."

마리는 알 수 없다는 표정으로 그를 바라보았다. 여전히 교태가 넘쳐흘렀다.

"그래요, 식사해요."

급히 밥을 먹고 난 뒤, 그가 일어나 나갔다. 이때 마리는 아직 코트도 챙겨 입지 않았기에 좀 화가 났지만 내색하진 않고, 그를 따라 서둘러 길가로 나왔다. 그들은 두 대의 인력거에 나눠 타고 나는 듯이 집으로 달려갔다. 그녀는 말로 형용하기 어려운 짜증이 치밀었지만 이해하는 맘으로 그를 따라 집으로 돌아왔다.

집에 도착하지마자, 그는 정말이지 애틋한 마음에 그녀를 껴안고 키스를 했다. 그리고 그녀를 침대에 눕히고 애원하듯 말을 꺼냈다.

"내 사랑! 나 좀 용서해줘. 잠깐 당신을 혼자 둬야겠어. 금방 돌아올게. 돌아온 다음에 왜 그랬는지 자세하게 설명해 줄게. 어쨌든, 당신이 날 이해해 주어야 해. 난 정말 당신을 많이 사랑해, 하지만 내 일도 너무 많아. 후에 어떻게 좀 줄일 방도를 생각하겠지만 지금은 정말 어쩔 수가 없어. 좋아, 푹 자라고. 당신 물건은 내가 돌아와서 정리할게. 그래, 눈을 감고, 미워하진 말아! 갈게."

마리는 어안이 벙벙해서 넋이 나간 듯 침대에 누워 그를 바라보았다.

그는 횡하니 나가 버렸다. 쿵쿵 계단 울리는 소리만 들려왔다.

그는 마리를 떠나자마자 그녀를 잊어 버렸다. 서둘러 정신없이 뛰면서 그를 기다리는 사람들이 분명 자기보다 더 초조할 거라는 데에 생각이 미쳤다.

3

아름답고 생기발랄한 젊은 여자 혼자 그 널따란 침대에 남겨졌다. 그녀는 먼 곳에서 달콤한 마음과 농후한 정취를 안은 채 달려왔다. 이 남자가 자기를 잘 받들어주기만 하면 그에게 잘해 주고 그에게 좋은 것들을 원 없이 또 흔쾌히 해줄 생각이었다. 그녀는 정말 이런 식의 다정함과 적당한 무모함이 필요했기에 먼 길을 마다하지 않고 달려 온 것이다. 그런데 지금, 그녀가 얻은 것은 무엇인가. 그녀는 냉대를 받고 있다. 그는 그녀 혼자 남겨놓고 어딘가로 가버렸다. 오랫동안 만나지 못한 애인과 상봉하는 것보다 더 중요한 일이 도대체 뭐란 말인가? 그녀는 실의에 빠진 듯 멍하니 한동안 침대에 누워 있었다. 16촉짜리 전구가 천정에 매달려 있었다. 왕웨이를 생각하면 화가 치밀어 올랐다. 그의 이런 행동에 그녀의 자존심은 구겨져버렸다. 그녀는 홧김에 자기 짐들을 다 여관으로 옮겨버릴까도 생각했다. 하지만 그녀 스스로도 자기가 그를 너무 많이 사랑하고 있다는 사실을 안다. 과거 그녀의 그 기세등등하던 성격도 많이 누그러들었다. 그래서인지 왕왕 자존심조차 내려놓고 그를 이해하고자 하는 것이다. 어쩌면 정말로 그에게 더 중요한 일이 있을지도 모르고, 또 어쩌면 금방 다시 돌아올 지도 모르는 일이다. 그녀는 기운을 차리고 일어나서 짐을 살펴보기로 했다. 얼굴이 말이 아니어서 세수를 해야 했기 때문이다. 옷도 빨리 갈아입어야 한다. 이 코트를 입고 이런 방에서 왔다갔다 하는 것은 정말로 어울리지 않는다. 그녀는 정교하게 잘 만들어진 가방을 열고 형형색색의 자질구레한 물건들을 다 꺼내어 정리하기 시작했다. 하나하나 꺼내어 그의 책상위에 늘어놓던 그녀는 그제야 책상 위에 아무 것도 없다는 것을 발견했다. 그녀는 꽁꽁 동여맨 꾸러미 한 뭉치를 꺼냈다. 이 안에 있는 몇 가지 물건들은 그에게 주기위해 그녀가 특별히 신경을 쓴 것들이다. 까만색의 예쁜 넥타이, 꽃을 수놓은 비단 손수건 두 장과 무슨 끈 같은 것들이다. 이 물건들을 집어 들자 그녀의 마음이 한층 누그러졌다. 그녀는 그가 이것들을 보게 되면 얼마나 기뻐할 것인지, 얼마나 그녀를 사랑스럽게 여길 것인지를 상상했다. 그녀는 보물을 다루듯 그 물건들을 책상 한쪽에 쌓아놓았다. 마지막으로 가방 제일 밑에서 면으로 된 얇은 치파오를 꺼냈다. 까만색인데 좀 오래된 것이다. 그녀는 옷장을 향해 서서 코트를 벗었다. 희미한 불빛에 기대어 자신의 아름다운 몸매를 바라보았다. 까만 머리칼 아래로 약간 발그레한 얼굴이 보인다. 옅은 녹색의 목 칼라와 어우러져 고상해 보이는 게 사람을 끄는 매력이 있다. 그녀는 천천히 웃옷 끈을 풀었다. 연분홍색 블라우스의 옷단이 드러났다. 반라의 육체를 애모와 희롱이 섞인 눈빛으로 훑어보던 그녀는 하얀 목덜미와 어깨를 한참 동안이나 흐뭇하게 바라보고 난 뒤 그 면으로 된 치파오를 입기 시작했다. 이 옷은 옷자락이 발등을 다 덮을 정도로 길었다. 그래서 사람도 훨씬 더 길어보인다. 그녀는 정말 아름답고 진심으로 호감이 가는 여자다. 어떤 스타일, 어떤 색깔의 옷이든 다 그녀의 아름다움을 돋보이게 한다. 그녀는 옷장을 열었다. 옷 한 벌 걸려 있지 않은 텅 빈 옷장 구석에 양말 몇 켤레만 팽개쳐져 있고, 또 옷걸이 몇 개만 외롭게 매달려 있다. 그녀는 자신도 모르게 멍해졌다. 순간 왕웨이가 옷을 넣어두는 다른 상자가 있는 게 아닌가 하는 생각이 들었다. 그녀는 화려하고 고운 옷들을 하나하나 그 썰렁한 옷장 안에 걸고, 왕웨이의 옷상자를 찾아보려고 두리번거렸다. 침대 아래 상자 두개가 있었다. 책꽂이엔 그의 책이 가득 꽂혀 있었다. 그녀는 어쩌면 왕웨이가 옷을 꺼내놓지 않고 다 상자 속에 넣어두었을지도 모른다고 생각했다. 그러다 왕웨이가 원래 잘 꾸며 입고 다니지 않는다는 데에 생각이 미쳤다. 왕왕 좋은 옷들도 꾸깃꾸깃 못쓰게 만들곤 하는 그인지라 언제든 되는대로 아무렇게나 걸쳐 입고 다닌다. 그녀는 다시 물건을 정리했다. 사용해야 하는 것들은 따로 쓰기 편한 곳에 두었다. 그런데도 방 안은 여전히 난장판이다. 입을 크게 벌린 상자들이 아직 바닥에 그대로 있고, 물건을 싸맸던 종이며 끈들이 방 안 가득 어지럽게 흩어져 있다. 그녀는 몹시 피곤했다. 바로 깨끗하게 치울 엄두가 나지 않았다. 사실 물건은 그리 많지 않지만 그녀가 정리를 잘 못하는 것이다. 그녀는 화가 났고, 이렇게 쓰레기들이 흩어져 있는 꼴을 보고 싶지 않았다. 그래서 다시 또 침대에 누워 버렸다.

시간은 정말 훌쩍 흘러갔다. 벌써 열한시다. 그녀는 자신이 아끼는 물건들을 찾아내고 또 유유자적하게 자기 몸매를 감상하느라 시간이 많이 흘렀다는 것조차 느끼지 못했다. 피곤한 몸으로 침대에 누워 뒤척이면서 그녀는 비로소 외로움을 진하게 느꼈다. 그녀는 왕웨이를 생각했다. 배 안에서 초조하게 도착하기만을 기다릴 때보다 마음이 더 아려왔다. 그녀는 그를 도대체 이해할 수 없었다. 왜 그는 아직도 돌아오지 않는 걸까. 왜 그녀 홀로 이렇게 썰렁한 방에 오래도록 내버려있는 것인지. 그녀는 그가 의심스럽지 않을 수 없었다. 그녀는 그들의 과거를 떠올렸다. 정말 뜨겁고도 달콤했던 시간들이다.

그녀는 젊고 아름답다. 자연스레 수도 없이 많은 남자들의 시선을 한 몸에 받았었다. 그녀는 이런 남녀 교제에 대한 지식도 충분했고 이해도 잘하는 편이다. 그런지라 기꺼이 뭇 남성들의 관심을 흡족하도록 받아들였다. 그런데도 그녀는 어떤 사람도 사랑하지 않았다. 오직 그녀 자신만 사랑했다. 그녀에게 그 빛나는 시간을 부여해 준 것이 자신의 젊음과 아름다움이라는 것을 알고 있기 때문이다. 그녀는 영원히 이 왕좌를 소유하고 싶었고, 어느 누구에게도 속하고 싶지 않았다.

그녀는 소설을 많이 읽었고 영화도 많이 봤다. 그런지라 여자란 결혼하면 바로 끝이라는 것도 벌써 체득하고 있었다. 유순한 주부가 되고, 좋은 엄마가 된다. 남편을 아끼고 아이들을 사랑하면서. 소위 가정의 행복이란 것은 그 밖의 다른 모든 것들을 빼앗긴 후에야 얻는 대가이다. 그뿐인가. 눈 깜짝할 사이에 머리는 하얗게 백발이 되고 마음도 늙는다. 건장한 남편은 밖을 빙빙 돌고 자신은 그저 아내로서의 자비심을 베풀면서 평안하게 할머니가 될 날만을 기다린다. ……이게 무슨 의미가 있단 말인가! 그녀는 원하지 않았다. 그녀는 자신이 누리고 있는, 일종의 자유로운 생활에 만족했다. 집에서는 그녀에게 약간의 돈을 보태주었다. 비록 펑펑 쓸 수 있는 만큼은 아니지만 충분했다. 그녀에겐 많은 남자 친구들이 있었고, 모두들 충실한 신하실이 그녀의 감정 하나하나에 세심하게 신경을 쓰는 사람들이다. 그녀는 오랫동안 이런 생활을 즐기면서 살아왔다. 비록 주위 사람들이 그녀가 많은 연애 경험이 있고 적지 않은 마음의 상처를 받았을 것이라고 여길지는 모르지만, 그녀 자신은 사실 한 번도 마음을 열어본 적이 없다. 그저 얼굴을 더 아름답게 가꾸면서 그녀만의 독특한, 매력적인 자태를 만들어 나갔을 뿐이다. 그녀는 더더욱 사람들의 이목을 끌었다. 그녀는 얼마든지 이런 생활을 계속할 수 있었을 것이며, 이성들의 시선을 쉽사리 잃지는 않을 것이다. 하지만 그녀는 왕웨이의 열정에 넘어가고 말았다. 그녀는 자신의 모든 사고방식을 바꾸었다. 원래 그녀는 남자들의 사랑을 경시한다. 하지만 왕웨이의 일거수일투족은 그 남자의 무시할 수 없는 사랑으로 온통 표출되었고, 이것으로 그녀의 마음은 흔들리기 시작했다. 그녀는 주체할 수 없었지만 또 굴복하고 싶지도 않아 베이핑으로 피해 갔다. 베이핑에는 그녀를 훨씬 더 사랑하는 많은 사람들이 있다. 예전에 그녀는 거기서 아주 만족스러운 나날을 보냈었다. 이번에도 전과 다를 바 없이 사람들을 만나 웃고 즐겼지만 어떻게 해봐도 과묵하고 침착한 한 남자의 그림자를 지울 수는 없었다. 이 남자의 이런 모습은 그녀에게 아주 깊은 인상을 남겼고, 그녀는 진정으로 그와 함께 지내고 싶었다. 그녀가 그에게 남긴 것은 사랑이 아니라 삶에 대한 무한한 희망인 것 같다. 진정한, 그녀가 여태껏 고려해보지 않았던 그런 삶 말이다. 마침 이때, 그녀가 그를 미치도록 그리워하고 있을 때, 그가 마치 전기傳奇에 등장하는 다감한 남자나 영웅처럼 그렇게 그녀 앞에 나타났다. 이것은 그녀의 취향에 절묘하게 딱 들어맞는 것이었고, 그녀는 곧 격앙되어 그의 대담한 애정 표현을 받아들였다. 뿐만 아니라, 그녀는 그와 함께 낭만적이고 꿈같은 생활을 보냄으로써 그의 사랑에 대한 보답을 했다. 그녀는 정말 행복했고 많은 것을 누릴 수 있었다. 하지만 자유로운 생활에 길들여진 그녀는 차츰차츰 자신의 희생이 너무 크다고 생각하기 시작했다. 그녀는 두려웠다. 삶이 너무 평범해질 것이 두려웠고, 엄마가 된다는 게 두려웠고, 친구가 없어질까봐 두려웠다. 한 남자를 위해 심복과 같은 많은 남자들을 잃는다는 게 무가치하게 느껴졌다. 그녀는 왕웨이를 사랑했고, 그 좋은 인상을 오래오래 간직하고 싶었다. 그래서 잠깐 그와 떨어져 있기를 원했다. 그들은 얼마든지 자유로운 애인관계가 될 수 있고, 일생동안 친한 친구로 지낼 수도 있다. 그러나 그녀는 부부가 되기는 싫었다. 유순한 비둘기처럼, 그 둘만 꼭 끌어안고 하나가 되고 싶진 않았다. 그녀는 다시 떠나기로 결정했다. 집에 돌아와 잠깐 머물면서 그녀는 더더욱 가정생활에 대한 혐오감이 밀려왔고, 왕웨이를 떠나야겠다는 용기도 무럭무럭 샘솟았다. 그녀는 결국 약속을 깨고 그 추운 베이핑으로 가버렸다. 그녀는 그곳에서 졸업할 때까지 2년을 살았다. 처음 얼마 동안은 지낼 만했다. 하지만 오래지 않아 다시 왕웨이가 그리워졌다. 왕웨이의 편지는 갈수록 뜸해졌고, 그걸 볼 때마다 불안해졌다. 그녀는 행여 이 사람이 자기를 떠날까 두려웠다. 결국 그녀는 모든 것을 포기하고 상하이로 오기로 했다. 정말 이 남자 없이는 살 수 없었던 것이다. 그녀는 자신의 아둔함을 탓했다. 옛날 생활이 떠올랐다. 아! 그게 바로 사는 것이다. 이건 도대체 뭔가! 그래서 그녀는 떠나온 것이다. 사랑에 대한 열정만을 가득 안고 애인의 품으로 말이다! 이 사람은 그녀의 사랑과 존경을 받았던 사람이고 그녀의 이상형에 딱 들어맞는 다정한 사람이다.

그러나 지금은? 그는 그녀에게 정말로 잘못했다. 어쩌면 그렇게 그녀를 대할 수 있단 말인가. 그녀는 정말 화가 나고 마음이 아팠다. 12시가 되고 1시가 되었다. 그제야 그녀는 계단을 뛰어 올라오는 발자국 소리를 들었다. 왕웨이의 발자국 소리다. 그녀는 돌연 슬퍼졌다. 저도 모르게 눈물이 방울방울 치파오 소매로 흘러내렸다.

4

왕웨이가 조용조용 들어왔다. 그때 그는 모든 문제, 모든 처치곤란한 문제를 다 머리 밖으로 밀쳐버리고, 오로지 인내심만 차곡차곡 챙겨들었다.

　그는 그녀의 상처입은 사랑으로 시달릴 것에 각오했고, 그녀에게 더 다정하게 대하기로 굳게 마음도 다졌다. 오늘 밤 그의 행동이 그녀의 이해를 받기 어렵다는 것도 잘 알고 있다. 최근 그의 인생관의 변화를 그녀가 알지 못하기 때문이다. 하지만 이후론 그녀도 알게 할 생각이다. 그러면 아마도 그를 동정해주고 격려해줄 것이며 그녀 역시 그와 같은 가치관을 갖게 될 것이다. 그는 살그머니 침대 가까이로 다가가 마리를 내려다보았다. 마리는 잠든 양 아무 소리도 내지 않았다. 그는 그녀가 놀라 깰까봐 건드리지 못하고 그냥 곁에 앉아 어지러운 방안을 둘러보았다. 꼭 그의 생각 같다. 너무 많고 너무 어지러워 깔끔하게 정돈하지 못하겠다. 그는 자기 일을 생각하며 한편 마리와 어떻게 살아갈 것인지를 고민했다. 능력도 모자라고 시간도 모자란다. 제일 좋기로는 지금 바로 마리와 이야기가 되어 그녀도 기꺼이 그의 가치관을 긍정해 주고, 그래서 함께 일을 하는 것이다. 그들은 사랑 말고도 시시로 중요한 문제들을 많이 토론해야 할 것이다. 세계경제문제며, 정치문제며 노동자들의 보다 나은 삶을 위한 방법 등을 말이다. 그들의 의견이 엇갈려서 격렬하게 논쟁도 할 것이다. 어쩌면 마리의 생각이 옳을 수도 있다. 그들은 결국 다시 합일점을 찾을 것이다. 어쨌든 그들은 서로 사랑하는 사이니까……그는 다시 고개를 숙여 마리를 바라보았다. 마리는 너무 아름답다. 일종의 오만한 아름다움이다. 그녀의 몸 구석구석이 오로지 쾌락적인 생활과 영양 만점의 좋은 음식들하고만 어울린다는 것을, 지금껏 숨쉬기 좋은 공기에서만 호흡해왔다는 것을 증명해주고 있다. 그녀의 동작 하나하나도 오로지 상류층의 교제 장소에서나 어울릴 뿐이다. 그러면서도 그는 마리가 이런 화려한 옷들을 벗어던지고 수수한 옷을 입는다면, 어쩌면 그녀의 특성이 더 잘 드러나 보일 수도 있겠다는 생각을 한다. 만약 그녀가 거칠고 조야한 것도 마다하지 않는다면 외려 그 안에서 또 다른 형언하기 어려운 미를 뿜어낼 수도 있을 것이다. 그는 다시 한 번 마리를 바라보았다. 마리가 좀 달라보였다. 강인한, 약간은 남성적인 기질을 담고 있으면서도 그녀 본연의 여성스러운 고운 자태를 지닌, 그가 꿈꾸는 여성형이다. 그는 그녀에게 키스하고 싶었지만 그녀가 놀라서 깰까봐 그만두었다. 그는 생각하고 또 생각했다. 어떻게 해도 마리를 떠날 수 없다는 환상. 아, 그런 행복한 환상들은 마리가 아직 죄다 이해하지 못하는 것들이다.

얼마나 시간이 흘렀는지 모르겠다. 그는 피곤에 지쳐 그녀 위에 엎드렸다. 하지만 정신은 맑았다. 그는 자신의 미래가 밝고 충만한 것을 보았다. 그는 사공이 배를 완벽하게 조정할 수 있는 것처럼 자신의 행복을 확신하고 있다. 하지만 그는 잠을 이룰 수가 없었다. 너무 피곤한 탓에 머리가 깨질 듯이 아팠던 것이다. 그는 계속해서 생각하고 생각하면서, 시시때때로 마리에게서 풍겨오는 향내를 맡았다. 그는 흥분되었고, 마리의 몸 안에서 한껏 방자해지고 싶은 욕망이 일었다.

그가 너무나 그녀 가까이 있었기에 그녀는 콩닥거리는 그의 심장 소리를 들을 수 있었다. 그의 거친 호흡은 또 그녀를 간지럽혔다. 그녀는 원래 잠들지 않았지만, 그에게 화가 나 있었기에 아는 채 하고 싶지 않았지만, 더는 참을 수가 없었다. 그래서 좀 떨어져 누우려고 살짝 몸을 돌렸는데, 왕웨이는 그녀가 깬 줄로 생각하고 말을 건넸다.

"일어났어, 마리? 한참을 기다렸어."

그가 팔을 내밀어 그녀를 안으려고 했다. 그녀는 그에게서 비켜나 차가운 목소리로 대꾸했다.

"잠 안 잤어."

그는 그녀의 목소리에서 모든 것을 알아챘다. 그는 사랑스럽게 다시 그녀를 안으려고 했다. 그리고 애원하듯 끊임없이 말을 걸었다.

"마리, 내 말 좀 들어줄래? 당신이 날 오해하고 있다는 걸 알아야 해. 내가 얼마나 가련한지! 넌 이미 나에게 많은 것을 주었어. 네가 이번에 베이핑에서 날 보러 온 것만 해도 충분히 넘치는 일이지. 설령 네가 한 시간만 머물다 간다 해도 내 평생 고마워하고 감격할 거야. 그래서 지금 네가 나한테 얼마나 많은 고통을 주든지, 네가 얼마나 잔인하게 굴든지 다 내가 받아야 할거야. 하지만 마리, 억울해 하지마. 내가 그러는 건 상관없지만, 네가 억울하고 분해서 화가 나 있다는 사실이 날 정말 고통스럽게 해. 네가 나 때문에 화났다는 거 알아. 어쩜 넌 날 의심하고 있을지도 모르지. 너 내 말 좀 들어볼래? 난 진심으로 왜냐 하면……"

"아니, 말할 필요 없어. 난 변명같은 거 듣는 거 별로야. 변명이라는 건 그저 임시변통으로 하는 그럴듯한 말일 뿐이잖아. 너 때문에 화가 난 게 아냐. 너도 네 자유가 있는데, 네 맘대로 네 시간 쓸 수는 있지. 다만 내 자신이 너무 나약해서 화가 날 뿐이지. 사랑을 너무 대단한 것으로 여겼어."

"마리, 난 우리 생활을 엉망으로 만들고 싶지 않아. 행복한 생활을 여는 우리의 첫날밤에 이렇게 말씨름하는 것도 원치 않고. 내가 잘못했어. 하지만 당신도 언젠간 결국 날 이해하게 될 거야. 내가 얼마나 당신을 사랑하는지 정말 나도 모르겠어." 그는 다시 손을 뻗어 그녀를 어루만졌다.

그녀는 아직도 화가 가시지 않았다. 하지만 더 이상 말하고 싶지도 않은지라 그가 하는 대로 내버려 두었다.

그는 천천히 그녀에 대한 자신의 애정을 불어넣기 시작했다. 그는 거침없이 계속해서 그녀에게 달콤한 말을 기꺼이 속삭이고, 때때로 그녀의 몸에 장난도 쳤다. 이것은 가식적인 게 아니라 그가 어떻게 하면 사랑하는 이의 마음을 움직여 그를 더 사랑하도록 만드는지를 알고 있는 것이다. 이건 흔한 방식이지만 충실한 방법이기도 하다. 과연 마리는 얼마 안 되어 방금 있었던 모든 불유쾌함을 다 잊어버렸다. 그녀는 그의 팔에 머리를 기대고 물었다.

"당신이 이렇게 늦게 돌아오니 내가 기다리느라 얼마나 조바심 난 줄 몰라. 늘 이렇게 늦게 와?"

그는 왕왕 그렇다고 했다. 대부분 일 때문이라고. 간혹 일찍 돌아와도 역시 잠을 이루지 못하고, 혼자 방에 있는 게 외롭다고.

그는 시시로 고개를 숙여 마리의 머리칼과 얼굴을 부벼댔다. 마리는 그가 이전보다 훨씬 야위었다고 느꼈다. 그녀는 그의 뺨에 손을 얹고 말했다.

"말랐어, 왕웨이!"

"이제부터 점점 좋아질 거야. 당신이 곁에 있으니까."

그러나 그녀는 그가 더 바빠질 것이고 쉴 시간도 없을 것이라고 생각했다.

두 사람 모두 피곤한 것도 잊고, 끊임없이 이야기를 나누었다. 애들이나 할 것 같은 이야기도 있고, 우스운 이야기도 있었다. 오직 사랑에 빠진 연인들만 이 말들의 의미를 이해할 수 있는 법이다. 그들은 날이 하얗게 밝아올 무렵이 되어서야 서로를 꼭 끌어안고 잠을 청했다. 그리고 애써 정신을 가다듬고자 가만히 누워 있었다.

그들은 서로를 너무 사랑했다. 그는 아직도 그렇게 열정적이고, 그녀는 더 부드럽고 유순했다. 그래서 그들은 아주 행복하고 편안하게 한동안을 지낼 수 있었다.

5

매일 그는 아침에 좀 일찍 일어난다. 한 8시 정도면 일어나 방을 대강 치우고 신문을 본다. 신문에 실린 뉴스거리들은 모두 그의 머릿속에 모아진다. 그는 세계경제에 관한 자료들을 정리할 생각이다. 중국 혁명의 진전 단계에 대한 내용과 통치계층이 차츰 붕괴해가는 현상을 설명한 것들도 수집하고 있는데, 이것들을 가지고 지금 현재 진행되고 있는 정치노선의 적합성 여부를 설명할 생각이다. 그는 또 많은 어용 신문들의 전혀 상반된 보도내용에서 그것의 기만성과 조작의 흔적을 찾아내고자 한다. 그는 〈자림서보字林西報〉*를 가장 좋아한다.

---

* 〈North China Daily News〉를 가리키며. 〈자림보字林報〉라고도 한다. 전신前身은 1850년에 영국인 셰어맨Henry Shearman에 의해 상하이에서 창간된 〈북화첩보北華捷報, North China Herald〉로서, 중국에서 출판된 가장 영향력 있는 영문잡지이자 외국인이 중국에서 출판한 잡지 가운데 가장 오랜 역사를 지닌 영문잡지이다. 1864년에 〈자림서보字林西報〉로 개명하여 발행되었다. 주로 중국 내정에 관련된 언론을 많이 발표했으며, 1951년 3월에 정간되었다.

그 신문에서 보도하는 내용의 정확도는 어떤 대형 신문보다도 확실하며, 그 신속함도 보통 소형일간지를 훨씬 능가한다. 거기다 거기에 실리는 감동적인 이야기들은 중국의 보통 신문에서는 찾아보기 어려운 것들이다. 그들은 조금도 숨김없이 사람을 깜짝 놀라게 하는 뉴스를 대문짝만하게 싣는다. 또한 제국주의의 입장에서 중국 혁명을 토론하고 군벌들에게 또 다른 세력이 일어나 강대해지고 있음을 알려준다. 또한 이들 존재가 결코 보통 생각하는 그런 오합지졸이나 토비같은 무리가 아니라는 것도 일깨워준다. 물론 왕웨이는 이 신문의 논조를 그리 좋아하지는 않는다. 그는 자신을 흥분시킬만한 그런 사실적인 뉴스만을 찾고 있으니까. 왕웨이는 다른 신문도 여러 부 보면서 각종 연설이며 보고문들을 읽는다. 일련의 국제문제, 중국문제, 건설적인 것과 혁명방침에 대한 결의를 비롯해 공장 소식들도 있다. 그뿐 아니라, 그는 때때로 어떤 일에 대한 기획안이나 작업강령 초고를 만들기도 한다. 이럴 때면, 그의 머리는 몇 배로 팽창되는지 모르겠다. 수많은 생각과 건의사항들이 모두 그의 머릿속에서 용솟음친다. 그는 이 모든 것들을 다 머릿속에 새겨 놓고 면밀하고 구체적으로 생각을 정리한 뒤 순서대로 하나하나 문서화해야한다. 이런 작업에 그는 그다지 익숙하지 않다. 석 달 전만 해도 그는 그저 수심 많은 한 글쟁이에 불과하지 않았던가. 만약 시나 그와 비슷한 어떤 것을 쓰라고 한다면, 그는 아마도 대단히 멋스럽고 감동적인 그런 글귀를 만들어낼 것이다.

그가 분주하게 이런 일상적인 작업을 거의 끝마칠 무렵, 그 아름다운 여자는 일어난다. 그녀는 정말 어리광스럽고 게으르기 그지없다.

머리를 산발한 채 누워 왕웨이가 자신의 곁에 없음을 발견하고 새된 목소리로 흥하며 돌아눕는다. 왕웨이는 일을 끝내야하지만 손에 들고 있던 모든 자료들을 내려놓고 그녀 곁으로 다가간다. 포동포동하고 눈부신 흰 팔뚝이 초록색 이불위로 나와 있다. 하얗고 핑크빛이 감도는 수놓아진 예쁜 조끼의 옷깃 사이로 여리여리한 그녀의 가슴이 엿보인다. 달게 잠을 자고 일어난 뒤 떠오른 발그레한 홍조는 그녀의 눈과 입과 코, 그리고 입술의 윤곽을 더 뚜렷하게 그려낸다. 또 그 흐릿하게 감춰진 부분들도 더 선명해진다. 그는 이 아름다운 눈부신 모습에 넋을 잃는다. 때로는 격렬하게 키스를 하기도 한다. 때로는 감히 그녀를 어찌 하지 못하고 그냥 가만히 다정하고 사랑스러운 눈길로 바라보기만 한다. 이럴 때면 그녀는 항상 원망스러우면서도 애교스럽게 아양을 부린다. "또 우수憂愁에 흠뻑 빠지셨구먼."

그러면 그는 말로, 또는 행동으로 표현했고, 때론 행동이 말보다 훨씬 더했다. 그는 이렇게 시종일관 한결같이 그녀를 사랑하고 그녀의 말을 들어준다. 그녀가 그에게 전처럼 그렇게 많은 시간을 함께 해주지 않는다고 간혹 불만을 터뜨리기도 하지만, 그녀 역시 그저 그렇게 그를 이해하고 받아들이는 수밖에 없었다.

그녀는 깨어나서도 잠시 더 침대에 누워 있다가 일어나고 싶어 한다. 그러면 그는 그녀 옆에 있어준다. 이 시간만큼은 서로를 진정으로 향유하는 그 자체이다. 그들은 어떤 것도 개의치 않고 모든 것을 잊은 채 그저 쉼 없이 서로의 입술을 탐하고 달콤한 말을 나눈다. 그녀는 정말 순진하기 이를데 없다!

너무 많이 자서 그녀는 좀 머리가 아팠다. 늘어지게 기지개를 켜고 이불을 개켰다. 일어나려고 하는 것이다. 이불 위로 드러난 하얀 발이 눈이 부시다. 그녀는 부드러운 이불 위를 폴짝폴짝 뛰었다. 그는 더 바빠지기 시작했다. 이리저리 왔다갔다 하면서 그녀가 필요로 하는 자질구레한 물건들을 찾아다 준다. 양말이며 실크 바지며 뭔지 이름도 알 수 없는 여성용품 장신구 같은 것들이다. 그녀는 세수도 하고 옷도 갈아입어야 한다. 당연히 그는 대단히 세심하고 꼼꼼하게 시중을 들어준다. 그녀도 아주 만족스러워한다. 이 온정넘치는 달콤한 노예에게. 물론 그 역시 행복한 노예이리라!

느지막이 그들은 손을 잡고 근처 작은 식당으로 가 밥을 먹는다. 광둥 음식점에 갈 때도 있는데, 그건 그녀가 광둥 음식을 좋아하기 때문이다. 양식당에 갈 때도 있는데, 그건 그녀가 그곳의 쌀쌀하고 소용한 분위기를 좋아하기 때문이다. 이럴 때면 그는 좀 초조해진다. 식당 안의 괘종시계는 왜 이렇게 빨리도 흘러가는지. 그는 그녀와 오랫동안 함께 할 시간이 없다. 날마다 그녀를 혼자 두고 떠날 때면 정말 난감하기 그지없다.

그들이 밥을 먹고 돌아오면 그는 또 분주해진다. 그녀는 그가 또 나가야 할 시간임을 눈치챘다. 황망한 그의 모습이 못마땅한 그녀는 한참 동안 말을 하지 않는다. 그는 좀 늦게 나올 수밖에 없다. 하지만 이것도 결코 유쾌한 일은 아니다. 그는 여전히 미안스러워하며 그녀의 그 냉랭한 얼굴에 키스를 하고 도망치듯 달려 나온다. 그리고선 그가 매일 가는 그곳으로 간다.

지금도 그는 늦었다. 그는 여느 때보다 더 정신없이 바쁘게 문건들을 번역했다. 저쪽 테이블에서 몇몇이 모여앉아 토론하고 있는 문제에 대해서도 들어보고 싶지만 그럴 여유가 없기에 그저 때때로 고개를 돌려 그들을 바라보곤 했다. 그럴 때면 펑페이는 웃음 띤 얼굴로 그에게 말을 건넸다.

"왜, 요즘 무슨 다른 일이 있는 것 같은데, 너무 바쁜 거 아냐? 갈수록 더 피곤해 보이는데."

그는 건성으로 "음"하고 대꾸를 했다. 그는 하루가 다르게 밝아지는 펑페이의 펑퍼짐한 얼굴을 자세히 들여다 볼 시간조차 없었다.

펑페이는 벌써 그 매표원과 친한 친구 사이가 된 것이다.

급히 이곳 일들을 끝내고 그는 또 다른 곳에 가봐야 한다. 그가 가는 곳은 날마다 다르다. 때로는 회의에 참석하러 아주 멀리 가야한다. 이건 시간과 마음과 머리를 필요로 하는 일이다. 수도 없이 많은 문제들이 얼마나 사람의 신경을 갉아대는지 모를 일이다. 사람들의 의견도 늘 제각각인지라 격한 논쟁을 해야 하고 그러다 보면 시간이 길어져 밥 먹을 때나 되어야 끝이 난다. 또 거리가 있다 보니 밥 먹을 시간에 맞춰 돌아오기도 쉽지 않기에, 대부분 마리 혼자 저녁을 먹어야 한다. 저녁에도 거의 일이 생긴다. 그는 최대한 일을 줄여보려고 애쓰지만 어쩔 수 없는 일에 치여 밤 11시에나 집에 돌아온다. 이 모든 것이 죄다 마리를 불안하게 만들었다.

가끔 그가 저녁 시간에 맞춰 집에 돌아오는 것이 마리에겐 가장 기쁜 일이다. 저녁 내내 그녀는 그를 독차지한다. 그녀는 영원히 사랑에 대해 만족하지 못하고 목말라할 그런 여자다. 그녀는 한 번도 가보지 않은 식당을 찾아 이리저리 그를 끌고 다닌다. 좀 큰 식당에 들어갈 때도 있다. 밥을 먹고 나면 등불이 휘황찬란하게 밝혀지고 사람들로 붐비는 복잡한 거리를 구경한다. 심야영화를 상영할 때까지는 시간이 많이 남아 있기 때문이다. 그녀는 왕왕 세심하고 고급스럽게 만들어진 물건들이 진열된 쇼윈도우 앞에 서서 탄성을 지른다.

"와, 저거 정말 좋은 거네!"

이런 것에 대해 조금도 관심이 없는 왕웨이는 그저 웃으며 적당히 응대한다. 간혹 그의 반응이 신통치 않은 것이 불만스러우면 그녀는 눈을 더 크게 뜨고 그에게 반문한다.

"저게 안 좋아? 봐, 얼마나 고급스럽게 잘 만들어졌는지!"

왕웨이는 별수 없이 그녀의 말에 동의한다.

"그래 맞아. 진짜 좋다. 돈 있는 사람들은 정말 맘껏 누릴 수 있다니까. 언젠가 우리가 이거 다 몰수해 버리자!"

그는 단지 그녀가 더 즐겁도록 이렇게 농담 반 우스갯소리를 한다. 그런데 그녀는 외려 성을 내면서 정색을 하며 대꾸한다.

"당신만 그렇게 생각하지. 난 이런 물건들 갖고 싶은 생각은 없어!"

그녀는 입을 삐죽거리면서 기분 상한 표정을 하고 쇼윈도우 앞을 횡하니 떠나 버린다. 이럴 때면 그녀에겐 또 다른 매력이 느껴진다. 어쩜 오만한 황후 같다고나 할까. 때마침 그가 그녀에게 몇 마디 찬사라도 할라치면, 그녀는 금방 아무렇지도 않은 듯 천진하게 웃어 버린다.

그래도 시간이 남을 때, 그녀는 또 큰 가게에 가서 과일을 사려고 한다. 여기 과일은 당연히 좋다. 하지만 비싸다. 그러나 그녀는 돈 몇 푼에 쩔쩔 매는 여자가 아니다. 그녀는 조금도 주저하지 않고 왕웨이에게 계산하라고 한다. 왕웨이는 근래 들어 정말 돈이 궁하다. 왕왕 아주 멀리까지 걸어가서 3등 전차를 타고 다닌다. 그런지라 이런 경우 대부분 그녀의 돈을 쓴다. 그렇게 해도 왕웨이는 너무 낭비하고 있다는 생각을 지울 수 없다. 다만 아무 말도 하지 않고 그녀의 말을 따를 뿐이다.

그들은 마침내 호화로운 영화관에 가서 표를 사고 정교하게 꾸며진 난간 계단을 지나 멋진 안내원이 서 있는 문쪽에서 좌석을 찾아 들어간다. 이럴 때면 그녀는 좋아서 어쩔 줄 몰라 한다. 영화가 꼭 상영되지 않아도 괜찮고, 또 영화가 그녀의 구미에 맞지 않아도 상관없다. 그녀는 그저 돈을 펑펑 쓰는 것으로 자신의 허영심을 만족시킬 뿐이다. 그녀는 지금 상하이에서 가장 고급스러운 유흥장에 와 앉아 있다. 그녀와 멀지 않은 곳에 치장하기 좋아하는 외국 부인네들이 앉아 있다. 간간이 고급스러운 향수 내음이 폴폴 풍겨온다. 그녀는 그들보다 훨씬 아름답고 싸구려화장품을 쓰지도 않았다. 어떤 사람들이 그녀를 쳐다보다 또 왕웨이도 쳐다본다. 왕웨이에게서 남성적인 어떤 매력이 느껴진다. 일종의 흔들리지 않는 강인함과 무시할 수 없는 존엄이 느껴지는 것이다. 그녀는 그의 이 점을 사랑한다.하지만 사실 그가 멋진 것은 아니고, 옷도 항상 남루한 차림으로 다닌다. 매번 그녀가 말해도 여전히 그대로다. 요 몇 년간 그는 새 옷을 맞춰 입은 적이 없다. 지금은 훨씬 더 돈이 없기에 옷을 사 입을 가망성은 더더욱 없다. 그녀가 전에 그에게 멋진 가죽 자켓을 선물하려고 했지만 그가 거절했다. 그는 그런 옷을 입을 필요도 없고 또 옷을 맞추러 갈 시간도 없다고 한 것이다.

영화가 시작되면 어떤 영화든 그녀는 무조건 좋아한다. 그녀는 결코 감동적인 영화를 찾아보러 온 게 아니다. 그녀의 꿈은 이것보다 훨씬 크다. 그녀는 여기서 미국인들의 무슨 사상이니 예술 같은 것을 감상할 필요를 전혀 느끼지 못한다. 은막의 모든 것에 대해 그녀는 잘 알고 있다. 만약 그녀가 무슨 사상이나 예술 같은 것을 원했다면 차라리 책을 볼 거라고 말했을 것이다. 그녀는 오로지 즐기기 위해서 1위안이나 되는 돈을 써가면서 영화를 보러 온 것이다. 8마오는 그 부드러운 의자와 번쩍번쩍 빛나는 난간, 그리고 백조깃털 같은 융막과 감미로운 음악을 즐기는 대가인 것이다. 촌뜨기들만이 오로지 영화 때문에 오는 것이다.

왕웨이는 어떤가. 과거엔 그도 이런 영화에 매료된 적이 있었다. 심심할 때면 찾아오곤 했다. 그가 즐겨 봤던 것은 낭만적이면서도 예상을 뒤엎는 스토리의 희비극과 반쯤 드러낸 아름다운 몸이다. 지금 그는 너무 바쁘다. 이런 것을 한가하게 감상할 여유가 없다. 게다가 아무 의미도 못 느낀다. 몇백 만 원, 몇천 만 원 되는 자본을 써가며 만들었을지라도 그에게 있어서 그건 그저 아무짝에도 쓸모없는, 심지어는 통탄할 만한 것들이기 때문이다. 그건 한낱 사람들을 중독시킬 뿐이고, 사회에 좋지 않은 영향을 끼칠 뿐이다. 자기와 같은 사람들은 절대 즐길 게 아니며, 그저 자본자와 그들의 부인네, 그리고 그의 딸들이 누리는 사치품일 뿐이다! 그럼에도 그는 마리를 위해, 그가 사랑하는 사람을 위해 참고 있다. 항상 그녀를 혼자 내버려두고 다니는 일을 생각하면서, 그는 그녀의 즐거움을 위해, 이런 곳에서 그가 굴욕받는 것으로 보상해 주는 셈 치고자 하는 것이다.

밤늦게까지 실컷 놀다가 집에 돌아가도, 마리는 더 놀고 싶어 한다. 하지만 피곤해서 곧 죽을 것만 같은 왕웨이를 보고 어쩔 수 없이 여흥을 접곤 한다. 왕웨이는 정말이지 너무 곤하다. 눈은 붉게 충혈되고 머리는 터질 것처럼 아픈데다, 온몸의 뼈마디는 죄다 욱신거린다. 집에 도착하자마자 그는 항상 골아 떨어져 버린다. 마리는 이 점이 늘 아쉬웠다.

6

이렇게 지내는 것도 그럭저럭 즐겁다고 할 만하다. 그러나 시간이 지날수록 배겨낼 수가 없었다. 왕웨이는 너무 피곤했다. 그는 한 번도 충분한 수면을 취해본 적이 없었다. 반면 마리는 너무 할일이 없다. 외로움 때문에 그녀는 번민했고 왕웨이에게 자주 이런 말을 했다.

"옛날이 훨씬 좋았어. 어떻게 해야 당신을 내게로 돌아오게 만들어서 영원히 나만 바라보게 할 수 있을까. 하지만 내 생각에 이것은 그저 여자들의 환상에 불과할 뿐이야. 아, 왕웨이! 내가 내 나약함, 여자들의 그 나약함을 생각하면 정말로 남자들이 싫어져."

왕웨이는 그들이 어떤 점에서 맞지 않는지를 안다. 마리가 만약 촌부이거나 여공이거나 학생이라면 그들은 아주 잘 지낼 것이다. 그들은 비슷한 사상과 인생관을 지니고서, 그의 가르침에 따라 그녀 역시 잘 따를 것이기 때문이다. 하지만 마리는 근본적으로 자산계급 출신이다. 그녀는 한 번도 어려움을 겪어본 적이 없다. 거기다 그녀의 총명함이 그녀를 더더욱 오만하게 만들었고, 그녀의 학식은 외려 그녀의 처세 방식이나 극도의 향락적 태도를 굳어지게 했다. 그녀는 자신만을 믿을 뿐 다른 사람에게 굴복하지 않는다. 때로는 더 완강하고 고집쟁이가 되기도 한다. 왕웨이는 그들 사이의 위기가 마치 세계경제의 위기처럼 그렇게 눈앞에 펼쳐져 있는 것을 본다. 그래도 그는 마리를 사랑한다. 마리는 조금도 흠이 없는 아름다움을 지니고 있다. 뿐만 아니라 그녀는 총명하고 수완도 좋으며 대범하기까지 하다. 그녀의 약점이라면 그녀가 처한 환경이 너무 좋다는 것이다. 그녀는 그저 환상이나 미몽 속에서 헤맬 뿐 현실과 부딪히려고 하지 않는다. 현실세계의 일들은 너무 귀찮고 힘들기 때문이다. 그녀가 보기에 그것들은 아름답지도 않고 천하다. 자기 나이도 벌써 스무 살이다. 그녀에게 있어 가장 중요한 일은 그녀의 젊음을 유지시키는 일이다. 이런저런 일들로 자신의 청춘을 빼앗기고 싶어하지 않는다. 왕웨이는 이 모든 것을 잘 알고 있다. 그래서 어떻게 해서라도 그녀를 구해낼 방도를 찾았다. 그 방법들이 다소 허술하면 그녀는 바로 알아채고 그를 비웃었다.

"어쨌든, 왕웨이! 헛수고야. 마리가 만약 혁명사업에 참여하려고 했다면 벌써 참여했을 거야. 내게 기회가 적지 않았다는 걸 당신도 알아야지. 지금 난 이런 일들이 조금은 귀찮고 싫어. 그러니 당신도 날 설득하려고 들지 마. 또 당신도 여기까지 얘기하고 다음에 또 기회를 보자, 분명 마리가 받아들일 거야라고 생각하지 마. 아, 이런 건 쓸데없는 짓이야. 진지하게 말하자면, 그냥 내버려두는 게 더 낫기 때문이지."

그녀의 말이 옳다. 그녀는 정말 이런 일들을 귀찮아한다. 이제껏 왕웨이와 그의 일에 대해서 이야기한 적도 없고, 그가 가지고 온 신문이나 책들도 보지 않았다. 그녀의 관심사는 오로지 그녀 자신에만 쏠려있다. 신문을 봐도 무슨 여학생들이나 황후에 관한 기사들, 운동선수와 영화배우들이며 일류기생들에 대한 이야기들뿐이다. 왕웨이는 그녀의 이런 모습을 싫어한다. 그래서 간혹 참다못하면 몇 마디를 하곤 했다.

"마리! 당신의 이런 취향 말이야 그다지 교양 있어 보이지 않아. 예전엔 이렇지 않았잖아."

그럴 때면 마리는 꼭 이런 말로 대꾸한다.

"당신이 집에 있기만 한다면 나도 이런 것들 보지 않아. 난 정말 너무 외롭다고. 소일거리가 필요해. 하지만 당신 책들은 소일거리가 아니잖아."

"그럼 당신도 나랑 같이 밖으로 나가면 되잖아. 어때? 그냥 한 번 노는 거랑 마찬가지라고 생각하고."

마리는 입을 삐죽거리고 만다.

이런 일이 몇 번씩 반복되면서 마침내 마리도 마음이 조금 움직였다. 그녀는 정말 너무 외로웠던 것이다. 그래서 어느 날 왕웨이는 그녀를 데리고 그리 중요하지 않은 회의에 참석했다.

점심을 먹은 뒤 그녀는 아주 정성껏 화장을 하기 시작했다. 그녀는 회의에 오는 사람들이 틀림없이 왕웨이보다도 더 남루한 차림일 거라고 생각했다. 그들은 몹시 가난한 사람들이라고 들었기 때문이다. 그녀는 결코 거만함을 부리거나 과시할 생각은 아니었다. 다만 그들을 놀라게 하고 싶었다. 그녀의 아름다움 때문에 다들 깜짝 놀라기를 바랐다. 그것으로 그들 혁명한다는 사람들을 혼란스럽게 만들 생각이었다. 그녀는 자신의 이런 낭만적인 계획이 아주 즐거웠고, 이 계획이 순조롭게 실행될 것에 신바람이 났다.

이리저리 거울을 비춰보면서 그녀는 아주 만족했다. 그녀는 앉아서 기다렸다. 마음이 조급했다. 3시가 다 되어서야 왕웨이가 헐떡거리며 그녀를 데리러 왔다. 그녀는 한 번 더 거울을 비춰보고 싶었고, 왕웨이로부터 그녀의 모습에 대한 찬사를 듣고 싶었지만 시간이 없었다. 왕웨이는 그녀가 이미 옷을 다 입고 기다리고 있는 것을 보면서 그저 신이 나서 말했다.

"정말 좋은데. 난 또 당신이 아직 준비가 덜 되어 있을 줄 알았어. 좋아. 가자. 나 또 늦었네."

정말로 좀 늦었다. 벌써 어떤 일을 진행하기 위한 방책과 순서를 토론하고 있었다. 때문에 사람들은 이 지각생들에게 어떤 환영의 표시도 하지 않고 그저 눈빛만 한 번씩 교환한 뒤 하던 토론을 계속했다. 왕웨이는 마리를 데리고 탁자 한쪽 구석에 가 앉았다. 자그마한 목소리가 들렸다.

"왕웨이, 이 자식! 자꾸 회의에 지각하면 언젠가는 벌 받을 껴!"

아무도 그녀를 주목하지 않았다. 간혹 한두 명의 눈빛이 간혹 그녀의 얼굴을 스쳐 지나갔다. 이것은 결코 유쾌한 느낌은 아니었다.

그녀는 이곳 사람들을 관찰했다. 대략 7, 8명쯤 되나, 베이지 창파오長袍: 중국식 긴 옷를 입은 사람이 두 명 있고, 나머지는 다 양복을 입고 있었다. 다들 젊은 사람들이었는데, 그 가운데 두 명은 또 부랑아같이 생겼다. 그러나 다들 공통점이 있었다. 하나같이 생기와 활력이 넘쳐 흐르는 얼굴을 하고 있는 점이다. 그녀는 유독 자기만 이렇게 생기가 없어 보이는 것을 진즉 알아차렸다.

그녀는 어떤가. 그녀도 왕왕 흥분한다. 하지만 이것은 어떤 종류의 흥분인가! 삶에 대한 진취적인 맛이라곤 전혀 없는, 오로지 방탕하고 음란한, 일종의 육체적인 쾌락의 추구와 그에 대한 향유로 가득하다. 그것도 어떤 상황에서는 사람을 매혹시킨다. 하지만 이런 곳에서 그것은 얼마나 추하고 천박해 보이는지! 그녀는 막연하게나마 이런 사실을 깨닫게 되자 말로 형언하기 어려운 불쾌감에 기분이 상했다.

이때 왕웨이는 마치 그녀의 존재를 깡그리 잊은 것 같았다. 그는 더 심각해보였고, 의견도 가장 많이 내면서도 요점만 추려서 했다. 그는 그녀를 아는 척 하지도 않았고 그녀를 쳐다보지도 않았다. 그녀는 몇 번이나 그의 팔꿈치를 툭툭 치면서 불편하다는 뜻을 표현했지만 그는 조금도 알아차리지 못하고, 오히려 그녀에게서 좀 떨어져 앉았다. 그녀는 점점 그런 그가 원망스럽고 야속했다. 갈수록 무료해졌다. 그녀는 그들이 말하는 것들이 귀에 들어오지 않았다. 그건 다 그녀와 무관하다. 이유 없이 그녀는 그들이 싫어졌다. 오직 이곳을 나가고 싶은 생각뿐이었으나 왕웨이와 말할 기회조차 좀처럼 찾아오지 않았다. 시간은 흘러 다섯 시가 되고 여섯 시가 되었다. 밖이 어둑어둑해졌다. 보아하니 쉽게 끝날 것 같지 않았다. 그녀는 앉아 있느라 이미 온몸이 다 욱신거렸고, 그저 확 한번 성질을 부려야만 살 것 같았다. 결국 그녀는 결연하게 일어섰다. 왕웨이가 그제야 그녀에게 물었다.

"왜?"

그녀는 오만하게 대꾸했다.

"나 일이 좀 있어서 먼저 가야겠어."

"좋아, 나도 조금 있으면 끝나."

왕웨이는 잠깐 일어나서 그녀에게 빨간색 핸드백을 건네주었다. 그녀가 들고 가야하는 것을 잊은 것이다.

이때 모두들 그녀를 바라보면서 눈으로 배웅했지만, 경탄이나 애모의 눈빛은 전혀 없었다.

그녀는 거만하게 일부러 귀부인티를 내며 걸어 나갔다.

회의는 조금도 방해받지 않고 계속되어 7시 반에야 끝이 났다. 왕웨이가 모자를 집어 들고 막 나가려고 하는 순간 금방 사회를 맡았던 수인叔茵이 그를 불렀다.

"저녁에 일 있어?"

그는 잠시 생각하더니 없다고 대답했다.

"우리 함께 저녁이나 먹지."

수인이 이렇게 말하면서 주머니에서 1위안을 꺼내 그에게 보여주었다.

순간 마리가 생각났다. 그래서 집에 가야겠다고 했다.

"시간이 부족할걸. 여기서 자네 집까지 적어도 한 시간은 걸릴 건데, 혹시 그 여자가 기다리고 있을까봐 그러나?"

그는 조금 주저했다.

수인이 계속 말을 이었다.

"모임에 소개할 여자가 있다고 하더니 오늘 온 그 여자야?"

"응, 그녀는 일할 능력이 충분해. 나도 그녀가 그러길 원하고."

수인은 살짝 눈살을 찌푸리더니 낮은 소리로 말했다.

"내 생각엔, 왕웨이! 안될 것 같아! 그녀는 선입견을 갖고 있어."

왕웨이의 안색이 어두워지면서 고개를 끄덕였다.

"그 고통의 순간이 오는 게 가장 두려워. 그 고통은 마리가 견뎌낼 수 있는 게 아니니까. 지금에야 그걸 알겠어, 그녀가 이미 많이 참아왔다는 걸."

그는 어쨌든 집에 가서 밥을 먹기로 했다. 한참을 기다렸지만 그녀는 돌아오지 않았다. 얼마나 참기 어려운 시간인가! 그는 마리가 자주 그를 이렇게 기다렸을 것이라고 생각하자 그녀가 가여워졌다. 그녀가 돌아오면 좀 더 많이 따뜻하게 대해줘야겠다고 생각하면서 그녀를 기다렸다.

7

12시가 되었다. 피로에 지친 왕웨이가 거의 잠이 들 무렵, 또각또각 계단을 올라오는 하이힐 소리가 들렸다. 왕웨이는 불안한 마음으로 일어나 그녀를 맞을 준비를 했다. 전등불 아래로, 그녀의 얼굴 어디에도 불쾌한 흔적이라곤 찾아볼 수 없었다. 그녀는 즐거운 듯 큰소리로 소리쳤다.

"아직까지 안 잤어? 정말 미안해. 오래 기다리게 했네!"

왕웨이는 비로소 마음이 놓여 그녀에게 물었다.

"마리, 어디 갔다 온 거야?"

"알 필요 없어. 당신과 상관없으니까. 내가 언제 당신한테 물어본 적 있어?"

"하지만……" 왕웨이는 그녀에게 다가가 가여운 얼굴로 다시 말을 이었다.

"아, 마리, 당신 나 때문에 화났어?"

"아니" 마리는 짧게 대꾸하면서 그에게 키스를 했다.

"그렇지만, 마리, 내게 말해줘야지."

마리는 유쾌하게 웃고만 있었다. 그녀는 그의 얼굴이 고통으로 일그러진 것을 보면서 자기가 이겼다는 기쁨을 감추지 못했다. 그녀는 이미 그에게 복수해야 한다는 그런 잔혹한 마음이 일고 있었던 것이다. 그를 고통스럽게 만들 작정이다. 그가 그녀를 냉대했기 때문이다. 이것은 그런 열정적인 여자가 참아낼 수 있는 것이 아니니까!

그녀는 회의실에서의 매순간을 영원히 잊지 못할 것이다. 그때 그녀는 존재하지 않았다. 특히 왕웨이의 마음속에 그녀는 없었다. 그토록 가까이에 그녀가 앉아 있었지만 어떻게 그는 몇 시간 동안이나 그녀를 쳐다볼 생각도 하지 않는지. 그녀가 그런 분위기에 익숙하지 못하다는 사실을 분명히 알고 있으면서도 말이다. 거기다 그녀가 가겠다고 했을 때도 그는 배웅조차하지 않았고, 몇 마디 말도 하지 않았다. 자존심이 강한 여성에게 이건 일종의 학대다. 그때 마리는 회의장 문을 걸어 나오면서 거의 눈물이 쏟아질 뻔했다. 그녀는 왕웨이를 증오했고 그곳에 있는 사람들을 증오했고, 그 무슨 회의라는 것도 증오했다! 그녀는 거기에 몇 시간이나 앉아 수많은 이야기들을 들었지만, 그녀가 탄복할 만한 이야기는 아무것도 없었다! 하루 종일 앉아 무슨 토론이나 하고 그것을 혁명 사업이라고 하다니 정말 실망스럽기 그지없었다. 그녀가 혁명을 하지 않겠다는 것이 아니다. 힘든 노동을 하지 못하겠다는 것도 아니다. 다만, 그녀가 혁명을 한다면 그냥 그렇게 앉아서 토론이나 하면서 혁명을 한다고 하지는 않을 것이다!

물론 이런 생각은 그녀의 허영심의 발로이다. 하지만 이제 왕웨이에 대한 그녀의 경애심은 없다. 그가 하는 일이 우습게 보였기 때문이다. 전혀 얼토당토않은 적대감으로 그녀는 그의 일을 멸시했다. 거기다 그가 그녀를 떠나 있는 것도 더는 참기 힘든 일이 되었다. 예전에 그녀는 모든 걸 이해하고 받아들였다. 그를 사랑했기 때문이다. 그녀는 그의 일에 간섭하지 않으려 했고, 그의 뜻을 존중해주었다. 지금은 분명하게 알게 되었다. 그녀가 그를 자신에게로 되돌리려고 한다면, 그는 그녀 외에 다른 것이 있어서는 안된다는 사실을. 만약 그가 그녀의 뜻을 따르려 들지 않는다면 그녀는 그를 고통스럽게 만들 수밖에 없다. 그녀가 그에게 베푼 사랑을 보답해주지 않은 것에 대한 응분의 대가인 것이다. 먼저 그녀 혼자 밤늦게까지 돌아다니면서 집에서 불안하게 기다릴 때의 심정이 어떤지 그에게 맛보게 해줘야겠다고 결심했다. 그래서 그녀는 혼자 식당에 가서 밥을 먹었다. 식당은 쌍쌍이 혹은 무리지어 나온 젊은이들로 가득했다. 그녀만이 혼자 외톨박이였다. 많은 사람들이 의혹의 눈빛으로 그녀를 바라보았다. 그녀도 마음이 상해 자꾸만 왕웨이를 떠올렸다. 하지만, 오래지 않아 맞은편 좌석에서 경이와 반가움으로 그녀를 부르는 목소리가 들렸다.

"어, 마리, 너였구나!"

그녀는 고개를 들었다. 늘씬한 몸매에 양장을 차려입은 한 여자가 달려왔다. 그녀도 반가움에 심장이 쿵쾅거렸다.

"아! 모란茉蘭!"

둘은 손을 꼭 쥐며 악수하면서 서로를 바라보았다. 한참 뒤에야 모란이 의아하다는 듯이 물었다.

"혼자 왔어?"

그녀는 조금 부끄럽기도 한지라, 원래는 친구랑 왔는데 그 친구가 일이 있어 먼저 가는 바람에 혼자 남게 되었다고 변명하듯 꾸며댔다.

"아, 혼자 있으면 너무 심심하잖아. 우리랑 합석해."

마리는 거절하고 싶었지만 모란이 이미 흰옷을 입은 웨이터를 부른 다음이었다. 어쩔 수없이 그녀는 모란을 따라 맞은편 자리로 갔다. 거기엔 남자 두 명과 여자 한 명이 더 있었다. 모란이 그녀에게 소개를 해주었다. 그들은 하나같이 예쁘고 세련된 차림이었다. 그런데도 왕웨이보다 잘 생겨 보이지 않았나. 왕웨이는 일종의 고상한 빛이 있다. 그래도 그녀는 점차 기운이 났다. 그들의 눈빛이 시시로 그녀에게 머물렀기 때문이다. 모란도 반은 아첨하듯, 반은 진심에서 그녀를 칭찬했다.

"와, 우리 한 일 년 못 봤지, 마리, 넌 어떻게 더 예뻐졌구나."

다들 그녀의 정성껏 치장한 차림새에 눈을 뗄 줄 몰랐다. 사람들의 찬사를 얻기 위해 그녀가 몇 시간동안이나 공을 들여 꾸민 모양새다.

그녀와 모란은 전부터 아주 친한 친구였다. 마침 그녀가 외로움을 느끼고 있는 이때에 다시 만났으니 얼마나 반갑겠는가. 그런지라 가끔은 왕웨이가 마음에 걸리긴 했지만 그녀는 아주 즐겁게 이날 저녁을 먹었다.

모란은 그녀가 살고 있는 집에 가보고 싶어 했다. 하지만 그녀는 바로 집에 돌아가고 싶지 않았기에 모란에게 영화를 보여주겠다고 했다. 모란 역시 놀기를 좋아하는 아가씨인지라 좋다고 했다. 그녀는 일부러 좀 멀리 있는 곳으로 갔다. 돌아오는 시간이 더 늦어지도록, 그래서 왕웨이가 좀 더 많이 기다리도록 하기 위해서다.

　모든 게 다 그녀가 원하는 대로 진행되었다. 왕웨이는 몹시 걱정하면서 그녀를 기다렸다. 자세히 살펴볼 필요도 없이 이쯤이면 그녀가 대단히 만족스러워 해도 되겠지 싶었다. 나중엔 왕웨이가 자꾸 캐물어서 별수 없이 어디어디를 갔었는지 이실직고했지만 말이다. 그러나 그녀는 모란에 대해서는 일언반구도 내비치지 않았다. 그는 그녀 때문에 안타까워했고, 앞으론 그녀와 함께 놀러 다니겠다고 약속했다. 혼자서 너무 쓸쓸했고, 마리도 너무 가여웠기 때문이다. 그러나 마리는 더 이상 말하지 않았다. 혼자건 둘이건 그녀에게 있어서는 매 한가지로 보였다. 그녀는 길게 기지개를 켜면서 하품을 하더니 옷을 침대 위에 벗어 던지고 편안하게 잠자리에 들었다.

　다음날 평소와 똑같은 하루가 시작되었다. 왕웨이는 잠이 부족한 대도 그냥 일어났다. 마리도 따라서 깼다. 그녀는 조금도 머뭇거리지 않고 벌떡 일어났다. 그녀는 왕웨이 혼자 힘들게 청소하는 것을 본체만체 내버려 두고, 자신을 치장하는 데만 온 신경을 집중했다. 왕웨이는 몇 번이나 그녀에게 물었다.

　"마리, 웬일로 이렇게 일찍 일어났어?"

　"잠이 안 와." 그녀는 아무 감정 없이 대꾸했다.

　열시 반이 되자 그녀는 치장을 마치고 왕웨이에게 물었다.

　"우리 좀 일찍 밥 먹으면 어때?"

　"안 될 것도 없지, 가자!" 그는 마음이 좀 언짢았다. 오늘 아침에 해야 할 일을 그녀로 인해 다 마치지 못했기 때문이다.

두 사람은 함께 나가 밥을 먹었다. 꼭 말할 필요가 없는 것처럼 두 사람은 거의 말이 없었다. 돌아오는 길에, 마리가 그에게 웃으며 말을 건넸다.

"내 생각에 우리 둘 다 돌아갈 필요는 없을 것 같은데. 넌 네 일 하러 가. 할 일이 무지 많을 지도 모르잖아. 나도 친구 만나러 갈 거야. 오랫동안 만나지 못한 친구야."

그녀는 "잘 가"라는 눈인사를 보내고서 바로 집과는 반대 방향으로 급히 가버렸다. 왕웨이가 그녀를 쫓아가 물어보니 그녀는 아주 결연한 태도로 화가 난 듯 대꾸했다.

"왜 내 일에 상관하는 거야?"

왕웨이는 다시 물어보고 싶었고 그녀와 몇 마디 말을 더 나누고 싶었다. 그러나 그녀는 아주 재빨리 인력거를 부르더니 숨 돌릴 틈도 없이 올라타 버렸다. 멍하니 그녀의 뒷모습을 바라보다 그는 힘없이 집으로 돌아왔다. 집안은 엉망진창이었다. 모든 게 다 뒤죽박죽이고 눈에 띄는 곳은 다 그녀가 아무렇게나 벗어 던진 옷이며 양말뿐이었다. 세수 대야에도 더러운 물이 그대로 담겨져 있었다. 화장품의 기름기 찌꺼기가 그 위에 떠 있었다. 그는 본래 남은 이 시간에 일을 좀 더 할 요량이었다. 하지만 머릿속이 온통 마리에 대한 생각으로 어지러워 일이 손에 잡히지 않았다. 그는 마리를 증오하지 않았다. 그냥 그녀가 안쓰러울 따름이었다. 그녀가 이렇게 훌쩍 나가버리는 것은 분명 아직도 그에 대한 화가 안 풀렸다는 뜻이리라. 비록 그녀가 그렇게 냉담한 척 아무렇지도 않은 척 하지만 무척이나 마음이 아플 것이다. 그는 침대에 누웠다. 침대엔 아직도 그녀의 향기가 가시지 않았다. 거기서 그는 그녀에 대한 모든 것을, 그녀의 앞날을 생각해 보았다. 그녀는 그렇게도 총명하다. 그는 그녀와 헤어지고 싶지 않았다. 그녀와 함께 손을 잡고 같은 길을 가고 싶었다. 그는 마리가 시대를 따라 변화하기를 바랐다. 그녀가 더 이상 시간을 허투루 보내서는 안 된다. 그리고 그 역시 너무도 그녀와 함께 하는 생활을 원하고 있다.

8

이후로 마리는 자주 집을 비웠다. 그녀는 모란을 찾아가 어울렸다. 또 전에 알고 지내던 다른 여자들도 많았다. 그녀는 그와 함께 하지 못하는 것에 대해 그렇게 외롭다고 느끼진 않았지만, 여전히 그를 사랑했고 그래서 문득문득 힘이 들었다. 왕웨이도 번민했다. 그는 그녀보다 더 분명하게 사태를 파악하고 있었다. 만약 어느 날엔가 마리가 그를 떠난다면 그는 틀림없이 마음이 아플 것이다. 그러나 마리는 더 힘들 것이다. 왜냐면 그는 너무나도 바쁘고 더 바쁠 수도 있으니까. 그가 굳게 믿는 것은 여전히 존재하고 있으며 그의 사상은 여자가 그를 떠나느냐 마느냐로 바뀌지 않을 것이다. 비록 그 순간은 마음이 몹시 아리겠지만 그는 틀림없이 다른 어떤 역량으로, 또 이성적으로 사랑이 남기고간 아픈 흔적을 지워갈 것이다. 하지만 마리, 환상을 좋아하고 즐거움을 탐하는 이 여자는 과연 그럴 수 있을까. 그녀는 틀림없이 스스로를 이겨내지 못할 것이며 어쩌면 슬픔과 고통으로 자멸할지도 모른다. 그녀의 모든 점을 고려해 보고서, 그는 오직 그녀를 위해, 그녀가 돌아오게끔 만들어야만 했다. 하지만 기회가 없었다. 마리는 매일 밤 대단히 늦게야 돌아왔다. 때때로 그가 먼저 잠이 들어버리기도 했다. 아침에도 그녀는 그보다 더 일찍 일어났다. 그녀는 정말 냉담했다. 그가 뭔가 다정한 말이라도 건넬라치면 그녀는 어떻게 해서라도 그것을 막았다. 그녀에게 선의를 갖고 있다 해도 그 역시 시간에 쫓기는 사람이라 어떻게 그녀에게만 온통 마음을 쏟을 수 있겠는가. 어느 날 밤, 그가 막 이불을 펴고 잠자리에 들려는 순간 마리가 돌아왔다. 마리는 술을 좀 많이 마신 것 같았다. 얼굴이 발그레했다. 그는 자신도 모르게 그녀의 아름다움을 칭송했다.

"마리, 거울 한 번 비춰 봐. 아, 당신 정말 예뻐!"

예전 같으면 그의 이런 말 한마디에 그녀는 무척 기뻐했을 것이며, 더 매혹적인 웃음으로 답했을 것이다. 하지만 지금 그녀는 냉랭하게 대꾸할 뿐이다.

"헛소리 하지 마!"

그녀는 마치 이기주의자인양 입을 앙다물고 잠자리에 들었다. 왕웨이가 그녀 곁에 누워 있었지만 그녀는 차갑기만 했다. 왕웨이는 과거 그들의 열정과 사랑을 떠올리면서 저도 모르게 탄식했다.

"왜 이렇게 한숨을 쉬어? 당신 때문에 잠들려다가 깼잖아!"

"우리 둘의 과거가 떠올라서……"

"과거는 과거일 뿐이야! 뭘 더 생각할 게 있다고!"

"그때가 얼마나 달콤했던 시간인데! 그런데 지금은, 난 차마 말도 못 하겠어. 마리, 당신 정말 날 너무 힘들게 해!"

마리는 외려 화가 치밀었다. 그녀에게서 보기 드문, 너무 흉포해서 겁이 나는 그런 태도로 큰 소리를 쳤다.

"내가 당신을 힘들게 했다고? 흥, 웃기고 있네! 네가 날 힘들게 하고 있는 거지! 넌 뭐가 그렇게 힘든데? 낮엔 너 '일'하러 가잖아. 넌 수많은 동지들이 있고! 희망도 있지! 밤늦게 집에 돌아오면 쉬잖아. 게다가 넌 여자도 있어. 넌 내 허락 없이도 나한테 키스하잖아! 그렇지만 나는, 나는 아무 것도 없어. 하루 종일 하릴없이 보낼 뿐이야. 무료함! 고독! 사랑을 잃은 것에 대한 회한! 이게 내가 가진 전부야! 그렇지만 난 참아왔고 네 옆에 있어왔고, 네 피곤함을 달래는 소일거리가 되었지. 그렇다고 원망하는 말 한 마디 안 했어. 그런데 지금, 흥, 네가 오히려 한숨을 내쉬고 날 원망까지……"

분노가 그녀의 마지막 말을 삼켰다. 그녀는 분노로 바들바들 떨고 있었다.

왕웨이도 얼토당토않은 그녀의 말에 불끈 화를 내려고 했다. 그러나 그녀가 정신병자처럼 히스테리를 부리는 것을 보자 그냥 참을 수밖에 없었다.

"아, 이러지 마! 이러지 말라고!"

마리는 한참 동안 아무 말도 하지 않았다. 이불을 머리끝까지 뒤집어쓰고 자는 것 같았다. 한참 뒤에, 왕웨이는 이불 속에서 자그마하게 흐느끼는 소리가 새어나오는 것을 들었다. 그는 그만 그녀를 자기 쪽으로 끌어당겼다. 그러면서 행여 그녀가 거부할까봐 두려웠다. 마리는 그를 거들떠보지는 않으면서도 그가 하는 대로 내버려두었다. 우느라고 지쳐버린 것이다. 그는 살그머니 그녀를 안고 부드러운 목소리로 달랬다.

"그래, 내가 잘못했어. 나도 알아. 당신이 날 용서해 줘, 마리! 제발 그만 울어! 내 소중한 당신 그 눈이 눈물로 다 짓물러 버리겠어!"

마리는 그의 말은 들은 체도 않고 계속 훌쩍거렸다.

그는 어찌할 도리가 없었다. 그저 인내심을 갖고 기다리면서, 그는 계속에서 잘못했다고 빌었다. 자신을 질책하고 우습기 짝이 없는 맹세도 했다. 그녀는 여전히 눈물을 흘렸고 그는 마음이 찢겨나가듯 아팠다. 그들이 알게 된 이래 그들은 언제고 사이좋게 잘 지내왔다. 이제 그 사이에 틈이 생기기 시작한 것이다. 마리는 또 이렇게 고통스러워하고 있다. 이 모든 것이 되돌릴 수 없는 사실이다! 아, 어쩌면 그들 관계는 다시 회복되지 못할 수도 있다. 어쩌면 지금, 마리는 그를 떠날 수도 있다. 그는 괴로워서 눈물을 떨구었다. 몇 년 만에 처음 흘리는 눈물이다.

눈물이 마리의 얼굴로 떨어지면서 그녀의 마음을 세차게 흔들었다. 그녀는 마음이 약해지기 시작했다. 그녀는 손으로 그의 얼굴을 닦아 주었다. 얼굴이 눈물로 젖어 있었다. 뼈가 드러난 양 볼이 더더욱 그녀 마음을 안타깝게 했다. 그녀는 소리 내어 울었다.

그는 그녀를 꼭 껴안았다. 그리고 눈물로 젖은 얼굴을 더 축축하게 젖은 그녀의 얼굴에 부벼댔다.

"마리! 난 당신을 사랑해!"

그녀는 그의 키스를 거부하지 않았을 뿐 아니라, 그를 껴안고서 말했다.

"영원히 당신을 사랑할 거야, 왕웨이!"

그래서 그들 둘 사이에 가로막혀 있던 벽이 걷혔다. 마리의 마음속에 타오르던 복수심도 사그러들었다. 그녀는 그의 품에 안겨서 그녀의 고통을 하나하나 털어놓았다. 그는 그의 소망을 얘기했다. 마리는 그가 자신을 많이 사랑하고 있음을 느꼈고 행복했다. 그도 기뻤다. 그녀에게 고백할 기회를 얻었기 때문이다. 게다가 이 여자는 그를 믿고 있다. 그는 그녀의 신앙이다. 그는 머지않아 그녀가 상상하는 대로 될 것만 같았다. 여자들이란 결국 이렇다. 이성적으로 설복하기보다는 사랑으로 감화시키는 게 훨씬 낫다. 이건 그가 바라는 바는 아니다. 외려 그 반대를 원한다. 하지만 마리는 이러하다. 그도 결국에는 상당히 만족했다. 이렇게 해서 그가 그녀를 사랑한다는 것을 증명했기 때문이다.

두 사람은 아주 부드럽게, 슬픔이 지나간 뒤 찾아오는 그런 다정함으로 서로를 꼭 껴안고서 밤새도록 이야기를 나누었다. 그리고 다음날 오전 내내 잠을 잤다.

9

오후에 그는 이런저런 방법을 다 동원하여 일찍 집으로 돌아왔다. 마리는 피곤해서 그때까지도 일어나 있지 않았다. 눈꺼풀이 좀 부어오른데다가 얼굴도 창백해서 환자 같았다. 그녀의 이런 쇠약해 보이는 모습은 한층 더 사랑스럽고도 가련했다. 그는 다가가 그녀의 손을 꼭 쥐었다. 손에 힘이 하나도 없었다. 그녀는 힘없이 물었다.

"어떻게 이렇게 금방 돌아왔어?"

그는 웃으면서 대꾸했다.

"파업했지 뭐."

그녀는 기뻤지만 외려 이렇게 말했다.

"다음부턴 이러지 마. 네가 이러는 거 싫어."

한동안 왕웨이는 일찍 돌아왔고, 밤에도 나가지 않았다. 그는 사람들에게 아프다고 얘기했고, 사람들은 다 그의 말을 믿었다. 실지로 최근 두 달 동안 그가 많이 수척해졌기 때문이다. 평소 그가 일하는 태도로 비추어볼 때 고의로 일을 미룬다고 생각하기도 어려웠다. 정말 그는 잠시라도 휴식이 필요했다. 하지만 한 여자만을 위해 집안에 머물러 있어야 한다는 사실 때문에 늘 불안하기도 했다.

마리는 더 이상 밖으로 돌지 않았으며 항상 집에서 그를 기다렸다. 그가 집에 없을 때 그이 대신 집안 청소도 했다. 그녀는 지금 살고 있는 방보다 조금 더 나은 곳으로 이사 가고 싶어 했고, 가구들도 좀 좋은 것으로 몇 개 들여놓고자 했다. 왕웨이도 동의했다. 그는 그녀가 자기처럼 고생하기를 원치 않았기 때문이다. 날씨가 점점 따뜻해졌다. 그녀는 때에 맞는 옷을 준비하고 싶었다. 좀 잘 차려입어야 밖에 놀러 나갈 기분도 나니까 말이다. 봄에 집안에만 틀어박혀 있는 건 정말 속상할 일이다. 그녀는 이 봄에 또 몇 권 정도 독서도 해볼 생각이다. 왕웨이가 일부러 사온 책들로 모두 다 소련 작품이다. 왕웨이는 그녀가 이런 책들의 영향으로 차츰차츰 생각과 취미를 바꿔나가길 원했다. 그녀도 왕웨이의 이런 깊은 생각을 안다. 하지만 그녀는 여전히 그것들을 소일거리처럼 읽으면서 줄거리가 참 참신하다고 생각했다. 왕웨이가 다른 것들을 좀 토론해보려고 하면 그녀는 바로 문장이 참 좋은

게 많다고 얘기한다. 왕웨이는 별수 없이 자신의 생각을 가슴에 품은 채 그저 "천천히 하지 뭐!"라며 마음을 추스렸다.

이처럼 하루하루가 평온하게 지나갔다. 시간은 흘러 벌써 4월이 되었다. 왕웨이는 전체 공인회工人會와 관련이 있기 때문에 일이 많았다. 너무 바빠서 하루 종일 밖에 있다가 집에 와서는 잠만 잤다. 처음엔 마리도 참았다. 며칠이 지나자 그녀는 또 화가 나기 시작했다. 밖으로 놀러가자고 했지만 그는 안 된다고 했다. 그 사람 혼자 집에 두고 잠시 외출했다가 좀 늦게 돌아와도 그는 잔뜩 찌푸린 얼굴을 하고 있다. 그에게 이사 문제를 물었지만 역시 고개를 가로저었다. 마리는 몇 번이나 그에게 협박조로 경고했다.

"왕웨이! 당신이 이런 식으로 계속 종일 밖으로만 다닌다면 언젠가 당신이 집에 돌아왔을 때 날 찾을 수 없게 될 거야. 당신은 내가 좋은 마누라일 거라고 생각해? 여자와 사랑을 이야기하는 데에 최소한의 시간도 필요 없다고 여겨? 왕웨이, 어때, 난 당신이 지금 반드시 집에 있어야 한다고, 그렇지 않으면……"

왕웨이는 달리 방도가 없었다. 그는 고개를 흔들면서 어쩔 수 없이 말했다.

"당신은 왜 그렇게 생각해? 마리! 난 당신이 이성적이었으면 좋겠어! 한번 깊이 생각해 봐. 지금 나는 더 이상 기다릴 수가 없어, 바로 나가봐야 한다고. 날 이해하고 용서해 주면 안 돼? 그리고 더 이상 이런 식으로 하지 마. 당신이 원하기만 한다면, 말만 하면 바로 당신에게 알맞은 일거리를 찾아줄 수 있어. 지금은 정말 일할 사람이 필요해."

마리는 화가 나서 침대 위에 벌렁 누워버렸고, 왕웨이는 이 틈을 타서 나가버렸다. 이것은 그녀를 더더욱 속상하게 했다! 두말 할 것도 없이 왕웨이는 일밖에 모르고, 그에게 사랑은 아무런 의미도 없다! 자신을 사랑하지 않는 사람과 그녀가 어떻게 함께 지낼 수 있단 말인가!

그녀는 또 왕웨이가 한 말을 곱씹었다. 당신이 원하기만 한다면, 말만 하면 바로 당신에게 알맞은 일거리를 찾아줄 수 있어. ……허, 그녀에게 맞는 일이란 게 도대체 뭐지? 그때 회의의 장면 장면이 떠올랐다. 얼마나 무의미한 시간인지! 그녀는 그런 집단에 참여하지 못한다. 그녀도 자신을 잘 알고 있다. 거기엔 허영도 찬미도 없고, 그저 답답할 따름이다. 이런 것으론 그녀의 흥미를 끌지 못한다. 그렇다. 그녀는 이성적이지 않다. 모든 걸 감정이 시키는 대로 한다. 그걸 그녀도 부인하지 않는다. 태어나면서부터 원래 그랬다. 이제 그에게 더 이상 감정적인 충동이 없는 바에야 그녀도 왕웨이가 원한다고 해서 자기 자신을 바꿀 필요는 없는 것이다. 어쨌든지 간에 왕웨이를 떠나기로 결정한 바에야. 왕웨이 역시 그녀가 떠나든 말든 별 상관이 없을 것이다. 지금 상황으로 보건대 그에게 그녀는 필요치 않으니까.

짜증나는 시간들이 또다시 그녀를 힘들게 만들었다. 그녀는 자신이 부쩍 늙어버린 것 같았다. 정말 더는 이런 식으로 하루하루를 질질 끌고 나갈 수 없다. 더욱이나 그가 아무런 고통도 느끼지 않는 걸 알아차렸을 땐. 모든 것이 쓸데없는 짓이라는 걸 깨달았고, 더는 그에게 긴 말도 하지 않았다. 그는 너무 바빴기 때문에 그녀와 이야기할 틈도 없었다. 그와 관련된 일 이야기를 그가 조금이라도 할 때면 그는 그녀가 별로 관심 없어 한다는 사실을 눈치챘다. 집안은 처량하고 참담했다. 하지만 이 처량하고 참담한 분위기는 오로지 마리만을 에워싸고 있었다. 왕웨이는 거의 집에 없기 때문이다. 그가 훨씬 더 흥분된다고 말해도, 마리는 그가 느끼는 흥분에 대해 외려 강한 반감만 가졌다. 마리도 그들이 맞지 않는 점에 대해 명확히 안다. 하지만 아무리 생각해도 그 것을 메꿀 방법이 떠오르지 않는다. 만일 그녀가 완전히 자신을 죽이고 철저히 그의 방식을 따를 수 없다면, 그가 예전처럼 그녀에게로 돌아올 어떤 방법을 그녀는 강구해야만 한다. 하지만 그게 가능할까? 그녀는 자신이 없어 더 고통스러웠다! 그는 원래 이런 사람이 아니었다. 그런데 그녀가 그를 떠나 있는 그 잠깐 사이에 그는 완전히 딴사람이 되어버렸다. 도대체 이런 마력을 지니고 있는 게 어떤 것인지, 그녀는 짐작도 할 수 없었다. 이것은 그녀를 두렵게 할 뿐이다. 그녀는 그와 더불어 변할 수 없다. 그녀의 환경과 성격은 그와는 너무도 다른 것이다.

10

시간이 한없이 흘러갔다. 고통스런 날들이 그녀를 짓눌렀다. 더 이상 참기 어렵게 되었을 때, 그녀는 별수 없이 최후의 수단을 썼다. 어느 날 저녁, 왕웨이가 집으로 돌아와 방 안이 뭔가 달라졌다는 것을 직감했다. 하지만 마리가 정말 나갔을 것이라고는 생각도 못했다. 잠자리에 들려고 하면서 그제야 그는 침대가 텅 비어 있다는 것을 깨달았다. 침대엔 그의 낡은 면 이불만 놓여 있었고, 마리의 그 부드러운 비단 이불은 보이지 않았다. 그는 뭔가 이상하다는 생각을 하기 시작했다. 옷장을 열어 보았다. 옷장 가득 걸려 있던 눈부시게 화려한 옷들은 하나도 없고, 옷걸이 몇 개와 자신의 낡은 코트만 뎅그러니 걸려 있었다. 그녀의 가방도 보이지 않았다. 그 고급스러운 화장도구가 놓여 있던 서랍도 휑했다. 그는 그제야 그가 가장 두려워하고 있던 그날이 마침내 왔음을 예감했다. 그는 정신이 나간 듯 텅 빈 방 안을 멍하니 바라보았다. 아무 생각도 떠오르지 않았다. 상하이가 이렇게 큰데 어디가서 그녀를 찾을 것인가. 설령 그가 그녀를 어디선가 찾아서 데리고 온다 한들 어떤 식으로 그녀를 대해야 할 것인가. 요컨대 하루 종일 그녀 옆에서 그녀와 놀아주면 되겠지만 그게 가능한가?

"아, 너무 빨리 왔어!"

그는 그들의 만남과 달콤했던 생활, 그리고 그들의 이별과 그녀가 상하이에 온 일……을 하나하나 떠올렸다. 마음이 아팠다. 그녀를 생각하니 더 마음이 아려왔다. 그가 그녀를 망친 것이다! 만약 그가 그녀를 사랑하지 않았다면, 그녀를 쫓아다니지 않았다면 그녀는 여전히 아무 근심걱정 없이 즐겁게 그녀의 혼자만의 생활을 즐기고 있을 터였다. 그런데 지금은, 그는 그녀를 자신의 생각대로 바꾸는 데에 실패했고, 외려 그녀에게 아픈 기억만 잔뜩 심어 주었다. 그녀가 더 순수하고 더 열렬한 사랑을 받지 않는 한 그녀는 행복하지 않을 것이다. 오로지 사랑만이 그녀를 구할 수 있다. 지고지순한 사랑, 왕웨이와 같은 그런 사랑이 아니라. 그는 그녀를 너무 냉대했다. 그도 안다. 그는 그녀에게 큰 빚을 졌다. 하지만 그는 영원히 그녀에게 위안을 줄 수 없다.

한없이 서글펐다. 침대에 누워 그 귀여운 이름을 중얼거렸다.

"마리, 마리,……"

다음 날 아침, 그는 피곤으로 몸을 가눌 수조차 없었다. 옷도 갈아

입지 않고 그대로 자버렸었다. 눈은 떴지만 일어나기 힘들었다. 방주인 할머니가 그의 방문을 두드리는 소리가 들렸다. 그는 큰소리로 대꾸했다.

"들어오세요!"

백발이 성성한 주인 할머니가 들어왔다. 그녀의 얼굴에는 항상 미소가 떠나지 않는다. 자상한 얼굴이다.

"선생님, 미안합니다. 내가 잊어버렸지 뭐요. 어제 아가씨가 떠나면서 편지 한 통을 남겼어요. 선생님이 돌아오면 전해주라고. 내가 한참을 기다렸는데, 선생님이 너무 늦게 돌아오셨어요!"

그녀는 품 안에서 편지 한 통을 꺼냈다.

그는 황망하니 편지를 받아 들었다.

"집에서 누가 아프다고 급한 전보가 와서 떠난답니다. 모든 걸 다 편지 안에 썼다는군요. 보면 곧 알 거라고. 그녀 가족중에 누가 아픈 거 아닌가요? 아이! 아가씨가 또 나한테 2위안이나 주고 갔다오. 고맙기도 하지. 정말 좋은 사람 같아요."

그는 편지를 열었다. 주인 할머니가 아직도 침대 머리맡에 서 있다. 그는 별수 없이 말했다.

"그렇군요! 그 사람 집안에 일이 생겼어요. 이제 그만 내려가 보세요."

노부인은 그제야 천천히 아래층으로 내려갔다.

편지는 간단했다.

왕웨이, 나 가. 당신이 전혀 예상 못한 일은 아닐 거야. 그래도 당신에게 말은 해야겠다 싶어서. 난 친구 집에 머물면서 당신 답장을 기다리고 있을께. 만약 당신이 아직도 나를 사랑한다면, 만족스런 답장이 오길 바라. 그렇지 않다면 우린 아마 다시 볼 일이 없을 거야. 무엇이 날 이렇게 떠나게 했는지 당신도 분명히 알 거야. 당신이 우리 사랑에 충실하지 않았던 것과 당신의 일. 이 두 가지에 대해 나에게 충분한 설명과 적당한 방법을 완벽하게 제시해 줄 수 없다면 답장 쓸 필요 없어. 왜냐하면 그것은 해결되지 않을 것이니까. 내 성격도, 우리가 헤어진 이유도 분명 잘 알겠지! 어쨌든, 분명하게 말해 줘. 왕웨이, 만약 왕웨이가 마리의 것이 될 수 없다면 마리는 차라리 힘들어도 혼자가 되겠어!

마리가

추신: 중앙우체국 사서함 1782호로 연락해 줘.

왕웨이는 편지를 읽고 난 뒤 말문이 막혔다. 자기가 이 여자에게 끌리는 부분이 아직도 많다는 것을 부인할 수는 없다. 그녀의 팔을 베고 누울 때면 모든 근심 걱정은 다 잊혀지니까!

오후에 틈을 내서 우체국으로 갔다. 하지만 우체국은 철저하게 비밀을 지킨다. 그는 어떤 소식도 알아낼 수 없었다. 저녁이 되자, 그녀를 만족시키든 만족시키지 못하든 그녀에게 편지를 쓰기로 결정했다. 그녀가 다시 돌아온다면, 그는 당연히 감격해마지 않을 것이다. 돌아오지 않는다면, 자연 그는 마음이 아플 것이다. 하지만 그는 이 이별의 책임을 온통 다 뒤집어 쓸 수는 없었다. 이 모든 것이 오직 그만 탓할 일은 아니다. 그는 피곤한 눈을 비벼가며 다시 한 번 마리의 편지를 읽

어보고, 답장을 쓰기 시작했다.

아! 마리, 충분히 짐작할 수 있겠지. 이게 얼마나 나에게 잔혹한 시간인지! 이 방, 당신이 나에게 너무 많은 기억을 남기고 간 이 방이 지금은 그저 무덤처럼 적막하기만 해. 머리는 금방이라도 혼절할 것처럼 몹시 무겁고 통증도 심해. 눈도 시큰거리고 쿡쿡 쑤시네. 이런 몸으로 나는 가슴 아픈 일을 하고자 해, 당신의 뜻대로 편지를 쓰는 일. 장황하게 설명할 필요는 없겠지. 마리도 언젠가는 알게 될 테니, 당신의 왕웨이가 둘의 사랑에 대해 성실하게 책임을 다 했는지 아닌지를. 마리는 당연히 알고 있을 거야, 마리의 애인이 결코 남을 속이는 행동을 해본 적이 없다는 사실도. 이것은 절대 과장이 아냐, 마리가 이런 건 충분히 이해하겠지. 하지만 결국엔 이게 외려 마리를 떠나도록 했어. 마리는 왕웨이의 행동이 못마땅했고, 왕웨이는 더 이상 마리에게 기쁨을 줄 수 없었지. 이건 당신이 바라는 바도 아니었고, 그저 당신에게 깊은 고통만 안겨주었을 거야. 하지만 분명 내가 바라던 바도 아니니, 나 혼자서 이 죄를 다 덮어쓸 수는 없어. 나 또한 마음이 아팠으니까. 어쩜 당신이 고통스러워지기 전부터일 수도 있어. 이 두려운 시간이 오는 것을 막아보려고 이런저런 방법을 강구해보기도 했어. 당신은 총명한 여자니 나의 이 고통을 진즉 눈치챘을 거야. 하지만 이 모든 게 다 내가 꾼 환상에 불과했어. 당신이 오래 전부터 갖고 있던 인생관은 시종 하나도 변치 않았지. 당신이 타나난 천성이 그러니까! 이런 건 더 이상 말하기가 곤란하오. 이제 우리 사이의 조그마한 틈새가 이미 큰 개울이 되어, 당신은 결국 결연하게 떠나버리고 말았지. 난 당신이 아무 죄 없는 왕웨이에게 너무 잔인하게 굴고 있다는 말을 차마 하지는 못하겠어. 왜냐면 당신도 어떻게 해볼 방도가 없는 비통함에 빠져 있을 테니까. 또 왕웨이에 대한 마리의 마지막 희망에도, 왕웨이 역시 만족스런 답신을 주지 못하겠소. 그래, 당신이 돌아오기만 한다면, 난 나의 모든 일을 내팽개치고 오로지 당신하고만 있겠다고, 당신하고 아무런 근심걱정 없는 나날을 보내겠다고 말할 수도 있소. 하지만 솔직히 난 당신을 속이고 싶지는 않아(내가 한 번도 거짓말한 적이 없다는 거 당신도 잘 알 거야), 설령 무슨 수를 써서라도 지금 내 일을 그만둘 수는 있겠지만, 왕웨이의 신념은 영원히 깨뜨릴 수 없으니까. 어쩌면 마리가 보기에 그 사람 왕웨이는 영원히 그렇게 사랑스러운 사람은 아닐 수도 있지.

마지막으로, 길게 말하진 않겠어. 모든 게 다 당신 생각에 달렸다고 봐. 어쩌다 내가 지금 이렇게 한 순진한 어린아이처럼 왕웨이의 마리를 이토록 처절하게 부르고 있는 거지? 모든 걸 다 당신 뜻에 따를거야. 당신의 최후 결정을 기다리고 있을게!

석고대죄하는 왕웨이가

편지를 보낸 지 여러 날이 지났다. 그는 불안한 마음으로, 속이 바싹바싹 타들어가는 심정으로 기다리고 또 기다렸다. 그러나 편지는 오지 않았다. 사방으로 알아보았지만 아무런 소식도 들을 수 없었다. 그의 답장이 그녀에게 마지막 결단을 하도록 만든 게 분명했다. 마음이 더 아프더라도 그녀는 다시 돌아오려고 하지 않았다. 이후로 그들은 헤어졌다. 누구도 이 비극적인 결말을 만회할 좋은 방법을 찾지 못했다.

11

모든 생활이 예전으로, 마리가 오기 전으로 돌아갔다. 그는 바빴다. 더 바빠졌다. 바쁜 가운데 마리의 그림자도 점점 희미해져 결국엔 완전히 사라져 버렸다. 다만 혼자 침대에 누워 있을 때면 불현듯 떠오른다. 그는 그녀가 마음이 놓이지 않았다. 그녀에 대해 마음을 놓을 수가 없었던 것이다. 그녀가 어떻게 지내고 있을지 그는 충분히 짐작할 수 있다. 얼마나 고통스러운 심정을 안고 있을지! 스스로 좀 위안이 될 만한 소식을 얻을 수 있을까 해서, 그는 일찍이 여기저기 알아본 적이 있다. 하지만 실패였다. 마리가 떠난 뒤로 그녀에 대한 모든 것도 함께 다 사라져버렸다. 그의 마음 한구석에 자리한 불안감이 왕왕 종적이 묘연한 그 여자 위로 맴돌곤 했다.

이 달 하순 어느 날, 마리가 떠난 지 대략 3주째 되는 때에 그는 사람들로 붐비는 어느 곳에 가서 연설을 하게 되었다. 그곳에 도착했을 때 거리는 온통 그들을 지지하는 군중들로 가득 넘쳐나고 있었다. 길 가며 상점 앞이며 전차 정류장을 꽉 메운 사람들뿐 아니라 왔다 갔다 하는 사람들도 다 학생들과 노동자들이었다. 몸집이 커다란 인도인 순경이 엄숙한 분위기 속에서 잔뜩 긴장하면서도 아무 일 없다는 듯 어슬렁거리고 있었다. 예정된 시간까지 좀 여유가 있기에 그도 길가를 천천히 걸었다. 마음속으로 오늘 있을 상황을 그려보면서 말이다.

그는 다소 흥분이 되어 마음을 제어할 수 없었다. 마치 거센 파도가 산을 허물어뜨릴 듯 용솟음치는 것을 바라보는 느낌이었다. 그는 또 우탕탕탕 폭발한 화산이 거대한 화염을 일으키며 도시를 널름널름 집어삼키는 걸 보는 것 같기도 했다. 이것은 금세라도 일어날 수 있는 일이다. 이렇게 많은 사람들이 준비하고 있지 않은가! 그는 어떤가. 그가 바로 이 맹렬한 폭풍과 횃불을 일으키려 한다. 여기엔 아는 사람들도 있다. 그들 마음속도 마찬가지로 훨훨 타오르고 있을 것이다. 정적은 어떻게 해도 그 흥분을 감추지 못한다. 모두들 어떤 예감으로 인해 들떠 있는지라 얼굴이 다들 발그레하게 상기되어 있었다. 이때 맞은편에서 한 쌍의 그림자가 튀어나왔다. 자세히 살펴보니 서기인 펑페이다. 얼굴 가득 웃음을 띠고 있는 그는 유난히도 즐거워 보였다. 그의 왼손은 또랑또랑하고 건강해 보이는 한 여성을 꼭 붙들고 있었는데, 그녀가 바로 그 버스 매표원이다. 그는 왕웨이를 보자마자 뭔가 하고 싶은 말이 잔뜩 있는 사람처럼 웃으며 달려왔다. 왕웨이는 그에게 살짝 눈짓을 하고, 고개를 살며시 끄덕이더니 걸어가 버렸다. 그렇지만 펑페이의 기쁨에 찬 얼굴은 그의 마음속에 아로새겨졌다. 순간적으로 마리의 그림자가 그의 마음속에 일렁였다. 아! 그것은 그가 일찍이 품었던 환상이 아니던가! 지금 그게 펑페이에게 현실로 나타났다! 그 여성, 완전한 혁명 여성의 모습이다. 그러나, 그가 연설해야 할 시간은 얼마 남지 않았다. 이 문제를 더 깊이 생각할 겨를이 없다. 그는 한 학교 바깥쪽으로 걸어갔다. 이곳엔 사람들이 더 많았다. 익숙한 많은 얼굴들이 모두 이곳에 모여 있다. 그들은 첫 번째 신호가 떨어지기만을 하나 같이 기다리고 있는 것이다. 시간이 분초를 다투며 흘러갔다. 마침내 9시 정각이 되자 거리 저쪽에서 폭죽 터지는 소리가 요란하게 울렸다. 각종 구호가 천지를 뒤흔들듯 울려 퍼지고 있었다. 그의 귓가에 누군가 목이 터져라 외치는 소리가 들려왔다.

"부수고 들어가자! 먼저 회의장을 장악해야 한다! 부숴라!"

그는 젖 먹던 힘까지 다 짜내어 학교 안으로 밀고 들어갔다. 어떤 거대한 힘에 이끌려 그들은 안으로 쏟아져 들어갔다. 금세 커다란 강당이 사람들로 가득 찼다. 왁자한 소리들이 그 안을 메웠다. 그와 다른 두 사람은 그 안에서도 계속 힘껏 안쪽으로 밀고 들어가려고 했다. 강연대에 올라가기 위해서다. 누군가 또 외쳤다.

"조용히 합시다! 이제 회의가 시작됩니다! 위원들!"

군중들은 바로 조용해졌다. 그는 강연대까지 밀려갔다. 강연대 위에 많은 사람들이 서 있었다. 그 중 한 사람이 그를 불렀다.

"왕웨이 동지! 먼저 올라오십시오!"

그는 단번에 뛰어올라가 의장 자리에 섰다. 환호성과 박수 소리가 강당이 떠나가도록 울렸다. 그가 큰소리로 손짓까지 하자 군중들은 점차 조용해졌다. 그는 조용하고 엄숙한 태도로 크게 외쳤다.

"오늘 우리는 여기서 회의를 할 것입니다. 첫째, 이 회의의 의의와 사명에 대해 분명히 알아야 합니다! 이것은……"

학교 문 앞에서 연달아 두 발의 총소리가 들리더니 순경들이 우르르 몰려들어왔다. 군중들이 동요하면서 우왕좌왕하기 시작했다. 여기 저기서 "두들겨 패라"고 외치는 고함소리가 들렸다. 격앙된, 떨리는 목소리가 공기를 흔들기도 했다. 또 쇠몽둥이와 탄알을 피해 황망하게 사방으로 도망가는 사람들로 회의장은 아수라장이 되었다. 왕웨이는 이런 다급한 상황 속에서 최대한 침착하고자 노력했다. 그러나 쏟아져 들어오는 순경들은 걷잡을 수 없이 많아졌고, 사람들은 더 우왕좌왕하며 혼비백산했다. 옆에 있던 한 사람이 그에게 속삭이듯 말했다.

"상황이 나빠, 우리도 사람들 속으로 들어가자."

왕웨이는 그를 따라 뛰어내렸다. 그러나 무리 속에서 뻗쳐 나온 한 손이 그의 어깨를 꽉 잡는가 싶더니 거대한 몸집이 그의 앞을 딱 가로막아서면서 욕을 하는 소리가 들렸다.

"이 빨갱이 자식, 내가 널 온종일 쫓아다녔다. 어디로 도망갈 수 있나 보자. 흥, 소란을 피우려면 파출소에 가서 해 보시지."

그의 어깨는 심하게 비틀려져 통증이 밀려왔다. 그러나 그 와중에도 그는 그 첩자의 얼굴을 바라보았다. 무슨 말도 필요 없다고 생각한 그는 여전히 군중 쪽을 향해 큰소리로 외쳤다.

"우리는 어서 ×× 총 시위를 준비해야 합니다! 제국주의 타도!"

주먹이 사정없이 날아왔다. 숨이 멎을 것 같았다. 그는 거리를 질질 끌려갔다. 수많은 군중들이 거리에 흩어져 있었다. 그는 그들의 격앙된 얼굴을 보았다. 그들은 위로하는, 또 격려하는 눈빛으로 그를 바라보았다. 그는 구호소리가 끊임없이 울려 퍼지는 걸 듣고 있었다. 어떤 곳에서는 아직도 군중들이 순경과 격렬하게 몸싸움을 하고 있었다. 커다랗고 시커먼 철창차 안으로 끌려간 그는 안쪽으로 밀어 넣어졌다. 거기엔 잡혀온 전사들로 가득했다. 그는 철창차의 철망 사이로 바깥을 내다보았다. 돌연 큰 백화점 문 앞에 화려한 차림의 한 여성이 서있는 것을 발견했다. 아, 마리다! 그녀는 여전히 그렇게 황후처럼 눈부시고 세련되다. 그녀는 여전히 그렇게 환락에 젖어 있는 것 같다.

하지만 그녀의 모습은 경박해 보이지 않았다. 그녀는 많은 물건을 사 가지고 나온 게 틀림없다. 갖가지 꾸러미들로 그녀의 두 손이 모자랄 지경이다. 거기다 딱 봐도 멋지게 차려입은 남자가 그녀를 막 끌어안 고 있었다. 그는 놀랍고도 당혹스러운 마음으로 그들을 바라보며 생 각했다.

"잘됐다. 그녀는 다시 행복해졌어. 그녀는 결국 그런 사람이야. 나 도 더 이상 그녀를 걱정할 필요 없겠네! 잘되었어, 마리!"

이때 차안이 소란해졌다. 두 사람이 또 잡혀 들어왔기 때문이다. 그들이 그의 몸을 거의 짓누르고 있었다. 사람들이 욕하는 소리만 들 려온다.

"빌어먹을, 가려면 갈 것이지, 뭘 더 기다리는 거야?"

바로 차가 움직였다. 사람들이 한쪽으로 다 쏠려 넘어졌다. 그러나 금세 다시 일어나 소리를 모아 구호를 외치기 시작했다.

"타도……"

"…………"

1930년

산골 농가田家冲

1

태양이 막 낮은 변 산으로 사라졌고, 하늘은 고운 노을에 물들어 있었다. 맞은 편 산의 나무들이 다 거무스름하게 변했다. 그것들은 아주 진하고 분명하게 그 투명하고 붉은 하늘에 새겨져 있었다. 올해 막 열네 살이 된 머메이么妹*가 타작마당 한 쪽 복숭아나무 아래 서 있었다. 얼굴이 불그레하게 물들어 꽃송이 같았다. 그녀는 곧 사라질 풍경을 바라보고 있었는데, 그녀의 마음은 영원히, 늘 기쁨으로 꽉 차 부풀어 있었다. 이때 그녀는 한 애타는 탄식 소리를 듣고 놀랐다. 황급히 고개를 돌려보니 마흔이 넘은 날랜 부인이 얼마 떨어지지 않은 버드나무 아래 서 있었다. 부드러운 버드나무 가지가 그녀의 어깨를 어루만지고 있었다. 머메이는 불안한 마음으로 물었다.

"엄마! 또 한숨 쉬네! 무슨 일이에요?"

그녀는 머메이를 대충 한 번 보고, 여전히 눈길은 먼 곳을 향하고

---

* 형제자매 중 가장 어린 여자아이에 대한 애칭. 중국 서남부 지역에서 많이 사용한다.

있었는데, 혼잣말하듯 중얼거렸다.

"걱정이네."

머메이는 엄마가 바라보는 방향을 쳐다보았다. 약간 먼 밭둑길에 두 사람의 그림자가 천천히 움직이고 있었다. 뒤에 따라오는 좀 크고 건장한 사람이 그녀 아버지라는 것을 알아보았다. 논두렁은 오로지 한 길로 매우 좁았지만, 사방으로 이랑이 아주 많고 굉장히 아름답다. 가까이 잠들어 있는 커다란 논 위로 불그레한 얼굴빛이 비추고 있었다. 그래서 그녀는 물었다.

"앞에 오는 사람은 누구야? 긴 솜두루마리를 입고 있네."

"큰어르신댁에 있는 가오성高升이란다. 아무 일도 없으면 올 사람이 아닌데. 정말 걱정되는구나. 파종하는 때가 아니냐!"

머메이는 그녀의 어머니가 근심하는 일을 믿지 않고, 여전히 아주 즐거운 마음으로 그 아름다운 논두렁을 바라보고 있었다. 이 아름다운 논두렁은 그녀의 아버지와 오빠들이 힘들게 만들어 놓은 것들이다. 그녀는 아버지와 가오성이 천천히 아래쪽으로 걸어 내려가는 것을 보았다. 그녀는 가오성이 어떻게 생겼는지 생각났다. 도련님처럼 점잖게 생겼는데, 손은 희고 깡말랐으며, 생기 없는 두 눈은 왕왕 다른 사람을 기분 나쁘게 쳐다보곤 했다. 그녀는 자신도 모르게 어머니에게 말했다.

"가오성 아저씨는 좋아할 데라곤 하나도 없는데, 왜 어른들은 다 그를 떠받드는 거예요? 아버지도 틀림없이 그 아저씨에게 술 대접해 주려고 가시는 걸 거야. 언니가 그러는데 큰어르신네 집의 심부름꾼이나 하인들은 다 우리보다 못하다는데!"

"그러나, 넌 이해할 수 없단다. 큰어르신이 그를 좋아하고 그의 말을 들으니, 그 사람이 우리를 해치려고 맘만 먹으면 아주 쉬운 일이야. 하지만, 그 사람도 그럭저럭 괜찮은 사람이야. 우리가 떠받들어 주는 것을 좋아하면서도 싼시三嬉같지는 않거든. 니 언니는 다른 사람들 흉 보기 좋아하는데, 너 어쩌자고 언니 말을 듣는 거냐?"

"언니가 다른 사람들 욕하기 좋아하는 거 아니야. 언니는 어르신 댁 사람들을 좋아하지 않는 것뿐이에요."

시간이 더 늦어졌다. 차가운 바람이 불어왔다. 어머니는 집안으로 들어가면서 그녀를 불렀다.

"머메이! 방으로 들어가라, 밖이 춥다. 가서 언니가 밥 하는 거 어떤지 좀 보고, 도와줘야지."

머메이는 왼편에 있는 부엌으로 나는 듯 들어갔다. 배가 좀 고픈 것 같았다. 작은오빠가 부엌 바깥에 있는 작은 걸상에 걸터앉아 발을 씻고 있다가, 달려 들어오는 머메이를 한 손으로 붙잡으면서 물었다.

"어디 가?"

그녀는 몸부림치면서 대꾸했다.

"오빠가 상관할 일 아냐. 밥 되었나 보러 가는 거야."

"안채 마루에 벌써 다 차려 놨어. 아버지만 돌아오시면 돼." 부엌 쪽에서 언니가 큰소리로 말하는 게 들렸다.

"아버지는 밖에서 식사 하실 거야." 그녀는 안채 쪽으로 달려갔다. "어! 언니! 얼른 와! 작은오빠 기다리지 말고."

"이 계집애가! 덧옷을 또 안 입었네." 그는 그녀의 초록색 솜옷을 보면서 외쳤다. 그는 신속하게 튼튼해 보이는 그 다리를 들어 올리더니 남색 천으로 물기를 닦아냈다. 식탁 위에 조그마한 등불이 켜져 있었다. 등불 가에 할머니가 앉아 계셨는데 불빛이 그녀의 백발이 성성한 머리를 비춰 주었다. 어머니가 큰 소리로 할머니에게 가오성이 온다고 얘기를 해주었다. 할머니가 웅얼거렸다.

"가오성 그놈 꼭 폐병귀신 같이 생겨가지곤, 난 정말 그놈이 맘에 안 들어……어르신이 그땐 얼마나 좋았는데……와서 또 딴소리 하면, 내일 큰놈더러 나 업고 성안으로 가달라고 할 거다. 가서 노마님하고 시시비비를 가려야지. 큰놈이 나 업고 안 가겠다고 하면 걸어서라도 갈 거다. 길이야 아직도 잘 알고 있으니…… 거의 15년을 성에 안 가봤구나."

큰오빠가 웃으면서 말했다.

"좋아요. 내일 내가 할머니 업고 성에 가지요. 우리 가서 창극이나 구경해요. 어제 방직공 마오가 성에서 왔는데, 요즘 성안에 구경거리도 많고 북적거린다네요. 하루에도 여러 극단이 전통극 공연을 하고, 그의 어머니 말로는 여학생들이 하는 것도 있는데, 옷도 입지 않았대요. 걔네 어머니 말이 그 여학생들 얼어 죽겠다고!"

"내가 너더러 그 마오하고 어울리지 말라고 했지. 그 애는 자주 성에 가느라 농사도 안 짓고 옷감도 안 만든다. 성실한 놈이 아니야. 마오네 셋째가 오히려 좋은 애야, 성실하고 제 분수도 잘 알. 그런데 넌 어째 그하고는 왕래를 하지 않는지 모르겠구나."

"그가 어제도 우리 이쪽 논에 왔었어요. 그냥 논 입구에서 좀 얘기했는데, 그가 성실하다고요? 홍, 아니에요. 그 애야말로 수단이 있는 걸요. 다음에, 한번 봐요, 따지는 게 있어요, 방직공 형이 어떻게 그와 비견될 수 있겠어요. 방직공은 그저 실속 없는 기계 한 대밖에 없는데."

머메이는 방직공네 집에 있는 시커먼 방직기계를 떠올렸다.

할머니가 어머니에게 물었다.

"큰아이가 언제 태어났더라, 아, 원숭이 띠구나. 올해 스물 둘이 되었네. 아이고, 며느리 봐야겠구나."

"저 아내 필요 없어요. 먹여 살리지 못해요. 우리 집은 일 안 하고 밥만 축내는 사람은 못 와요."

작은오빠가 들어와 큰 소리로 말했다.

"뭐가 문제될 게 있다고, 머메이 시집보내고 양측이 상쇄하면 되지."

머메이가 그를 때리려고 달려들었다. 그는 탁자 저쪽으로 피해가면서 의기양양하여 큰 소리로 외쳤다.

"널 시집보내야 해! 널 시집보내야 해! 누나는 내버려 두고."

때마침 언니가 죽 한 그릇을 받쳐 들고 들어오면서 머메이를 말리고 둘째 오빠에게 물었다.

"둘째야! 너 지금 무슨 소리하는 거야?"

작은오빠가 조용하게 힘없이 대꾸했다.

"머메이 얘기였는데."

"오빠가 언니 말도 했다"

"상관하지 마, 너한테 어떻게 하지 못해." 언니는 죽그릇을 탁자에 내려놓았다. 다들 저녁을 먹기 시작했다. 언니는 식구들 모두가 무서워하면서도 좋아한다. 그녀가 식구들을 사랑하기 때문이다. 그녀는 어느 누구보다도 부지런하다. 식구들 하나하나를 위해 그녀는 정말 열심히 일한다.

저녁은 간단해서, 채소 반찬 두 개뿐이었다. 푸릇푸릇한 것은 유채 볶음이고 다른 까만 것은 무절임이었다. 하지만 다 맛있었다. 밥도 아주 잘되었다. 모두들 아주 맛있게 먹었다. 특히 큰오빠는 그렇게도 무시무시하게 밥을 다 뱃속으로 집어넣었다. 언니가 제일 적게 먹었는데, 작은 종지로 세 번밖에 먹지 않았다. 할머니는 이가 안 좋으셔서 죽을 좋아하셨다. 이것은 머메이네 식구들이 다 먹으려고 하지 않는 것인데, 된밥만 배를 부르게 하기 때문이었다.

저녁을 먹고 있는 중에 아버지가 들어오셨다. 그는 탁자 한 쪽에 앉더니 작은오빠더러 밥 한 공기를 담아 오라고 했다. 어머니가 걱정스러운 얼굴로 물었다.

"무슨 일이예요? 어째 밖에서 밥을 먹지 않고?"

"가오성이 낼 아침에 집에 도착하려면 밤새 가야한다고 그래서."

"무슨 일이예요? 이렇게 급히."

아버지의 불그스름한 얼굴에 불안한 기운이 떠올랐다. 그가 대꾸했다.

"내일 셋째 아씨 데리고 온다는구먼. 며칠간 시골에서 좀 지내시라고. 어르신 분부라네."

식구들 모두 이 소식에 놀라서 어안이 벙벙해졌다. 이것은 흔한 일이 아니었다. 어머니가 잠깐 생각하더니 말을 꺼냈다.

"성에서 전쟁이 일어난 게 틀림없어요."

머메이는 몇 년 전 일이 생각났다. 그때 그녀는 아직 어렸는데, 셋째 아가씨가 위의 두 언니랑 아주머니 한 명과 함께 피난을 왔었다. 그녀는 얼마나 예쁘고 다정한 아가씨였던지. 그녀와 언니 지둬儿多는 정말 사이가 좋았다. 지둬도 그녀를 굉장히 좋아했다. 마을 사람들도 그녀를 본 사람이면 다 그녀를 칭찬했다. 그녀는 예쁘고 귀여운 얼굴에 사람들이 부러워하는 긴 댕기머리를 갖고 있었다. 머메이는 살금살금 다가가서 언니 팔꿈치를 살짝 치면서 소곤거렸다.

"전쟁도 나쁜 것은 아니네."

언니도 기쁜 듯이 물었다.

"내일 틀림없이 온대요?"

"마오 방직장한테 또 전쟁이 일어났다는 말은 듣지 못했는데." 큰오빠도 속으로는 웃고 있는 것 같았다.

"전쟁은 이미 끝났어." 아버지는 더 이상 말하지 않고 두 그릇째 밥을 담았다.

"셋째 아가씨라, 곧 스물이 되지요? 더 예뻐졌겠지. 왜 자오赵씨 댁에서는 아가씨를 아직까지 데려가지 않는 거지. 혼자 오신대요?" 어머니가 이상하다는 듯 물었다.

"혼자, 그렇지만, 책임이 막중해. 어르신이 가오성에게 나한테 잘 얘기하라고 몇 번이나 그러셨대. 정말 모를 일이야. 아가씨 혹시……" 아버지의 얼굴이 어두워졌다.

"뭐예요?" 다들 무슨 일인지 듣고 싶어 했다.

"다음에 얘기하자." 아버지는 어머니를 바라보면서 말을 이었다:

"우리 집에서 아무 일도 안 일어나기만을 바라야지. 큰애야, 둘째야, 절대 다른 사람들에게 무슨 말 하면 안 된다. 알았지? 잊지 마라!"

2

머메이는 언니를 따라 연못가로 나가서 커다란 돌 위에 쭈그리고 앉았다. 오리 몇 마리가 한가롭게 저쪽으로 헤엄쳐갔다. 태양이 나무 꼭대기를 비추고 있고, 조심조심 일렁이는 물결 틈으로 파란색 하늘이 보였는데, 하늘엔 또 엷은 구름이 떠다니고 있었다. 언니는 광주리 안에서 아주 많은 빨랫감을 꺼냈고, 머메이는 그녀가 물에 비친 하늘을 흐트러뜨리는 것을 보고 있었다. 오늘 그녀는 자기 일을 하지 않고 언니만 종일 따라다녔다. 하고 싶은 말이 많았지만 할 일이 많은 언니는 너무 바빠서 들어줄 틈이 없었다. 머메이는 지금이 기회라고 생각하고 언니 얼굴을 보면서 말을 꺼냈다.

"난 정말 즐거워. 오늘 밤 우리 집에 한 사람 더 늘어나는 거지?"

고개를 숙이고 있던 언니가 살짝 끄덕였다.

"나도 정말 기뻐. 어쩜 그녀가 우릴 못 알아볼지도 몰라."

"못 알아볼 리 없을 거야. 언니는 변한 게 없는 걸. 다들 언니가 예전보다 예뻐졌다고 하잖아. 난 잊어버렸을지도 모르지. 원래 그녀는 언니 친구였잖아."

"무슨 친구, 그런 말 하지 마. 어쩌면 그녀는 더 이상 우리를 상대하지 않을 수도 있는데. 그녀는 아가씨야, 예전에 우린 아이니까 제멋대로 굴었던 거지, 나도 지금은 아가씨라는 여자와 친구하고 싶지 않아."

머메이는 언니 말을 이해하지 못하고, 연못가 복숭아꽃을 바라보면서 계속 말을 이었다.

"내 기억에 그녀는 정말 하얗고 여렸어. 사람들이 그녀를 칭찬하면 얼굴이 빨개졌지. 사람들은 그게 더 예쁘다고 그랬고."

"맞아. 그녀는 희고 여려. 성에 사는 아가씨들은 다 그래."

"그렇지만 언니도 예쁜 걸." 머메이는 언니의 햇빛에 그을려 약간 까무잡잡하지만 이목구비가 뚜렷한 얼굴과 둥글고 튼실한 두 팔을 바라보았다. 언니는 눈이 크고 안색이 진지했다. 그녀는 동생의 찬탄을 듣고 그저 미소를 지으면서 대꾸했다.

"엉뚱한 소리 하지 마"

다듬이방망이로 끊임없이 돌 위의 빨래를 치대고 있었다. 두 사람은 잠깐 침묵하고 있었는데, 멀리서 희미하게 노랫소리가 들려왔다.

……2월의 유채꽃은 향기롭고 노랗지

언니들이 몰래 낭군을 훔쳐보지. ……

"어, 큰오빠 목소리다." 머메이는 제방 위로 뛰어 올라가서 오른손을 이마에 대고 사방을 휘휘 둘러보았다. 짙푸른 나무숲 가운데 파르스름한 잎사귀들이 사방에 드러났다. 그녀는 왜 그렇게 기분이 좋은지도 모르고 큰 소리로 외쳤다.

"오빠가 논 바깥에 있네, 저렇게 큰소리로 노래 부르는 걸 보니 미친 게 틀림없어. 오빠한테 갔다 올게."

그녀는 바깥쪽으로 폴짝 폴짝 달려갔다. 조그만 샛길 양옆으로 한쪽은 나지막한 산이고 다른 한쪽은 커다란 논밭이었다. 산 위의 새 풀도 모두 싹이 돋았다. 가시 달린 나뭇가지가 길가까지 뻗어 나와 그녀를 방해했다. 그녀는 산등성에 되는대로 앉아서 가시가 촘촘히 얽힌 줄기들을 갖고 놀았다. 자신도 모르게 노래가 튀어나왔다.

장미꽃
송이송이 붉은 꽃
머메이는 널 사랑해……

"머메이 왔니?" 어머니가 타작마당에서 불렀다.

그녀는 다시 폴짝폴짝 몸을 돌렸다. 그녀는 한 번도 얌전하게 걸어 간 간 적이 없었다.

"광에 가서 훈제고기 한 덩이 가지고 와라. 깨끗하게 씻어서 언니 한테 요리하라고." 어머니는 낮은 걸상에 앉아 아버지의 낡은 조끼를 꿰매고 계셨다.

그녀는 웃음이 나올 것 같았다. 오늘 저녁에 올 손님이 또 생각났 기 때문이다. 이 손님은 얼마나 아름다운지. 수많은 사람들이 자주 그 녀를 칭찬했다. "아이, 도대체 그녀는 얼마나 예쁜 거지? 할머니가 해 주신 옛날이야기에 나오는 밭의 요정 같을 거야. 어쩌면 여우귀신처 럼 생겼을지도 모르지. 그녀는 틀림없이 매력적일 거야. 머리도 틀림 없이 더 까맣고 더 윤기 나겠지. 그 댕기…… 아!" 그녀는 자신의 짧은 댕기를 안타까운 마음으로 만지작거렸다.

"선녀 같은 아가씨, 그녀가 이런 음식을 먹을까?" 그녀는 걸상 위 에 올라서서 그 시커멓고 더러운 고깃덩이를 꺼내면서 생각했다. "이 건 정말 멍청한 짓이야." 풀쩍 뛰어내리면서 그녀는 또 생각했다. "무슨 옷을 입는지 모르겠네, 예전엔 수놓은 신발을 신었던 것 같은데."

　머메이는 수많은 환상을 불러일으켜냈다. 이 환상은 그녀의 일상 생활과 이도 저도 아닌 괴이한 이야기에 밀접하게 붙어 있었다. 그녀는 환상 속의 주인에게 괴상한 색깔을 입힌 후 혼자 만족해했다. 언니는 더욱 바빴다. 손님을 위해 준비한 방을 정리해야 했다. 머메이는 그녀가 자기들과 함께 산다는 걸 알고 더 기뻐했다. 밤이면 자주 콜록거리는 할머니는 오빠들 방으로 옮겨갔다. 그러나 언니는 어쩌면 셋째 아가씨가 그녀들이 같이 있는 것을 원하지 않을 수도 있다고 했다. 그럼 그녀들은 오빠들 방으로 가거나 광으로 가서 절인 야채와 절인 고기들 옆에서 자야 한다.

　하루 종일 손님을 기다렸다. 하늘이 어둑어둑해졌다. 머메이는 혼자 논 입구로 걸어갔다. 집의 저녁밥과 아버지의 흐릿한 근심과 그녀 환상 속의 주인공을 생각하고 있었다. 어디서고 아무 소리도 들리지 않았다. 나무 그림자가 석양 아래 점점 희미해갔다. 그녀는 약간 초조하고 걱정스러운 마음을 안고 집에서 떨어진 길로 걸어갔다. 집에서 새어나오는 노란 불빛이 멀리서도 보였다. 그녀는 수시로 돌아보았다. 할머니는 여전히 등불가에 앉아 있고, 아버지는 담배를 태우고 계시고, 어머니는 신발 안창을 넣고 계시는 모습이 보이는 것 같았다. 어쩜 어머니는 옷을 개키고 계신지도. ……그녀는 다시 앞을 보고 나서야 자신이 이미 밭 옆 오두막 뒤쪽까지 걸어왔다는 것을 깨달았다. 그녀는 조그만 도랑을 건넜다. 작은 물소리가 그녀의 발 아래로 흐르고 있었다. 그녀는 커다란 나무 아래 섰다. 그 나무는 토지신 사당을 가리고 있었고, 금은화와 연지화를 가리고 있었으며, 작은 땅조각과 밭구석도 다 가리고 있었다. 지금은 그녀를 완전히 가려버렸다. 이 나무와 나무가 있는 땅을 크고 작은 논밭들이 에워싸고 있었다. 어떤 논은 물꼬를 터놔서 물이 조용히 흐르고 있었다. 어떤 논은 이제 막 모내기를 해서 축축한 흙덩이가 뒤집어져 있기도 하고 나란히 놓여 있기도 했다. 머메이는 눈을 크게 뜨고 사방을 둘러보면서 마음속으로 생각했다.

"왜 아직도 안 오는 거지?"

홀연 그녀는 토지신 사당 앞에서 한 검은 그림자가 움직이는 것을 보았다. 그녀는 놀라서 비명을 지를 뻔했다. 몇 걸음 도망갔다가 다시 멈춰 서서 큰소리로 외쳤다.

"누구예요? 거기 앉아 있는 사람!"

그 검은 그림자는 다시 한 번 움직이고 나서야 입을 열었다.

"나야, 겁내지 마, 머메이! 나야!"

"아!" 긴장이 순간 풀어졌다. 그녀는 웃으면서 달려갔다.

"아! 오빠야! 놀라 죽을 뻔했네!" 그녀는 오빠의 몸에 꼭 달라붙었다.

큰오빠는 아무 말도 하지 않고 그녀의 허리를 안았다. 그녀는 심장이 아직도 두근거리는 것 같았다. 살그머니 뒤를 한 번 돌아본 그녀는 속삭이듯 말을 건넸다.

"난 또 토지신 할아버지가 튀어나온 줄 알았네."

"헤", 큰오빠는 다시 또 손을 부드럽게 꼭 쥐었다. "다음부터 절대 혼자 쏘다니면 안 된다. 담이 너무 작아. 엄마가 자주 네 혼을 불러서 받아줘야 하잖아."

그래서 그녀는 전에 있었던 일이 생각났다. 그녀의 엄마와 언니는 그녀가 열이 오르고 헛소리를 하는데 어떻게 할 방도가 없어 애가 탔다. 그래서 그녀들은 밤중에 등불을 들고 그녀의 옷을 가지고 그녀가 놀았던 적이 있는 곳을 돌아다니면서 그녀의 이름을 불렀다. 그 소리는 메아리쳐 울렸다. 그녀는 이 소리가 멀리서부터 가까이 울리는 것을 들었고, 결국 어머니의 그 처참한 목소리에 정신을 차렸다.

"머메이가 돌아왔다 ! 머메이가 돌아왔어 안 왔어?" 언니가 엄숙한 목소리로 대답했다. "머메이 돌아왔어요!" 그래서 두 사람은 또 고함을 쳤다. "머메이 돌아와!……" 이렇게 난리를 치른 후 다음 날 머메이는 결국 나았다. 그녀는 생각하니 우스워서 물었다. "엄마는 왜 그렇게 하는 거야?"

"엄마는 네가 뭐에 놀라서 혼이 나갔나고 생각한 거지. 엄마가 널 얼마나 예뻐하는데."

그녀는 자신이 가장 귀염을 받고 있다는 걸 떠올리면서 오빠 옆에 더 꼭 붙어 그의 얼굴을 쳐다보았다. 그에 대한 친밀감의 표시로 그녀는 그의 손을 붙들고 물었다.

"왜 혼자 여기 앉아 있어?"

그녀는 잡고 있는 그의 손이 좀 느슨해짐을 느꼈다. "대답해 줘."

오빠의 시선이 먼 곳을 향하고 있는 것 같았다. 그가 대꾸했다.

"그냥, 여기 앉아 있으면 편해서. 넌 돌아가. 뭐 하러 나왔어?"

"안 가. 안 갈 거야. 오빠 안 가면 나도 안 가." 그녀도 먼 곳으로 눈길을 돌렸다. 깜깜했다. 그녀는 혼잣말하듯 대꾸했다. "나는 셋째 아가씨 마중 나온 거야. 오늘 밤에 꼭 올 거라고 아버지가 그랬잖아."

적막이 흐르기 시작했다. 오빠는 그녀와 더 이상 말하지 않고 꼼짝도 하지 않은 채 앉아 있었다. 그녀는 좀 서글퍼졌다. 오빠 때문에 슬픈 것 같았다. 그녀는 잘 이해하지 못했지만 오빠가 분명 무엇 때문에 고민하고 있다고 생각했다. 그녀는 도움을 청하는 듯 그를 잡아당기면서 오빠를 불렀다.

오빠는 여전히 말이 없었다. 한참을 기다리는 중에 그녀는 조금 겁이 나기 시작했다. 마음속이 까만 밤처럼 차츰차츰 흐릿해지고 텅 비어 가는 것 같았다. 그녀가 정말 견딜 수 없게 되었을 때, 갑자기 오빠가 몸을 움직인 것 같아서 그녀는 자기도 모르게 외쳤다.

"왜 그래, 말 좀 해 봐!"

그는 다시 조용해졌다. "아무 일 없어. 너 집으로 돌아가!"

"싫어,……" 그녀는 말을 다 끝마치기도 전에 논 바깥 쪽 산에서 빛이 비춰 오는 걸 보았다. 때로 빛이 사라지기도 했는데 아마도 나무에 가려진 것 같았다. 그렇지만 금방 또 나타났다. 번쩍번쩍했다. 그녀는 자신의 환상이 곧 실현되겠다고 생각하고 기뻐서 외쳤다. "하, 그녀가 왔다. 틀림없이 불빛 뒤에 그녀의 가마가 있을 거야."

오빠는 그녀를 상대하지 않았다. 휘파람을 불고 있었는데, 나지막하게 뭔가를 부르고 있었다.

불빛이 천천히 가까워졌고, 벌써 산을 내려왔다. 그녀를 막을 수 있는 게 아무 것도 없었다.

머메이는 걱정되어 소리 질렀다. "맞아, 그녀가 왔어! 우리 돌아가자! 엄마한테 알리러 가자!"

그러나 오빠는 여전히 조용하게 앉아서 휘파람만 불고 있었다.

그녀는 무슨 소리를 들었다고 믿었다. 이야기하는 거겠지, 바람이 전해온 거였다. 이 밤에 달님이 나왔다면 그 그림자를 똑똑히 볼 수 있었을 것이다. 그녀는 미친 듯이 오빠를 흔들었다.

하지만 오빠는 좀 더 편안한 자세로 몸을 기대고 위협하듯 말했다.

"가! 얼른 가! 나 끌고 가려 하지 말고! 난 여기 있을 거다!" 그리고 그는 계속해서 휘파람을 불었다.

그녀는 결국 혼자 집으로 달려갔다. 불빛이 더 가까워졌고, 걸어오는 발자국 소리로 분명하게 들을 수 있었다.

타작마당에 이르자마자 그녀는 외쳤다. "엄마……"

"이 계집애, 너 어디 갔다 온 거냐?" 작은오빠가 집안에서 뛰쳐나오면서 그녀를 다그쳤다. 그녀는 여전히 큰소리로 식구들을 불렀다. "엄마! 아빠! 그녀가 왔어요! 셋째 아가씨가 왔어요!"

다들 안에서 튀어나왔다. 그녀는 엄마 옆으로 파고들었다. 어머니가 그녀의 손을 꼭 쥐었다. "손이 다 얼었네, 이 말썽꾸러기 같으니!"

언니가 다른 등에 불을 붙여가지고 나왔다. 누렁이 세 마리도 계화나무 아래까지 사람들을 따라갔다. 머메이는 그들이 벌써 토지 사당까지 이르렀음을 보았다. 사당의 하얀 벽이 불빛에 일렁거리는 것 같았다. 아버지가 큰 소리로 외쳤다.

"가오성인가?"

"별일 없지? 기다리느라 애탔지?" 가오성의 목소리였다. 아버지가 다시 물었다.

"왜 이제야 왔어?"

"아이……"

누렁이 세 마리가 멍멍 짖어대면서 사람들을 맞이하러 나갔다. 머메이는 어머니 옆에 꼭 붙어 서서 불안하게 바라보았다. 어머니는 개를 달래면서 앞쪽으로 나왔다. 그녀는 가오성이 걸어 들어오는 것을 보았다. 그는 등불을 들고 앞에서 걷고 있었다. 그의 뒤로 파오즈를 입은 한 사람이 걸어오고 있었다. 이 사람의 뒤로는 짐을 메고 있는 맨발의 건장한 남자가 따라왔다. 그녀는 자신도 모르게 실망해서 어머니를 잡아당기며 채근했다. "가오성 아저씨한테 물어 봐. 아가씨는 안 왔어!"

어머니가 대답하기도 전에 그 자그마한 체구의 사람이 빠른 걸음으로 다가와 말했다.

"아주머니 맞지요? 잘 있었어요?"

모두들 이 목소리에 어안이 벙벙해졌다. 어머니가 외쳤다.

"아, 아가씨군요. 셋째 아가씨, 어떻게 걸어 오셨어요?"

언니도 앞으로 걸어 나왔다. 불빛이 셋째 아가씨를 비추었다. 까만 눈망울 두 개가 반짝거리고 있었고, 짧은 머리칼이 그녀의 이마를 덮고 있었다. 그녀는 언니의 손을 꼭 잡고 웃었다. "아! 구이柱언니!"

머메이는 감히 고개를 내밀지 못하고 엄마 뒤에 붙어 있다가 따라서 가까이 갔다. 여러 사람이 모두 얘기를 하고 있는 바람에 알아들을 수가 없었다. 그녀의 마음도 복잡했는데 말로 설명할 수가 없었다. 하, 이것은 그녀가 상상하던 것이 아니었다. 완전히 아니었다. 그녀는 남자 옷을 입고 있었다!

날이 밝았다. 닭은 아직도 닭장 안에서 울고 있었다. 누군가 안채에서 움직였다. 아, 큰오빠가 문을 열고 있었다. 아버지도 일어나셨다. 담배 피우고 있는 사람이 아버지일 것이다. 머메이는 한참 전에 눈을 뜨고서, 조용히 이불 속에 웅크린 채 숨을 죽이고 있었다. 언니가 옷을 입고서 조심조심 침대에서 내려갔다. 그녀는 머메이가 눈을 크게 뜨고 있는 것을 보면서 웃음을 참지 못하고 낮은 소리로 말했다.

"시끄럽게 하면 안 된다, 알았지. 난 부엌에 간다."

머메이는 맞은 편 침대를 힐끗 바라보았다. 가느다란 숨소리가 그쪽에서 새어나오는 것 같았다. 아, 지나간 것은 다 꿈이고 환상이다. 그녀가 이런 모양일 줄, 그녀를 더 이상하게 하는 그런 모양일 줄 어찌 알았겠는가. 그녀는 조금도 새침하지도, 화려하지도, 예쁘지도 않았다. 아가씨나 선녀 같지 않았다. 그렇지만 분명 사람을 끄는 데가 있었다. 머메이는 그녀가 자신이 상상한 것보다 훨씬 더 사랑스럽고 친근감이 느껴졌다. 엄마도, 언니도 다 그녀를 좋아하는 것 같았다. 아버지도 그렇게 근심스러운 것 같지 않았다. 그는 그녀와 아주 즐겁게 성안의 일들을 이야기했다. 다들 조금도 어색해하지 않았다. 그들은 그녀의 '아가씨'라는 신분을 잊었다. 그냥 친한 친구 같았다.

누군가 방에 들어왔다가 뭔가를 들고 나갔다. "엄마인가. 아냐. 작은오빠 같아. 욕 먹으려고 작정했나, 왜 뛰어 들어오는 거지, 다른 사람 깨울 수 있다는 것을 당연히 알 텐데. 어제 그녀가 피곤해서 잠이 안 온다고 그랬는데. 한참이나 뒤척이다 겨우 잠들었는데. 정말 걱정스러울 정도로 뒤척이던데, 왜 그랬을까? 틀림없이 무슨 벌레가 물어서 그랬을 거야. 근데 요즘에 무슨 물 것이 있나?……"

해가 모습을 드러냈다. 오늘도 화창한 날씨다. 머메이는 고개를 내밀고 밖을 내다보다가 참지 못하고 침대에서 뛰어내려와 서둘러 옷을 입었다. 밖으로 나가려고 하는데, 한 목소리가 그녀를 제지했다. "나랑 같이 나가자. 머메이가 부엌에 좀 데려다 줘, 세수하게."

그녀가 몸을 돌려 보니, 셋째 아가씨가 벌써 모기장 밖으로 반쯤 몸을 내밀고 있었다. 그녀는 웃으면서 말했다. "내가 너무 늦게 일어났네. 그치?" 그녀는 손목에 차고 있는 어떤 물건을 봤다.

"아니에요. 엄마가 아가씨는 좀 많이 자야 한다고 그러셨어요. 어제 반나절이나 가마를 타고 또 이십 리나 걸어 온데다가 잠도 늦게 잤잖아요. 어쨌든 밤 12시는 넘었어요, 아가씨도 몹시 피곤하다고 그러셨잖아요."

셋째 아가씨가 침대에서 뛰어내려왔다. 맨발이었다. 아, 그녀는 정말 이상하다!

그녀들은 복도로 해서 주방으로 갔다. 오빠들 방에서는 아직도 어떤 사람이 코를 골면서 자고 있었다. 머메이는 고개를 돌려 힐끗 봤다. 홍, 빌어먹을 가오성, 입 벌리고 자는 것 봐, 정말 꼴불견이다. 언니는 벌써 물을 한 가득 끓여 놓았다. 또 다른 솥에서는 밥이 부글부글 끓고 있었다. 그들은 그녀가 고개를 숙이고 연기가 자욱한 가운데 풀을 묶고 있는 것을 보았다. 그녀의 머리는 좀 헝클어져 있었는데, 아직 매만지지 않은 게 확실했다. 셋째 아가씨는 주변을 휘휘 둘러보면서 말했다.

"어떻게 하는지 가르쳐 줘, 내가 도와주게."

"아가씨는 못 해요. 여기는 지저분하기 짝이 없으니 얼른 들어가세요. 머메이한테 물 갖다 주라고 할게요. 어젯밤 잠도 충분히 못 잤잖아요."

"무슨. 여기 공기가 참 좋아. 정말 편한 걸." 그녀는 문틈으로 바깥에 펼쳐진 논밭을 바라보면서 어린애처럼 언니에게 머뭇거리며 말을 했다.

"나 세수하고 싶지 않아요. 밖에 나가 잠깐 놀고 싶어, 괜찮아요? 언제 아침 먹지?"

언니가 웃으면서 대꾸했다. "물론 괜찮지요. 머메이, 네가 아가씨 따라가."

그녀는 재빨리 밖으로 달려 나갔다. 머메이가 그녀를 바짝 따라갔다. 그녀들은 연못가며 산등성이며 어제 왔던 길이며 좁게 꼬불꼬불 이어진 논밭두렁까지 다 뛰어다녔다. 그녀는 하나라도 놓칠세라 주변을 이리저리 둘러보면서 있는 힘껏 깊이 숨을 들이마셨다. 그리고 머메이의 천진한 얼굴을 바라보면서 외쳤다.

"넌 정말 복이 많구나!"

머메이는 이 말의 의미를 이해하지 못하고, 그저 바보스럽게 웃었다. 머메이는 그녀를 꽉 잡고 천천히 논 쪽으로 걸어갔다. 멀리 산 위에서 한 불그스름한 어떤 게 태양에 반사되고 있었다. 그녀는 부드러운 목소리로 말했다. "와, 여기 정말 꽃이 많구나. 옛날에 내가 왔을 때도 봄이었던 것 같은데. 아, 그때 그 즐거웠던 시간들이 문득문득 그리웠단다. 지금 내가 다시 여기에 오다니, 정말 기이한 사실이야! 아, 머메이, 그때 넌 정말 어렸어, 내가 자주 널 안아줬는데, 육년, 칠년이구나! 이곳은 정말 하나도 변하지 않았어!" 그녀는 몸을 돌려 바라보았다. 이 집만 좀 낡은 것 같았다. 물론 달리 보자면, 이것은 이 풍경에서 가장 돋보인다. 그 오래된 까만 지붕과 벽, 짚으로 지은 별채, 나지막한 토담, 그 토담의 흙빛은 눈부시게 깨끗한 색이다! 커다란 나무들이 그것을 에워싸고 있었다. 험악하다 할 수 없는 산이 부드러운 사지를 뻗어서 살짝 그것을 안고 있다. 아름다운 전답이 그림처럼 그 앞에 널따랗게 펼쳐져 있다. 셋째 아가씨 눈에 이것은 아름답기 그지없는 무릉도원이다!

"이랴, 쯔쯔"

머메이는 그녀의 아버지를 보았다. 그는 쟁기를 몰고 있었는데 마침 한 바퀴를 도는 중이었다. 그녀는 소리를 질렀다.

"어이! 어이!"

아버지는 그녀들을 향해 채찍을 한번 흔들더니 다시 소를 몰고 힘겹게 걸어가는데, 고르지 않은 흙덩이 가운데 요동치고 있었다. 흙이 그가 밟고 있는 쟁기 아래에서 부서졌다. 머메이는 신나서 얘기했다.

"우리 아빠에요!"

두 사람은 멈춰 서서 그 커다란 소가 건장한 한 남자를 인도하고 있는 것을 바라보았다. 그는 그 소를 몰면서 끊임없이 외쳤다. "이랴, 이랴."

"아! 넌 이렇게 좋은 아빠가 있구나! 넌 이렇게 좋은 가족이 있어!"

머메이는 식구들을 생각하자 더 기분이 좋아졌다.

그녀들은 떠나기가 아쉬워서 한참이나 서 있었다. 결국 머메이가 먼저 말했다.

"우리 어디 앉아요."

그래서 그들은 옆쪽으로 들어가 나무 아래 자리를 잡았다. 어젯밤에 머메이가 여기에서 그녀를 기다리던 바로 그 장소였다. 어젯밤 일이 떠오르고 그녀의 환상이 떠오르면서 자신도 모르게 넋이 나가 셋째 아가씨를 보았다. 어제보다 예뻐 보였다. 그녀는 정말 좀 희었다. 그렇지만 그녀는 그 까맣고 윤기 나는 머리를 잘라내지 말았어야 하고, 이런 남자들이 입는 남색 파오즈도 입어서는 안 되었다. 그녀의 신발도 예쁘지 않다. ……"아, 여기 기억나, 우리 여기서 놀았었지. 숨바꼭질할 때 여기 와서 숨은 적이 얼마나 많았는데, 그땐 정말 신났었지." 그녀는 토지 사당 앞으로 뛰어가더니 거기에 서 있는 한 척 넘게 높은 미륵보살 두 개를 유심히 살펴보고는 웃으면서 머메이에게 말했다. "이것들도 옛날하고 똑같네." 계속해서 그녀는 담에서 뭔가를 찾기 시작했다. 한참을 찾다가 잔뜩 실망한 기색으로 왔다. "누군가 쓸었나 봐. 금방 쓸어낸 것 같아. 그것도 좋지 뭐. 내가 예전에 여기에 글자를 써놨었거든."

까마귀 한 마리가 나뭇가지에서 날아올라갔고, 나뭇가지가 가볍게 흔들렸다. 머메이가 웃으면서 말했다.

"며칠 있으면 이 나무에서 돈이 떨어질 거예요. 믿어져요?

"믿어."

그녀들은 어제 머메이와 그녀의 오빠가 앉아 있던 그 자리에 앉았다. 셋째 아가씨는 감정이 북받쳐 먼 곳을 응시했고, 머메이는 애정과 신비함으로 그녀를 바라보았다.

뒤에서 무슨 소리가 들려왔다. 진흙탕을 튀기는 물소리였다. 머메이는 고개를 돌려 한 번 보더니 옆에 있는 사람을 살짝 치면서 조용하게 말했다.

"봐요! 오빠! 우리 큰오빠예요."

조금도 알아볼 수 없었다. 소몰이를 하던 그 장난꾸러기 아이가 바로 저 걷어 올린 소매에 맨 발을 한, 저 건장한 농부란 말인가? 몇 번이나 그녀는 그와 함께 그가 모는 소를 탔다. 그녀는 탈 때 내려올 때 항상 누군가 부축해줘야 했지만 그는 단숨에 해결했다. 그녀는 과거가 생각났다. 과거 온갖 자질구레한 놀이들, 그녀는 그 소가 생각나 불현듯 물었다.

"그 소는 누가 돌보고 있어? 큰오빠가 아직도 해?"

"아니요. 오빠 어른이잖아요. 아빠 농사일 도와요. 아빠 말씀이 오빠가 소 두 마리보다 더 힘이 세대요. 아빠가 오빠를 아주 좋아하세요. 정말로 오빠가 아빠보다 훨씬 더 일을 잘해요. 작은오빠도 논밭에서 일할 수 있어요. 소는 돌볼 사람이 없어요. 대개 내가 가서 소랑 놀아요. 그러나 엄마가 내가 소랑 멀리 나가지 못하게 하세요. 큰오빠가 어렸을 때 자주 소를 데리고 멀리 나갔다가 나쁜 개한테 물린 적이 많았다고 하시면서요."

그래서 그녀들은 다시 그를 바라보았다. 그는 마침 허리를 구부리고 논두렁 하나를 손보고 있었다. 그는 근처 멀지 않은 곳에 사람이 있다는 것을 알지 못했다.

머메이가 오빠를 불렀다.

그는 의아해서 고개를 들었다가 다시 숙였다. 그녀들과 아는 체 하고 싶지 않았다. 그는 대꾸를 할 수가 없었다.

"아, 알아보겠어. 그의 얼굴과 분위기가 하나도 변하지 않았어. 키만 컸을 뿐이야. 왜 어젯밤에 보지 못했을까. 분명히 어제 보지 못했어."

"어젯밤에 오빠는……"

언니가 집 앞 계수나무 아래에서 큰소리로 불렀다. 머메이가 풀쩍 일어나면서 말했다.

"이제 돌아가요. 아침 먹어요."

"큰오빠랑 같이 가자."

"그러지요. 큰오빠, 얼른 와! 우리 함께 집에 가자."

큰오빠는 그녀들을 아랑곳하지 않고 여전히 고개를 숙이고 있었다.

그녀들은 다가가서 이제 막 고친 길에 섰다. 겁이 날 정도로 좁은 논두렁길이었다. 이때서야 큰오빠가 고개를 들더니 서둘러 말했다.

"오지 마, 넘어지지 않도록 조심해."

"자오진룽趙金龍!"

그의 두 손은 온통 흙투성이였고, 발은 물속에 잠겨 있었다. 그는 소리 없이 그녀들 앞까지 걸어왔다. 셋째 아가씨가 말했다.

"날 못 알아보는구나."

그는 짧은 머리칼이 흐트러진 그녀의 얼굴을 보면서 여전히 아무 말도 하지 않고, 그녀들의 앞까지 다가왔다. 발이 젖어 있어서 길 위에 흙발자국이 새겨졌다. 흰색 면바지는 높이 걷어 올렸고, 얇은 검정색 조끼 아래 두 팔이 다 드러나 있었다. 팔다리 다 붉었다. 머메이는 오빠가 아무 말도 하지 않는 것을 보고 맘에 들지 않아 그를 나무랐다.

"바보!" 하지만 그녀는 이어서 말했다. "오빠는 정말은 아주 좋은 사람이에요."

셋째 아가씨는 그저 웃기만 했다.

큰오빠는 그녀들을 기다리지 않고 혼자서 집 부엌까지 빨리 걸어가 버렸다.

밥을 먹을 때 셋째 아가씨는 그들을 보지 못했다. 나중에 그들 부자가 아궁이 옆에서 아침을 먹었다는 것을 알았다. 자신들이 너무 지저분해서 아가씨가 싫어할 거라고 생각했기 때문에 들어오지 않았던 것이다. 이후에도 들어와서 밥을 먹지 않았다. 여자들은 그 두 형제가 다 거칠고 투박한데다가 예의도 모른다고 했다.

가오성은 떠났다. 떠나면서 며칠 뒤에 다시 오겠다고 했다. 아가씨가 뭐 먹을 거나 입을 게 있다면 가지고 오겠다고 했다. 하지만 그녀는 아무 것도 요구하지 않았다. 그에 대한 그녀의 태도는 몹시 냉담했다. 그녀는 조금도 집을 그리워하는 것 같지 않았다. 그가 아버지에게 또 무슨 이야기를 많이 한 게 틀림없었다. 점심 때 돌아온 아버지는 또 무언가 감추고 있는 것 같았다. 그는 그 작은 여주인에게 사정하듯 말했다.

"아가씨! 아가씨는 당연히 많은 것을 알고 계실 겁니다. 아가씨가 그저 여기서 좀 놀다가 가신다면, 제가 정성껏 대접해 드리지요. 시골도 옛날 같지 않아요. 사람들도 달라졌고. 어디라고 나쁜 사람이 없겠습니까!"

그녀는 거리낌 없이 대답했다.

"자오 아저씨! 걱정 하지 마세요. 저도 알아요! 가오성 그 사람은 좋은 사람이 아네요. 그 사람 말 들을 필요 없어요."

머메이는 이게 무슨 뜻인지 이해할 수 없었고, 이해하려고 들지도 않았다. 그녀는 그저 하루 종일 셋째 아가씨와 놀기만 하면 되었다. 엄마는 그녀에게 아무 것도 하지 말고 그저 아가씨만 잘 지키라고 했다.

사실상 이 가족들은 특별히 불안하지 않았다. 외려 더 즐거워졌다. 아가씨는 그녀의 신분을 조금도 과시하지 않았고, 아주 편하게 한 형제자매처럼 그들 식구들과 어울렸다. 장난도 아주 심했다. 그녀는 그들 형제더러 더 이상 부엌에서 밥 먹지 말라고 했다. 밥 먹을 때 그녀는 항상 재미있는 이야기를 해주었다. 처음에 머메이의 아버지는 옳지 않다고 여기고 왕왕 공손한 태도로 아가씨를 대했으나 나중엔 그도 습관이 되었다. 그는 그녀를 보면서 역시 머메이나 비슷한 또래의 아이라고 생각했다. 비록 많은 이야기와 방법을 말할 줄 알아서 사람으로 하여금 피로를 잊게 만들긴 했지만 말이다. 그녀는 또 항상 그들을 도와주었다. 곡식을 터는 일이며, 신발 안창을 대는 것이며, 그녀는 다 해냈다. 그녀는 그들의 커다란 신발 안창을 집어 들고 웃었으며, 할머니도 싫어하지 않았다. 도시 아가씨가 시골 할머니를 싫어하지 않는 것은 정말 보기 드문 일이었다.

"가오성 이놈이 약간 농간을……" 자오더성趙得勝도 마침내 이렇게 생각하게 되었다. 하지만 그는 곧 이 생각을 떨쳐냈다. 더 이상 뭘 의심하거나 생각할 필요가 없다고 여겼기 때문이다. 그녀가 만약 계속 머무를 수 있다면 당연히 좋은 일이었다.

4

날씨가 흥을 더 돋아 주려는 듯 하루가 다르게 화창했다. 밤엔 자주 한바탕씩 부슬비가 내렸다. 그러다가 날이 밝으면 해가 반짝 튀어나왔다. 습기를 머금은, 풋풋한 풀내음을 담은 바람은 적당히 시원했다. 그리고 그 산과 나무들과 논밭들, 다들 하나같이 깨끗한 초록색으로 빛났다. 하늘도 더 맑고 더 투명하고 더 푸르렀다. 사람이 이런 곳에 있으면 설령 일이 힘들다고 해도 쉽사리 근심걱정을 잊는 그런 경지이다! 머메이네 가족은 예전보다도 훨씬 더 평안한 가운데 하루하루를 보냈다. 먼저, 가오성이 성에서 한 번 왔다 갔는데, 훈제한 생선들이며 고기들을 가지고 왔다. 그들은 셋째 아가씨 덕분에 자주 귀한 음식들을 맛볼 수 있었다. 채소밭의 채소도 더 많아졌다. 머메이와 셋째 아가씨 다 일을 좀 도울 줄 알았다. 둘째, 모내기를 많이 하면서도 그들은 정신적으로 부담되는 게 없었다. 날씨까지 좋아서 천재지변을 염려하지 않아도 되었다. 게다가 그들은 훨씬 흥이 났다. 그들에겐 그들의 일상사며 고생하는 것들이며 초라하기 짝이 없는 즐거움 등을 들어줄 사람이 있었다. 그 사람은 들을 뿐만 아니라 답을 주고 문제점을 캐들어 가고 그들 대신 풀어주었다. 이렇게 힘들게 일하면서도 대가를 얻지 못하는 이유를 풀어주었다. 게다가 그들에게 꿈과 희망을 주고 이 희망이 실현될 가능성에 대해서도 설명해 주었다. 그녀는 그들을 이끌어주고 격려했다. 그러나 그들은 여전히 그녀를 한 귀여운 아이로 보았다. 그녀가 항상 일부러 장난을 쳐서 그들을 웃겨주는 것을 잊지 않기 때문이었다. 이로 인해 그들은 그녀의 신분을 잊고, 그녀를 한 번 때려주고 싶거나 어루만져 주고 싶거나 심지어는 안아주고 싶은 생각만 들었다. 머메이는 늘 기쁜 표정을 지으면서 하루 종일 그녀를 따라다녔다. 집안의 온갖 자질구레한 일들은 그녀들이 나서서 다 했다. 아침 일찍 식구들이 다 함께 일어나 세 명의 남자들은 무거운 짐을 들고 밖으로 나가고, 언니는 밥을 하고 엄마는 집안을 청소했다. 머메이와 그녀는 나가서 닭장을 열고 수를 헤아렸다. 닭 일곱 마리에 오리가 다섯 마리 더 있다. 그녀들이 이것들을 아주 잘 돌보고 있는 덕에 족제비에게 물려간 놈이 한 마리도 없다. 그녀들은 또 돼지를 보살피는데, 아주 잘 크고 있다. 이것들은 모두 본전이 필요 없다. 소는 끌고 나가기도 하고 외양간에 두기도 했다. 그녀들은 소가 땅바닥에 누워 풀을 씹어 먹는 것을 구경하길 좋아했다. 그녀들은 또 채소밭에 나가 먹을 채소들을 뜯어왔다. 비료가 되는 물을 뿌려 줄 뿐 아니라 정성껏 벌레도 잡았다. 머메이는 이 많은 일을 그녀에게 얘기해 주고 때로는 지휘하기도 했다. 그녀들은 뭐가 서로 맞지 않는다고 생각하지 않았다. 틈만 나면 연못가로 달려가서 물장구를 치거나 논가로 가서 논을 일구는 것을 구경했다. 요즘 큰오빠는 집에서 가장 가까운 논에서 일하는 것을 즐겨했다. 바로 집 바깥일 때도 있었다. 그들이 일을 할 때면 언제나 서로 볼 수 있었다. 그녀들이 그를 부르면 그가 대답했다. 그가 노래를 부르면 머메이가 바로 이어 불렀다. 머메이가 또 아가씨에게 노래를 가르쳐 주면 그녀가 웃고, 그녀가 머메이에게 노래를 가르쳐 주면 머메이도 웃었다. 얼마나 이상한 노래가사인지! 머메이는 아가씨에게 배운 노래를 큰오빠와 작은오빠에게도 가르쳐주었는데, 두 형제는 조금도 부끄러워하지 않고 일을 하면서 항상 노래를 불렀다. 때로는 길을 걸어가면서, 때로는 발을 씻으면서 노래를 불렀다. 얼마나 웅장하고 사람을 흥분시키는 노래인가!

그들은 신이 나고 흥분해서 모든 것을 다 잊었다. 그녀가 여기 온 지 곧 열흘이 된다는 느낌이 전혀 들지 않았다. 이날 그녀와 머메이는 산에 소를 끌고 풀을 먹이러 갔다. 그녀들 둘은 소와 멀리 떨어지지 않은 풀숲에 숨었다. 머메이는 그녀에게 들에 사는 할머니에 대한 이야기를 해주었다. 머메이는 그녀가 이날 평소와 좀 다르다는 것을 마음에 두지 않았다. 그녀는 수시로 앉았다 누웠다 했다. 그러나 머메이가 그녀를 바라보면 그녀는 아무 일 없다는 듯 얘기했다.

"계속 말해 봐! 나중엔 어떻게 되었는데?"

그래서 머메이는 하늘을 보면서 또 계속해서 이야기를 이어나갔다. 하늘에서는 구름들이 모양을 바꾸고 있었다.

나중에 그녀는 나뭇가지의 갈라진 부분으로 기어 올라갔다. 그리고 여전히 풀밭에 누워있는 머메이를 보면서 말했다.

"네 말 들려, 네 얘기 듣는 거 재미있어. 결말이 알고 싶네."

햇빛을 너무 받아 좀 피곤해진 머메이는 눈을 감고 대답했다.

"언니가 나무에서 끈을 가지고 그녀를 죽이는 게 아니었나?"

"아! 맞다, 맞아!"

소는 여전히 되새김질을 하고 있었고, 꿀벌 몇 마리들이 윙 날아왔다. 머메이는 눈을 끔벅끔벅했다. 풀밭에 누워 있으니 일어나기가 싫었다. 그녀가 갑자기 머메이에게 말했다.

"저쪽에 진달래가 잔뜩 있는 게 보여. 잠깐만 기다려. 가서 좀 따가지고 올께."

머메이는 몸을 한 번 움직여 바로 일어나 앉으면서 사방을 둘러보았다.

"어디? 우리 함께 가요. 거긴 없는데."

"있어. 네가 안 보여서 그래. 내가 뛰어갔다 올 테니까 넌 여기서 기다리면서 소를 지키고 있어. 있든 없든 얼른 갔다 올게. 그리고 집으로 돌아가자. 언니가 틀림없이 우리 오기를 기다리고 있을 거야."

머메이는 잠깐 주저했다. 소는 여전히 고개를 숙인 채 풀을 뜯고 있었다. 그녀는 몸을 한번 돌리더니 바로 다시 누워버렸다.

"그래요, 빨리 가 보세요. 있으면 바로 날 불러요, 그럼 내가 소를 끌고 갈 테니."

그녀는 나무 위에서 미끄러지듯 내려오더니, 아주 재빨리 외치면서 달려가 버렸다. 그녀는 큰소리로 외쳤다.

"나 기다려, 금방 돌아올게."

머메이는 그녀가 산등성이를 내려가 무성한 나무숲을 돌아가는 것을 보았다. 나무에 완전히 가려졌다. 머메이는 속으로 생각했다.

"그쪽에 진달래가 있을 리가 없는데. 헛걸음만 하겠네. 우리 뒷산에 가야 많은데." 그리고 그녀는 다시 하늘을 바라보았다. 구름은 이미 다 어디론가 가버렸고, 오로지 끝이 보이지 않는 망망대해만이 그녀 위에 드리워져 있었다. 소는 죽을힘을 다해 그 연한 풀들을 뜯고 있었다. 한참이 되어도 그녀는 돌아오지 않았고, 머메이는 인내심을 갖고 기다렸다.

그러나 시간은 흘렀다. 큰오빠가 부르는 소리를 듣고 나서야 그녀는 조바심이 나기 시작했다. 머메이는 사방으로 그녀를 찾았지만 그림자도 보이지 않았고, 시험 삼아 그녀의 이름을 불러 보았지만 아무런 반향이 없었다. 머메이는 어떻게 해야 좋을지 몰라 소를 끌고 가면서 그녀를 찾았다. 집 밖 논에서 그녀는 큰오빠를 만났다.

"셋째 아가씨 봤어?

"누구? 아무도 못 봤는데."

"아가씨가 굳이 진달래를 꺾으러 간다고 하고는 안 왔어. 지금 어디 있는지 모르겠네."

"내가 찾으러 가 볼게."

그러나 그는 곧 웃음을 터뜨렸다. 그는 그녀가 일부러 머메이를 놀리려고 어쩌면 집에 있을지도 모르겠다고 했다. 그는 머메이더러 집에 가보라고 하고, 하던 일을 계속했다.

집에 가자마자 머메이는 온 집안을 다 뒤지고 다녔으나, 그녀는 어디에도 없었다. 언니와 엄마 모두 그녀가 돌아온 것을 보지 못했다고 하면서, 그녀를 나무랐다. 다들 놀라서 허둥지둥 집 안팎으로 큰소리로 부르면서 찾으러 다녔다. 큰오빠가 그들에게 말했다.

"그녀가 머메이를 놀리려고 그러는 거야. 금방 그녀가 뒷산으로 달려가는 것을 보았어. 믿지 못하겠거든, 집에 가서 봐요, 분명히 그녀가 먼저 와 있을 테니."

큰오빠는 잘못보지 않았다고 몇 번이나 말하면서 그녀가 숲속에서 여기저기 뛰어다니는 모습이 우스웠다고 했다. 그래서 그들은 얼른 집으로 돌아왔다. 과연 그녀는 부엌에서 얼굴을 씻고 있었다. 붉게 상기된 얼굴로 숨을 거칠게 내쉬면서 그녀는 그들을 보고 미소만 지을 뿐 말은 하지 않았다. 머메이는 그녀에게 달려들듯 뛰어가 원망했다.

"왜 날 속였어요? 빌어먹을, 여기저기 다 찾았잖아요, 내가 부르는 소리 못 들었나요?"

그녀는 큰소리로 웃었다.

"들었지, 네가 걸어오는 것을 보고 있었어. 일부러 널 놀려주려고 그랬던 거야."

"그래선 안 되지요. 나를 혼자 너무 오래 버려두었어요."

엄마는 그녀의 손이 가시에 두 군데나 찔려 아직도 피가 나오고 있는 것을 보더니 얼른 붕대로 감아주었다. 엄마는 안타까워하며 말했다.

"보세요, 어린애같이."

"다시는 안 그럴게요. 괜찮지요?" 그녀는 애교스럽게 어머니를 바라보았다. 모두들 한바탕 웃었다. 과연 그녀는 며칠 동안이나 밖으로 나가지 않았다.

하지만 나흘째 되는 날, 머메이는 돼지에게 먹이를 주다가 또 그녀를 놓쳤다. 머메이는 그녀가 채소밭에 갔을 것이라고 생각했는데, 그곳에도 그녀는 없었다. 엄마가 대문 앞에서 햇빛을 받으며 신발을 깁고 있었지만 그녀를 보지 못했다고 했다. 언니는 연못가에서 빨래를 하고 있었는데 역시 주의하지 않았다. 할머니도 한참 동안 아무 소리도 듣지 못했다며 집안에 있을 리 없다고 하셨다. 머메이는 그녀들이 자주 놀던 곳에 갔지만, 큰 나무 아래며 꽃밭이며 어디에도 그녀는 보이지 않았다. 그녀는 또 길을 따라 밖으로 걸어갔다. 큰오빠가 멍청이라고 욕했다. 그들이 모두 그녀를 보지 못했으니 그녀는 결코 밖으로 나간 것은 아니었다. 머메이는 다시 집으로 돌아왔다. 여전히 그녀는 없었다. 언니도 함께 찾으러 나섰다. 그녀들은 뒷산으로 갔다. 새로 돋아난 대나무가 모두들 높이 자랐다. 그녀는 보이지 않았다. 그래서 그녀들은 다시 마음이 초조해져서 아버지에게 얘기를 했다. 아버지는 그녀들이 상상했던 것 이상으로 깜짝 놀라시며 그녀를 마구 나무랐다.

"이 쳐 죽일 아무짝에도 쓸모없는 계집애 같으니! 내가 당부하지 않았더냐? 어떻게 아가씨 혼자 가게 내버려 둬?"

그는 큰소리로 무섭게 을러댔다. "집에 가서 아무 말도 하지 말고 네 일이나 해. 나는 논에 가서 한번 보고 올 테니!" 그는 논두렁에 벗어던져둔 조끼를 걸쳐 입고 담뱃대를 주워 물더니 바로 가버렸다. 그녀들은 별수 없이 가만히 기다리고 있었다.

마침내 그들이 함께 돌아왔다. 아버지의 얼굴이 근심하는 빛으로 층층이 덮여 있었다. 한마디 말도 하지 않고 그는 다시 논으로 갔다. 셋째 아가씨는 혼자 웃으면서, 길을 잃어버려서 돌아오는 길을 못 찾고 몇 바퀴를 돌았다고 했다. 이 가족들에게 불안을 끼쳤다는 것을 알고 있었기 때문에, 그녀는 유난히 친근하게 굴었다. 머메이는 그녀 때문에 원망도 들었고 욕도 먹었지만 그녀에게 화를 내지 않았을 뿐만 아니라, 오히려 그녀를 동정했다. 그녀는 아버지에 대한 불쾌함에 반감도 좀 있었기 때문에 오히려 셋째 아가씨에게 미안했다. 그녀는 조용히 물었다.

"도대체 어딜 간 거예요? 이다음에 어디 가려면 날더러 같이 가자고 해요. 이 동네 이십 리 안에 있는 길들은 내가 다 아니까."

"아이고! 정말 피곤하다. 좀 쉬게 해 주라! 다음엔 절대 혼자 어디 안 갈게. 어른들이 마음 놓으시도록. 이게 뭐 걱정할 일이라고? 뭐 심각한 게 있어!"

저녁에, 저녁을 먹고 난 후(저녁밥은 잘 못 먹었다. 아마도 낮에 일어난 일 때문인지 아버지가 시종 군은 얼굴이었기 때문이다), 아버지는 오빠들과 머메이에게 가서 자라고 했다. 머메이는 자고 싶지 않았지만 그녀는 침대로 갈 수밖에 없었고, 한참 동안이나 잠을 이루지 못했다. 그녀는 셋째 아가씨가 얘기하는 것과 웃는 것을 들었다. 웃는 게 굉장히 허허로웠다. 아마도 그녀가 길을 잘못 든 이야기를 하는 것 같았다. 언니와 엄마가 웅얼웅얼 대꾸하고 있었다. 차츰차츰 그들은 다른 일로 이야기가 넘어갔다. 나중에 아버지가 말하는 소리가 들렸다. 목소리가 아주 낮아서 그녀는 잘 알아들을 수가 없었고, 셋째 아가씨가 이어서 말하는 것만 들렸다.

"그것은 믿을 게 못돼요. 가오성은 좋은 사람이 아네요. 여러분께서 보시기에 제가 어디 나쁜 데가 있나요……"

머메이는 생각했다. "이 말은 맞아. 그녀가 어디 나쁜 점이 있나? 누가 그녀를 나쁘다고 해?"

아버지가 또 말을 했지만 역시 분명히 들리지 않았다. 셋째 아가씨가 다급히 대답했다. "어르신을 아저씨는 잘 아시잖아요. 하루 종일 마약이나 태우고 있는데, 뭘 알겠어요? 전부 다 저런 소인배들 말만 듣고 그러시는 거지……"

"……"

"그들은 다들 도련님이에요. 좋은 일이라곤 하지 않는 사람들이라고요. 날 이토록 감시하고, 성문에도 감시하는 사람 두고서 성안으로 못 들어오게 하고 돈 한 푼 주지 않아요. 이것은 그들이 잘못된 거예요. 내가 여기 온 지 이렇게 많은 시간이 지났는데, 여러분은 분명 내가 어떤 사람인지 알 거예요. 내가 그 사람들이 말하는 것처럼 그렇게 무서운 사람인가요?"

머메이는 무슨 말인지 이해할 수 없었다. 누가 그녀를 무서운 사람이라고 했는지, 그녀의 아버지, 그녀의 오빠들, 그녀의 아랫사람? 왜 그들은 그녀를 시골로 보낸 거지? 왜 가오성이 아버지에게 겁을 주고 있는 건가? 그가 틀림없이 아버지에게 무슨 말을 했을 거다…….

"……" 아버지가 또 말을 했다. 나중에는 목소리가 좀 컸다.

"어쨌든, 아가씨는 아가씨가 위험하다는 것을 아셔야 합니다. 그들은 아가씨를 잡아가려고 해요! 게다가 이 관계도 아주 중요합니다. 우리 식구 어린애고 어른이고 먹고 사는 거 다 이 윗사람들에게 의존하고 있어요. 아가씨도 아실 겁니다. 아가씨 집에서 우리보고 꺼지라고 하는 분이 한 사람만 있으면, 우리 식구들은 죽을 자리도 못 찾을 겁니다! 보십시오, 위로는 어머니가 계시고 아래로는……" 아버지는 말을 잇지 못했다.

정적이 흘렀다. 머메이는 콧속이 근질근질했다.

한참 후에야 그녀가 대답하는 소리가 들렸다.

"여러분은 언제까지나 우리 집에 기대고 살 수는 없어요. 이것은 믿을 만한 게 못됩니다. 여러분은 마땅히 각성하셔야 해요, 살 방도를 생각해야 합니다. 사실 여러분은 손해를 보고 있어요. 하지만, 그래요, 저에 대해서는 마음 놓으세요. 절대 멀리 가지 않을게요. 사실 근처 왔다 갔다 하는 것은 그다지 위험하지 않아요."

나중에 그들은 뭔가 다른 이야기들을 했다. 머메이는 즐거운 마음으로 엿듣다가 어느 순간 잠이 들어 버렸다.

5

이제 머메이는 더더욱 그녀와 떨어지지 않으려고 했다. 물론 그녀가 셋째 아가씨를 좋아하기 때문이기도 하지만, 사실 그녀 어머니가 몇 번씩 그녀에게 주의를 주었기 때문이다. 머메이는 비록 하루 종일 그녀를 따라다니기는 하지만, 그녀가 조금이라도 피곤한 기색을 보이면 바로 미안한 마음이 들면서 아버지에 대해 약간은 반감이 일고, 그래서 그녀로 하여금 좀 멀리 물러가게 하고 싶은 생각만 늘었다. 머메이는 몇 번이나 그녀에게 말했다.

"내 생각에 아가씨가 이곳이 싫을 것 같아요. 여긴 정말 재미가 없지요."

"난 여기가 좋은 걸. 성안에 가고 싶지 않아. 거긴 다 똑같아. 다만……"

"오늘 아가씨가 가보지 않은 곳에 데리고 갈게요. 거기엔 새도 있고 버섯도 있고 돌 사이로 난초꽃도 잔뜩 피어 있어요. 온 산이 향기로 워요. 우리 몰래 가는 거 어때요?"

그녀는 머메이의 제안을 거절하고는 웃으면서 말했다.

"괜찮아. 넌 정말 좋은 애야. 머메이, 난 널 잊지 못할 거야. 너 알지? 아버지가 알면 너를 혼내실 거야, 어쩜 날 성으로 보내버리실 지도 몰라. 성에 가면 집에서 나를 가둬버릴 걸. 만약 내가 그들을 협박하고 놀라게 하지 않았다면 시골에 오지도 못했을 거야."

"왜 그들은 아가씨에게 못되게 구는 거예요?"

"그들이 나쁜 짓을 하려고 하기 때문이지. 넌 그들이 어떤 사람들인지 몰라. 그들은 정말 범과 이리처럼 흉악무도한 사람들이야! 오로지 우리 어머니만 예외시지, 하지만 어머닌 너무 나약해서, 어머니는 어떻게 할 방법이 없어. 난 정말 어머니가 가여워……"

"범과 이리 같은 사람", 머메이는 속으로 생각했다. "왜 그녀는 그들을 범과 이리에 비유했을까. 범과 이리는 사람을 잡아먹는데."

"아버지가 아가씨 집은 굉장히 부자라고 하셨어요. 집도 굉장히 크다고요. 어디 거기에 범이나 이리가 있을 수 있어요? 거기 사는 사람들은 당연히 친절하지, 흉악하지 않을 거예요."

그녀는 웃기 시작했다. 머메이의 손을 잡아끌고는, 웃으면서 설명을 해주었다.

"넌 아직 어려, 세상일을 이해하는 게 많지 않아. 성안에 가 본 적도 없잖니. 너희 가족들은 비록 가난하지만 다들 근면절약하면서, 하늘에 맡기고 운에 맡기고 그렇게 살아왔어. 넌 한 번도 네가 사랑하는 가족을 떠나본 적이 없고, 가족들은 다 착하고 본분을 알고 운명에 순응하면서 하늘을 원망하지 않지. 넌 당연히 행복하다고 생각할 거야. 사실 넌 행복하다고 할 만해. 넌 죄악이란 걸 본 적이 없으니 이해도 못하지. 오로지 범과 이리만이 그런 커다란 집에 산다는 것을 네가 어떻게 알겠니?"

머메이는 한참을 생각해봤지만 그래도 이해가 가지 않았다. 나중에 그녀가 말했다.

"언니도 아가씨네 집을 좋아하지 않아요. 왕왕 이유 없이 그들을 증오한다니까요. 하지만 이유를 말로 설명하지는 못해요. 엄마는 자주 그녀를 나무라시고 할머니도 언니가 너무 독하다고 그러셔요. 할머니는 우리 집안 3대가 다 아가씨네 집 덕에 살고 있고, 아가씨 할아버지가 우리에게 잘해 주셨다면서 마땅히 은혜를 알아야 한다고 하셨어요. 그렇지만 요즘엔 할머니도 좀 불평하시지요. 작년 여름엔 우리 식구 모두 두 달 내내 누에콩하고 옥수수만 먹었어요. 가오성 아저씨가 쌀을 다 가져가 버렸거든요. 아버지가 노발대발 하시는데 정말 무슨 일 나는 줄 알았다니까요. 엄마는 울기만 하시고. 하지만 나중엔 다 좋아졌지요. 다들 각자 일하러 가고, 그 일은 잊어버렸어요. 아버지가 쌀은 원래 아가씨네 것이라고, 가오성이 너무 야박하냐고, 우리에게 조금도 안 남겨주어선 안 된다고, 우리 모두 몇 십 년 된 사람들이라면서요, 할아버지 때부터 한 번도 나쁜 마음 품은 적이 없었다고요. 난 그때 아가씨네도 틀림없이 먹을 곡식이 없나보다 했지요. 아버지 말씀이 작년에 거둔 쌀은 다 실어갔대요. 먼 곳은 하나도 수확하지 못했대요."

"아이, 그런 일은 드문 게 아냐. 내가 그들을 범과 이리 같다고 하는 이유가 바로 거기에 있어. 그들은 너희 양식만 빼앗아간 게 아냐. 우리 집 대신 농사짓는 집이 얼마나 많은데. 다른 사람들은 더 많은 땅을 농사짓고 있는 걸. 그들이 여기저기서 다 빼앗아 온 곡식들로 두 줄로 길게 늘어서 있는 우리 집 창고들은 꽉꽉 들어찼어. 나중에 또 대량으로 팔았지. 그때 쌀값이 세 배로 뛰어 올랐었잖아. 너희들이 어떻게 알겠니. 네 아버지는 정말 착한 분이야. 그렇게 선량하니, 안 그러겠어? 정말 너희 시골 사람들은 다들 너무 착하고 순해. 왜 군말 없이 누에콩과 옥수수만 먹는 거야?"

"아뇨, 아버지는 그러지 못하세요. 가오성도 그렇게 공손하게 대하시는데, 언니는 그를 무시하지만요. 가오성이 사람들을 시켜서 곡식들을 가져갈 때도 아버지는 꼼짝도 못하셨어요. 물론 이기지 못할 테니 그러신 거지요. 사실 곡식이 그렇게 많으면 별 쓸 데도 없을 텐데."

"그렇게 많은 사람들이 있는데 왜 이기질 못해? 여기서부터 쭉 앞을 봐, 다시 앞으로, 끝없이 먼 저쪽, 저 연기 나는 모든 곳, 그 초가집 안에 있는, 타작마당에 있는, 외양간에 있는, 그 모든 건장하고 힘센 그 사람들이 다 너희들 편인데!"

그녀는 계속해서 많은 이야기를 했고, 끈기를 가지고 설명해주었다. 머메이는 이야기에 쏙 빠져들었다. 들으면서 너무 즐거워서 그녀는 오빠들을 찾아 달려가, 그녀더러 그들에게 다시 이야기해주라고 했다. 그들은 그녀 덕분에 용기가 솟아났지만, 감히 한 마디도 입 밖으로 꺼내진 못했다. 자오더성이 아들들에게 평소 단단히 주의를 주었기 때문이다. 그는 아들들에게 이렇게 말했다.

"아가씨가 하는 말 듣지 마라. 물론 그녀는 그녀 나름대로의 이유가 있다. 그러나 그녀는 아가씨다. 고생이란 걸 모른단 말이다. 그녀가 일을 보는 눈은 달라, 일은 쉽지 않은데. 알겠느냐? 반고가 세상을 만든 이래 몇만 년이 흘러서야 비로소 인간이 이렇게 되었다. 우리가 지금 이 세상을 뒤집어엎는 게 가능한 일이냐? 우리 조상들은 다 이렇게 살아왔다. 왜 우리가 분수대로 살면 안 된다는 거냐? 알겠지? 난 어머니가 계시고, 너희들도 어머니가 계신다. 게다가 너희들은 장가도 가야하고 자식도 낳아 길러야 해. 이제 알아듣겠지. 왜 그녀 집에서 그녀를 여기로 보냈는지. 성에서도 그녀가 저런 식으로 사람들을 선동한 거다. 사람들이 그녀를 잡아가려고 해! 가오성 말로는 그녀가 보통이 아니라더라……하지만, 그녀는 좋은 아가씨야, 행실도 바르고. 정말 예의가 있지. 그러나 난 너희들이 그녀 말을 듣는 것은 절대 용납할 수 없다!"

아들들은 자오더성의 말이 다 옳다고 생각했다. 그들은 행복한 가정이 있고, 그럭저럭 먹고살 만하다. 왜 분수대로 살면 안 되는가? 만약 그들 식구들 중 누구 하나라도 살짝 움직이면, 집은 그 사람 때문에 결딴 날 것이다. 그들은 아직 그렇게 벌지고 일어날 성노는 아니었나. 그러한 시기는 아직 오지 않았다.

그러나 그녀는 약간 사람을 끄는 데가 있어서 식구들 모두 그녀와 더 친해졌다. 엄마도 항상 그녀의 손을 꼭 붙잡고 말했다.

"왜 아가씨는 그 사람들하고 다르지요? 만약 그들이 다 아가씨 같다면 이 세상은 정말 살기 좋을 텐데!"

그녀는 웃으면서 어머니를 살짝 치고는, 놀리고 위협하는 표정을 지었다.

"또 잊었어요! 다른 사람을 바라보지 말고, 자신을 믿으세요!"

가족들은 자주 격동하는 가운데 생활했다. 어디서 기인한 것인지 알 수 없는 그런 격동이었다. 왜냐면 다들 깊이 생각하게 되었기 때문이다. 일종의 새롭고 다소 복잡한 숙고였다.

그녀는 또 자주 재미있는 이야기를 해서 웃겼고, 생각지도 못하는 그런 장난으로 사람들의 즐거움을 만드는 것을 잊지 않았다. 그들은 너무 힘들게 일한다. 즐겁게 소일하는 게 좀 필요하다. 아침부터 밤까지 그들은 감히 쉴 생각도 못하고, 쉴 수도 없었다. 그저 일은 너무 많은데 시간이 항상 부족하다고만 생각한다. 그녀가 여기 있는 것은 그들에게는 정말 좋은 일이었다. 다들 그녀가 제일 없어서는 안 될 사람이라고 생각했다. 때문에 그들은 그녀를 더욱 아끼고 더 세심하게 보호해 주었다. 그들은 모든 방면에서 그녀에게 주의를 기울였고, 다들 왜 주의를 기울여야 하는지 알고 있었으며, 어떻게 그녀를 보호해야 하는지도 알았다. 그렇지만 머메이는 아직 잘 알지 못했다. 그녀는 정말 너무 어리고 너무 조심성이 없었다. 큰오빠는 항상 눈에 띄지 않게 그녀를 지켜보았고, 그녀가 바깥으로 나가지 못하게 했다. 그 자신도 아주 오랫동안 나가지 않았다. 예전에는 항상 해 질 녘에 바깥을 돌아다니는 것을 좋아했다. 한번은 그가 그들 뒷산 숲속에서 어슬렁거리는 그림자 하나를 보았다. 큰오빠는 몇 마디 욕을 퍼붓고 나서 돌아왔다. 그는 속으로 좀 꺼림칙했다. 왜 그 그림자가 마오네 셋째와 닮았는지? 그가 여기까지 와서 뭘 하자는 거지? 집에 돌아왔을 때 언니 혼자 돌의자에 앉아 하늘을 쳐다보고 있는 것을 보았다. 얇은 흰색 옷을 입고 푸른색 앞치마를 두르고 있었다. 하얀 실로 앞면 가득 꽃이 수놓아진 앞치마였다. 그는 무슨 생각이 떠올랐는지 웃으며 말했다.

"이 계집애, 여기 앉아서 무슨 생각하는 거야? 일은 안 하고?"

언니가 머리를 돌리더니 대꾸했다.

"방금 온 거야. 나도 좀 쉬어야 해. 아버지가 어젯밤에 또 신발 견본을 가져오셨어. 월말까지 신발 열 켤레를 밑창 다 넣어서 만들어야 한다고. 엄마랑 나랑 둘이서 부지런히 해야 다 할 수 있겠어."

그녀는 다시 하늘로 눈길을 돌렸다. 그러나 그는 웃으면서 말했다.

"흥, 이제 막 왔다고? 어디 갔다가 막 온 거야? 얘기해 봐! 이 영악한 계집애 같으니!"

언니는 영문을 몰랐다. 의아한 표정으로 그를 한 번 쳐다보고는 상대하고 싶지 않다는 듯 집안으로 들어가 버렸다.

큰오빠는 자신의 추측이 틀림없다고 생각하고 의기양양한 웃음을 지었다. 그는 머메이에게 당부했다.

"언니를 잘 지켜 봐. 함부로 다니지 못하게 해야 한다."

"언니는 함부로 어디 나간 적 없었잖아."

"군말하지 말고. 조용히 신경 좀 쓰면 돼. 재미있을 거야!"

머메이는 정말 언니를 늘 따라다니기 시작했다. 하지만 조금도 재미없었다. 언니는 하루 종일 밥 세끼 준비하고 광주리 가득한 빨래를 했다. 좀 틈이 생기면 어머니가 신발 밑창 넣는 것을 도왔다. 셋째 아가씨도 그녀를 도와주었다. 언니는 셋째 아가씨와 말도 안 되는 이야기를 하는 것을 좋아했다. 만약 그녀가 남자라면 벌써 가족들 버리고 혼자 떠났을 것이라고 했다. 머메이가 그녀에게 어디로 갈 거냐고 묻자, 그녀는 웃었다.

"넌 이해 못해. 나도 모르지. 어쨌든 나는 기세등등하게 보란 듯이 어떤 일을 할 거야."

셋째 아가씨도 그녀를 보면서 웃었다.

"난 널 믿어. 넌 능력이 있어. 꼭 해야 해! 남자나 여자나 똑같아."

언니는 고개를 저으면서 셋째 아가씨는 이해하지 못한다고 했고,

셋째 아가씨는 또 언니가 이해하지 못한다고 했다. 두 사람은 논쟁하기 시작했고, 머메이는 정말 이해할 수 없었다. 항상 결국엔 언니가 졌다. 셋째 아가씨가 말하는 것에 대해 그녀는 한 마디도 하지 않았다. 그러나 언니는 마지막엔 여전히 고개를 저었다. 마음속엔 어쩔 도리가 없는 일로 꽉 찬 것 같았다.

사실 언니는 생각이 있는 사람이다. 최근 그녀의 생각은 더 발전했다. 할머니조차도 그렇게 여겼는데, 할머니는 그녀가 어리석다고 하셨다.

6

어느 날, 그녀들, 머메이와 셋째 아가씨는 부지불식중에 집에서 좀 멀리 떨어진 곳까지 걸어가게 되었다. 셋째 아가씨는 이리저리 둘러대면서 그녀를 좀 떼어 놓으려고 했다. 그러나 머메이가 알고 웃으면서 말했다.

"안 돼요. 난 반드시 아가씨를 바짝 따라갈 거예요. 아버지가 정말 화나시면 저 맞을 거예요."

셋째 아가씨는 처음에는 부인하다가 나중엔 그녀를 어르기도 하고 애원하기도 하면서 말했다.

"여자 동창이야. 위두포魚肚坡에 살고 있는데 나더러 놀러 오라고 했어. 며칠 뒤 그녀의 병이 좀 나아지면 우리 있는 데도 올 수 있을 거야. 다음에 내가 머메이도 데리고 갈게. 오늘은 혼자서 날 기다려 줘야겠어. 금방 돌아올게. 가서 얼굴 한 번만 보고 바로 올 거라니까. 그녀가 아픈 게 걱정돼서 그래."

머메이는 아무리 생각해도 안 될 것 같았고, 그녀가 정말 맘에 들지 않았다. 하지만 그 모습이 너무 가련했다.

"머메이 넌 착한 아이야. 한 번만 봐 줘. 그렇지 않으면 나 정말 마음이 아플 거야. 생각해 봐, 그녀가 많이 아프면 어떡해?"

"아버지에게 말씀드리고 가요. 아버지를 속일 필요 없잖아요."

"아버지에게 감춰야 해, 날 가지 못하게 할 거야. 이번에 꼭 가지 않으면 안 돼. 가게 해 줘! 내가 이렇게 사정할게. 난 널 정말 좋아하고, 너도 날 좋아하잖아. 이 정도 일도 봐 주지 못하니? 머메이는 이전부터 착한 아이였잖아."

머메이는 그녀를 보면서 마음이 약해졌다. 그녀는 나무에 기대어 먼 곳을 보며 말했다.

"마음대로 하세요. 일찍 와야 해요."

"좋아. 꼼짝 말고 바로 여기에서 날 기다려야 해."

그리고 그녀는 재빨리 달려갔다.

머메이는 혼자 남아 숲 속에서 왔다갔다했다. 시간이 지루하고 길고 답답했다. 그녀는 왜 자기를 이런 곳에 혼자 버려두고, 그녀를 걱정하게 만드는지, 머메이는 그녀가 좀 원망스러웠다. 다행히 그녀는 그렇게 늦게 돌아오지 않았다. 얼굴이 발개진 채로 땀을 줄줄 흘리면서 머메이 있는 곳까지 뛰어 와서는 땅바닥에 누워버렸다. 숨을 헐떡이느라 말을 하지 못했다. 머메이는 놀라서 그녀에게 물었지만 그녀는 고개만 흔들었다.

"아무 일도 아냐. 네가 기다리지 못하고 집으로 가버릴까 봐 좀 빨리 뛰어 왔거든."

그녀는 얼마 쉬지도 않고 집으로 돌아가자고 머메이를 재촉했다. 그녀들은 혹 누가 이 일을 알아챌까봐 걱정했다.

이어서 그녀는 몇 번이나 이렇게 했다. 머메이는 그녀를 좋아하기 때문에 그녀와 사이좋게 지내고 싶어서 영원히 그녀를 위해 비밀을 지켜주었다.

한번은 그녀 혼자 나무 아래에서 기다리고 있을 때 하늘이 갑자기 어두컴컴해지면서 산비둘기들이 요란하게 짖기 시작했다. 먼 하늘가에서 번개가 번쩍였다. 바람도 사납게 울어댔다. 머메이는 무서워졌다. 그녀는 셋째 아가씨가 그리 빨리 돌아오지는 못할 거라고 생각하면서 초조한 얼굴로 잿빛 하늘을 올려다보았다. 커다란 검은 구름이 어지럽게 달리고 있었고, 그녀도 숲 속에서 마구 뛰어다녔다. 만약 그녀가 바로 돌아오지 않는다면 어떡하나. 머메이는 사방을 둘러보았지만 멀고 가까운 곳 어디에도 사람 그림자는 보이지 않았다. 이 숲은 산속에서도 가장 후미진 산골짜기에 있었다. 주변은 다 나지막한 산등성이고 집까지 산을 하나 넘어야 했다. 그녀는 두렵고 당황하여 집에 돌아갈 엄두를 내지 못했다. 반드시 셋째 아가씨를 기다려야 했다. 그녀는 나무 그루터기에 앉아 시간이 흐르는 것을 셈했다. 오래지 않아, 쏴쏴거리는 소리와 함께 가느다란 비가 나뭇잎 위로 내렸다. 아가씨가 돌아올 희망은 아직 보이지 않았다. 숲에서는 작은 벌레며 새들이 기어 다니고 있었다. 하늘이 어둑하니 정말 무서웠다. 머메이는 걷기 시작했으나 소용이 없었다. 비는 점점 커졌다. 그녀의 옷이랑 머리는 다 젖었다. 집 생각이 났다. 틀림없이 당황하고 있을 모습들을 생각하니 그녀는 감히 혼자서는 돌아갈 수 없었고, 돌아가고 싶지도 않았다. 그녀를 기다리지 않으면 안 된다. 그래서 그녀는 좀 적당한 자리로 옮겨갔다.

멀리서 누군가 부르는 소리가 바람결에 실려 오다가 또 바람소리에 끊어졌다. 그녀는 귀를 쫑긋 세우고 주의 깊게 들었다. 아, 큰오빠다. 산 저쪽에서 큰소리로 머메이를 부르고 있었다. 머메이는 감히 대답하지 못했다. 오히려 서러움이 좀 밀려왔다. 몸이 오들오들 떨리는 것만 느껴졌다.

그녀가 아직도 보이지 않았다.

큰오빠의 목소리가 가까워졌다. 그는 산을 뒤지고 있었다. 머메이는 그를 보았지만 감히 소리를 내지 못했다. 큰오빠가 걸어 내려왔는데, 옷이 다 젖어 있었다. 그는 화난 목소리로 소리 지르고 욕하면서 그녀와 가까운 곳까지 걸어왔지만, 그녀를 보지 못하고 다른 곳으로 돌아갔다. 머메이는 그가 얇은 옷 두벌만 걸쳐 입은 것을 보았다. 비옷도 안 입고 삿갓 쓰는 것도 잊은 것이, 금방 논에서 돌아왔다가 놀라서 달려 나온 모습이었다. 옷이 완전히 다 젖어서 몸에 착 달라붙어 있었고, 눈도 빗물 때문에 먹먹한지 자주 손으로 눈을 닦았다. 오빠의 이런 모습을 보고, 말로 형언할 수 없이 참을 수가 없고 슬퍼서 머메이는 자기도 모르게 오빠를 불렀다.

"오빠! 가지 마, 나 여기 있어."

그가 몸을 돌리자마자 머메이는 그의 품으로 달려갔다. 그는 한 마디 욕을 하고는 의아하다는 듯 물었다.

"혼자 있는 거야?"

"응, 아가씨는 여자 동창 보러 갔어. 많이 아파서 곧 죽을 것 같대. 말하면 안 돼. 아버지에게 비밀로 하겠다고 약속했어."

"흥! 내가 가서 일러야겠다. 아버지한테 너 좀 맞으라고." 그는 눈을 부릅뜨고 머메이를 보았다.

머메이는 여전히 그의 품에 바짝 안겨서 떨리는 목소리로 한숨을 쉬고는 나중에 말했다.

"좋아, 맞아 죽으면 죽으라지 뭐. 오빠는 돌아가. 난 여기서 아가씨를 기다릴 테니."

그는 한동안 말이 없었다. 한참 후에야 그는 머메이를 안고 커다란 나무 아래로 갔다. 커다란 나뭇가지와 무성한 나뭇잎들이 사정없이 떨어지는 빗방울을 막아주었다. 그들은 나란히 나무 등걸에 앉았다. 그는 나무에 기대었고, 머메이는 그의 젖은 몸에 바짝 붙어 있었다. 머메이의 눈에서 눈물이 흘러내렸다. 그는 견디지 못하고 말했다.

"왜 울어? 이 계집애가 정말! 내가 너 나무라지 않음 되잖아."

그녀는 더 훌쩍훌쩍 울었다. 그는 무섭게 을러댔다.

"울지 마. 말해 봐. 거짓말 하면 안 된다. 이 일이 어떻게 시작된 거야? 솔직히 말하면 아버지에게 일러바치지 않을 테다."

그래서 그녀는 오빠에게 전부 다 얘기했고, 그녀가 가도록 할 수밖에 없었던 이유를 재차 설명했다.

그는 한 마디도 하지 않았다. 두 사람은 조용히 앉아서 그녀를 기다렸다. 나무에는 아직 수시로 빗방울이 떨어져 내렸고, 숲 바깥에서는 그리 크지 않은 천둥소리가 울리고 있었다. 머에이는 오빠가 옆에 있으니 오히려 대수롭지 않게 느껴졌다. 오히려 오빠의 침묵과 근심 때문에 다소 불안했다. 그녀는 그에게 바짝 다가가 있었는데, 그녀의 옷도 다 젖었다.

그들은 누가 머메이를 부르는 소리를 들었다. 머메이는 언니나 작은오빠일까 봐 겁이 나서, 그의 곁에 바짝 붙어 숨으면서 조용히 간절하게 요청했다.

"소리 내지 마."

"내가 가서 좀 볼게." 그가 일어섰다.

그녀는 그를 꽉 붙잡고 가지 못하게 했다. 그러나 바로 누구인지 증명되었다. 셋째 아가씨가 머리에 짧은 옷 하나를 뒤집어쓰고 물을 뚝뚝 흘리며 뒤편 나무숲에서 돌아 나왔는데, 그녀가 또 머메이를 불렀다.

그들은 가서 그녀를 맞이했다. 그녀는 약간 의심스러운 기색으로 이 속 깊은 남자를 바라보았다. 그리고 이어서 머메이에게 말했다.

"네가 많이 걱정되었어. 그렇지 않았으면 돌아오지 않았을 거야. 그 친구가 나를 한사코 못 가게 하잖아. 너 좀 보게, 아이고, 틀림없이 애간장이 탔겠구나, 옷이 이렇게까지 젖은 것 좀 봐, ……우리 돌아가자."

"비가 더 많이 내려, 어떻게 가? 여기가 좀 낫지……." 머메이가 오빠를 바라보았다. 그들은 다시 원래 자리에 앉았다.

그녀 몸엔 여러 곳에 진흙자국이 있었고, 두 발도 완전히 진흙탕에 빠져 누렇게 되었다. 넘어진 게 분명했다. 머리를 싸맨 저고리에도 진흙이 여기저기 묻어 있고 손도 그렇기 때문이다. 머메이가 그녀에게 언제 출발했냐고 묻자, 그녀는 상세하게 설명해주었다. 큰오빠는 조용히 그녀를 보고 있었다. 머메이는 오빠가 좀 무서웠다. 나중에 그가 말했다.

"좋아, 머메이에게 거짓말 하세요. 난 아가씨가 어디 갔었는지 알아요. 며칠 전에 밖에서 누가 아가씨 얘기 하는 걸 들었어요. 나는 어떻게 해야 좋을지 몰랐지요. 아가씨는 이름이 났는걸요. 만약 우리 아버지가 아가씨 이런 것을 아시면, 틀림없이 논일 팽개쳐 두고, 아가씨를 어르신 댁에 보내실 겁니다……."

"난 돌아가지 않을 거예요. 방법을 강구해서 오빠 가족들에게서 떠날 거예요."

"나는 아가씨가 옳다고 믿어요. 내가 말하지는 않을 거예요. 그러나 아가씨 조심해야 합니다. 우리 마을에도 나쁜 사람들이 있어요. 아가씨는 그들을 모르지만, 그들은 쉽게 아가씨를 알아봅니다."

"알겠어요." 그녀는 갑자기 펄쩍 뛰어오르더니 말했다. "오빠는 정말 좋은 사람이에요. 나는 오빠가 나를 동정하고, 우리를 동정한다고 믿어요. 다음에 오빠가 더 이해를 하게 되고 더 확고부동해지면 오빠는 우리 편이 되겠지요! 난 진작부터 짐작했어요. 오빠 가족들 모두 좋은 사람들이에요!"

그는 아무 소리 하지 않고, 뭔가를 참고 있는 것처럼 그녀를 바라보고 있었다.

비가 약해졌고, 그들은 천천히 돌아갔다. 큰오빠가 결단력 있게 머메이에게 말했다.

"돌아가서 함부로 말하면 안 된다. 알았지?"

"알았어."

그녀는 그들 남매를 잡고 폴짝폴짝 뛰면서 돌아갔다. 산비탈에서 올라갔다가 내려갔다 했다.

7

이제 그녀의 외출은 반은 공개적이 되었다. 언니와 엄마 모두 알았다. 매번 나갈 때 그녀들은 그녀를 배웅하면서 한바탕 신신당부를 했다. 머메이는 더 이상 혼자 걱정스럽게 숲에 숨어서 그녀를 기다리지 않아도 되었다. 그녀는 언니 저고리를 입고 수건으로 머리를 감쌌다. 멀리서 보면 풀 줍는 여자로 믿을 만 했다. 그녀가 웃으면서 달려가 버리면, 엄마와 언니는 그녀에 대해 얘기하기 시작했다. 그녀의 인품과 용모와 체격에 대해 얘기했고, 그녀의 덕행에 대해 얘기했다. 이는 그녀들이 가장 만족하는 것이다. 마지막으로 그녀의 사상과 그녀가 표현하는 모든 것에 대해 얘기했다. 그녀가 그들에게 가르쳐준 그것들. 물론 그녀들은 그녀를 숭배했다. 어떻게 일개 아가씨가 그렇게 많이 알지? 농부들의 고초와 세상의 모든 갖가지 고통을 알지? 이 세상은 옳지 않다. 그녀들은 절대 일시적인 안일에 빠져 살 수는 없다. 그녀들은 이미 너무 오랫동안 고통스러웠다. 이 세상은 방법을 생각해야 한다. 대중을 위해, 그녀는 그런 일들을 하고 있다. 그녀가 바로 이렇기 때문에 그녀들은 생각하면 할수록 그녀가 존경스러웠고, 그녀를 반대할 수 없었으며, 그녀를 위해 비교적 안전한 방법을 생각하고 아버지를 속이고 있는 것이다. 그녀가 돌아오기만 하면, 그녀들은 급급히 많은 것을 알고 싶어 했고, 그녀는 이날 하루 한 일들을 그녀들에게 알려 주었다. 그녀들은 그 일들에 대해 매우 관심을 기울였다.

큰오빠도 요새 집안에 일어난 변화를 똑똑히 알고 있었다. 그는 이 여자들이 항상 무슨 얘기를 나누는지 알고 있었고, 그녀가 어디 가는 지와 동료들이 누구인지를 알고 있었다. 그러나 그가 말할 리 없었다. 그는 가족 중 어느 누구보다도 그녀를 사랑하고 그녀를 동정했을 뿐만 아니라, 그 일들을 동경하고 있었다. 그는 가족들보다 몰래 더 많이 알고 있었다. 마오네 셋째가 여러 차례 이 일에 대해 그와 얘기한 적이 있었다. 그러나 그는 아버지가 무서웠다. 아버지의 감시 하에 그는 감히 조금도 행동할 수 없었다. 논밭에서 일을 다 마치고 난 후 아주 여러 번 그는 무료함을 느꼈다. 그는 그녀에게 좀 부끄러웠다. 그녀에게 토로하고 싶은 수많은 이야기가 있다고 느꼈지만 기회도 없었고 용기도 부족했다.

어느 날 저녁을 먹고 난 후, 그는 침울하니 식구들에게서 벗어나 혼자 집 밖으로 나갔다. 달빛이 산과 들을 가득 덮고 있었고, 어둠이 조용히 누워 있었다. 그녀는 휘파람을 불면서 번민을 참아가며 토지 신 사당 앞까지 갔다. 얼마나 친근한 장소인지! 그러나 오래지 않아 그는 가까이 다가오는 사람 소리를 들었다. 고개를 돌려보니 두 사람 의 그림자가 그에게서 멀지 않은 곳에서 앞쪽으로 다가오고 있는 것 이 보였다. 누나와 셋째 아가씨였는데, 누나 말소리만 들렸다.

"먼저 개가 짖지 않도록 해야 해요. 뒤쪽으로 돌아와요, 내가 그 샛 문을 잠그지 않을게요. 나는 잠자지 않을 거예요, 조심하고, 일찍 돌아와요."

그는 이 희한한 일에 깜짝 놀랐다. 그는 그녀들이 무슨 얘기를 하는지 귀 기울여 들었지만 똑똑히 들리지 않았다. 그녀들의 말소리는 너무 작았다.

그녀들은 또 한참 멀리 걸어가 평지 입구에서 헤어졌다. 누나가 돌아왔다. 그는 뛰쳐나가 그녀를 붙잡고 물어보고 싶었으나, 그녀는 집 쪽으로 나는 듯이 달려가 버렸다. 그는 논 바깥의 그 그림자를 보고, 신속하게 달려갔다. 한달음에 따라잡았다. 그는 정말 그녀가 걱정되었고, 그녀에게서 멀지 않은 곳까지 다가왔다. 그녀는 뒤쪽 소리를 들었는지 걸음을 늦추기 시작했다. 그는 그녀를 따라갔는데, 무슨 말을 해야 할지 몰랐다. 그녀는 한참 걷고서 옆쪽 오솔길로 들어서더니 거기에 섰다. 마치 그에게 앞서 가라는 것 같았다. 그래서 그도 멈추었다. 달빛 아래에서 그는 그녀 머리를 감싼 천 아래 한 쌍의 눈동자를 똑똑히 보았다. 그녀도 낮은 소리로 외쳤다.

"어머! 누군가 했네. 오빠였구나. 왜 왔어요?"

"별거 아니에요. 내가 좀 배웅해줄게요!" 그는 우물우물 확실치 않은 말을 토해냈다.

"좋아요, 우리 가요." 그녀는 바로 앞서서 걷기 시작했다.

그들은 한참 동안 아무 말도 하지 않았다. 나중에 그는 견디지 못하고 불안하게 물었다.

"어떻게 이 시간이에요?"

"맞다, 지금 바뀌었어요. 낮에는 다들 시간이 없어서, 논밭에서 몹시 바빠요."

"아가씨가 무서워할까봐 걱정이 되어서요. 밤길을 걸어본 적이 없 잖아요."

"괜찮아요. 이제는 좀 가까워졌어요. 여기 다 아는 길이에요."

그들은 또 한참을 걸었다. 그녀가 갑자기 멈추더니 고개를 돌리고 그를 보며 말했다.

"오빠도 가요. 어때요? 그들이 몇 번이나 오빠 얘길 했어요. 오빠 도 가야 해요."

일종의 충동이 그의 마음에 다가와서 그는 응낙하고 싶었다. 그러 나 잠깐 주저하더니 대답했다.

"오늘 밤은 안 돼요. 며칠 후에 다시 얘기하지요. 아버지가 매우 싫 어하세요."

"괜찮아요. 좀 지나면 아버지도 틀림없이 명백히 이해하실 거예요. 오빠는 아주 유용한 사람이에요. 같이 가요!"

그가 생각하고 있는데, 오히려 그녀가 말했다.

"그것도 좋지요. 오빤 돌아가세요. 배웅할 필요 없어요."

그는 다시 주저하더니 물었다.

"돌아오는 건요?"

"문제 없어요. 같이 오는 사람이 있을 수 있고. 더 배웅하지 말아 요."

그녀는 재빨리 걸어갔다. 그는 서서 그녀를 바라보고 있었다. 마음 이 서글펐고, 후회되기도 했다. 그는 마땅히 함께 가야 했다. 그는 한 참을 서 있다가 몸을 돌렸다.

집 대문은 잠귀 놓은 지 한참 되었다. 다들 잠든 게 분명했다. 그는 감히 들어가지 못하고, 그녀가 돌아온 후에야 함께 그 잠궈 놓지 않은 샛문으로 들어갔다. 누나가 기침하는 게 들렸다.

그는 이런 식으로 그녀를 두 번 배웅했다. 세 번째 배웅하는 길에서 그는 그녀에게 이렇게 말했다.

"결심했어요. 나도 마땅히 뭔가를 두려워해서는 안 돼요!"

"나는 벌써부터 알았어요." 그녀는 웃으며 고개를 돌려 그를 한 번 바라보았다.

마음속에서 뭔가 폴짝 뛰어오른 게 느껴졌다. 그가 말했다.

"즐거운가요?"

그녀가 또 웃고는 그를 다시 바라보았다. 그녀가 말했다.

"왜 안 즐겁겠어요? 당연히 즐겁지요. 어렸을 적 친구가 같은 길에서서 함께 손을 잡고 앞으로 가고 있다고 생각하면, 그게 얼마나 기쁜 일이에요. 봐요! 그렇게 장난꾸러기이던 아이가 지금은 사람이란 마땅히 어떻게 살아야 한다는 것을 이해하게 되었잖아요. 생각해 봐요, 내가 어렸을 때, 오빠도 틀림없이 이상하다고 생각했을 거예요, 그때 나도 아마 꽤나 제멋대로였겠지요!"

그는 한참 동안 아무 말 하지 않다가 비로소 입을 열었다.

"아가씨는 남을 무시한 적이 없었어요. 그때에도 우리는 그저 아가씨와 함께 놀 뿐이었지요, 그렇지만 지금이 훨씬 좋습니다. 아가씨 하는 일이 사람을 감탄하게 해요."

"아니에요, 아직 오빠는 이해하지 못하네요, 우리가 지금 더 가까워졌기 때문에 우리는 동지에요."

그녀는 따뜻하게 그를 바라보았다. 그는 기뻤다. 이 '동지'라는 말이 그에게는 새로운 존경할 만한 의미를 부여해주었다.

그녀는 다시 그와 낮은 소리로 그들의 일에 대해 얘기했고, 그가 미심쩍어하는 부분들에 대해 설명해주었다. 그들은 한참을 걸었다. 매번 그들이 헤어지는 장소는 이미 지나쳤다. 그녀는 다시 멈춰 서서 그에게 말했다.

"잊지 말아요, 내일 점심 먹은 후 핑계를 대고 논에서 잠깐 나와 뒤쪽 숲으로 가요. 거기에서 오빠를 찾는 사람을 만날 거예요. 아버지는, 걱정 말아요, 내가 잘 살펴보고 있는데, 문제될 것 없어요."

그는 일종의 기쁨을 예감하고 말했다.

"어쨌든 내가 아가씨 기다릴게요. 이 근처에서요."

"아뇨, 오늘 밤 어쩌면 좀 늦게 돌아올지도 몰라요. 산 너머 사는 장다파오张大炮가 함께 있다가 평지 입구에 와서야 갈라져요. 오빤 내일 일찍 일어나야 하잖아요, 가서 자요."

그는 그녀 말을 듣고 멈춰 서서 그녀가 가는 것을 보았다. 그녀는 몇 걸음 걷다가 다시 되돌아와서는 웃으며 말했다.

"축하하는 걸 잊었어요. 오빠와 악수 한 번 해야 하는데."

그는 그의 힘 센 큰 손을 꼭 잡고 흔들면서 다시 말했다.

"좋아요, 돌아가서 자요!"

그는 그제야 정말로 재빨리 달려갔다.

그는 매우 기뻤다. 몸이 많이 가볍게 느껴졌고, 내일 밥 먹은 후 숲에 갈 일을 생각했다. 그는 정말로 그녀를 기다리지 않고 집으로 돌아갔다. 오는 길에 그는 멀지 않은 곳에서 솟구쳐 오르는 그림자 하나를 보았다. 밤이라 캄캄해서 그는 똑똑히 볼 수 없었고, 주의하지도 않았다. 그는 그녀의 말에 따라 집에 가자마자 바로 잤다.

그러나 그녀는 이날 밤 돌아오지 않았다.

시간이 흘러갔다. 머메이는 더 이상 그녀를 아끼고 가르쳐준 사람을 위해 울지 않았다. 그녀는 이제 많이 자란 것 같았고, 많은 것을 이해하는 것 같았다. 그녀는 그녀가 할 수 있고 마땅히 해야 하는 수많은 일들을 하고자 했다. 집은 다시 평화로워졌고, 생활은 궤도, 새로운 궤도로 진입했다. 그들은 더 이상 쓸모없이 허둥대지 않았고, 애통해하지 않았으며 분개하지도 않았다. 사실은 그들이 더 깊이 이해하도록 만들었다. 그들은 더 멀리 보게 되었고, 더 이상 일시적인 안일만을 탐하지 않았으며, 더 고생을 참아냈다. 지금은 온 가족이 회의를 하여 모든 것을 토론하고, 때로는 다른 사람들도 데려왔다. 배빈 흩어길 때 지오더성은 그의 큰아들에 맞장구를 치며 말했다.

"좋아, 보자! 가을에 가서 다시 얘기하자."

이 집은 이전보다 더 북적거렸고 더 활기가 넘쳤다. 이 아름다운 평지에서, 다른 사람 것인 비옥하고 아름다운 토지에서. 그렇지만, 그들은 이게 오래지 않을 거라는 것을 믿었다. 새로운 국면이 머지않아 그들 눈앞에 펼쳐질 것이기 때문이다. 이것은 그들 스스로 만들어낸 새로운 국면이다.

1931년

뤄수는 1903년 청두成都에서 출생하였다. 1929년 프랑스로 유학을 떠나 그곳에서 작가이자 번역가인 마쭝룽馬宗融과 결혼하였다. 1933년 귀국한 뒤 상하이에서 교편 생활을 하면서 창작과 번역에 열중하였다.

1936년, 바진巴金이 편집하고 있던 〈문학월간文學月刊〉에 그녀의 첫 번째 단편소설인 「남편 있는 아낙生人妻」을 발표하여 문단을 놀라게 했다. 당시 바진은 "그녀의 필치는 화려하지는 않지만 그 안에 소박하고 진실한 아름다움이 담겨 있다"고 극찬하였다. 그러나 불행하게도 창작의 전성기였던 1938년 병사하고 만다.

뤄수의 작품은 대부분 청두의 농촌을 배경으로 한다. 그녀는 소박하고 생동감 넘치는 필치로 쓰촨 지역의 빈곤한 농민들의 생활을 문학적으로 형상화했다. 그녀가 사망한 뒤 바진은 그녀의 작품을 세 권의 창작집과 한 권의 번역집으로 묶어 출간하였다.

뤼수

(羅淑. 1903~1938)

남편 있는 아낙 生人妻

1

투어沱 강 상류의 서쪽 암벽 가까이 겹겹의 산봉우리가 사발모양의 평지를 둘러싸고 있다. 비 내리는 날만 아니면 아침 일찍부터 사람과 가축들이 그 작은 집들에서 나와 산 위아래로 돌아다녔다. 하지만, 그들의 모습은 아주 무성하게 자란 수풀에 의해 가려지기 일쑤여서 사람들로 하여금 이곳이 아무도 살지 않는 곳이 아닌가 하는 의심이 들게 했다. 저녁이 되면, 산에 항상 떠있는 옅은 안개가 깊숙하고 어두운 숲에 가려진 몇 개의 등불을 뒤덮었다. 등불은 흡사 반딧불 같았는데, 처량함과 적막함의 농도를 한층 더해주었다.

이때 왼쪽의 산허리, 산띠와 아무렇게나 놓여있는 바위 사이에 외로이 웅크리고 있는 그 조그마한 집은 오히려 이전과 달리 불이 꺼져 있었다. 그들, 그 집의 남녀는 마치 아주 최대한도의 중압을 받은 것처럼, 말도 없고 움직이지도 않았다. 조용히, 이 죽음과도 같은 적막 속에 빠져 있었다.

이들은 풀을 베어 파는 부부이다. 그러나 이 일은 그들이 이 집으로 이사 온 후에 시작한 것이다. 집은 단칸방인데, 원래는 그들의 것이 아니었다. 그들이 원래 가지고 있던 땅 몇 마지기와 평방平房*을 팔아버렸을 때, 마침 한 이웃이 이 집을 헐고 다른 곳으로 이사 가려고 해서, 그들이 간절하게 부탁했다.

"우리가 거주할 데를 얻지 못했습니다. 여기 양 두 마리를 드릴 테니, 그 집에서 우리가 살게 해주세요. 우리한테는 이 두 마리 양 뿐입니다."

양 두 마리와 맞바꾼, 추수철에 농작물을 관리할 때 사용하는 짐승 우리 같은 궁벽한 집은 을씨년스럽고 어두침침했으며, 흙벽도 이미 많이 갈라져 있었다. 게다가 땅과 가까운 벽에는 농담浓淡이 고르지 않은 이끼가 가득 끼어 있었다. 그러나 그들은 오히려 만족했다. 그것이 있었기에 그들은 그들에게 있어 비록 척박했지만 그렇다고 또 떠날 수도 없는 고향에 정착할 수가 있었다. 방랑하는 타향인의 삶은 얼마나 두려운지!

조각달을 닮은 두 자루의 낫은 예리해서 아주 잘 들었다. 매일같이 그들은 허리를 구부리고 고개를 숙인 채 조용히 벨 만한 연녹색의 풀을 사방으로 찾아다녔다. 가끔은 숨을 고르기 위해 허리를 폈고, 함께 산허리에 누웠다. 네모난 보리밭이 바로 그들 눈앞에 펼쳐져 있었다. 거기는 본래 그들의 것이었다. 푸르고 싱싱한 보리가 자라고 있는 밭! 그래서 네 개의 눈동자가 잠깐 바라보다가, 또 다시 조용히 각자 등을

---

* 지붕이 평평한 집을 말한다. 기숙사처럼 한 칸짜리 방이 이어져 있는데, 보통 한 가족이 방 한 칸을 쓴다.

돌리고, 조용히 고개를 숙이고는, 연녹색의 풀을 벴다. 한 짐 가득 채워지면 남자는 홀로 그것을 멘 채 옆 마을로 향하였다.

참새가 저녁 수풀 속에서 시끄럽게 지저귀었다. 금빛의 햇살이 집 뒤로부터 빽빽이 우거진 소나무 가지에 공들여 체질을 한 후 숲 속 오솔길 위에 구불구불 장식을 했다. 남자는 덜렁거리는 광주리를 멘 채 느릿느릿 집으로 돌아왔다. 이때 광주리 안에는 읍내에서 산 약간의 쌀이나 기름 한 통, 소금 한 주머니가 담겨 있었다.

예전 생활의 기억이 가져다 준 서글픔은 점점 더 '고향에 뿌리를 박고 현재 상황에 만족한다'는 희망을 사그라뜨렸지만, 부부는 여전히 열심히 용감하게 살았다. 자신의 피로를 절실히 느꼈지만, 엄청 굶주린 두 마리의 짐승처럼 눈앞에 떨어진 식냥 때눈에 묵을임을 나해 발버둥치지 않으면 안 되었다. 설령 그 먹을 것들이 그들 입안으로 꼭 들어오지 않는다고 해도 말이다.

산간 평지에 어디에서 왔는지 또 낯선 얼굴들이 찾아들었다. 게다가 아무 때나 어디서든지 부딪힐 수 있었다. 보아하니 그들은 무언가를 열심히 찾는 것 같았다. 여기는 본래 넓디넓은 산간의 평지인데, 가득 차서 물 한 방울도 더 넣을 수 없는 작은 그릇처럼, 새로운 것이 스며들어 오면 예전의 것이 흘러나가야 했다. 그런데 나가야 하는 게 바로 이 부부와 같은 운명에 처한 이웃 고향 사람들이었다. 이때부터 이웃 마을도 변하기 시작했다. 남자가 풀을 메고 단골 손님들의 문 앞에 가도 더 이상 예전의 반기는 얼굴은 볼 수가 없었다. 먼저 한숨을 내쉬고 나서 남자에게 말했다.

"자네 풀이 필요 없네, 친구! 다른 집으로 한번 가보게나!"

남자가 다른 집으로 가면 그 집도 그랬다.

"솔직히 말하면 가축을 기를 형편이 안 되네. 풀 한 광주리만 있으면 되는데, 애들이 진작 직접 베러 갔지!"

실망이 그를 갉아먹었다. 남자는 입술을 깨물고 아무 말도 없이 깨끗하고 싱싱한 풀을 멍하니 바라보았다. 아주 여러 번 남자는 그가 갈 수 있는 집은 다 들렀고, 더 이상 내릴 수 없을 만큼 낮은 가격까지 내렸는데도, 결국 그는 원래 그대로 메고 돌아갔다. 지금 부뚜막 옆에 쌓여있는 풀더미가 바로 날마다 쌓여 이미 신선한 빛깔을 잃은 말라버린 풀들이다!

남자의 고민하는 모습을 보고 안쓰러운 마음이 들었는지, 어떤 일이든 열심인 아홉째 작은 할아버지가 하루는 잎담뱃대를 입에 물고 비틀비틀 남자에게 다가와 한숨을 한 번 내쉰 후 그에게 말했다.

"방법을 생각해야지, 젊은이. 삶이란 참고 살아간다고 살아지는 게 아닐세. 문제가 생길 거라고 가장 걱정하는 데에서 하필 문제가 생기는 법이야, 만약 병이라도 나면 어쩔 셈인가? ……자네 둘은 마주 보고 굶어 죽으려고 마음먹었나? 내가 보기엔, 그녀가 새 삶을 살 수 있게 놓아주는 게 좋을 성싶네. 자네 부인 말일세! 뼈마디가 아직 그렇게 튼튼한데 뭐가 걱정인가. 자네가 짚신 몇 켤레 해지는 걸 아까워하지 않고 여기저기 많이 돌아다닐 수 있다면."

그의 이 말들은 돌덩이처럼 남자의 가슴속에 깊이 박혔다. 남자는 때때로 어두운 얼굴을 하고 나무그늘 아래 앉아서 장딴지를 만지작거리며 생각에 잠겼다. 그러나 생활환경은 진작 그의 주위에 견고한 담벼락을 빙 둘러쌓았고, 아무리 생각해 봐도 이 담벼락을 돌아갈 수 없었다. 때로 무의식중에 그 내면의 눈빛이 우연히 가늘게 갈라진 빈틈을 볼 수도 있었지만, 한번 힐끗 보고는 즉시 눈을 돌렸다. 그는 시종 자신의 눈앞에 펼쳐진 이 모든 것에서 떠날 수가 없었다. 여기 산은 많은 자원을 품고 있다. 많은 돈으로 바꿀 수 있는 단단하고 매끄러운 청석靑石도 있고, 숲을 이루고 있는 곧게 자란 큰 나무들도 있건만, 그들에게는 오히려 이렇게나 메말라 있다! 그들은 단지 별로 힘들지 않는, 손만 뻗으면 주울 수 있는 풀 같은 것들을 바랐을 뿐이다. 예전에는 아무도 관심을 두지 않았던, 그저 원하는 누구든 허리만 구부리면 한움큼 주울 수가 있었던 청강실靑杠實: 반찬으로 만들어 먹으면 씁쓸한 맛이 나는 풀도 지금은 주우러 다니는 게 한두 집이 아니다. 이끼팡이는 가을이 깊어지고 풀들이 썩어 가는 계절이 되어야 있다. 그래서 남기는 또 다시 가까이서부터 생각하기 시작했다. 결국 그의 생각은 아내에게로 모아졌다.

"마누라를 팔아버리자…… 그럼 깨끗이 해결되는 거야!"

갑자기 까무잡잡한 계란형 얼굴의 여자가 남자 앞에 서더니 들고 있던 광주리를 가리키며 말했다.

"참! 셋째 할아버지가 집에 안 계시다고 셋째 할머니가 몰래 고구마 여섯 근을 빌려 주었는데, 신발깔개 두 켤레로 갚으라고 했어요."

여자는 땅바닥에서 꿈틀거리는 검은색의 작은 벌레를 보았다.

"아이고, 개미가 그렇게 많은데 당신은 모두 여기에 심었어. …… 집에 가서 밥 먹읍시다!"

남자가 거들떠보지도 않자 여자는 조용히 광주리를 들고는 갔다.

양심의 가책이 마치 독충의 주둥이처럼 남자의 가슴을 모질게 물어뜯었다.

"사람이 꼭 열 손가락으로만 밥을 해 먹으라는 법은 없지 않은가?"
그는 생각했다. 그는 더더욱 아무 방도가 없었다. 고개가 더 푹 수그러
들었다.

주저하며 마음을 결정하지 못하는 상황 속에서 그의 조용하고 온
순한 성격도 변했다. 남자는 온종일 빨갛게 핏발이 선 눈을 부릅뜨고
일부러 시비를 걸어 소란을 피웠다. 누구든 그를 건들기만 하면 그의
화는 바로 폭발했고, 그의 아내는 더더욱 그의 화풀이 대상이 되었다.

"이런! 젠장!"

그녀는 다 끓인 옥수수 가루죽 한 그릇을 손에서 놓쳐 엎질러버리
자마자 자신을 탓했다. 말이 끝나기도 전에 부뚜막 벽돌이 여자의 정
수리를 향해 날아들었다. 여자는 본능적으로 피했다. 화를 낼 겨를도
없이 그녀는 곧 남편의 심상치 않은 모습을 발견하고는 오히려 놀라
서 허둥대며 소리를 질렀다.

"왜 그래요? 여보! 이까짓 일에 화를 낼 필요가 있나! ……한 끼
밥쯤 안 먹는 게 뭐 대수라고!"

"화가 나! 화가 난다고! 당신을 보면 더 화가 나! ……재수 없는
년! 내가 하루도 편할 날이 없어……."

남자는 더욱 폭발해서 소리를 고래고래 질렀다.

"뭐라고요?"

여자도 날뛰기 시작했다.

"하루 종일 죽을상만 하고 있더니 이제는 나 때문이라고 탓하는 거
예요? 흥! 이렇게 사는 거 나도 정말 견딜 수가 없다고요! ……뭐 대

단하다고!"

몸을 휙 돌리더니, 그녀는 걸상으로 사용하던 말뚝 위에 앉아 두 손으로 무릎을 감싸고는 더 이상 아무 말도 하지 않았다.

그는 마지막 말에 온 신경을 집중했다. 거기에 그녀의 그 냉랭한 표정, 동시에 일종의 남자의 자존심, 그리고 이유 없는 질투가 그를 부추겼다. 그는 낯빛이 새파래져서 떨리는 목소리로 말했다.

"그래. 알겠어, 알겠다고! 술병에 술이 없으면 손님을 잡기 어렵다더니, 당신 진즉에 딴 마음을 먹었던 거지? 당신은 날 무시하고 있어!"

남자는 섬뜩하게 웃으며 "좋아!"하고 한 마디 던지고는 곧바로 몸을 돌리더니 뒤도 안 돌아보고 가버렸다.

그는 아홉째 할아버지를 찾아갔다.

아홉째 할아버지는 논두렁 위에 서서 그를 향해 고개를 까닥하더니 웃으면서 말했다.

"방법이 있어! 나한테 맡기게!"

이틀 후 그가 찾아와 은밀히 말했다.

"맞아! 바로 산 저쪽에 사는 후(賻)씨네 큰아들이야. 고향 사람인데, 밭도 있고 땅도 있어. 마흔 살이 좀 넘었는데, 험한 일을 해 본 적이 없다네. 형제 둘뿐이니 식구도 단출하고."

그는 손가락 세 개를 펴 보였다.

"이 액수만큼."

아! 후씨네 큰아들! 시장에 가서 사람을 찾아 술 마시기 좋아하면서도 자기는 한 푼도 안 내는, 누구든지 그 사람 얘기만 나오면 침을 뱉고 싶어 하는 그 말라깽이. 그가? 지금에 와서는 그의 마누라를 원한다고? 수치와 분노와 굴욕감이 그를 짓눌렀다. 그는 한마디 말도 하지 않고 바로 몸을 돌려 가버렸다.

아홉째 할아버지가 놀라고 의아하여 그를 쳐다보고는 영문을 모르겠다는 듯이 머리를 감싸 쥐었다. 그러나 그가 멀어지는 것을 보면서 한 마디 묻지 않으면 안 되겠다고 느꼈다.

"그 사람한테 뭐라고 하란 말인가?"

"……."

"진짜 자네 같은 위인하고는 왕래를 못 하겠구먼!"

아홉째 할아버지가 아주 불쾌한 기색을 드러냈다.

그는 남자가 다시 걸음을 멈추는 것을 보았다. 그는 잠시 망설이더니 말했다.

"좋아요! 합시다! 어떻게 하든 다 괜찮아요!"

대답이 시원하고 단호했다.

아홉째 할아버지는 더욱 이상한 생각이 들어 그의 뒷모습이 보이지 않을 때까지 계속 그를 주시했다.

2

밤이 더 깊어졌다. 누에콩 꽃향기를 실은 바람에 소나무와 흙냄새가 살짝 묻어와 사방에서 출렁거렸고, 부뚜막 옆의 풀들은 끊임없이 여린 소리를 냈다.

두 사람은 아무것도 느끼지 못하고 쥐 죽은 듯 조용히 있었다.

갑자기 스산하고 기괴한 소리가 집 뒤 숲에서 들려왔다. 부엉이였다! 일 년 내내 울상을 짓고 있는 것 같은 불길한 새 부엉이! 파리한 두 얼굴이 휙 들렸다. 무의식 중에 어둠 속에서 두 개의 얼굴이 맞부딪쳤다. 두 사람의 마음속에는 모두 일종의 말로 표현하기 어려운 당황스러움이 담겨 있었다.

"쳇!"

남자는 힘껏 침을 뱉었다.

"재수 없는 년 같으니!"

여자는 반쯤 눈을 뜨고 정신이 아득해져서 마치 무당처럼 중얼중얼 저주를 퍼부었다.

"여기서기 부르시 말고 너한네나 서수 불러라, 린반林盘*이 네 무덤이 될 거야!"

무슨 일이 생각난 것처럼 남자는 문밖으로 나가 주위를 한번 살펴보고는 바로 돌아왔다. 그의 입술이 마치 말을 하려는 듯 계속해서 움직였지만 결국 입 밖에 내지 못했다. 몇 번을 그리한 후에, 그가 여자에게 말했다.

"이제 와서 그 사람들이 빈 가마를 메고 돌아가려고 하겠어? 말 못해. 에이!"

"어이구! 듣기 좋네!"

여자는 몸을 똑바로 세우고 남자에게 삿대질을 하며 욕을 했다.

"이 나쁜 놈! ……개만도 못한 놈! ……너 양심도 없냐!……"

---

* 집 앞뒤에 있는 나무숲이나 대나무숲을 가리켜 린반이라 칭한다. 쓰촨성 청두 평원과 구릉 지대의 독특한 농촌거주방식으로, 직경 50~200미터 정도의 원형형태를 이루는데, 안쪽은 농가 마당과 주변의 나무숲 및 하천이 있고 바깥쪽으로 논밭이 있다.

그녀는 온몸을 부들부들 떨고, 숨을 헐떡헐떡 몰아쉬었다. 그녀는 그 나무토막 위로 쓰러지듯 주저앉아 버렸다.

그녀의 말이 무겁게 던져와 한 마디도 빠짐없이 그의 마음에 꽂혔다. 그는 피할 방법도, 반격할 수도 없었다. 그저 두 눈을 크게 뜨고 그 맞은편의 사람을 노려보았다. 어쩌면 그는 어떻게 변명하고 설명해야 하는지 따지고 있는지도 몰랐다. 그러나 혀가 얼어붙어 버린 것처럼, 조급한 가운데 굳어 버렸다. 그는 마음이 급해서 연방 발을 굴렀다. 동시에 그가 어떤 상황에 처하든 항상 튀어나오는 한 마디 말, '엄니!'를 중얼거렸다. 그는 등을 돌리고 멍하니 작은 창 너머 흐릿한 들판을 바라보았다.

여자는 멍청히 그의 뒷모습을 보았다. 등이 높고 컸으나, 벌써 조금 구부정해졌다. 뜻밖에, 폭발한 것처럼 울부짖는 소리가 그녀의 귓전을 뒤흔들었다.

"나, 나도 우리 엄마한테는 귀한 자식이야! 내가 무슨 국법이라도 어겼단 말이냐? 내가 이 생고생을 해야 하는 거야? 어차피 똑같아, 우리 둘이 오늘 결판내자. ……어서! ……어서!"

그가 또다시 때리려고 하는 것을 눈치채고 여자는 재빨리 일어서서 다리를 끌며 밖으로 나갔다. 남자가 쫓아가면서 몸을 기울이고는 외쳤다.

"왜 도망가? 도망을 가? ……염라대왕이 네 혼을 빼앗아 갈까봐? 정말로 너를 때리려고 하면 너에게 날개가 생길까 걱정하겠냐!"

그에게 전혀 악의가 없다는 것을 알아채고 나서야 그녀는 멈추었다. 당혹해하면서도 경계심을 풀지 않고 문가에 섰다.

이렇게 한바탕 지나갔다. 남자는 성냥을 찾아내서 등불에 불을 붙였다. 어두침침한 기름등불 아래, 그 단정하고 약간은 거무스름한 얼굴이 유난히 위축되고 파리해 보였다. 눈동자는 더욱이 무시무시하게 움푹 꺼져있었다. 이때 그에게서는 비바람과 태양 아래서 열심히 일하는 가운데 형성된 중년 농민의 힘은 어떻게 해도 찾아낼 수 없었다. 그는 마치 이미 생명력을 완전히 잃어버린, 죽음에 직면해 있는 노인 같았다. 그는 몸을 굽히고는 침대 머리맡의 볏짚 아래를 더듬거렸다. 여자의 눈동자가 그의 손을 따라 움직였다. 그가 종이꾸러미 하나를 찾아내 꾸러미를 펼치자, 길쭉한 모양의 약 10센티쯤 되는 하얗게 빛을 발하는 뭔가가 나타났다. 그녀는 그것이 그녀가 이십 몇 년간 사용한 꽃무늬가 모두 닳아 벗겨진, 얼마 전에 저당 잡힌 은비녀임을 알아보았다!

"자! 이거 가져가."

비녀를 쥔 그 큰 손이 부들부들 떨렸다.

"당신 언제 찾아온 거예요?"

오랫동안 진심으로 아꼈던 보물을 잃어버렸던 것처럼, 일단 자신의 수중으로 다시 되돌아오자, 그녀의 미세하게 떨리는 목소리에는 희비가 뒤섞였다. 그녀는 말을 하면서 다가가 손을 내밀어 받았다. 그러나 바로 그녀의 손에서 미끄러져 버렸다. 동시에 한참 동안 담겨있던, 이해할 수 없어 생긴 원망으로 인해 억눌려 있던 두 개의 눈물방울도 굴러 떨어졌다. 그녀는 줄곧 고개를 저으면서 흐느꼈다.

"나는 필요 없어요! ……당신이 가지고 있으면 필요할 데가 있을 거예요, 난…… 난 필요 없어!……."

은비녀가 한 자루의 날카로운 검이 되어 그들 마음의 간격을 갈라 버렸다. 그 갈라진 틈으로부터 순박하고 진실한 감정이 솟구쳤다.

여자는 옷자락으로 눈물을 닦아내고는 불상조각처럼 조용하고 엄숙하게 서 있는 남편을 바라보며 말했다.

"저 가요!"

남자는 고개만 까닥일 뿐, 아무 말도 하지 않았다.

그녀는 비틀비틀 얼마 가지 못하고, 무슨 큰 일이 생각난 것처럼 고개를 돌리고는 목청을 높여 다급하게 소리를 질렀다.

"여보! 당신 속옷 뽕나무 위에 빨아서 널어놨으니 걷는 거 잊지 말아요!"

그녀는 약속 장소인 우뚝 솟은 아그배나무 아래를 향해 급히 달려갔다.

3

달도 없는 늦은 밤이었다. 희미한 별빛이 흐릿하게 길을 비추었다. 작은 가마 하나가 그 큰 나무를 향해 느릿느릿 오더니 나무 근처에 다다르자 가만히 멈춰 섰다. 거기에 진작부터 꼿꼿하게 서 있던 망령처럼 생긴 거무스름한 그림자가 앞쪽에 멈춘 가마를 보고는 흔들흔들 불안정하게 몇 발짝 물러섰다. 가마 앞쪽을 들고 있던 몸집이 작은 남자 샤오후小胡가 얼른 가마의 발을 올려서, 검은 그림자가 조용히 안으로 들어가도록 했다. 그는 식별해보려고 애를 썼지만 그녀의 생김새를 알아볼 수가 없었고, 그저 강한 머리카락 냄새만을 맡았을 뿐이었다.

사람을 태우고서 가마는 빠르게 움직였다. 쏜살같이 산기슭을 휘돌아 나간 후, 샤오후는 한숨을 크게 내쉬고는 뒤쪽의 사람을 불렀다.

"내려놓고 불을 붙여!"

가마가 길가에 멈췄다. 샤오후는 연거푸 성냥 몇 개비를 그었지만 연이어 몇 번 다 바람에 꺼져버렸다. 뒤쪽 사람이 구부려 바람을 막고 있는 그의 왼손을 걱정스럽고 다급한 마음으로 바라보았다. 금방 불이 붙나 싶더니 또 금방 사그라져 버렸다. 참다못해 그는 몸을 웅크리고 앉아서 두 손으로 조심스럽게 막 불을 붙인 성냥대가리를 감쌌다.

"이제 되었네! 밤길을 종종걸음으로 가야하니 정말 벌 받는 거지 뭐! 온몸이 땀투성이야!"

"이제 누가 감히 나를 붙잡으러 오겠어, 타지에서 남편 있는 아낙을 메어 가는데, 붉은 폭죽을 터트려 줘야지! 아냐! 홍! 와! 오기만 하면 반죽음이 되도록 두들겨 패줄 테니!"

가마가 두 사람의 어깨 위에서 그들의 고른 발걸음을 따라 안정되게 흔들렸다. 그러나 그들의 어깨가 조금이라도 흔들리면 땅위에 비춰진 불빛이 신나게 한바탕 춤을 췄다. 때로는 개구쟁이같이 요리조리 피하기도 했다. 다만 뒤쪽 사람이 순식간에 밟고 올라와서 산산이 흩뜨려 버릴까 두려워하는 것 같았다. 그러나 때로는 조용해지기도 했다. 너무 조용해서 마치 한 잔인한 음모가의 외눈이 이 순간 또 조용히 정신을 집중하여 그에게 방해가 되는 사람이 마음속에 묻은 비밀을 암암리에 훔쳐보고 있는 것 같았다.

사실 샤오후의 걱정거리는 불빛이 기뻐서 춤추듯 흔들릴 때에야 더 명백해진 바, 원인은 그 머리카락의 괴이한 냄새 탓으로 돌려야 할 것이다. 그것은 한가닥 형체 없는 아지랑이처럼 그의 두 다리를 칭칭 얽어맸다. 그래서 그는 앞쪽을 들고 있는 가마꾼으로서 응당 '길의 상황보고'를 해야 하는 직무를 잊어버렸다.

한쪽 발로 소똥 더미를 밟았다. 다행히 미끄러지지는 않았다. 뒤쪽 가마꾼은 화가 치밀어 오르면서도 그를 놀리고 싶어서, 원래는 앞사람이 해야 할 말을 몹시 분개하는 모양으로 외쳤다.

"오른쪽 꽃 한 송이."

"밟지 말라고 했잖아!"

말을 받으면서, 비로소 그는 자신이 잘못했음을 깨닫고 미안해졌다. 그는 얼른 가마를 바꾸어 메면서 한숨을 내쉬었다.

"가볍진 않군!"

그들이 막 석공장 위쪽 다리로 들어서려 할 때, 뒤쪽 가마꾼이 그에게 경고했다.

"이런 망할! 가마를 막 끌어당기는 바람에 어깨가 아프잖아, 불이 있는데도 아직 이렇게 골치 아프니! ⋯⋯앞쪽이 석공장이라는데, 곧 두박질해서 떨어지면⋯⋯."

별일 없이 석공장을 지나고 나자, 샤오후의 걸음걸이는 곧 다시 그의 마음과 마찬가지로 전처럼 어수선해지기 시작했다.

큰 머리에 동과_{冬瓜: 오이처럼 생긴 길쭉한 야채}처럼 생긴 이 사람을 순박하다고만, 그래서 약삭빠른 요령이라곤 조금도 없다고 생각지 말라. 친척집에서 6년간 소를 돌보면서 굶주림으로 인해 어린아이 같은 순진함은 진즉에 마음속에서 도망가 버렸다. 꼬마 몇몇이 어른들이 못

보는 곳에서 도둑질할 일을 비밀리에 논의하고 있을 때, 그들이 동굴 안에 숨어서 여기저기서 주워온 마른 나뭇가지로 여문 풋콩이며 곡식 알갱이 또는 닭을 구워먹고 있을 때, 그는 바로 교활하고 만사를 두려워하지 않는 그런 습성을 닥치는 대로 주워 들였다. 집으로 돌아오면 형의 생쥐 같은 두 눈이 그를 조금이라도 느슨하게 풀어준 적이 없었다. 그 눈동자들은 온종일 그의 곁에서 빙빙 돌면서 집안 살림을 밖으로 흘리는 틈이 있는지의 여부를 감시했다. 그리고 형으로서 항상 교육을 잘 시키고 있다고 여기고 이를 드러내며 혼자 몰래 웃었다. 그러나 아우 역시 한쪽 눈을 가늘게 뜨며 마음속으로 암암리에 외쳤다.

"형, 당신은 자신이 똑똑하다고 생각하나? ……정말로 안타깝군, 당신은 곡물 전부를 정확하게 세는 능력이 없어! ……밀 더 넷 되기 또 안 보이잖아! 그 빨간 바지를 입은 계집애 그 애 엄마는 또 며칠 배 터지게 먹었을 거라고. 알아? 응?"

4리 쯤 걸은 후 짧은 울타리 하나를 돌아들자 사합원식의 기와집 한 채가 눈앞에 바로 나타났다. 뜰 안에는 한 그루의 홰나무가 비스듬하게 서 있었다. 나뭇가지가 살랑살랑 흔들리고 있는 지붕 아래는 바로 '천지조상'이란 위패를 모시고 제물을 바치는 사당이다. 양초 몇 개가 설날 때처럼 타오르고 있었다. 개들이 한 무리의 아이들을 향해 짖어댔다. 아이들은 와자지껄 시끄러웠다. 잇달아 몇 명의 건장하게 생긴 남자들이 마당으로 걸어 나왔지만 그들은 다만 멀리 서서 지켜보고만 있었다.

"비켜라! 비켜!"

다리를 절뚝이는 한 노파가 힘껏 아이들을 헤치고 가마 쪽으로 급히 다가오더니, 발을 걷어 올리며 말했다.

"이 애가 내 조카머느리구나. 날 숙모라고 부르렴! 어서 빨리! 어서 빨리 나랑 가자꾸나!"

그녀는 가마 안의 사람을 왼쪽 방 안으로 데리고 가서 걸상에 앉혔다. 그녀는 핏발이 선 조그만 눈을 치켜뜨고 벽에 걸려있는 기름 등불의 밝은 빛 아래에서 그녀 옆에 앉아 있는 여자를 찬찬히 훑어보았다. 약간 까무잡잡하고 갸름한 얼굴에 머리카락도 정말 고왔다. 다만 빗질을 너무 못해서 심지어 누구와 싸우다 온 것 같았다. 그녀는 고개를 뒤로 좀 젖히고 그녀의 뒷머리 모양도 살펴보았다. 곧바로 그녀의 주름이 가득한 얼굴에 일종의 의기양양한 미소가 떠올랐다. 그녀는 한마디 말도 하지 않고 바로 널빤지 문을 밀고 나갔다. 얼마 되지 않아, 그녀는 조심스럽게 몇 가지 물건을 두 손으로 받쳐 들고 들어왔다. 새로 만든 은비녀 한 자루, 붉은 댕기 두 묶음, 분 한 곽, 연지 한움큼, 그 외에 종이로 대강 싸놓은 작은 꾸러미였다.

"아가."

그녀는 정답게 불렀다.

"봐라, 우리 같은 노인네들이 어디 모자라는 게 있더냐? 네 남편은 원래 은비녀를 만들 생각이 없었어. 다행히 내가 한사코 안 된다고 했단다. 너 같은 형편에 은비녀가 있을 리 없다고 생각했지! ……어이! 네가 한번 가늠해 봐라, 얼마나 묵직하니! 아무리 못 잡아도 여섯 돈은 될 거다!"

그녀는 조심스럽게 종이 꾸러미를 뜯었다. 푸른 잎사귀 두 조각이 달린 홍릉붉은 비단으로 만든 꽃장식 한 쌍을 꺼내더니 등불 아래에서 조금도 손상되지 않았음을 보고는, 먼저 여자의 머리 위에 대보더니 말했다.

"정월에 말이다, 내가 길에서 많은 아가씨들이 이 꽃송이를 달고 있는 것을 보았는데, 마음에 쏙 들어서 여기저기 부탁해 가지고는 이 한 쌍을 겨우 찾았다, 얼마나 힘들었는지! 본디 네 신랑 막내 여동생 시집갈 때 딸려 보내려고 했는데, 여기 조카가 부인을 맞이한다는 말을 듣고 서슴없이 선물로 주려고. 막내 여동생은 내가 새언니만 편애한다고 아직까지도 입을 삐죽이며 말한다니까 ……."

그녀는 갑자기 말을 멈추었다. 무슨 일을 기억해내려고 애쓰는 것 같았다.

"아! 생각났어…… 사람이. ……기억이 나빠졌어, 늙으면 정말 안 된다니까!……"

그녀는 말하면서 다시 비틀비틀 걸어 나갔다.

이번에 들어왔을 때에 그녀는 헉헉거리며 뜨거운 물 한 통을 들고 있었다.

"들 수가 없어서 그들더러 들어달라고 했지. 나 혼자 들고는 문턱도 못 넘어! 늙었어! 아무 쓸모가 없다니깐!"

그녀는 단숨에 말을 쏟아버리는 바람에 호흡이 더 가빠졌다. 한참이 지나서야 그녀는 겨드랑이 아래서 둘둘 말아놓은 커다란 천을 빼냈다. 하지만, 그녀는 먼저 또 다른 문 하나를 가리키며 여자에게 말했다.

"옆이 돼지우리니 등불 들고 가서 목욕해라. 그쪽에 함지도 있다. ……옛날부터 그리했느니라. 재수 없는 것을 씻어낸다고, 네 몸이 깨끗하고 말고는 개의치 않는다."

무명천 두루마리를 털어 펼치며 그녀는 말을 이었다.

"목욕하고 나서 이 옷으로 갈아입으렴. 소매가 좀 크긴 하지만 뭐 상관없다. 네가 나중에 직접 가위로 잘라 입으면 될 거다. 바로 네 남편이 사준 것이다. 십중팔구 새로 짠 가기포일 거다! ……염색물이 별로 맘에 들지 않으면, 한 이틀 뒤에 탈곡장에 가서 돈 몇 푼 주고 유산철과 오배자를 사다가 끓여 가지고 푸른 천으로 만들어 입어도 된다."

그녀는 한바탕 구시렁거리고 나서야 문을 밀었다. 그러나 막 문을 닫으려 할 때 다시 머리를 돌리더니 말했다.

"아! 앞으로 너는 우리 집 며느리다, 축하한다!"

노부인이 간 후에 방 안은 큰 재난 후의 평정을 맞이했다. 그녀, 풀을 팔던 그 여자는 그때서야 머리를 들고는 이 방을 자세히 둘러보았다. 방은 오래되어 낡았다. 벽 가까이에는 남색 삼베 휘장이 드리워진 침대가 놓여 있었다. 그 외의 곳에는 호미 손잡이며 광주리 같은 물건들이 난잡하게 가득 쌓여 있었다. 아직 손잡이를 달지 않은 맷돌은 새로 구멍을 뚫은 것이었다. 그녀는 바닥에 놓인 그 통의 물이 열기를 뿜고 있는 것을 보고서는 일일이 다 노부인의 지시를 따랐고, 돼지우리의 문을 열었다. 나무 말뚝으로 둘러쳐진 축사가 온통 똥냄새와 습습한 기운으로 가득 차 있는 컴컴한 방의 한 쪽을 차지하고 있었다. 축사 안에는 중간치쯤 되는 흑돼지 몇 마리가 있었는데 배가 고픈 것 같았다. 몇 마리는 구유 바닥에 조금 남은 찌꺼기를 핥아먹고 있었고, 앞쪽으로 비집고 나오지 못한 몇 마리는 옆에 서서 씩씩거리며 먹고 있는 돼지들을 향해 위협적인 콧바람을 뿜어대고 있었다. 갑작스런 불빛이 그들을 불안하게 만들었는지 조금 소란해졌다. 그들은 구걸하는 듯 머리를 쳐들고 너무 살이 쪄서 짓눌리는 바람에 한 가닥 실처럼 생겨버린 눈으로 들어온 사람을 쳐다보았다. 그것들은 그녀에게 몇 년 전 습관이 되어버린 동작을 새로이 일깨워 주었다. 그녀는 주변을 뒤지더니, 마침내 한쪽 구석에서 잘 삶아진 돼지 여물 한 통을 발견했다. 그녀는 등을 쇠못에 걸었다. 그리고 한 손으로는 통의 손잡이를 들고 또 한 손으로는 통의 바닥을 받치고는 콰르르 구유에 쏟아 부었다.

"워이!……워……이……돼지야, 후루루루루……이쪽으로 와! 워……이!"

그녀는 돼지들이 하나같이 다 주둥이를 구유에 박고 만족스럽게 다투어 먹는 것을 보고 비로소 미소를 지었다.

고개를 돌려 바닥에 놓여있는 나무 대야를 보고 그녀는 잠깐 씻을까 말까 망설였다. 순식간에 그녀는 결정했다.

"씻자!"

"재수 없는 기운을 씻어내자."

그녀가 보았던 모든 '재혼녀'들은 다 이렇게 했다. 게다가 그녀 자신이 또 얼마나 재수 없는 년이냐!

안채와 사랑채 사이 마당에서 폭죽이 터졌다. 이어 어른과 아이의 한바탕 떠들썩한 웃음소리가 울려 퍼졌다. 그녀가 등을 들고 원래 앉아 있었던 방으로 다시 돌아왔을 때에는 이미 어린아이와 여자들로 방 안은 새까맣게 꽉 차있었다. 그녀가 안절부절 나아가지 못하는 것을 보고 그녀들은 웃으면서 마구 그녀를 끌고 들어가 소란스럽게 몸치장을 해주기 시작했다.

"거울 한번 봐요."

한 젊은 여자가 그녀에게 분을 발라주고, 마지막에 홍릉을 그녀 머리 위에 꽂아 주며 말했다.

"다른 사람 얼굴에 화장하는 게 정말 힘드네요."

그녀는 순순히 거울을 힐끗 한 번 보고는 다시 고개를 숙였다.

"아이고! 어째서 울어요? 방금 화장했는데!"

그 여자가 기분이 상해서 말했다.

"제자리로 돌아가, 너희들 자리로 가서 앉아라!"

노부인이 사람들을 쫓아냈다. 그녀는 눈을 가늘게 뜨고 웃으면서
여자를 자세히 살펴보았다.

"이제야 좀 그럴 듯하네! 그 꽃 한 쌍이 없으면 안 돼…… 나를 따
라오너라, 친척들이랑 친구들에게 결혼 축하주를 따라 드리러 가자."

여자가 손님으로 가득 찬 안채 방으로 들어서자마자 무슨 기계를
디딘 것처럼 바로 한바탕 시끄러워졌다.

"완전히 딴 사람이 됐네!"

"가난한 집 아이 같지 않아."

"다후大胡 형은 복을 타고 났다니까. 그 눈먼 점쟁이 말이 정말 꼭
맞았네!"

"아홉째 아저씨 안목이 괜찮구나!"

그녀는 사방이 가시인 숲을 뚫고 들어온 것처럼 나아가지도 물러
나지도 못했다. 그녀의 다리는 계속해서 찌릿찌릿 전기가 왔다. 당장
앉고 싶었지만 아무도 그녀에게 앉으라는 사람이 없었다. 게다가 그
녀 주위엔 앉을 만한 자리도 없었다. 그녀는 마치 교활한 늙은 고양이
에게 오랫동안 괴롭힘을 당하면서도 한 입에 삼켜지지 않으려고 하는
작은 쥐와 같이 방 모서리에 움츠리고 서있을 수밖에 없었다.

다후는 두개의 크고 누런 이빨을 드러내놓고 멍청하게 웃었다. 샤오후는 그가 맞이해 온 형수를 자꾸 바라보았다. 이때 그녀의 몸에서는 그 머리 냄새 외에도 분향기가 진동했다.

노부인이 여자에게 질흙으로 구워 만든 술병 하나를 건네주며 말했다.

"가서 먼저 아홉째 숙부에게 한잔 올려라. 너희 일을 위해 애 많이 쓰셨다."

아홉째 숙부에 대해 말하는 걸 듣고 그녀는 원망이 좀 솟구쳤으나, 결국은 맨 처음 내민 그 술잔에 술을 가득 따랐다.

'신부의 술'은 싸구려 소주의 쓴맛을 바꿔버렸다. 손님들은 오늘은 다후가 대접하는 것이라는 것을 잊지 않았다. 손님노 쉬아고 구•인도 취했다.

"신부가 신랑이 따라 주는 술을 마시지 않을 수 없지!"

한 거친 목소리가 말했다.

"맞아요, 맞아!"

탁자에서 귀가 멍멍할 정도로 울부짖는 소리가 일었다.

갈팡질팡하는 사이 여자의 손에 술잔이 쥐어졌다. 동시에 그녀는 한 사람의 옆으로 밀쳐졌다. 그녀는 이 사람이 누구인지 알아차렸으나 고개를 들어 이 사람을 보고 싶지 않았다. 다후는 술을 받으려 하지 않았다.

"아직도 부끄러워 하네! 네가 그에게 따라주는 것도 마찬가지지!"

그녀의 팔뚝은 한 힘센 손에 의해 꽉 잡혔다. 그녀는 본능적으로 자기 쪽으로 움츠렸다. 눈 깜짝할 사이 다후 주변과 심지어 가까운 자리의 식기와 고구마 위에 꽂혀 있던 반 조각 초까지 모두 그 너무 큰 옷소매에 의해 쏠려 바닥으로 떨어져 버리고 말았다.

어떻게 된 일이야!

다후는 먼저 물과 기름으로 더러워진 셔츠를 보고, 다시 땅바닥 여기저기 어지럽게 산산이 부서진 그릇과 술잔들을 봤다. 마치 부족할 데 없는 가산이 그녀에 의해 산산조각 나기라도 한 듯, 그는 한 손에 그녀의 머리채를 휘어잡고 미친 듯이 고함을 질렀다.

"큰일이군, 큰일이야. 오……오늘이 무슨 날인데, 네가 나에게 이런 짓을 해? 쇠빗자루 _{팔자가 센 여자를 빗대어 하는 욕}……넌 쇠……네 년, 네 년이 그 풀 파는 남자를 망하게 하더니, 또……또 나를 망하게 하려고 해? 너 같은 년은 필요 없어, 꺼져! 꺼져 버려!……."

너무 지나쳤다고 느꼈는지, 손님들의 권유에 따라 그는 손을 풀었다. 맥이 빠져서 풀싹 주저앉으며 중얼중얼 악담을 퍼부었다.

"아직도 안 가고 있어?"

그 노부인이 여자를 잡아당기며 말했다.

"그를 탓할 수도 없다."

여자는 한 걸음에 방으로 들어갔다. 방은 어두웠다. 그녀는 움직이지도 않고 울지도 않고 멍하니 창밖 검푸른 하늘을 바라보았다. 하늘 위엔 반짝거리는 별이 몇 개 걸려 있었다.

손님들은 떠나고 응접실 안에는 다후 형제 둘만 남았다.

점점 여자는 의식이 깨어나 조금 전의 모든 일이 생각났다. 그녀는 얼굴을 감싸고 흐느껴 울었다.

"내 팔자야! 내가 무슨 죄를 지었단 말이냐! 그 사람이 이렇다는 것을 미리 알았으면 굶어 죽어도 나를 보내지 않았을 텐데……."

그녀는 근처에서 삐걱하는 소리가 났다고 느꼈다. 문이 곧 열렸고 한 조그만 사람이 그녀 앞에 와서 섰다. 동시에 그녀는 "형수님!"하는 소리를 들었다.

목소리가 매우 익숙했다. 바로 그녀를 여기로 데려온 그 사람이다!

그녀는 놀라고 당황하여 뒤로 물러섰다. 돼지우리 문에 등이 닿았다. 그러나 그 사람도 한 걸음 더 가까이 다가와 또 "형수님"하고 불렀다.

그녀는 이것이 어찌된 일인지 알아차리고는, 화가 나서 그에게 삿대질을 하며 욕설을 퍼부었다.

"너 죽고 싶지! 꺼져!"

"무서워하지 마세요! 무서워하지 마세요……형은 취해서……잠들었어요, 잠들었……다고요 아아……!"

그는 웅얼웅얼 말하면서 그녀에게 돌진했다. 역한 술냄새가 그녀의 얼굴에 부딪혔다. 그녀는 손바닥으로 뺨을 한 대 갈겼다. 그는 몇 번 흔들흔들하더니 중심을 잡지 못하고 곧 넘어져 버렸다.

바닥에 쓰러진 사람은 계속해서 기어오르려고 했다. 그 취한 남자가 자신을 주체하지 못하고 꿈틀거리는 모습은 그녀에게 일종의 기괴한 공포와 위협감을 주었다. 그녀는 그가 살아있는 사람처럼 느껴지지 않았다. 그녀는 단숨에 돼지우리의 문을 열고 밖으로 달려 나갔다.

안채와 사랑채 사이의 마당에는 무덤과도 같은 정적이 흐르고 있었고, 응접실 저쪽에선 묵직한 숨소리와 코고는 소리만 울려 나왔다. 등불은 이미 꺼져 있었다. 놀라고 당황스럽고 혼란스러운 가운데 그 사람이 또 다가올 것 같아 그녀는 아무 생각 없이 온 힘을 다해 대문 밖으로, 길도 분별할 수 없는 어둠 속으로 미친 듯이 달려 나갔다.

그녀는 그녀를 쫓아 나온 개에게도 신경 쓸 겨를이 없었다. 어느 방향으로 가야 할지도 몰랐다. 그저 한 걸음 한 걸음 그 허옇게 비치는 길 그림자를 향해 갔다. 달릴수록 마음은 더 혼란해졌고 더 다급해졌다. 그러나 발걸음은 오히려 더 느려지기만 했고, 그 돌다리에 다다랐을 때에는 그녀의 힘은 더 이상 견뎌낼 수가 없었다. 자기도 모르게 몸이 아래로 고꾸라졌다. 막 앉으려고 하는 순간, 맥없이 다리가 꺾이면서 그녀는 데굴데굴 굴렀다.

처음에 그녀는 가까이 오는 사람들의 소리를 들은 것 같았으나 이후엔 어떤 것도 느끼지 못했다.

별빛이 다 사라졌다. 사방 들판은 온통 어두움과 고요함 그 자체였다.

그녀는 눈을 떴다가 잠시 후 다시 눈을 감았다. 마음속이 휑하니 아무것도 없었다. 잠시 후, 그녀는 점점 양 볼의 통증과 온몸에 참을 수 없는 고통을 느끼고는 결국 눈을 크게 떴다. 어떻게 해서 이 차갑고 딱딱하고 울퉁불퉁한 곳으로 오게 되었는지 알 수 없었다. 양 볼이 칼로 베인 듯이 몹시 아파서 그녀는 자신도 모르게 뺨으로 손이 갔다. 매우 큰 상처와 끈적끈적하게 흘러나온 뭔가가 만져졌다. 그것이 피라는 것을 그녀는 알았다! 그녀는 그 상처를 신경 쓰기도 싫었고 그 외에 또 얼마나 상처를 입었는지 볼 마음도 내키지 않았다. 그저 이곳으로 오게 된 원인이 무엇인지를 생각해 내는 데에 정신을 집중했다. 그녀는 정신이 번뜩 들었지만, 후회했다. 다후의 집을 떠나지 말았어야

했다고 후회했다.

"정말 미쳤어. 누가 널더러 도망가라고 했다고!"

그러나 그녀는 방금 들은 사람의 목소리가 기억났다. 그녀는 생각했다.

"내 남편을 조지러 간 게 틀림없어! ……내가 외려 그를 해쳤네!"

어디서 용기가 났는지, 그녀는 아무것도 생각하지 않고 그저 일어나려고 애썼다. 그러나 돌덩이가 너무 많아서 발을 내밀자마자 걸려넘어지고 말았다. 수도 없이 넘어진 후, 그녀는 낙담해서 아무데나 벌렁 드러누웠다. 몸을 웅크리고 누워서, 손으로 머리를 받치고 신음했다. 그녀의 소매와 풀어헤쳐진 긴 머리가 피로 축축하게 젖었다.

그녀는 그냥 여기서 이렇게 죽었으면 싶어서 누운 새 꼼짝도 하기 않았다. 하지만 계속 어떤 것이 그녀가 마음을 털어버리지 못하게 만들었다, 그녀는 눈을 감지 않도록 애쓰면서 날이 밝기만을 기다렸다.

닭이 연이어 몇 번을 울었다. 오래지 않아 동녘 하늘이 곧 희뿌옇게 밝아왔다. 그녀의 주위는 점점 긴 밤의 어둠에서 벗어나 모든 것을 따스하게 어루만져 주는 새벽빛 속으로 들어갔다. 그녀는 정신을 차리고, 여기가 석공장이라는 것을 알아보았다. 그녀 집에서 2리 밖에 떨어져 있지 않은, 그녀 남편이 풀을 팔 때 매일 지나가는 그곳이다! 상처의 통증도 이때는 그녀가 움직이지 않고 머무르게 할 만한 힘을 잃었다. 그녀는 입술을 꽉 깨물고 들쭉날쭉한 돌덩이들을 더듬거리며 온 힘을 다해 평지를 향해 기어올랐다. 기껏해야 여섯 자 높이의 석공장을 걸어 올라온 것에 불과했지만, 그녀는 또 밭 옆에 드러누워 한동안 헐떡거렸다. 한숨 돌린 후 다시 용기를 내어 느릿느릿 그녀의 낮은 집 쪽을 향해 절뚝거리며 걸어갔다. 그녀가 어렵사리 산비탈을 기어올라가 한 눈에 그녀의 집 꼭대기를 보았을 때, 그녀의 발걸음이 갑자기 빨라졌다.

"여보, 여보!"

나무 한 그루에 몸을 기댄 채 그녀는 가냘프게 외쳤다.

대답이 없었다.

그녀는 급히 다가갔다. 판자문은 활짝 열려 있었다. 문을 마주 하고 있는 낡은 탁자 위에 등잔불만 쓸쓸히 타고 있을 뿐 안은 텅 비어 있었다.

"당신 어디 있어요? 여보…… 여보!"

그녀는 황급히 문밖을 향해 외치고 창밖을 향해서도 외쳤다. 그 소리는 마치 오래된 우물에 던져진 종이 부스러기처럼 시종 바닥에 닿지 않았다.

그녀는 문에 기댄 채 잠시 서 있었다. 그녀의 몸은 아래로 무너져 내리려고만 했다. 그녀는 억지로 두어 걸음을 떼고는, 완전 녹초가 되어 침대 위에 풀썩 쓰러져 버렸다.

날이 훤히 밝았을 때 누군가 들어오는 것 같았다. 그녀는 몸을 좀 일으키고 싶었지만, 이미 꼼짝도 할 수가 없었다. 바깥쪽으로 귀를 기울여보니, 누군가 입구에 서 있는 것을 들었다. 무언가를 살펴보고 있는 듯했다. 동시에 한 나지막한 소리가 말하는 것이 들려왔다.

"……바로 어젯밤이야! 여자가 밤사이 시집갔다가 몰래 도망쳤다네, 한밤중에 다후 형제가 민병을 찾아갔어, 이 집 주인에게 여자를 내놓으라고. ……그래, 가려고 하지 않아서 따귀를 몇 대 맞았지. 몰래 혼자 생각하고 생각을 드러내지 않는 사람은 말을 마음속에 억누른다 잖아, 그 사람이 할 수 있을 거라 봤나? 그렇게 성실한 사람이 도리어 사기를 칠 줄 알다니!"

1936년

펑컹은 1907년 광둥廣東의 한 빈한한 가정에서 출생하였다. 1929년 상하이로 온 그녀는 그해 5월에 공산당에 가입, 직업적인 혁명가의 길로 들어섰다. 1930년 50명의 발기인 중한 명으로 좌익작가연맹에 합류하여 활발한 활동을 벌이다가 1931년 체포되어 2월 옥중에서 회생되고 말았다. 이후 그녀는 함께 총살을 당한 4명의 좌익작가들과 더불어 '좌련 5열사'로 칭해졌다.

1925년부터 창작 활동을 시작한 그녀는 주로 서정적인 소시小詩를 많이 발표하였다. 이 시들은 젊음과 사랑을 찬미하거나 아름다운 미래를 그리기도 하였다. 이에 비해, 소설은 하층민이나 여성 등 약자들의 비참한 생을 통해 계급적인 불평등을 해부하기도 하고, 홍군과 혁명에 대한 기대와 찬양을 담기도 했다.

특히, 그녀는 남성화 또는 중성화된 여성 혁명가의 모습을 통해 새 시대의 여성상을 제시하였으며, 선명하고 강한 혁명의식을 드러내었다. 「아이를 파는 아낙販賣嬰兒的婦人」, 「혁명가의 일기紅的日記」, 「샤오아창小阿强」 등의 작품이 그 대표작이다. 하지만, 여타 초기 프롤레타리아 문학과 마찬가지로 개념화, 공식화된 한계를 벗어버리지는 못했다. 이와는 약간 다른 시선에서 새 시대의 여성상을 제시한 작품으로 「여자의 몸─團肉」을 꼽을 수 있다. 이 작품에서 펑컹은 당대 신여성에 대한 왜곡된 시선을 꼬집고 있는데, 여성 해방의 방식으로 사회적 자아실현을 넘어서, 진정한 여성 해방의 길이 무엇인지에 대해 사유하고 있다.

펑컹

(馮鏗, 1907~1931)

여자의 몸—一團肉

왜 D는 그런 여자와 동거하는 거지? 정말 구역질나는 여자잖아!

누가 아니래? 그날 그들과 P공원에 산책하러 갔는데, 두 시간도 안 되었을 거야, 사람들 다 보는 앞에서 연거푸 네 번 이상 문을 바르는 거 있지! 여자란 본래 기꺼이 남자의 노리갯감이 된다고 내가 그랬지, 그러나 적어도 기술적으로 은밀하게 해야지! 정말 태연스러운 매춘부 같은 여자, D가 어떻게 그런 여자와 맞을 수 있는지! 무슨 의미가 있다고?……

의미야 없지, 그렇지만 쓸모 있잖아! 코끝이 우스꽝스럽게 생긴 S가 흥하고 비웃었다!

쓸모 있다고! 그녀가 D의 어진 아내 노릇을 하겠어, 아님 사업상의 파트너를 하겠어? 그런 신여성은 그저 남자의 맑은 피를 빨아다 자기 몸만 편안하게 할 줄 알아, 그리고 그 살지고 연한 몸을 남자들에게 노리개로 제공하는 그런 여자에 불과해! 어쩜 이게 그녀의 용도일 지도! 서두르지 마! 내가 말한 용도는 모든 것을 초월하는 낡은 관념 이외의 것이야. ……생각해 봐, 우리처럼 이렇게 행적이 의심스러운 독신남자들은, 다른 건 차치하고서라도, 방 하나 얻는 것도 열에 아홉은 거절당하지 않나? 이것만 봐도 D는 우리 앞에서 활개 치는 거지! ……

그의 끈질긴 목소리를 끊은 것은 와자한 웃음소리였다.

하하하! ……이 말이 정말 핵심을 찔렀네! ……난 말이야, 아내가 없는 스트레스를 여러 번 받았어! ……신여성 하나 데려다 집을 얻는 핑계거리로 삼고 싶다니깐…….

오늘날 소위 신여성은 그저 고깃덩어리야, 사과 같은, 연한 닭 같은 향기롭고 맛있는 고기, 그녀들은 '인간'이라는 동물에게 필요한 영혼이 전혀 없어.

불빛이 닿지 않는 구석에 누워 있어서, 장난치고 웃는 중에 그 존재가 잊혀졌던 C가 갑자기 일종의 억제하지 못하는 성난 목소리로 말하면서 벌떡 일어나 사람들 앞으로 왔다. 흐트러진 장발 틈으로 분노의 눈빛이 번쩍이고 있었다! 그는 진작 돼지처럼 미련한 구식 아내를 버렸다. 새 아내와는 연애해서 결혼했지만 결국엔 반짝반짝 빛나는 황금 때문에 헤어졌다. 아리따운 작은 새 같은 새 아내에게 버림당했다! 그는 극단적인 여성 혐오자이다.

하하하, 사람들의 웃음이 C때문에 다시 길어졌다.

그러나 당신들은 모두 애꾸눈이 남자들이다. 한쪽 눈이 멀었다고! 아무 말도 하지 않고 있던 G군도 의견을 내기 시작했다.

조롱하는 거 들을 필요 없다! 넌 이미 이상적인 아내가 있다는 걸 알아!

조롱도 상관없어. ……왜 애꾸눈이라고 하냐고? 당신들은 그저 그녀들의 안 좋은 면만 볼 뿐, 사회의 어려운 곤경에 대해서는 보지도 않고 관심도 없기 때문이야! 그녀들이 육체적인 쾌락과 꾸미는 것만 알고 각성한 사람이라면 마땅히 갖춰야 하는 정신을 망각했다고 욕하는 거 아냐? 그러나 생각해 봐! 지금 사회에서 남자들도 그녀들을 노리개로 보고 약탈할 의도를 품고 있지 않나? ……지금은 자기 힘으로 밥 벌어 먹는 자립할 능력이 되는 수많은 여자들이 있어, 학식도 풍부하고 재주도 뛰어난 인재들이지, 그러나 왜 그녀들도 여전히 화장을 하고 육체적인 향락과 허영을 쫓고 있으며 기회만 있으면 바로 고급 창녀가 되어 남자들을 받드는 걸까? 그녀들 모두 기꺼이 타락하는 걸 감수하는 걸까? 그렇지 않을 걸! 누구든 그 사람만의 양심이 있다고! ……봉건제도는 그녀들을 노예로 만들었고 자본주의는 그녀들을 아름다운 상품으로 만들었어! 이런 이중의 족쇄 하에서 쉽사리 자신을 해방시킬 수 있으며 벗어날 수 있을까? 비록 마찬가지로 노동을 해서 빵을 얻지만 여자가 남자처럼 꾸미지 않거나 용모가 좀 떨어지면 사회에 나가서 남자들과 마찬가지로 같은 직업을 얻을 수 있을까? 동료에게 아첨하지 않는 남자는 상사인 남자가 물색하고 발탁도 하지만, 여자들은 자기들의 자리를 유지할 수 있을까? ……예컨대, 남자친구나 동료, 파트너를 찾는다면, 당연히 그들이 잘 생겼는지 아닌지가 기준이 되지는 않잖나? 그러나 여자를 만나면, 당신들, 좀 예쁘고 잘 꾸민 여자를 선택하지 않나? 환경이 그녀들의 생존방식을 결정한 거야, 왜 당신들은 수많은 억압을 당하고 있는 여자들에게 완전무결을 요구하는 거지……. 그는 결국에 가서는 흥분해서 말하는 것 같았다!

네 말대로 우리 남자들이 그저 그녀들을 불쌍히 여기고 동정한다면 소위 진정한 신여성은 영원히 실현되지 못할 거다! S는 또 그의 짧은 콧등을 킁킁거렸다.

　누가 그래? ……고깃덩어리, 너희들이 말하는 요염한 고기는 자본주의 문명이 만들어낸 죄악의 결정체야, 영혼이 없고 족쇄 아래 굴복하고 있는 나약한 죄인들은 자신을 벗어나게 할 수 없어! 진정한 신여성은 화장을 지워버리고, 한 쟁쟁한, 날카로운 칼을 쥐고서 위대한 혁명의 물결에 참여하여 시대의 진보를 이끄는 모든 단체의 일원, 불꽃 중의 투사가 되어, 그녀들의 진정한 출로를 찾는 여성이야. 오로지 미래의 새로운 시대 안에서만 여자는 비로소 완전히 '인간'으로서 진정한 자격을 얻을 수 있기 때문이지! 새로운 시대는 이미 눈앞에 있어, 신여성은 이미 그녀들의 빛을 드러내기 시작했어! 기다려! 당신들이……

1930년

아이를 파는 아낙販賣嬰兒的婦人

차가운 비가 흩뿌리는 음력 11월의 어느 날, 차고 습습한 공기가 하늘에서 흔들리면서 살갗을 파고들었다. 작은 벌레가 옷 속에 파고들어와 피부를 갉아먹는 것 같았다. 하늘은 어두운 잿빛이고, 서리에는 아직도 많은 차들이 질주하고 있었지만 썰렁하기 그지없었다.

한 소개업소 안에 늙은이고 젊은이고 일자리를 잃은 수많은 부인들이 가득 앉아 있었다. 그녀들 모두 콧등은 빨갛게 얼어붙었고 두 손은 소매 안에 움츠려 넣었으며 목은 잔뜩 웅크린 채로 다닥다닥 붙어 앉아 있었다. 그녀들의 마음은 온통 삶의 실제적인 밧줄에 묶여서 다른 어떤 것도 드러내 보일 수 없는 것 같았다. 품안에 갓난아이를 안고 있는, 꽤 젊은 부인 하나가 있었다. 그녀의 두 눈은 아직도 젊음의 열정을 담고 있었지만, 그 얼굴은 너무 야위고 거칠어서 해골 같았다. 그녀는 거리의 빗줄기를 응시하다가 또 사무실에 걸려 있는 관우의 초상화를 쳐다보기도 했다. 그녀는 중얼중얼 간절히 빌고 있었다.

"보살님, 얼른 저에게 주인집 하나 찾아 주세요! 그렇지 않으면 저는 이 겨울을 날 수 없을 거예요!"

그녀의 눈에서는 눈물이 흐르고 있었다.

"리시메이李細妹, 왜 또 우는 거야?"

옆에 앉아 있던 한 쉰 살쯤 되어 보이는 늙은 아낙네가 그녀를 달
랬다.

"동생은 그래도 젊으니 금방 주인집을 찾을 수 있을 거야. 지금 가
정부나 유모를 구하는 사람들은 다 건강하고 곱게 생긴 여자부터 데
리고 가. 우리처럼 이렇게 나이든 사람들이나 항상 여기 앉아서 길가
만 바라보고 있지. 울지 마!"

"저도 여기에 29일이나 앉아 있었는걸요."

그녀가 말했다.

"이래가지고 어떻게 밥값을 벌겠어요."

이때 마침 상인처럼 보이는 한 중년남자가 성큼성큼 들어왔다. 가
죽옷을 입고 위에 비옷을 걸쳤는데, 물이 뚝뚝 떨어지고 있었다. 방 안
사방을 휘 돌아보는 그의 태도는 낯설고 급한 듯했다.

그의 눈빛이 사무실 안의 많은 사람들을 한 번 훑는 순간, 사람들
은 정신을 바짝 차리고 자기도 모르게 옷깃을 여미고 머리칼을 매만
졌다. 졸고 있다가 옆에 있던 사람 덕분에 깨어난 이는 두 손으로 계속
해서 눈을 비벼댔다.

사장은 원래 남자 둘, 여자 한 명과 마작을 하고 있었는데, 이때 그
도 바로 마작을 멈추고는 얼른 일어나, 뚱뚱한 몸을 좌우로 흔들어가
며 그를 맞이했다.

그녀들의 심장이 다들 약하게 뛰기 시작했다. 시선이 온통 그 고용
주에게 집중되었다. 다들 그의 눈에 띄기만을 바라는 것 같았다.

"이 사람, 어떤가요?"

그는 리시메이를 가리켰다.

"그렇지만 젖이 잘 나오는지는 한번 봐야지요."

사장은 그녀를 향해 교활한 웃음을 흘리고는 내뱉듯이 말했다.

"그녀, 그녀, 괜찮습니다, 가장 나아요······."

"그러나"

그 고용주가 다시 말했다.

"그녀는 아직 애를 안고 있군요. 먼저 이 아이를 어떻게 한 후에 우리 집으로 가야지요."

사장은 온화하게 말을 받았다.

"당연하지요."

그러고는 리시메이에게 고개를 돌렸다.

"한 번 생각해 보지······."

"나도 알아요." 그녀가 대꾸했다.

"하지만 아이를 맡길 친척이 없어요, 게다가······ 애 아빠도 죽었어요!"

대답하면서 그녀는 또 눈물을 흘렸다. 이것은 비단 슬픔 때문만은 아니었다. 직업을 얻을 수 있다는 기쁨과 주인이 아이를 데리고 가서 일하도록 좀 봐주기를 바라는 복잡한 심정이 엉켜 있었다.

"아내가 임신했기 때문에 유모를 구하러 온 것인데, 어떻게······."

고용주는 눈살을 찌푸리며 말했다.

"난 부인의 젖이 필요한 거요, 그렇지 않다면······."

"빨리 결정해요! 여기 부인만 있는 건 아니니."

사장은 턱수염을 만지작거리며 그녀를 재촉했다.

"잠깐 생각 좀 해볼게요!"

그녀는 사정하듯 눈물 섞인 목소리로 말했다. 마음이 몹시 급했다. 일자리를 얻으려면 어쩔 수 없이 아이를 버려야 하고, 아이를 지키려면 일자리를 얻을 수 없다. 어쨌든 한 가지는 잃을 수밖에 없다! 두 가지를 다 만족시킬 수 있는 방법은 지금 눈앞엔 없다! 그녀는 품안의 아이를 보았다. 불그레하니 눈을 꼭 감고, 벌레처럼 꿈틀거리고 있었다. 말라비틀어진 자신의 젖가슴도 보아하니 곧 젖이 나오지 않을 것이다. 아이는 계속 젖을 빨고 있고, 그녀 자신은 충분한 음식을 먹지 못하고 있어서, 최근 들어 무서울 정도로 젖이 너무 적게 나왔다. 아이가 자주 우는 것도 배부르게 먹지 못해서이다. 그녀는 생각했다. 만약 일자리를 얻지 못한다면 머지않아 자기와 아이가 다 아귀로 변하지 않을까! 내가 나를 구하는 수밖에! 아이가 사랑스럽긴 하지만 가난한 어미는 이미 아이를 먹일 젖이 없는 지경에까지 이르렀다. 버리는 수밖에 없다!

그녀는 고심한 끝에 결연하게 말했다.

"아이를 버려둘게요!"

굶주린 악마가 그녀의 어려운 상황에 얽혀있다고 생각했다. 그녀는 다시 말했다.

"혼자 가겠어요!"

"그럼 됐습니다."

고용주는 미소를 지으며 고개를 끄덕였다.

"비록 이렇게 되었지만 우리 애는 도대체 어디다 두고 가나?"

그녀는 후회가 밀려오는지 처참하게 말했다.

"영아원에 데려다 줘요!"

사장이 그녀에게 말했다.

"영아원?…… 그러지 뭐! 그럼, 사장님, 내가 아이를 영아원에 맡기고 나서야 사장님 댁에 가서 일 할 수 있겠어요. 오늘은 아마 못 갈것 같은데, 내일 일찍 가도 괜찮지요?……."

그녀는 단숨에 말했다.

그 고용주는 그녀에게 주소를 하나 남겨 주었다.

그녀는 자기 아들을 버리고 장차 태어날 남의 아이를 시중들어야한다고 생각하니 자기도 모르게 가슴에서 수만 길 분노의 불이 일었다! 고용살이를 마다할까 생각했지만 앞날에 오로지 고생만이 따라올 것이다! 아들과 잠깐 떨어져 있으면 장래 어쩌면 다시 만날 수도 있을 것이다. 그렇지 않으면, 지금은 그저 죽는 수밖에 없어…… 그녀는 이런저런 생각을 하면서 빗속으로 사라져 가는 고용주의 뒷모습을 배웅했다.

그녀는 이렇게 결정한 후에 바로 소개업소를 나왔다. 어린아이를 안고 다 찌그러진 우산을 받쳐 들고 영아원 쪽으로 달려갔다.

비가 갈수록 거세졌다. 우산의 찢어진 틈 사이로 흘러내리는 빗물이 아이의 얼굴에 뚝뚝 떨어졌다. 아이가 으앙 울음을 터뜨렸다. 그녀는 아이를 달래면서 비바람과 싸웠다.

가는 길에 그녀는 전에 이웃이었던 주朱아주머니를 만났다. 주 아주머니는 당황하여 어디를 가냐고 물었다.

"영아원에 가요!"

그녀는 간단하게 대꾸했다.

"영아원?"

주 아주머니는 깜짝 놀랐다. 잠시 후 점점 그녀의 사정을 알게 되었다.

"시메이! 영아원에 가지 말라고 하고 싶네! 이렇게 어린아이를 그 곳에 보내는 것은 고깃덩이를 호랑이 입에 넣어주는 것이나 매일반이야. 살아남기를 바랄 수 없어."

주 아주머니는 아주 진지하게 말했다.

"왜요? 영아원은 전문적으로 가난한 사람들 대신 아이 길러주는 곳이 아닌가요? 왜 아주머니는 그렇게 말씀하시는 건지……."

그녀는 주 아주머니의 말을 이해할 수 없었다.

"밖에 대고야 당연히 아주 듣기 좋게 말하는 거지. 그렇지만 그 속은 어찌나 엉망진창인지 한심해 죽겠어! 내 조카가 아이를 키울 형편이 못 되어서 태어난 지 석 달도 안 된 갓난애를 거기다 맡겼다네. 며칠 전에 내가 한 번 가서 봤지. 가엾게도 벌써 굶어 죽었더구만! 어찌나 화가 나던지 왜 아이를 죽게 했냐고 따졌지. 그 사람들이 뭐라고 했는지 알아? 글쎄 그 사람들 말이, 당신네 가난한 사람들이 감히 아이를 낳고는, 자기 혼자 굶어 죽지 않으면 다행인 줄 알아. 여기 온 아이들도 무사히 잘 자라길 바란다면 그건 꿈이야! 이런 애들이 하루에 몇 명씩 죽는지도 몰라! 만약 사람들이 다 당신처럼 그렇게 와서 불평불만을 터뜨리면 우리는 문 닫을 수밖에 없어…… 시메이, 아이를 기를 수 없다는 걸 분명히 아는데, 그런 곳에다 아일 맡기지는 말아요……."

주 아주머니는 슬퍼하면서 분노에 차 말했다.

"그렇다면?……"

리시메이는 듣고 나서 멍하니 품안의 아이를 바라보았다.

"어떻게 하면 좋지요? 이 앨 데리고 일하러 갈 수는 없어요!"

"팔아 버리면 되잖아! 돈이 있어서 아이를 사려고 하는 사람은 아마 우리보다는 나을 거야. 우리가 키우는 것보다 훨씬 낫지."

주 아주머니는 그녀에게 아이를 팔 것을 권했다.

"팔아버리라고요?"

그녀는 망연자실하여 주 아주머니를 뚫어지게 바라보다 다시 아이를 주시했다.

"영아원에 보내서 굶어죽게 만들 거야? 팔면 돈도 생기고 아이한테도 좋잖아."

주 아주머니는 계속 말을 이었다.

"한 번 곰곰이 생각해 봐요!" 그러고는 가버렸다.

그녀는 혼자 거리에 멍하니 서 있었다. 한참을 생각했다. 뜨거운 눈물이 몇 방울 아이의 머리 위로 굴러 떨어진 후, 그녀는 빠른 걸음으로 야채 시장을 향해 갔다.

시장에서는 생선이며 야채며 고기며 가축이며 꽃 같은 것을 팔고 있었다. 없는 게 없었다. 그러나 아이를 파는 사람은 단지 리시메이 혼자였다. 그녀는 품에 아이를 안고 사방으로 팔러 다녔다. 큰소리로 말하지는 못하고 누군가와 부딪힐 때마다 작은 소리로 물었다.

"아이를 원하세요? 두 달 되었어요. 남자애예요."

어떤 사람은 그녀를 미쳤다고 생각해서 한 번 웃고 가버렸다. 어떤 사람은 호기심으로 그녀를 따라다니며 놀렸다.

물건을 사고파는 사람이 점점 적어졌다. 시장은 방금 전처럼 그렇게 붐비지 않았다. 시메이는 아직 아이를 팔지 못했다. 그녀는 마음이 급해져서 사람을 만나기만 하면 물었다.

"아이 사지 않으시겠어요? 남자 아이에요."

한 오십 세쯤 되는 공장 노동자 같은 사람이 그녀가 아이를 판다는 말을 듣고 마음이 끌려서 그녀에게 다가왔다. 얼마 전에 그의 아내가 아이를 낳았는데 그만 불행히도 죽고 말았다. 그래서 그의 아내는 한참 슬픔에 빠져 있었다. 게다가 가슴은 젖이 불어서 크고 단단해진 데 다가 통증도 심했다.

만약 비싸지만 않으면 사 가지고 가야지. 아내가 틀림없이 기뻐할 거야. 그가 이렇게 생각했을 때는 벌써 시메이의 곁에 있었다.

"아이를 판다고요? 이상도 하지! 얼마에 팔려고 하오?"

"아, 얼마면 사겠어요?"

그녀는 너무 기뻤다. 의외로 누군가 가격을 물어보러 왔기 때문이었다.

"허허, 파는 사람은 아주머니인데 나한테 값을 물어요?"

그는 웃었다.

"2위안 하지요!"

그녀가 대답했다.

"어! 2위안?"

그는 깜짝 놀랐다. 이건 지나치게 싼 가격이었다. 닭 한 마리도 1위안은 줘야 했다!

"1위안에 줘요!"

그는 평소 물건 사는 습관대로 값을 반으로 깎았다.

"어때요? 솔직히 말해서 난 지금 1위안밖에 없어요. 더 비싸면 못

산다오.”

“좋아요, 좋아요!”

그녀는 잠깐 주저하더니 바로 고개를 끄덕였다.

두 사람이 흥정을 하고 있을 때, 주변은 사방에서 몰려든 구경꾼들이 가득해서 물샐 틈도 없을 정도였다. 시장에서 치안을 지키고 있는 인도인 경관이 조사를 하려고 총을 멘 채 달려왔다. 중국인 정탐꾼도 함께 달려왔다.

둘러싸고 있던 구경꾼들이 흩어지고, 정탐꾼이 리시메이를 붙잡았다.

“감히! 무슨 수작을 부리고 있는 거야! 사람을 팔다니! 감히 사람을 팔아!”

그 거대한 인도 순경의 거친 털이 길게 난 손에 붙잡혀 시정 밖으로 끌려 나갔을 때, 리시메이는 크게 외쳤다.

“먹을 게 없어요, 일 해야 하는데 주인이 아이를 못 데려오게 해요. 내가 아이를 키우려면 일을 얻을 수 없다고요. 영아원에 맡기면 죽는 수밖에 없어요. 아이를 팔려고 하니 당신네들이 나더러 죄를 지었다고 하고!…… 내가 내 아이 살리려고 하는데 당신네들이 막아. 나하고 우리 아들이 다 굶어 죽어야만 당신들 맘이 편하겠어? ……우리가 다 죽어야만 당신들은 기뻐하겠네!…….”

그러나 순경은 그녀를 전혀 쳐다보지도 않고 매정하게 끌고 갔다. 거리에는 끊임없이 차가운 비가 흩뿌리고 있었다. 시장 처마 아래를 가득 메우고 서 있던 사람들은 그저 아연실색하여 웅성웅성 술렁이고 있었다.

1931년

차오밍은 1913년 광둥의 한 봉건지주 가정에서 출생하였다. 가난한 집안 환경 때문에 지주집으로 팔려온 생모로 인하여, 차오밍은 냉대와 질시 속에서 성장하였다. 1932년 어우양산歐陽山이 창간한 진보적인 문학 잡지인 〈광저우문예廣州文藝〉에서 편집인으로 일하면서 소설을 쓰기 시작했다. 또한 좌익작가연맹 광저우 지회에서 진행한 독서회에도 참여하면서 더더욱 진보적인 사상을 키워나갔다.

1933년 구제도의 불합리를 폭로하는 등 진보적인 활동으로 인해 지명 수배를 당하게 된 그녀는 어우양산과 함께 상하이로 도피하였다. 그리고 좌련에 가입하면서 본격적인 작가의 길로 들어섰다. 그해 좌련 잡지인 〈문예文藝〉에 첫 번째 작품인 「전락傾跌」을 발표, 여공의 삶을 묘사하는 작가로서 이름을 알리기 시작했다. 「완성萬勝」, 「이 없는 노파沒有了牙齒的」 등 이 시기 그녀의 주요 작품은 대부분 방직공장 여공들의 비참한 삶을 폭로하는 데에 중점을 두고 있다.

차오밍

(草明. 1913~2002)

이 없는 노파沒有了牙齒的

태양이 아직 높이 오르지 않은 칠월의 더운 여름 날 아침, 나는 노인네 및 그녀의 며느리와 함께, 우리 세 사람은 이제 막 세워진 하이주海珠 철교를 따라서 칠팔층 건물의 상점들이 길게 늘어선 허베이河北의 번화한 거리로부터 이제 막 개발된 허난河南으로 옮겨왔다. 노인네는 그녀의 방 안에서 토끼처럼 팔짝팔짝 뛰면서 계속 중얼거렸다.

"허베이가 허난보다 훨씬 좋아, 아, 겨우 1리 남짓한 강을 사이에 두고 떨어져 있다니. 이번에 큰 동생이 여기에 일하러 온 것 때문이 아니면, 우리가 어떻게 여기로 이사 왔겠어. 봐봐, 아래층 방이 얼마나 지저분한지……."

바쁘게 일을 하면서도 노인네는 연신 불평을 했다. 몸을 움직이는 것으로 그녀는 마음속의 흥분을 털어놓았다.

"하나님이 다 우릴 위해 계획을 세워 놓으셨어요. 어디 가든지 우린 하나님이 돌봐주실 거예요!"

며느리가 다른 아주 성실한 기독교 신자들처럼 이렇게 대답했다.

하지만, 허난이나 허베이나 나에게는 마찬가지다. 내게 색다른 곳이 어디 있겠는가? 언제부터인지 모르겠지만, 우리 부모님은 나를 이 노인네 집으로 보냈다. 내가 익숙한 곳이라곤 예배당과 시장뿐이다. 내가 가까이 지낸 사람이라곤 노인네와 그녀의 아들과 며느리뿐이다.

"예수님은 언제 오시는 거지요?"

갖가지 가구가 다 정리된 뒤, 나는 꼿꼿이 서서 절박하게 노인네에게 물었다.

"곧 오셔. 준비하고 있어야 해. 착한 사람이 되어야지, 예수님은 악인을 심판하시거든."

그녀는 유쾌한 듯 이렇게 대답했다.

"아니에요. 나는 그가 이 세상을 좀 바꿨으면 좋겠어요. 변화 없는 생활은 얼마나 답답한지!"

그렇다. 나는 매일 매일을 규칙적으로 살아왔다. 밤에 쓰러지듯 침대에 누워 피로가 나의 눈꺼풀을 잡아당길 때면 나는 항상 '오늘도 어제처럼 그렇게 지나갔구나.'라는 생각을 했다.

삶은 마치 영원히 움직이지 않는 연기처럼 항시 나를 단단히 억누르고 있었다. 그것은 칼날처럼 아예 속 시원하게 나를 찌르지도 않고, 그저 약하게 나를 에워싸고만 있었다. 하루하루를 그냥 그렇게 살아갔다. 내 꿈은 무엇인가? 아, 나는 이런 생활이 정말 싫었지만 내가 그것을 바꿀 수 있는지 어떤지를 몰랐다.

우리 아래층에는 노파들과 젊은 여자들이 몇 명 살고 있다. 그녀들은 모두가 여공들이다. 항상 조용하다. 좀 나이든, 그저 이가 다 빠진 입을 헤벌리고 웃을 줄만 아는 노파가 방을 관리한다. 나는 그녀와 얘기하는 사람을 본 적이 없다. 그녀 혼자서 마치 내 주인들이 기도하는 것처럼 그렇게 자주 웅얼거린다. 밤이면, 그녀는 젊은 여자들의 웃음소리에 묻혀버린다. 아무도 그녀에게 신경 쓰지 않는다. 만약 그녀가 내 주인들이 다니는 교회의 돈 많은 노부인 같다면, 그녀는 손자손녀들과 신도들의 예의바른 존경을 받았으리라. 목사와 전도사들도 왕왕 가식적인 웃음을 띠고 그녀를 보러 왔을 것이다.

노인네가 그녀와 마주치면 그녀는 손으로 입을 가리고 가난에 찌들어 곱사등이처럼 허리가 구부정하고 지저분하기 짝이 없는 노파를 피하면서 동정 어린 어투로 말할 것이다.

"저 더러운 노파 좀 봐, 하나님 앞에 무슨 큰 잘못을 저지른 거 아니냐?"

때로 그녀는 하나님의 자애를 본떠 내게 빈정댔다.

"이것들 너 안 먹으려면 그 노파에게 갖다 주거라."

그 노파는 내가 먹고 남은 그 음식을 받아 들고는 입이 더 헤벌어졌다. 그 음식들을 천천히 옹알옹알 먹으면서 그녀는 나에게 자신의 신세를 들려주었다.

"아하."

그녀는 일종의 습관처럼 되어버린 괴상한 웃음으로 말문을 열었다.

"운명이야, 그래 맞아. 내 남편, 내 딸, 그들은 모두 같은 운명을 만났어…… 그들은 매일매일이 고생스러워. 조심스럽게 다른 사람들 음식을 나르고, 욕도 먹고, 꾹 참고, 그들은 그냥 이렇게 한평생을 살아……."

그녀는 이가 없는, 모호한, 목에 뭐가 낀 것 같은 괴상하고 쉰 음성으로 그래도 살아야만 하는 이유를 얘기했다.

"내 조카딸 아란阿蘭이 직물공장에 들어간 지 7년이 되었다네. 내 딸이 죽을 때 나는 그녀에게 너는 그래도 살아야 한다고 했어. 그 애가 날 이리로 오라고 했지. 아란은 내 딸같이 그렇게 순종적이지 않아. 그 앤 성질이 아주 사나워. 조금이라도 모욕을 당하면 고함을 질러대지. 하지만 일은 아주 잘해."

그녀는 전도사보다도 더 장황하게 줄줄 얘기했다. 그러나 그녀는 정말 흥미로운 노인이었다. 나는 그녀의 마음속에 뜨거운 불길이 활활 불타고 있으며, 그 열기가 나에게까지 다가왔음을 확신했다.

나는 아래층의 이웃들에게 주의를 기울이기 시작했다. 그 키가 크고 삐쩍 마른, 별로 말이 없는 아란은 다른 사람들보다 더 결단력 있어 보였다. 그녀는 아무 거리낌 없이 웃어댔다. 나는 그녀들의 거친 행동을 혐오하면서도 질투했다.

어느 날 밤, 나는 일찌감치 일을 끝마치고 나서, 반쯤은 탐색하고 싶은 호기심에 아래층으로 뛰어 내려가 그 활발하고 큰 소리로 얘기하는 사람들 틈으로 섞여 들었다.

환영인사를 비롯한 한동안의 소란이 지나간 뒤 나는 여전히 멍청하게 사람들 속에서 침묵을 지키고 있었다. 그 몸집이 비대한 즈엔正苑이 막 감람 열매를 사 가지고 들어오자, 다들 에워싸고 앞다퉈 먹었다.

나는 아무 말도 하지 않았다. 어쩌면 그네들은 내가 단지 사람의 마음을 꿰뚫어보려는 듯한 두 눈과 주인이 가르쳐 주어 습관이 된 웃음과 쭉 뻗은 몸매만을 갖고 있다고 생각할지도 모르겠다. 그러나 나는 한 순간도 내 말을 멈추지 않았다는 것을 알고 있다. 다만 그것이 목안에 숨어서 나오지 않고 있을 따름이었다.

"너희 뭐 먹냐? 나도 좀 주고 먹지. 아하……."

침대에 누워 있는 노파가 애써 알아듣기 힘든 발음을 토해냈다.

"감람 열매요. 먹지 말아요. 게걸스럽기는, 자기가 이도 없는 노친네라는 것을 모르나."

건장한 체격에 따뜻한 눈을 가졌지만 행동은 거친 마야췬馬亞群이 손을 흔들면서 말했다.

"너 교회 다니니? 너희는 다 교양 있어. 우리처럼 이렇게 멋대로 살지 않고."

아란이 내게로 몸을 돌리더니 이렇게 말했다. 그녀의 말에 난 곤혹스러웠다. 그녀는 날 부러워하는 건가 아니면 조롱하는 건가?

"내 주인이 교회를 다녀. 하지만 나도 성경을 본 식 있고, 교회에 들어가 봤지…… 왜 그런지 모르겠는데, 난 이해가지 않는 게 너무 많아. 이해가지 않는 것을 난 믿지 않아. 그래서……."

파도와도 같은 감정에 밀려 내 말이 막 쏟아져 나왔다. 뭔가와 바꾸고 싶었다. 그러나 나는 바로 나의 성급함을 탓하고 후회했다. 이때 그들은 나를 둘러싸고 예수에 대해 토론하기 시작했다. 나는 그녀들이 큰 목소리로 얘기하고 미친 듯이 웃는 것을 막았다.

"조심해. 우리 주인이 들으면 너희를 다 사탄이라고 할 거야. 다음부터 너희와 같이 어울리지 못하게 할 거라고."

나는 조심스럽게 작은 소리로 말했다. 그들은 모두 고개를 끄덕였다.

"그 예수를 믿는다는 외국인들 있잖아, 만약 다른 사람이 자기 왼쪽 뺨에 침을 뱉으면 오른쪽 뺨도 내미는 거 맞아? 그 침 뱉는 사람 기분 풀리라고?"

사람들에게 '즈위안紙鳶'이라고 불리는 여자가 물었다.

"맞아. 나도 그렇게 들었어."

나는 고개를 끄덕였다.

"아이고, 그렇다면 길에서 나쁜 남자들이 내 가슴을 만지면, 그럼 난 옷을 벗어야……."

나이가 제일 어린 아전阿貞이 큰 소리로 외쳤다. 아란이 바로 그녀의 입을 막으며 말했다.

"잊어버려. 조심해!"

"예수가 바로 사탄이야. 그는 사탄보다도 더 멍청해. 그 양놈들 장난감이야!"

전생에 예수와 무슨 원한이라도 있는 사람처럼, 마야췬이 침통하게 말했다.

아란은 내가 마음이 상했을까봐, 아무 상관도 없는 이런저런 얘기를 한참 한 뒤에야 나를 보냈다.

점점 나는 그들과 가까워졌다. 그들의 거친 태도도 익숙해졌다. 그녀들은 내게 조금도 악의가 없었다. 그녀들은 어떤 사람에게도 악의를 품지 않았다. 그러나 그녀들은 하루 종일 그 강력하고 그들과 아주 깊은 원한 관계에 있는 어떤 것을 원망하고 저주했다. 외국 예수도 당연히 그 안에 포함되었다.

나는 하루하루를 살아갔다. 지루하고 답답한 나날이 예수가 이 세상에 온 이후의 세월보다도 더 긴 것 같았다. 풀지 못한 많은 문제들이 내 마음 속에서 굳어져서 마치 불길처럼 날 태웠다. 나는 하루 종일 입에 재갈이 물린 미친 개 같은 그런 심정으로 삶의 테두리 안에서 흔들 거렸다. 난 어떻게 살아가야 하지?

어느 날, 노인네가 성경에 나오는 예언자처럼 나에게 말했다.

"아옌阿燕, 마귀가 널 유혹하지 못하도록 조심해라. 너 한 번 생각 해 봐. 그 교화되지 못한, 거친 여자들이 뭘 알겠니? 그러나 하나님은 인간을 사랑하신다. 우리가 착하게 살기만 하면 하나님은 우리를 지 켜주실 거다. 그를 믿어라!"

"아, 하나님이 모든 인간을 사랑한다고요? 그 노파도 사랑하나요? 그 노파의 남편과 딸도 사랑하나요?"

"하나님은 인간에게 맞춰 삶을 계획해 주지 않으세요. 보세요. 그 가 우리에게 부여한 삶도 우리가 원하는 삶은 아니잖아요."

노주인이 밤기도를 마치고 난 뒤, 난 그녀의 잠자리를 챙겨주면서 이렇게 물었다. 그녀는 재빨리 몸을 일으켜 앉더니 엄숙하게 말했다.

"가련한 것 같으니. 하나님이 널 용서해 주시길…… 만약 하나님 이 널 돌봐 주시지 않았다면, 넌 아마도 거리에서 구걸하는 거지들보 다도 더 고생했을 거다."

나는 하나님이 나보다 더 능력이 크지 못하다는 것을 알고 있다. 그는 나와 마찬가지로 내가 외롭게 고통을 겪는 생활에서 날 건져내 지 못했다. 성경도 나를 위안한 적이 없다.

일종의 앎에 대한 욕구가 강하게 나를 사로잡았다. 무슨 책들을 좀 찾아서 보고 싶었다. 나는 방 안의 책들을 유심히 살펴보았다. 그러나 그것들은 다 나에게 실망만을 안겨주었다. 내가 이해하지 못하는 것 이 아니면 바로 내가 싫어하는 것이었다.

"성경 이야기들을 좀 많이 읽어라."

여주인은 왕왕 나에게 이렇게 말했다. 그러나 내가 무슨 책이라도 손에 들고 있으면, 그녀는 바로 일을 하라고 시켰다.

그 더럽고 이가 다 빠져버린 노파가 무의미하고 단조롭기 그지없는 나의 삶 가운데 가장 친한 친구라고 할 수 있다. 그녀는 내가 듣기엔 완전히 새로운 경험을 나에게 자주 얘기해 주었다. 일마다 그녀만의 특별한 생각을 갖고 있었다. 하지만 그녀의 자신 있는 태도가 쉽게 사람들의 혐오를 불러일으켰다.

"그 창부들 말이야, 걔들은 무서운 것도 없고, 존경하는 것도 없다. 그녀들은 나를 욕하고 본 척 만 척 하지만, 아하, 걔들 중 누가 나만한 애가 있나. 나는 세상을 알아……."

그녀는 이미 위엄을 상실한 영웅 같은 자세로 희끗희끗한 머리를 흔들면서 웅얼거렸다.

"걔들은 사람들에게 손을 벌려 돈을 받으면서 입으로는 그 사람들을 욕해. 줏대가 없어. 돈을 받으려면 욕을 하지 말던지, 욕하면서 돈은 왜 받나?…… 그러나 내 그 가엾은 딸은 돈을 받기 위해 꾹 참았어. 그러다가 목숨을 잃은 거지. 아하!"

어느 날 밤 아마도 그녀들이 월급을 받아온 날일 것이다. 아래층에서 여자들 몇이 서로를 탓하면서 큰소리로 욕하고 있었다.

"이 잠충이, 연달아 며칠을 늦게 일어나가지곤, 그 호랑이가 내 월급을 깎게 만들었잖아!"

"호랑이가 사람을 잡아먹으려면, 무슨 이유든 갖다 댄다고. 알 게 뭐야."

"잡아먹으라고 해. 얼마나 오래 잡아먹으면서 사는지 두고 봐야겠군! 우리 힘을 알게 될 거야!"

아란의 목소리였다.

"누가 너희를 못살게 굴면 너희가 그 사람을 삼켜버리면 되잖아. 이치고 뭐고 따질 것 없어. 이 세상에 공평한 이치라고는 없으니까. 입으로 욕만 하면 뭐하나!"

노파가 갑자기 갈라져버린 토기 냄비를 두드리는 듯한 목소리로 이렇게 외쳤다.

이 노파는 정말 좀 이상하다. 그녀는 누구에게나 다 욕을 하면서, 다들 그녀만큼 그렇게 많이 입을 악지 못한다고 했다. 그러나 그녀는 또 그들을 극도로 칭찬하고 아낀다. 내가 한번은 그녀에게 진심으로 말했다.

"할머니가 이러니까 사람들이 할머니를 미쳤다고 하면서 따돌리는 거예요."

"응, 맞아."

그녀가 흥분해서 외쳤다.

"내 얘기 좀 들어 봐. 예를 들어 미친개는 다들 버려. 그 미친개는 틀림없이 주인에게 흠씬 두들겨 맞았거나 아니면 새끼를 잡아먹혔거나 그랬을 거야. 그래서 미친 거지. 주인의 그 위세와 위협에 개는 놀라고 복종하는 게 습관이 되어 버렸고. 그 개가 주인에게 반항할 방법이 뭐가 있겠어? 그저 다른 사람들을 미친 듯이 물어뜯는 것으로 분노를 표출할 수밖에. 그러나 언젠가는, 미친개가 정말 마음속에 쌓인 원한과 분노를 더 이상 감춰둘 수가 없을 때, 주인을 물어뜯을 거야. 아하, 넌 내가 미친 소리 한다고 생각할 거야. 너희가 뭘 알겠어."

내가 한가하기만 하면 이 노파는 나를 끌어 앉히고 어린애 같은 얼굴로 말했다.

"우리 착한 아가씨, 여기 좀 앉아. 내가 말을 못해 가지고 입에서 썩은 내 나지 않도록."

나는 두서없이 그녀와 이야기를 나누었다. 한번은 신에 대한 이야기가 나왔다. 그녀는 조용히 뭔가 아주 심각한 일에 대한 기억을 더듬고 있는 것 같았다. 어둡게 꺼진 두 동공이 영원히 지울 수 없는 그녀의 과거를 응시하고 있었다. 입가에 깊이 패인 주름은 이 노파의 영원한 슬픔과 분노를 선명하게 드러내주었다. 그녀는 갑자기 몸을 쭉 펴면서 일어나더니 낮은 목소리로 말했다.

"하나님, 그 서양 보살, 그가 내 남편의 생명을 앗아갔어."

노파가 다시 얘기하기 시작했다.

"남편은 한 서양인 음식점에서 일을 했어. 매일 새벽 3시나 되어서야 반쯤 감은 눈에 머리를 두 손에 기대고 쓰러질 듯 말 듯 그렇게 집으로 돌아왔지. 다음 날 또 열시 이전까지 출근해야 했어. 아마도 남편은 서양 주인의 욕을 견디지 못했던 것 같아. 한두 마디 대들었다가 그 사람 발에 채여서 온몸이 상처투성이가 되어 가지고 돌아온 거야. 난 그 식당에 달려가 버티고 앉아서 만약 약값을 주지 않으면 가지 않겠다고 했어. 그러나 하나님은 알아, 난 어쨌든 그들에게 떠밀려 나왔지.

'하나님은 주인에게 충실하지 않은 당신의 남편을 가엾게 여길 겁니다. 남편더러 기도하라고 해요.' 그들은 이렇게 말하면서 나에게 2위안을 주더구만.

며칠 후에 남편은 죽었어. 난 또 거기로 달려가 앉아 있었어. 이번엔 정말 꼼짝도 안 했어. 그들은 내 품에 20위안을 쑤셔 넣어 줬지. 경찰도 나를 달래기도 하고 위협도 하면서 가라고 했지. 경찰서로 가게되면 1위안도 못 받을 테니 알아서 하라고. 내가 돈 때문에 그런 건가? 난 그 돈을 한 푼 한 푼 그들의 얼굴에 던졌어⋯⋯."

그녀는 몹시 흥분했다. 목안의 그 괴상한 소리가 한 움큼 한 움큼씩 쏟아져 나왔다. 잠깐 침묵한 뒤, 그녀는 원래의 얼굴을 회복하고는 말했다.

"서양 보살은 서양의 돈 있는 사람들만 지켜줄 뿐이야."

나는 돌연 내 이웃들이 자유롭다고, 나보다 행복하다고 느꼈다. 그녀들은 자신들의 원수를 욕할 수 있고 자신들의 원수 옐룰을 향해 뭔가를 집어던질 수도 있다. 아, 나는, 누가 내 팔을 잡고 있는 거지?

나는 차츰차츰 모든 가난한 사람은 다들 고통스럽고 자유가 없는 안개 속에 갇혀서 그들의 생명을 소모하고 있다는 것을 알게 되었다. 뼈와 살이 다 쥐어짜져서 말라버리고, 생명도 끝장나버린다.

매일 아침 태양이 조용히 내 방을 지나갔다. 아무도 그것을 방해하지 않았다. 그러나 요 며칠은 좀 달랐다. 아래층에서 여자들의 목소리가 많아졌다. 그 노파마저 소리 지르기 시작했다.

"맞아. 잘했어! 아란, 네가 네 언니보다 훨씬 낫구나. 가난한 사람들은 응당 이래야 돼."

"무슨 일이에요?"

나는 조용히 아래층으로 달려가서 뭔가를 생각하고 있는 마야친에게 물었다. 그녀는 신이 나서 내 어깨를 툭툭 두드리며 말했다.

"얘기해 줄게. 우리 그 큰 호랑이하고 새끼 호랑이가 정말 우리를 사람 취급을 안 했어. 이번 두 달도 이미 5마오씩 월급을 깎았는데, 이번 달에도 적자가 났다고 1위안을 깎아야 한다는 거야. 우리 뼈까지 갉아먹으려는 거지. 밥만 먹는 것도 부족한데, 집세랑 옷값은 어떻게 하라고?"

그녀는 내 얼굴에 떠오른 동정의 빛을 보고는 더 힘있게 말했다.

"새로 공장에 들어갈 때마다 우린 먼저 15위안을 보증금으로 내야 해. 석 달간을 사장을 위해 공으로 일하는 거지. 그리고 난 다음부터 정식으로 월급이 나와. 그런데, 그 15위안의 보증금 말이야, 그게 그 공장장……새끼 호랑이 손에 있어 가지고, 이리저리 깎이고 나면 남는 게 없어. 그것뿐이 아냐, 우리가 막 월급을 받게 되었을 때 그 사람들은 또 온갖 방법을 동원해서 우리를 해고하려고 들어. 또 석 달간 공짜로 일해 줄 여공들 쓰려고……."

"우리가 무서워할 게 뭐가 있어? 파업해 버리면 그만이야."

아전이 그녀의 말을 잘랐다.

방 안은 여전히 소란했다. 여공들이 들어왔다 나갔다 하며 더 많아졌다. 많은 사람들이 조용히 뭔가를 의논하고 있었다. 나는 그녀들과 말하지 않았을 뿐 아니라 인사도 하지 않았다. 그들과 부딪치면 그저 눈으로 지켜보기만 했다. 가벼운 불안이 일었다. 나는 내가 그들을 도울 뭔가가 있겠다고 생각했지만, 그녀들에게 한 마디 말도 하지 않았다. 노파도 사람들 틈에 끼여서 그 사람들이 하는 얘기도 듣고 자기도 이야기했다. 아무도 그녀를 막지 않았고 아무도 그녀에게 주의를 기울이지 않았다. 나와 부딪쳤을 때 이렇게 말했다.

"저 거칠 것 없는 애들이 뭔가 일을 저질렀구나! 사람은 원래 고개를 숙이고만 살 수 없는 법이다. 꾹 참고 사는 사람들이 어디 잘된 적 있더냐!"

나는 그 말을 듣고, 긴바늘에 찔려 상처 난 것 같은 심정으로 내 방으로 뛰어 돌아왔다. 나는 아무것도 하지 않았고, 주인이 부르는 소리도 무시했다. 내 힘은 어디에 있는 거지?

이날 밤 나는 한숨도 자지 못하고 밤새도록 옥상에 멍하니 앉아 있었다. 생각하면 할수록 아무 생각도 나지 않았다. 내 문제를 다 생각하지도 못하고 나는 병으로 누워 버렸다.

"가엾은 것 같으니. 하나님을 가까이 해라…… 네가 지금 어떻게 변했는지 좀 봐라. 내가 진즉에 사탄하고 가까이 하지 말라고 일렀거늘. 네가 또 내 말을 듣지 않는다면 크게 후회할 거다……."

나는 컴컴한 작은 방에서 며칠 간 혼미해 있었다. 나는 바깥세상이 어떻게 변했는지 알지 못했다. 내가 조금 걸을 만 하게 되었을 때도 내 몸엔 여전히 극도의 긴장이 지나간 뒤의 피로와 자극이 지나치게 심한 마비가 남아 있었다. 나는 안정이 되면서 침대에서 일어나 시험 삼아 가벼운 일들을 했다. 내가 아래층에 내려갔을 때, 몇몇 여자들이 여전히 무료하게 뭔가 도래하기를 기대하는 것처럼 앉아 있었다. 며칠 동안 만나지 못했던 노파는 나를 보자마자 재빨리 내게로 다가와 내 소매를 잡아끌었다. 얼굴에 패인 주름 하나하나를 다 실룩거리면서 입을 크게 벌리고 불분명한 목소리로 외쳤다.

"다 나았나? 란 말이다, 그저께 사람들에게 맞아서 다쳤단다. 죽게 생겼어. 아마도 내 남편과 딸이랑 같은 길을 걷게 될 것 같다. 곧 죽을 것 같아. 이 나쁜 놈들을 보기만 하면 내 목숨을 걸고 가만두지 않을 테다."

마치 모욕을 당한 것처럼, 나는 분노로 덜덜 떨려 비틀거리는 몸을 간신히 지탱하면서 위층으로 올라왔다.

침대에 조용히 누워 있는데, 노파가 미친 듯이 고함을 지르는 소리가 들려왔다.

하루하루 시간이 흐르면서 내 정신도 좋아졌다. 지긋지긋한 삶이 여전히 나와 함께 하였다. 나는 나를 둘러싸고 있는 모든 것들을 증오했다. 이 증오심은 나날이 강해졌다.

아래층의 여자들은 여전히 들어왔다 나갔다 어수선했고, 분위기도 온화하지 않았다. 인내와 긴장의 분위기가 방 전체를 지배하고 있었다. 오로지 그 노파만이 끊임없이 애가 타서 욕을 해대고 있었다.

나는 날마다 그 노파, 막 산에서 잡혀와 우리 속에 갇힌, 늙어 버린, 맹수 같은, 머리를 막 흔들어 대고 있는 노파를 보면서 생각했다.

"이런 세상에 어떻게 이렇게 용감하게 외치는 사람이 있을 수 있을까!"

아란이 지팡이에 의지해 걷게 되었을 때, 노파는 이미 병으로 누워 있었다. 그녀는 거실 한 쪽에 있는 더러운 침대 위에서 몸을 웅크린 채, 초점 잃은 눈으로 힘없이 그녀 옆을 지나가는 한 사람 한 사람을 바라보았다. 마치 뭔가를 집어삼킬 기회만을 노리고 있는 양, 이가 다 빠져 버린 입을 헤벌리고 있었다. 나는 그 여자들 가운데 앉아서 그 평범하지 않은, 이제는 한 마디 말도 하지 않는 그 환자를 쳐다보고 있었다.

늙은 괴물이 죽었다. 초봄의 따스한 기운을 안고 있는 차가운 바람

속에서 우리는 그 볼품없이 관에 반듯이 누워 있는 노파를 산으로 보냈다.

낮이면 따스한 햇볕이 조용히 지나가던 그 더러운 거실의 컴컴한 구석, 왕왕 내 시선을 잡아끌었던 그 구석도 사라졌다.

일요일에 점심을 먹고 주인들은 여느 때처럼 교회에 갔다. 나는 혼자 아래층 거실에서 한참을 배회하다가, 침대에 엎어져서 그 노파를 떠올렸다. 그녀가 남긴 푸념과 용감한 말이 계속 귓가에 맴돌았다.

"하나님 감사합니다! 기도했니?"

주인이 돌아와서 나에게 물었다.

나는 노주인의 부름에 놀라서 깼다. 그제야 내 존재를 깨달았다. 나는 고개를 끄덕였다.

"그래, 맞아. 그런데, 너 누구한테 기도했어?"

그녀는 권위자처럼 눈을 부릅뜨고 물었다.

"죽은 노파를 위해 기도했어요."

나는 침대가에 앉아 땅바닥을 주시하며 말했다.

"그 교양 없고 죄만 지은 여자. 하나님이 그녀를 용서하지 않을 게다. 하나님의 계획에 따르지 않고, 그저 하루 종일 욕이나 하면서 살았으니, 틀림없이 지옥에 떨어졌을 거야…… 흥, 네가 그녀를 위해 기도했다고? 스무 살이 넘은 애가 이렇게 아무 것도 몰라서야!"

그녀는 갑자기 엄해져서, 목사가 설교하는 자세로 두 손을 계속 흔들어댔다.

"지옥에 사는 사람들은 운명을 저주할 수 없단 말인가요?"

나는 그 죽은 노파 대신 화가 나서 곧바로 대들었다. 내 말에 그녀는 화가 나서 버럭 소리를 질렀다.

"너, 아옌, 네가 지금 무슨 말을 하고 있는 지 알아? 하나님이 결코 널 용서하지 않을 거다. 설령 내가 널 용서한다 해도 하나님이 너에게 벌을 내리실 거다. 아옌, 정의를 위하는 사람들은 모두 하나님을 대신해 권력을 집행해야 한다. 내가 자애로운 하나님을 위해서 반드시 너에게 벌을 줄 거다. 너 얼른 꿇어앉아서 하나님께 회개해라. 아직도 꿇어앉지 않고 뭐해?……."

아들과 며느리가 다 왔다. 진실한 기독교도들의 말을 해가며 노인네를 달랬다.

나는 그들에게 저녁을 챙겨주지 않고, 침대에 올라가 자버렸다. 다음 날 일어나 나는 여느 때보다 열 배는 더 힘들게 일했다. 그들이 암암리에 득의양양해하는 미소 속에서 사흘을 지냈다.

봄의, 막 솟아난 부드러운 밝은 빛이 날이 밝자마자 일을 시작하는 사람들의 건장한 몸을 비춰주었다. 나는 작은 가방을 들고서, 자연스럽고도 생기 넘치는 얼굴들을 하나하나 지나, 기억도 가물가물한 고향마을로 가는 배 위에 몸을 실었다.

용감하다는, 자각했다는 기쁨이 내 심장을 후려치고 있었다. 나는 이가 다 빠져버린 그 괴상한 노파와 그 성실하기 짝이 없는 기독교도들을 다 내 뒤에 버려 버렸다.

1933년

전락倾跌

"좀 잘해 주세요. 5위안으로 하지요. 그래요. 시간을 분명하게 하면, 나도 집에 가서 잘 수 있겠네요……."

나는 그 젊은 부인과 얘기를 잘 끝내고 중개인과 함께 나누인 집을 나왔다. 중개업소에 도착했을 때 나는 소개비가 너무 비싸다고 이의를 제기했다.

"원래는 6마오야."

그는 차갑게 말했다. 나는 더 말을 못하고 그에게 6마오를 주었다.

나는 놀고 있던 석 달 동안 끊임없이 많은 희망과 아름다운 환영을 만들었다. 그러나 망망대해에서 암초를 만난 배처럼 하나하나 음산하고 우울한 악마의 소굴 같은 바다 속으로 빠져 버렸다. 이번에는 성공적이라고 할 만 했다. 길을 가다가 웅덩이나 모래더미 같은 조그만 것에 부딪쳤다고 해서, 귀찮아하며 참을 수 없다고 여기겠는가?

취췬잉屈群英, 샤오치蕭七와 나 우리 세 사람은 다른 많은 여공들과 마찬가지로 고향의 방직공장에서 쫓겨났다. 우리는 공장으로 들어갈 수 없었다. 몸이 마치 마비된 것처럼, 그저 먹는 것밖에는 알지 못했다. 나중에 결국 아춰가 방도를 생각해냈다. 그녀는 눈썹을 곧추 세우고 까만 눈동자를 고정하고 말했다.

"우리 도시로 가자. 공장이 그렇게 많은데, 좀 참다 보면 우리 살 길 하나 찾지 못해서 걱정하겠어?"

우리 세 사람은 손을 맞잡고 도시로 왔다. 우리는 뤄스洛師 할머니 한테 작은 방을 한 칸 얻었다. 나와 샤오치가 나무 침대를 차지했고, 아춰는 맞은편에 있는 공주 침대같이 생긴 구들 위에서 잤다. 두 침대 중간에 네모난 작은 탁자를 놓았다. 이 세 개가 유일한 가구였다. 한 줄로 나란히 붙어있어서 꼭대기에서 내려다보면 꼭 삐뚤삐뚤하게 쓴 요凹자 같았다. 원래는 세 사람이 한 침대에서 자고, 움직일 수 있는 공간을 좀 더 많이 두려고 했지만, 췬잉이 혼자 자겠다고 고집을 부렸다.

"평생 너 남자랑 안 살려고?"

샤오치가 그녀를 놀렸다. 나는 샤오치가 남자 얘기 외에 다른 이야기는 할 줄 모른다고 생각했다.

"누가 감히 그녀와 자려고 하겠어. 그 검푸른 바다 같은 눈으로 한 번 쳐다보기만 하면 도둑놈이라도 간이 콩알만 해질 텐데."

하지만 나도 옆에서 한 마디 거들었다.

내가 방으로 돌아왔을 때, 두 사람이 폴짝 뛰면서 나를 어디로 몰아가려는 것처럼 에워싸고, 반 년간 가물어서 비가 오기를 간절히 바라는 것 같은 눈으로 나를 주시했다. 나는 그녀들의 목마르고 두서없는 질문을 확실히 분간하지 못하고, 그저 간단하게 몇 마디만 대답하고 침대에 누웠다.

그녀들은 한참 소란을 떨고 나더니 조용해졌다. 삶에 대한 초조한 표정이 그녀들의 얼굴에 배어 있었다. 샤오치는 입을 벌리고 부러워하면서도 무력하게 날 바라보았다. 아취 그 나쁜 계집애는 아무렇지도 않은 척 목어책을 꺼내들고 노래 부르기 시작했다. 그러나 나는 질투라는 벌레가 그녀의 심장을 갉아먹고 있다는 것을 알았다. 나는 그녀들의 그 모습을 보면서 약간 자만하여, 초조하게 목소리를 높이고 경멸하는 어투로 조롱하듯 말했다.

"아취, 무슨 불이 네 마음을 그렇게 아프게 태웠니? 급하게 노래하는 것 좀 보게!"

내 목소리가 날 흥분시켰다. 난 더 기운이 나서 계속 말을 이었다.

"어, 너 한 번 더 말해 봐……난 틀림없이 내 길을 찾을 수 있을 거야!"

아무렇지도 않은 듯한 그녀의 노랫소리가 오히려 빨갛게 달구어진 쇠처럼 내 마음을 잔인하게 달구었다. 내 교만함이 분노로 바뀌었다. 그녀는 왜 이렇게 날 비웃는 거지? 그러나 그 성질 나쁜 계집애가 어떻게 내 조롱을 감수하겠는가? 그녀가 나를 냉대하는 것은 자연 아주 적합한 보답인데 내가 성낼 게 뭐가 있겠어? 그녀가 늘 하던 그 말과 그녀의 결연하고도 확신에 찬 미소를 기억해 냈을 때, 나는 내가 비열하고 혐오스럽게 느껴졌다!

다음 날 난 유난히 일찍 일어나 새 주인집으로 달려가서 여주인의 신속하고도 다양한 지시를 들었다. 아침을 해서 남자 주인이 밥을 먹고 그의 사무실에 가도록 하고, 이어서 물을 끓여 두 아이를 목욕시키라고 했다. 어떻게 하면 빨래를 할 때 비누가 적게 들어가는지, 심지어 시장을 볼 때 어떻게 하면 싸게 살 수 있고, 어떻게 하면 음식을 맛

있게 만드는지…… 온통 '어떻게 하면'이었다. 난 도저히 머릿속에 다 집어넣을 수가 없었다. 그러나 내 저주스러운 손발은 또 이런 집안일 하는 것에는 익숙하지 않아서, 이렇게 하루 종일 힘들게 일하면서도 욕을 먹어야 했다.

전에 방직공장에서 일할 때는 몸에서 움직이는 부분이 아주 적었다. 지금은 온몸을 '풍차'처럼 끊임없이 돌려야 했기 때문에 근육이 이전보다 단단해졌다. 매일 밤 잠자리에 들었다 하면 바로 술 취한 사람처럼 의식이 몽롱하여 날이 밝지 않으면 깨질 못했다. 그 남자 이야기하기 좋아하는, 항상 성욕으로 불타 눈이 누렇게 변해 버린 샤오치는 나를 잠충이라고 욕했다.

"네 눈 좀 봐라, 꼭 반평생 잠을 자 본 적이 없는 것 같다!"

그러나 누가 그녀처럼 그렇게 하루 종일 하릴없이 앉아서 오로지 그런 일들만 생각할 수 있겠는가?

어느 날 밤, 그 5촉짜리 전등은 여느 날처럼 희미하게 빛나고 있었다. 정말 방 안 사람들의 행동을 보고 싶지 않은 것 같았다. 반쯤 감은 눈을 뜨고서 우리도 그 쇠약한 모습을 보고 싶지 않아 전등을 꺼버렸다. 창문으로 한 줄기 메가폰 같은 달빛이 새어 들어와 마침 무슨 힘에 의해 억압당하여 창백하게 변해버린 샤오치의 얼굴을 비추었다. 눈동자 두 줄기 황금색 빛이 커튼에 번쩍번쩍 빛났다. 나는 그녀의 고민을 알고, 가만히 몸을 돌렸다. 차마 그녀를 바라보지도 못했고, 그녀의 몸에 닿지도 못했다. 그러나 한밤중 깊은 잠에 빠져 있던 나는 결국 그녀 때문에 깨고 말았다. 나는 원망하듯 말했다.

"아이고, 왜 집에서 오빠를 잘 지키지 못해서 도망가게 하고, 밤에 나를 건드리는 거야!"

"왜 안 돼? 누가 애만 낳는 기계처럼 집에 갇혀서 먹기만 하고 아이들에게 젖이나 먹이고 하는 것을 바라겠어?…… 너 좀 만지는 거 안 돼?"

그녀는 마치 잠귀신에게 영혼을 뺏긴 것처럼 뜻 모를 말을 웅얼거렸다.

일을 시작한지 보름도 채 되지 않았을 때, 어머니가 돈이 필요하다는 편지를 보내왔다. 편지에 그녀는 날이 밝기도 전에 일어나 몇 시간 동안 뽕잎을 따고 돌아와서 찬밥으로 허기를 때운 후 다시 누에를 치러 나가다고 했다. 이렇게 하루 종일 죽도록 일해도 10위안도 벌지 못하는데, 5위안으로 고약을 사서 허리에 붙인다고 했다. 망식둥낑은 수시로 한 달이고 보름이고 문을 닫아버리고, 다시 문을 열면 월급이 반으로 깎인다고 했다. 소규모의 공장은 큰 공장에게 일감을 뺏겨 결국은 문을 닫고 말았으며, 공장 문 앞은 여공들로 하루가 다르게 빼곡해지고 있다는 것이다. 내 기억에 우리가 시골에 있을 때만해도 뽕잎 한 짐에 4마오나 5마오는 받고 팔았다. 그런데 어머니 말이 지금은 2마오도 못 받아서, 뽕나무를 키우는 사람들 중에 어떤 사람들은 아예 뽕나무를 다 뽑아버리고, 아예 야채를 심어서 자기네가 먹는다고 했다. 그 엔차오터우烟橋頭의 위안류遠六 아저씨는 다른 사람이 그 대신 뽕잎을 다 뜯어버리자, 주먹으로 가슴을 쿵쿵 치면서 말했다고 한다.

"흥, 차라리 노임을 버리면 버렸지 안 판다!"

그러고는 몇 짐이나 되는 뽕잎을 다 연못에 두고 물고기가 먹도록 했다. 어머니는 그래도 위안류 아저씨 같은 사람이 있으니 망정이지,

그렇지 않다면 그 몇 푼도 못 받았을 거라고 했다.

우리는 고향에서 올라온 이 새로운 소식들을 가지고 흥분하여 고개를 휘휘 내저으면서 토론했다.

"다행이야, 우리는 빠져 나와서!" 내가 말했다.

"네가 운이 좋았을 뿐이야. 봐, 넉 달을 놀고 있으니 손이 다 녹슬었다!"

무슨 최루탄이 방 안에서 터지기라도 한 것처럼 다들 숨이 막혔다. 그러나 우리는 언제까지나 우리 자신을 답답해하며 있을 수는 없었다. 나는 위로하듯 낮은 목소리로 말했다.

"그저 멍청하게 방직 공장만 바라고 있으면 밥이 나오겠어? 주인들은 배가 불러 터질 지경이라구! 도시가 시골보다는 나으니까, 우리도 어쩜 뭔가 길을 찾을 수 있을 거야."

"많은 사람들이 배를 곯는 아픔을 모를 거야."

샤오치가 이렇게 말하자, 아취가 바로 반박하고 나섰다.

"너희 집, 우리 집, 신루心如, 윈셴芸仙, 그리고 우리 사촌들, 아, 정말 다 꼽지도 못하겠다. 우리 같은 사람들 중에 그 맛을 모르는 사람이 어디 있어……."

"아무도 우리를 위해 어떤 대책을 강구하지 않을 뿐이야." 나도 이어서 말했다.

"우리 시운時運을 못 타고 났나 봐!"

샤오치는 감개하여 말했다. 그녀는 말할 때 어떤 생각하는 표정도 필요 없었다. 항시 급하고 경거망동하니 뭔가를 기대하고 있는 것 같았다.

"우리 운명이 다른 사람만 못하다고는 믿지 않아. 하늘이 그렇게 편파적일 리가 없어. 그저 우리가 전심전력으로 생각하면, 음, 그래 맞아, 반드시 우리 길을 찾을 수 있을 거야."

아취는 입으로는 이렇게 말하면서, 눈은 멀거니 다른 곳을 응시하고 있었다. 마치 그녀의 길을 찾고 있는 것 같았다.

밤에 돌아와 듣는 것은 그녀들의 탄식과 뒤척이는 소리였다. 다들 눈살을 찌푸리고 앉아서, 방주인은 방세를 재촉하고 가게에서는 외상값 갚으라고 독촉해서 귀찮아 죽겠다는 얘기를 했다. 우리는 방법이 떠오르지 않을 때 이런저런 헛생각과 쓸데없는 이야기를 했다. 아취는 도둑질을 하자고 했고, 샤오치는 홍등가로 들어가자고 했다. 한 번은 내가 만 위안짜리 1등에 당첨되기를 바라면서 샤오치 주고 복권을 샀다.

아취의 사촌 오빠가 그녀를 화장품 회사의 포장부에서 일하도록 소개를 시켜주었다. 밥값을 제하고 나면 내가 버는 5위안보다도 훨씬 적었다.

"아취, 이번엔 네 길을 찾은 거야?"

나는 말하고 나서 너무나 일부러 그녀를 난처하게 만들었다고 느꼈다. 하지만 그녀는 내 말에 전혀 신경 쓰지 않고 아무 소리가 없었다.

샤오치는 사막의 고도와도 같은 적막함과 빈곤함으로 슬퍼져서, 고향으로 돌아가겠다고 떼를 썼다. 차라리 고향에 가서 굶어죽는 게 낫겠다고 했다. 그러나 막 고향에서 올라온 그녀의 동생이 쏟아놓는 말을 듣고 그 생각을 포기했다.

"절대 돌아가지 마. 시골에선, 설령 아귀가 되고 싶다고 해도 언니가 아귀가 되도록 내버려두지 않아. 가만히 앉아서 굶어죽기만 기다리는 사람은 없어. 밥 두 끼는 어쨌든 먹어야 하잖아. 빼앗든 훔치든 나쁜 놈이 되어도 도시에서 살아야 해⋯⋯."

나는 그녀가 흥분해서 이야기하는 것을 들으면서, 양잠업으로 유명하여 온 마을 사람들이 다 그 일로 생계를 꾸려 가는 고향 순더順德가 얼마나 쇠락해지고 혼란한 지경에 이르렀는지 잘 알 수 있었다.

어느 날 저녁, 뭔가를 깊이 생각하고 있는 것처럼 저녁 내내 아무 말도 없던 아취가 갑자기 아주 엄숙하게 물었다.

"어떤 사람들이 우리를 힘들게 하고 있는 거 아냐? 우리가 적이 많은 거 아니니?"

"어, 맞아!" 나와 샤오치는 한목소리로 대답했다.

"게다가 그 적들에게 우리는 밥을 달라고 애원해야 해, 왜 그러는 거지?"

"바로 그 사람들이 우리에게 먹을 것을 주니까 우리를 힘들게 할 수 있는 거야. 뻔한 일 아니니?"

샤오치가 아주 민첩하게 대답했다.

"왜 우리 밥그릇은 다른 사람이 쥐고 있고, 그 사람은 왜 우리에게 부탁하지 않는 거지?"

우리가 미처 분명하게 깨닫기도 전에, 췬잉은 우리가 대답하지 못하리라는 것을 벌써 알고 있었다는 듯이 그녀 공장에 있는 관리직 여공에 대해 이야기하기 시작했다. 윗사람들에게는 그 누런 두개의 금니를 드러낸 채 웃으며 아부하면서도, 자신들을 대할 때는 입을 앙다물고, 거꾸로 세워놓은 마른 연밥통처럼 양옆으로 찢어진 독사 같은 눈을 하고서 거칠게 나무라고 욕한다는 것이다. 그녀는 자기가 이런 사람을 제일 무시한다면서 이 '누런 이를 한 쥐'가 제일 혐오스럽다고 했다.

사는 것 때문에 몇 달을 펄펄 뛰었던 샤오치도 이제는 펄펄 뛰지 않았고, 고향으로 돌아간다고 떼쓰지도 않았다. 그녀는 굶주림으로 죽을 지경에 이른 사람처럼, 찬밥 한 그릇에 자신의 삶을 끌어왔다.

그녀는 예전에 진 빚도 다 갚고, 먹는 것도 전보다 많아졌고, 옷도 전보다 훨씬 잘 차려 입었다. 그러나 나는 조금도 그녀가 존경스럽지 않았다. 그녀가 너무 비열하다고 생각했다. 그녀는 밤에 자주 집으로 돌아오지 않았고, 떠들썩하지도 않아서 나는 잠을 잘 잤다. 하지만 전보다 편안하다는 생각은 조금도 들지 않았다. 어떤 보공의 힘이 신장을 짓눌러 아파 죽을 지경이었다! 내가 경멸하는 눈빛으로 그녀를 한번 바라볼 때면 그녀는 곧 부끄러움으로 고개를 떨궜다. 한 번은 무슨 용서를 구하는 것처럼 처연하게 변명했다.

"날더러 어떻게 살라는 거야? 이렇게라도 하지 않으면, 날더러 어떻게 살라고!"

그녀의 떨리는 목소리가 꼭 거칠고 슬픈 음악 같았다.

"누가 우리더러 이런 컴컴한 길로 가라고 한 거야!"

내 심장의 두근거림이 더 빨라지면서 분노로 변했다. 나는 누군가 샤오치를 무시하고 날 무시하고 있다고 생각했다. 누군가가 우리를 무시했어!

하루하루가 평범하고도 단조롭게 흘러갔다. 사람들의 생활도 평범하고 기계적으로 지나갔다. 나는 마찬가지로 주인집에서의 굴욕을 참아가면서, 조금도 변함없이 그들의 명령에 따라 일을 했다. 아춰는 그 관리직 여공과 부딪칠 때면 그저 눈길을 돌리고 침이나 퉤퉤 뱉을 수밖에 없었다. 샤오치도 더 이상 움츠러든 태도로 사람을 대하지 않았다. 그녀의 화장은 나날이 진해졌고, 눈은 더 이상 황금색으로 빛나지 않았다. 오히려 왕왕 영원한 피곤과 슬픔 섞인 원망이 담겨 있었다. 우리가 낮에 죽을 둥 살 둥 일을 하는 동안 그녀는 죽을 둥 살 둥 잠만 잤다. 깜깜한 밤 우리가 위안을 찾을 때, 그녀는 어느 길가에 서 있거나 혹은 누군가의 노리개감 노릇을 하고 있었다. 우리가 그녀와 만나는 시간은 정말 너무 적었다.

한번은 한밤중에 샤오치의 울음소리에 깼다. 나는 그녀에게 몸을 돌리고 어루만져 주면서 왜 우는지 물었다. 그녀는 단번에 나를 밀쳐버렸다. 만약 그 조그만 탁자가 나를 막아주지 않았다면 바닥으로 굴러 떨어졌을 것이다. 난 조금도 성이 나지 않았다. 난 그녀가 가여웠다. 잠시 후에 그녀는 마치 미친 개처럼 날 꼭 끌어안더니 쉰 목소리로 말했다.

"누가 내 영혼을 갈가리 찢은 거지? 누가 내 몸을 다 먹어버린 거야? 누구야! 말해 줘, 내가 그를 산 채로 씹어 먹고 말 거야. 말해 줘……."

나는 그녀를 힘껏 붙들고 그녀의 입을 막았다. 그녀를 위로할 만한 효과적인 말이 떠오르지 않았다. 난 이미 잘 달구어진 쇠꼬챙이에 의해 목이 꽉 막혀버린 것 같았다. 그녀의 몸에서 나는, 육체를 유혹적으로 만들게 도와주는 향수의 잔향이 거의 나를 질식시켰다.

때로는 생활이 정말 사람을 특별하게 만든다. 예전에 그토록 활발하던 샤오치가 두 끼 밥 때문에 우울하게 변하더니, 좀 지나서는 부끄러움 많은 애가 되어버렸다. 지금은 외려 성질이 사나와져서, 하루 종일 불평하고 신경질만 냈다. 삼켜버릴 뭔가를 찾고 있는 것 같았다. 아취도 깊이 생각하면서 고개를 내저었다. 그녀는 샤오치에 대해 더 잘 이해했다.

"사람은 어쨌든 살아야 해, 이게 맞아……."

아취의 그 뻣뻣한 성격도 다정하고 열정적으로 변했다.

"왜 그런 거야, 우리가 우리 힘으로 일하길 원해도 우리에게 밥을 주는 사람이 없어! 누가 우리 밥그릇을 빼앗아갔지?"

그녀의 까만 눈동자가 눈가에 숨어 먼 곳을 응시하고 있으면 난 또 그녀가 뭔가를 찾고 있다는 것을 알았다.

방직 공장에 다닐 때는, 날이 채 환해지기도 전에 공장에 닿았고, 저녁 무렵 아침과 같은 색깔의 하늘을 보면서 집으로 돌아왔다. 여름에는 가만히 앉아있었지만 손은 바쁘게 움직였고 땀은 그치지 않고 흘렀다. 사람들 머리는 비를 맞은 수박처럼 한 줄기 한 줄기 물이 덮였다. 몸이 좀 약한 사람은 자주 기절하곤 했다. 거기다 공장 우두머리는 월급을 제해 가기까지 했으니! 지금 우리는 어쨌든 그런 생활을 벗어나긴 했다. 그러나 나는 빨래하고, 밥 짓고, 주인에게 욕 얻어먹고, 아이들이 시끄럽게 울고 보채고 하는 속에서 머리가 빙빙 돈다. 아취는 근심 어린 얼굴로 그녀의 고초를 호소하고, 샤오치도 부끄러운 무슨 병에 걸렸다. …… 아, 왜 사방에 다 우리의 적들만 있나?

아취가 불행한 얼굴에 분노가 담긴 목소리로 가슴을 쫙 펴고 우리에게 말했다. 해고당했어. 나는 그녀가 일자리를 잃었다는 사실에 당황하고 조급해서 그녀의 괴로움은 망각해버리고, 그녀를 책망하면서 아깝다는 듯 말했다.

"네 성질은 정말 고쳐야 한다니까. 공장장도 사장하고 다투데?"

"내가 관음보살도 아닌데, 누가 참아. 15분 늦었다고 반나절 임금을 제하더라! 반나절 임금을 깎아버리는 것은 하루 종일 겨우 한 끼만 주겠단 말이야."

"너 지금은 한 끼 밥도 못 먹게 생겼는데 괜찮단 말이야? 내 생각엔, 분명 더 좋은 방법이 있었을 텐데……."

"무슨 좋은 방법이 있는지, 네가 한 번 말해 봐라."

그녀의 이 질문에 난 난처해져 버렸다. 내가 어디 납득할 수 있겠는가? 만약 내가 생각해냈다면 내 적이 내 발 밑에 누워서 헐떡거리고 있지 않았을까?

아취는 자기의 직업에 대해 나보다 더 관심이 없었다. 이는 나를 화나게 만들었다. 나도 아예 이런 것들을 아랑곳하지 않아버렸다. 그녀는 실업 후 짧은 시간 동안 냉정하게 자신의 일을 마련했다. 그녀는 샤오치와 함께 치장하기 시작했다. 나는 속으로 욕했다. 그녀의 이런 성격에 어떻게 남자들을 즐겁게 해주겠어?

손님을 찾지 못했을 때, 그녀들은 한밤중에 돌아왔다. 샤오치는 그저 눈을 크게 뜨고 멍청하게 생각에 잠겼다. 옛날의 활달함은 어디로 가버렸는지 알 수 없었다. 한번은 아취가 비바람 속에서 처량하지만 완고한 냉기와 함께 돌아왔다. 그때 그녀와 다정하게 굴고 그녀를 그리워하고 있던 것은 오로지 비에 흠뻑 젖은 그녀의 옷뿐이었다. 그녀의 안색은 더 고집스러워졌고, 무서울 정도로 엄숙했다. 나는 속으로 남몰래 그녀를 칭찬했다. 영원토록 슬픔에 억눌리지 않을 처녀.

우스운 일이 한 가지 있었다. 어느 날 남편이 하룻밤 외박을 하자, 여주인이 그가 그녀를 버렸다고 다투기 시작했는데 거의 몸싸움이었다. 아, 도시의 부인은 얼마나 아둔한지! 난 시골의 총명한 친구들이 떠올랐다. 루전如珍은 애 낳는 도구로 전락하게 될까봐, 차라리 105냥의 은화를 보상할지언정 남편에게 첩을 얻어 주었다. 다메이大妹는 부모에게 죄를 지을망정 시집가려고 하지 않았다. 심지어 사람들에게 창부 같은 년이라고 조롱받던 구이잉桂英도 적지 않은 남정네와 사통하긴 했지만 그래도 똑똑했다. 애 낳는 도구가 되기를 원하지 않는 사람은 얼마나 총명한가!

어머니가 의사에게 치료를 받도록 바로 돈을 부치고 런허仁和 고약도 보내려고, 나는 일을 끝내자마자 바삐 집으로 달려가 소포를 들고 항구의 수하물 위탁처로 가려고 했다. 그러나 아취의 옛날 동료에 의해 발이 묶였다. 그녀는 자기가 한참을 기다렸을 뿐만 아니라 어제 저녁에도 한 번 왔다고 했다.

나는 그녀와 아취의 불행한 생활이며 지금 그녀들의 공장 상황에 대해 이야기를 했다.

"아취처럼 해고된 여공들 중에서 다시 공장에 간 사람이 있어요?"

그녀는 차갑게 웃으면서 말했다.

"어디 그런 좋은 일이 있겠어요. 사장이 새로운 사람 뽑으려고 일부러 꼬투리를 잡아 노동자를 해고한 건데, 임금도 싸지잖아요. 오랫동안 일을 할 수 있는 사람이 몇이나 되겠는지 보세요."

그녀는 좀 격분했다가 잠시 후 다시 평온을 되찾았다.

"……지금 우린 아춰랑 다른 해고된 여공들을 찾아 연합하려고 해요. 그런 다음, 그런 다음 다시 사장하고 시시비비를 가리려고요. 아, 이래야만……."

나는 그녀를 저지하면서, 내가 지금 아주 중요한 일로 배가 출항하기 전에 시하오커우西濠口에 가야 한다고 했다. 그녀에게 반드시 이 일을 아춰에게 얘기하겠다고 약속했다.

"혹 길에서 아춰하고 만날 수도 있겠지. 그녀가 손님을 얻지 않았으면 좋겠는데."

나는 시내버스에 앉아 이렇게 생각했다. 차는 미친 듯이 달렸다. 해안가 인도 뒷짐 지고 한가롭게 다니면서 집적거리는 남자들, 남자들과 밀치락달치락 장사하는 여인네들, 하나하나 다 차창 밖으로 휙휙 지나갔다. 나는 그들에게 주의를 기울일 만한 정신이 별로 없었다. 차는 잠시 후 시하오커우에 도착했다.

돌아올 때 나는 버스를 타지 않았다. 일부러 정신을 바짝 차리고 그 전등이 환하게 빛나는 다신大新 회사와 야저우亞州 호텔 일대의 인도를 주시했다.

아춰의 얼굴이 한 여관 입구에 나타났다. 그녀 뒤에는 예쁘게 치장한 한 무리의 아가씨들이 있었다. 샤오치도 그 안에 끼어 있었다. 경박한 웃음을 흘리는 경찰들과 볼이 팽팽한 경장들이 앞뒤에서 그녀들을 밀치면서 데려가고 있었다. 나는 무슨 일이 일어났는지 알았다. 그러나 나는 결코 당황하지 않았다. 그녀들이 처벌받으면서 먹을 게 없겠나? 길거리의 행인들은 그저 평범한 사건쯤으로 여기면서 그녀들을 바라보고 있었다. 어떤 사람들은 비웃었고, 어떤 사람들은 정부에서 그녀들을 다 수용할 만한 곳이 그렇게 많이 있을지 걱정했다. 제일 웃기는 것은 한 번도 여자와 자 본 적이 없는 남자들이 그 틈을 타 손을 뻗어 그녀들의 젖가슴을 만지는 것이었다. 그녀들은 모두 부처처럼 선량하게 한 마디도 하지 않고, 손을 뒤로하고 앞으로 걸어가고 있었다.

샤오치는 얼굴에 피곤한 후의 놀란 기색을 담고 어쩔 수 없다는 듯이 나를 한 번 바라보았다. 아취의 그 고집스러운 얼굴은 여전히 냉랭하여 뭘 참고 있는지 알 수 없었다. 눈은 멀리 끝없는 하늘가를 주시하고 있었다. 나는 그녀를 바라보며 넋을 잃고 생각했다.

"아무 것도 무서워하지 않고 개의치 않아 하는 그녀의 태도 좀 봐. 그래 그녀는 그녀의 봉삼한 봉표들이 산낄하세 그녀를 기디리고 있디는 것을 벌써 알고 있단 말인가?"

1933년

1930년대 중국여성소설 명작선 2

초판 1쇄 발행일 2016년 12월 31일

지은이 샤오훙·딩링·뤄수·펑컹·차오밍
옮긴이 김은희·최은정
펴낸이 박영희
편집 김영림
디자인 이재은
마케팅 김유미
인쇄·제본 태광인쇄
펴낸곳 도서출판 어문학사
　　　　서울특별시 도봉구 해등로 357 나너울카운티 1층
　　　　대표전화: 02-998-0094 / 편집부1: 02-998-2267, 편집부2: 02-998-2269
　　　　홈페이지: www.amhbook.com
　　　　트위터: @with_amhbook
　　　　페이스북: https://www.facebook.com/amhbook
　　　　블로그: 네이버 http://blog.naver.com/amhbook
　　　　다음 http://blog.daum.net/amhbook
　　　　e-mail: am@amhbook.com
　　　　등록: 2004년 7월 26일 제2009-2호

ISBN 978-89-6184-437-6 04820
정가 16,000원

이 도서의 국립중앙도서관 출판예정도서목록(CIP)은 e-CIP 홈페이지(http://www.nl.go.kr/ecip)와
국가자료공동목록시스템(http://www.nl.go.kr/kolisnet)에서 이용하실 수 있습니다.
(CIP제어번호: CIP 2017006089)

※잘못 만들어진 책은 교환해 드립니다.